Melanie Dobson

Wo die *Winterrose* blüht

Über die Autorin:
Melanie Dobson hat Journalismus und Kommunikation studiert und war als Werbeleiterin tätig, bevor sie sich mehr und mehr dem Schreiben widmete. Eine besondere Vorliebe hat sie für Bücher, in denen Geschichte und Gegenwart miteinander verknüpft werden. Mit ihrem Mann und ihren beiden Töchtern lebt sie in der Nähe von Portland, Oregon.

Bibliografische Information der Deutschen Nationalbibliothek
Die Deutsche Nationalbibliothek verzeichnet diese Publikation in der Deutschen Nationalbibliografie; detaillierte bibliografische Daten sind im Internet über http://dnb.dnb.de abrufbar.

ISBN 978-3-96362-281-6
Originally published in English in the U.S.A. under the title:
Winter Rose, by Melanie Dobson
Copyright © 2022 by Melanie Dobson
German edition © 2022 by Francke-Buch GmbH
35037 Marburg an der Lahn
Deutsch von Dorothea Weiland
Umschlagbild: © Trevillion
Umschlaggestaltung: Francke-Buch GmbH / Marion Schramm
Satz: Francke-Buch GmbH
Druck und Bindung: CPI books GmbH, Leck

www.francke-buch.de

Ruf aus Gurs, Frankreich

Weit weg von den Wäldern unserer Heimat,
verloren in einem fremden Land,
sind wir wie zarte junge Bäume,
gewaltsam entwurzelt durch des Holzfällers Hand.
Wo ist sie?
Wo in dieser Welt?
Die sanfte Hand des Gärtners,
die uns fernab von hier
in guten Boden neu verpflanzt,
uns neue Wurzeln schenkt?

Lebendig sind die feinen Fasern
in jedem zarten Spross.
Ach, helfe doch des Gärtners Hand,
dass neue Wurzeln sprießen.
Sein Mühen und sein Sorgen
ernten reichen Lohn.
Ein schützendes Dach aus Blattwerk
bieten wir zum Dank.

Der Schatten unserer Zweige
erfreut alle Menschen zugleich
und an unseren schwer beladenen Ästen
sind Früchte zu finden so reich.
Wo bist du, freundlicher Gärtner?
Komm schnell, es eilt,
der Wind aus dem Norden führt kalten Hass.
Halte uns warm unter deinem Schutz,
bevor uns der Frost ereilt.

(Verfasst während des Zweiten Weltkriegs von
Flüchtlingskindern im Internierungslager Gurs.)

KAPITEL 1

Die Sonnenstrahlen durchbrachen den Nebel und warfen ihren Schein wie ein Scheinwerferlicht auf eine Bühne in Hollywood. Das Morgenrot der Sonne wies Grace Tonquin und den zwölf Kindern in ihrer Obhut den Weg. In wenigen Minuten würden sie Schutz in der Kathedrale von Saint-Lizier finden. Schutz vor dem hellen Licht.

Morgenröte am Himmel. Grace versuchte, den Gedanken an die Warnungen des Matrosen abzuschütteln, als sie die Kinder eine moosbewachsene Mauer entlangführte. Die zerklüfteten Steine an dieser Stelle verdeckten die Sicht auf das glühende Rot des Sonnenaufgangs. Sie rutschte mit ihren Oxford-Schuhen über das glitschige Kopfsteinpflaster. Die Blasen an ihren Füßen schmerzten, doch sie konnte jetzt nicht stehen bleiben. Ihre amerikanischen Landsleute waren bereits in die Heimat zurückbeordert worden, doch Grace konnte dieses Land nicht verlassen, bis alle jüdischen Kinder entweder ein sicheres Versteck erreicht hatten oder aus Frankreich evakuiert worden waren.

Élias, der Älteste, trug den kleinen Louis auf dem Arm, während er gleichzeitig seiner Schwester Marguerite über eine Pfütze hinweghalf. Über ihrem Weg unter dem schützenden Dach des Herbstlaubes duftete es nach Regen.

Bereits in ihrer Kindheit hatte Grace die Sommertage lieber abseits des Rampenlichts verbracht. Weit weg von den Menschenmengen mit ihren bewundernden *Oohs* und *Aahs*, die sie ihr zuwarfen, als wäre sie eine berühmte Persönlichkeit. Aber diese Menschen hatten nie gesehen, wer Grace wirklich gewesen war. Sie sahen in ihr die Tochter von Ruby Tonquin. Nicht das schüchterne Kind, das sich am liebsten in einem Schrank im Beverly Wilshire Hotel versteckt hätte. Ein etwas seltsames Mädchen, das lieber die Sandstrände von Santa Monica erkundete, anstatt Shoppinggelüsten zu frönen. Höchstwahrscheinlich war Grace die einzige Person in ganz Kalifornien gewesen, die Ruby nicht wie eine Göttin verehrt hatte.

Marguerite drehte sich zu Grace um. Ihre Augen waren angeschwollen und rot wie die aufgehende Sonne. Grace bückte sich zu ihr hinunter und legte einen Finger auf die Lippen. Die Stille war ihr Verbündeter, bis sie die Kathedrale erreicht hätten, hatte sie den Kindern erklärt. Das Schweigen war ihr Schutzschild.

Das älteste Mädchen in der Gruppe war fünfzehn Jahre alt. Sie ging den anderen Kindern voran und führte sie nun um eine Häuserecke. Die anderen folgten Suzel wie Entenküken, eingepackt in ihre dunklen Wintermäntel, mit kleinen, aber schweren Tornistern in den Händen und gewobenen Schuhen – *Espadrilles* – an den Füßen, die ihnen ein Polster auf den harten Steinen boten. Das Wetter war noch viel zu warm für die dicken Wintermäntel. Bald jedoch würden sie sie brauchen, wenn in den nahe gelegenen Bergen der Schneefall einsetzte.

»*Muet comme une carpe*«, flüsterte Grace.

Stumm sein wie ein Fisch.

Zwei der Kinder stießen miteinander zusammen und begannen zu kichern. Dabei hatte Grace sie sowohl auf Französisch als auch auf Englisch angewiesen, still zu sein. Sie verstanden nicht, was auf dem Spiel stand. Wie sollten sie auch?

Selbst Grace verstand die Lage nicht vollständig. Doch sie hatte Gerüchte darüber gehört, was außerhalb des Einflussbereichs des Vichy-Regimes geschah. Gewalt hatte sich Bahn gebrochen und schwappte nun auch auf die wenigen Gebiete über, die noch immer als sicher für jüdische Kinder galten. Grace musste diese Kinder an einen sicheren Ort außerhalb Frankreichs bringen. Bevor die Nazis sie finden würden.

Sie hatte auch Gerüchte darüber gehört, dass die Alliierten im Krieg gegen Deutschland an Boden gewannen. Sie hörte Berichte über Charles de Gaulle, einen französischen General, der sich selbst im sicheren London aufhielt. Doch alles, was sie hier vor Ort sah, waren französische Polizisten und Nazi-Offiziere, die alle Juden zu hassen schienen, egal ob es sich dabei um Kinder oder Erwachsene handelte. Grace betete, dass die Kinder in Sicherheit sein würden, sobald der Krieg vorbei war. Doch bis dahin würden sie und ihre Mitstreiter, die in Frankreich geblieben waren, weiterhin Hilfe leisten.

Vor ihnen war nun die Kathedrale zu sehen, deren mittelalterlicher Glockenturm in den Himmel ragte. Die Steinmauern ließen das Gebäude wie eine Festung wirken. Ein Ort voller Geborgenheit, dachte Grace. Ein Zufluchtsort wie das Bauernhaus, in dem sie und die Kinder zuletzt gewesen waren. Die meiste Zeit des Tages hatten sie geschlafen, bevor sie ihren nächtlichen Fußmarsch wieder fortgesetzt hatten. Nun waren diese Kinder bereits seit zwei Nächten durchgehend unterwegs. Ihre Reise hatte im Waisenhaus in einem Ort mit Namen Aspet begonnen. Die Müdigkeit kroch ihnen in die Knochen, ihre Füße wurden wund, doch sie mussten immer weitergehen. Bald, so hatte Roland Mercier gesagt, würden sie sich gemeinsam in einem Schloss verstecken, bis er für die Kinder eine sichere Route über die Pyrenäen nach Spanien und weiter nach Portugal gefunden hätte.

Die Stille in diesen frühen Morgenstunden war wahrhaftig ein Segen. Aber eigentlich war es fast zu still, dachte Grace. Nicht einmal das Bellen eines Hundes oder das Geklapper des Milchwagens war zu vernehmen. Auch der Wind, der die Gasse entlangwehte, fühlte sich an wie Wind in der Wüste, als ob sie die Einzigen wären, die es gewagt hatten, das Städtchen am Fluss zu betreten.

Grace schüttelte den Kopf, als ob sie damit gleichermaßen ihre dunkle Vorahnung loswerden könnte. Die Kathedrale war der einzige sichere Ort in diesem Dorf, der Grace' Schützlingen einen Unterschlupf bieten konnte. Nur noch ein paar Schritte, dann würden sie sich endlich verstecken können, bis die Nacht hereinbrach.

Ein Stück Papier flatterte durch die enge Gasse, wirbelte über das Kopfsteinpflaster und landete schließlich vor Grace' Füßen. *Avis Aux Israelites*, Mitteilung an die Israeliten, war darauf zu lesen. Eine weitere Nachricht an die »Unerwünschten«, wie sie genannt wurden. Und wieder die Aufforderung, bei den Behörden vorstellig zu werden.

Grace hasste diese Flugblätter so sehr. Ständig erinnerten sie sie daran, dass die Regierung – eigentlich eine Institution zum Schutz der Bürger – Jagd auf ihre Kinder machte.

Sie kickte das Papier mit dem Fuß in Richtung Rinnstein. Sie mussten diese Kinder unbedingt nach Spanien in Sicherheit bringen, bevor die französische Polizei oder die kalten Winterstürme ihrer habhaft werden würden.

Marguerite griff nach Grace' Hand. Grace blieb stehen, bückte sich zu dem Mädchen herunter und blickte ihr in die Augen. »Was ist denn los?«

»Ich muss mal!«, flüsterte Marguerite leise.

»Wir sind gleich da.« Nur noch ein letzter Häuserblock.

»Ich muss aber ganz dringend!« Marguerite war den Tränen nahe, was die Dringlichkeit in ihrer Stimme noch einmal verstärkte. Tränen waren der Feind aus dem Inneren. Kleidung konnte man immer wieder reinigen, aber die Tränen eines neunjährigen Mädchens konnten in der Stille dieser Straßen für jeden aus der Gruppe den Tod bedeuten.

Grace schickte ein Stoßgebet zum Himmel. Es kam ihr so natürlich über die Lippen wie ein Atemzug. Dann spitzte sie die Ohren und lauschte. Doch alles blieb ruhig, abgesehen von den Zweigen, die sich im Wind bewegten.

Sie würde für Marguerite einen Halt einlegen. Jedes der Kinder brauchte schließlich ihren Schutz.

Élias übergab den Jungen auf seinem Arm an Suzel und ging zurück zu seiner Schwester. Seine beiden Hände hatte er lässig in die Hosentaschen gesteckt. Er wirkte wie ein Tourist, der einen Spaziergang durch diese altehrwürdige Stadt machen wollte. Sein brauner Mantel und die lässige Körperhaltung hatte er sich von dem Helden aus seinem Lieblingscomic abgeschaut: dem belgischen Reporter und Abenteurer Tim. Er mochte zwar äußerlich desinteressiert wirken, doch in den braunen Augen von Élias spiegelte sich die Entschlossenheit eines Löwen. Sollte es nötig werden, würde er die Menschen, die er liebte, notfalls auch mit Gewalt verteidigen.

Mit seinen nur dreizehn Jahren konnte Élias schon ein echter Hitzkopf sein. Trotzdem konnte man sich immer auf ihn verlassen. Grace wusste, dass er und Suzel die anderen Kinder sicher zur Kathedrale bringen würden.

»Struppi«, flüsterte er leise den Spitznamen seiner Schwester, den er ihr zu Ehren seines Lieblingscomics *Tim und Struppi* gegeben hatte. »Hast du dir wehgetan?«

»Sie muss mal auf die Toilette«, sagte Grace.

»Hunderttausend heulende Höllenhunde!« Élias hatte scheinbar die komplette Comicreihe auswendig gelernt inklusive der vielen Sprüche von Kapitän Haddock, Tims bestem Freund.

»Bring die anderen Kinder zur Kirche. Ich werde Marguerite helfen.«

Élias zögerte kurz, dann wandte er seinen Blick zum Kirchengcbäudc. »Ich halte Wache für euch.«

»Nein!«, sagte Grace und drängte ihn vorwärtszugehen, damit er sich und die anderen in Sicherheit bringen konnte. »Sag den Nonnen, dass wir gleich da sein werden.«

Élias küsste Marguerites Wange, bevor er wieder zurückging und seinen Platz am Ende der Gruppe einnahm. Ein Zuhause – das war alles, was Grace sich für diese Kinder wünschte. Aber nicht heute. Heute brauchten sie einfach nur die allernötigsten Dinge zum Leben: Essen, Wasser und ein paar Stunden Schlaf.

Die Sonne schien nun schon stärker am Himmel und ließ das feurige Morgenrot langsam verblassen.

»Wir müssen uns beeilen!«, flüsterte Grace Marguerite zu, als sie sich in einen Torbogen duckten und zu einem Innenhof liefen, der sich hinter einer Reihe von Läden befand. Dort würden sie vor dem Wind geschützt sein. Grace hätte sich ob des Gestanks, der von den Menschen stammte, die hier schon vor ihnen ihre Notdurft verrichtet hatten, am liebsten die Nase zugehalten. Doch nun packte sie ihren Rucksack beiseite, um Marguerite dabei zu helfen, ihren schweren Mantel auszuziehen. Während das Mädchen in einer Ecke seine Blase erleichterte, zählte Grace leise die Sekunden.

Jede einzelne dieser Sekunden stand für einen Schritt, mit dem sich der Rest der Gruppe von ihnen wegbewegte. Atemzug für Atemzug – so bewegten sie sich weiter. Leise und unauffällig – wie Fische im Wasser.

Marguerite hatte, wie alle anderen, bereits viel Erfahrung darin gesammelt, für sich selbst zu sorgen. Vor etwas mehr als einem Jahr war sie mit ihrer Mutter und dem Bruder aus ihrer Wohnung in der Nähe von Paris geflohen und schließlich im Internierungslager Gurs gelandet, das westlich des Städtchens lag, in dem sie sich jetzt befanden. Grace wusste nur wenig über die Geschichte von Marguerite und Élias, doch es reichte, um sich sicher zu sein, dass die beiden durchhalten würden. Dieser Krieg, diese Feindseligkeit, hatte den Kindern vor allem eines verschafft: Widerstandskraft. Jedes einzelne von ihnen hatte mehr durchgemacht als sämtliche Erwachsenen in Grace' Heimat Amerika. Sie hatten auf ihrer Flucht vor den Nazis bereits genug mitansehen müssen und nun mussten sie erneut vor ihnen weglaufen.

Wann würden sie endlich von der Angst frei sein, dass jemand sie ergreifen und mitnehmen würde? Sie betete dafür, dass die ständige Flucht ein Ende finden würde, sobald die Kinder die zerklüfteten Berge – die befestigte Grenze Südfrankreichs – überquerten und in das einigermaßen neutrale Spanien gelangten. Sobald sie sich mit Roland, ihrem Mitstreiter, getroffen hatte, würde er die Kinder auf halbem Weg über die Berge führen. Sie würde dann zurück zum Internierungslager in Gurs gehen und anderen Kindern dabei helfen, Frankreich zu verlassen.

Der Himmel wurde immer heller und damit wurde es für ihre Gruppe auch immer schwieriger, sich zu verstecken. Tageslicht war genauso gefährlich wie Lärm.

»Komm, beeil dich!« Graces Finger zitterte, als sie in Richtung Hofausgang zeigte. Sie mussten zur Kirche gelangen, bevor die Nonnen das Tor verschlossen.

Marguerite zupfte ihre Strumpfhosen zurecht und schlüpfte in ihren Mantel. Sie verzichtete darauf, ihn zuzuknöpfen und griff nach ihrem Tornister. Die beiden beeilten sich, durch den engen Durchgang zu gelangen, doch bevor sie auf die Straße traten, bedeutete Marguerite Grace mit einer deutlichen Handbewegung, stehen zu bleiben.

»*La cigarette!*«, flüsterte sie.

Beim nächsten Windstoß nahm auch Grace den beißenden Geruch wahr. Es war zwar nur ein leichter Hauch, doch er brannte in Nase und Kehle. Zigarettenrauch bedeutete, dass außer den Nonnen noch jemand anderes in der Nähe war.

Sie mussten die Kathedrale erreichen, bevor die Stadt zu neuem Leben erwachte. Bevor der Raucher merkte, dass eine amerikanische Quäkerin und ein französisches jüdisches Mädchen hier herumliefen.

Sie musste jetzt weiter, um Marguerite und all die anderen Kinder zu retten.

»Eins«, begann Grace flüsternd auf Englisch zu zählen, was ihrem Schützling bereits vertraut war. »Zwei.«

Drei Sekunden würden jedoch bei Weitem nicht ausreichen. Nicht wenn sie nicht wussten, wer oder was da draußen auf sie wartete.

Graces Füße waren wie am Kopfsteinpflaster festgewachsen, ihre Beine verweigerten den Dienst, als wären sie gelähmt, während sie in ihrem Kopf weiterzählte. Sechs, sieben, acht ... die Zahlen wurden immer höher. Wie damals die Stapel von Bohnen, mithilfe derer Grace den Kindern das Rechnen beigebracht hatte.

Als Grace schließlich an Marguerites Hand zerrte, schlangen sich plötzlich zwei starke Arme um ihre Hüfte und zogen sie von der Straße weg.

Grace schluckte ihre Schreie hinunter, um keinen Lärm zu machen, versuchte sich aber gegen den festen Griff an ihrem Körper zur Wehr zu setzen.

»Grace ...« Die Stimme des Mannes war leise, aber kraftvoll, wie der Anbruch des neuen Tages.

Es dauerte einen Moment, bis sie begriff, dass er ihren Namen kannte.

Marguerite erkannte den Mann zuerst. Sie ließ Grace' Hand los und hängte sich an sein Hosenbein. Grace' Angst wich und sie hörte auf, sich zu wehren. Der Mann hielt sie noch immer an der Hüfte fest. Sein Gesicht war zwar durch den Schatten verdunkelt, doch als er erneut ihren Namen sagte, wusste sie, dass Roland sie gefunden hatte.

»Ihr seid jetzt in Sicherheit!« Er lockerte seinen Griff und nahm Marguerite auf den Arm.

»Aber ihr müsst Saint-Lizier verlassen.«

»Wir sind doch gerade erst angekommen ...«

»*Vite!*«, sagte er. »Ihr dürft keine Zeit verlieren!«

Grace machte einen Schritt in Richtung Straße. »Ich muss die Kinder zusammentrommeln.«

»Oh, Kolibri ...«

Kolibri. Diesen Namen hatte er ihr gegeben, als sie zum ersten Mal zusammen in den Internierungslagern an der Befreiung von Kindern gearbeitet hatten. Vermutlich verdankte sie diesen Spitznamen ihrer flatterhaften Art.

Warum hielt er sie jetzt zurück, wenn sie doch fliehen sollten?

Ein Auto ratterte plötzlich über das Kopfsteinpflaster. Dann sah Grace zwei Männer in königsblauen Uniformen und glänzenden schwarzen Stiefeln. Sie schritten die Straße entlang. Ihre Orden glänzten in der Morgensonne.

»Wir kommen zu spät!«, sagte Roland

Alle Polizisten waren mit einer Pistole bewaffnet, als ob die Kinder sich gegen sie wehren könnten. Grace trat auf die Straße, die Blätter unter ihren Füßen knirschten. In Europa herrschte Krieg – warum um alles in der Welt machte die Polizei Jagd auf die Kinder dieses Landes? Sie hatten doch nichts Böses getan. Im Gegensatz zu den Nazis, die die Herrschaft im nördlichen Teil Frankreichs an sich gerissen hatten.

Sie würde mit den französischen Polizisten sprechen, wie sie es auch schon vor ein paar Monaten auf einer Zugfahrt getan hatte. Sie würde ihnen erklären, dass diese Kinder unter dem Schutz der Vichy-Regierung standen. Sie konnten ihr doch nicht die Kinder wegnehmen!

»Grace!« Roland zog sie in die enge Gasse zurück. »Du kannst ihnen jetzt gerade nicht helfen.«

»Ich werde mit der Polizei sprechen!«

»Dann werden sie dich erschießen. Was glaubst du, würde das mit den Kindern machen?«

»Das werden sie nicht tun ...«

»Doch, das werden sie!«, beharrte er. »Du und Marguerite, ihr müsst in die andere Richtung davonlaufen. Folgt dem Fluss in Richtung Süden.«

Sich wegducken? Nein, das konnte sie nicht. Sie würde mit Worten anstatt mit Waffen kämpfen, egal wie viel Angst sie hatte.

Grace befreite sich aus Rolands Griff. Der Wind wehte ihr die Haare ins Gesicht. Sie war bereit, der Polizei gegenüberzutreten. Doch dann hörte sie neuen Lärm. Dieses Mal klang es wie Donnergrollen. Ein Lastwagen in Tarnfarben hielt vor den Kindern an. Ein halbes Dutzend Soldaten stieg ab, an ihren braunen Uniformen trugen sie rote Armbinden.

Seit wann waren die Nazis denn in Saint-Lizier?

»Großer Gott ...«, entfuhr es Grace und sie flehte Gott um Gnade für all die Kinder an.

Die Soldaten begannen, die Kinder in Richtung Lkw zusammenzutreiben. Schluchzen durchdrang nun die vorherige Stille. Grace hätte am liebsten geschrien. Dieser Wahnsinn musste gestoppt werden! Mit rationalen Worten.

Grace drehte sich zu Roland um. »Ich kann doch nicht einfach hier stehen bleiben und nichts tun.«

Roland wies mit dem Kopf in Richtung Marguerite. »Wenn die Nazis dich auch mitnehmen ... werden sie sie sicherlich finden.«

Grace sank in sich zusammen und lehnte sich an die kalten Steine der Mauern. »Bring sie an einen sicheren Ort. Bitte ...«

Damals in Aspet hatte Roland diese Route durch die Hügel für sie und die Kinder geplant, da sie nicht länger mit dem Zug fahren konnten. Er würde jemanden finden, der sich um Marguerite kümmern konnte, bis Grace wieder zurückkehrte.

»Ich muss los.« Er ratterte eine Wegbeschreibung zu einer Kirche außerhalb der Stadt herunter, wo Grace und Marguerite sich verstecken konnten. »Wartet dort auf mich.«

»Ich kann das nicht!«

Er hob ihr Kinn mit seiner Hand an. »Ihr müsst fliehen, Grace. Nur noch einen weiteren Tag.«

Ein weiterer Tag. Nach diesem Motto hatte sie nun schon monatelang gelebt. Mit Gottes Hilfe würde sie vielleicht vierundzwanzig Stunden durchhalten können. Auch wenn dabei jede Minute ihr Herz brechen würde.

»Gott sei mit euch!«, sagte Roland und küsste sie auf die Wange.

Dann war er verschwunden. Er machte sich auf den Weg, um in diesen Morgenstunden noch jemand anderem zu helfen.

Marguerite vergrub ihr Gesicht in Graces Wollrock, um nicht mitansehen zu müssen, wie ihr Bruder weggebracht wurde. Wie sollte sie dieses Mädchen zurücklassen können, um die anderen Kinder zu retten?

In Frankreich war derzeit nahezu alles unmöglich.

Die Soldaten zwangen zuallererst das älteste Kind – Suzel –, in den Lkw zu steigen. Grace hätte ihr Gesicht am liebsten auch irgendwo vergraben. Die Szene, die sich vor ihren Augen abspielte, war einfach zu grausam. Doch wegsehen und die Angst der Kinder ignorieren, konnte sie auch nicht. Sie musste hinsehen trotz ihrer Ängste. Gerade *wegen* ihrer Ängste. Sonst würde es sich anfühlen, als würde sie die Kinder ein weiteres Mal im Stich lassen.

Von der Stelle, an der sie stand, konnte sie die Gesichter der Kinder nicht erkennen, nur ihre Schatten. Doch sie betete für jedes der Kinder, als diese in den Lkw gepfercht wurden.

»Schütze sie«, betete Grace flüsternd. »Zeig ihnen deine Liebe.«

Grace strich Marguerite durchs Haar. Die Tränen des Mädchens sickerten in ihren Mantel. »Es tut mir so leid!«

Marguerite blickte kurz auf und vergrub ihr Gesicht dann wieder in Graces Rock. »Die Farben haben in meinen Augen wehgetan.«

Grace sah keine Farben, abgesehen von den narzissenähnlichen Farben des Sonnenaufgangs, die die Sorgen in ihrem eigenen Herzen linderten. Wenn sie doch nur den Himmel wieder schwarz anmalen und das Licht wegwaschen könnte! Doch stattdessen musste sie mitansehen, wie diese Männer dort ihre Kinder mitnahmen. Und sie konnte nichts dagegen tun.

Eine der Nonnen aus der Kirche wurde ebenfalls mitgenommen. Und dann wurden auch die übrigen Kinder in den Lkw gepfercht. Bevor einer der deutschen Soldaten die Luke des Lkws schloss, zählte sie durch. Zehn. Nicht elf.

Hatte sie sich verzählt?

Ihre Augen suchten den Dorfplatz ab, doch sie konnte niemanden sehen.

Als die Lkws wegfuhren, schloss Grace die Augen und lehnte ihren Kopf an die Steinmauer. Die Kinder, um die sie sich hatte kümmern sollen, für die sie hatte kämpfen sollen, waren weg. Sie waren ihr anvertraut worden. Und sie, Grace, hatte versagt.

Marguerite warf sich ihren Tornister über die Schultern und machte sich bereit weiterzugehen.

Nur noch ein Mädchen war an Grace' Seite. Ein Mädchen, das einen sicheren Ort brauchte.

Sie würde nicht noch einmal versagen.

Grace' Blick schweifte noch einmal über den Platz auf der Suche nach dem elften Kind. Doch über der steinernen Passage und dem Dorfplatz lag Schweigen und Schockstarre.

Als Grace und Marguerite eilig Saint-Lizier verließen und in Richtung der mit Kiefern bewachsenen Hügel in der Ferne flohen, wurde Grace von einer Frage verfolgt.

Wie sollte sie jemals in der Lage sein, diese Kinder zu befreien?

KAPITEL 2

Yamhill County, Oregon
September 2003

Der Wind rüttelte an den Zweigen der Bäume und ließ Kiefernnadeln auf Addie Hoults Mietwagen herabregnen. Sie machte
den Scheibenwischer an und bemerkte sogleich, dass sie einen
Fehler begangen hatte. Wie sollte sie bei diesem wolkenverhange-
nen Himmel, dem Nebel und der schmierigen Scheibenwischer-
flüssigkeit überhaupt die Tonquin-Hütte finden, wenn sie noch
nicht einmal die Straße vor sich erkennen konnte?

Sie hatte mit Niederschlägen in Oregon gerechnet. Aber eben
mit Wasser – nicht mit Kiefernnadeln.

Der Schotter der Straße knirschte unter den Reifen ihres Honda Civic und machte Geräusche wie Maiskörner, die in heißem
Öl aufplatzen. Was würde sie jetzt nicht alles für eine Schale mit
frisch gemachtem Popcorn in Butter geben! Eine eiskalte Cola
in einem echten Glas. Oder Brombeeren mit selbst gemachter
Eiscreme.

Während des Fluges von Chattanooga nach Portland hatte sie
Spaghetti aus einer Aluminiumschale gegessen. Dann war sie
vom Flughafen aus eine Stunde Richtung Westen gefahren, bis sie
die kleine Stadt Newberg erreicht hatte. Eine Stadt mit ereignis-
reicher Vergangenheit, geprägt von den Quäkern, so hatte sie gelesen. Heimat von Präsident Hoover und Anbaugebiet für Pinot
Noir. Addie hoffte, in diesem Bezirk ein Familienmitglied ihres
besten Freundes Charlie ausfindig machen zu können. *Papa C,*
so nannten ihn die Mädchen in Sale Creek. Es war der Mann, der
sich Addie vor zehn Jahren als Ersatzvater angenommen hatte, als
sie selbst keinen gehabt hatte.

Jetzt war Charlie erkrankt. Er litt am Myelodysplastischen Syndrom oder kurz: MDS. Sein Knochenmark löste sich zusehends auf. Der Körper produzierte praktisch keine roten Blutkörperchen mehr. Charlie wurde von einem Medikament namens Danazol am Leben gehalten. Zusätzlich erhielt er regelmäßig Transfusionen und das Medikament Prednison zur Abschwächung der Immunabwehr. Doch ohne eine Infusion gesunder Stammzellen würde er – der Mann, der Addie das Leben gerettet hatte – möglicherweise noch vor Ende des Jahres sterben.

Charlies behandelnder Arzt hatte erfolglos versucht, ein sogenanntes »HLA-Match« in der Krankenhausdatenbank zu finden. Charlie benötigte eine Knochenmarktransplantation, vorzugsweise von Geschwistern, Neffen oder Nichten. Ein blutsverwandter Spender unter 60 Jahren konnte sein Leben retten.

Der Arzt hatte sich damit einverstanden erklärt, jeden zu testen, den Addie finden würde. Sie suchte nach einem Familienmitglied, das bereit war, einen Teil des eigenen Körpers an jemanden zu spenden, den diejenige Person möglicherweise niemals getroffen hatte oder an den sie sich kaum erinnerte.

Addie hatte die zivilisierte Welt in Newberg verlassen und befand sich nun auf einer düsteren, kurvenreichen Nebenstraße, die durch ein Tal führte. Zunächst sah sie noch einige Lichter, die über den Hügeln funkelten, doch der Wald um sie herum wurde zusehends dichter, als sie auf eine enge kleine Straße einbog. Von den Lichtern war dort nichts mehr zu sehen.

Eigentlich hätte sie in der Stadt anhalten und sich etwas zu Essen holen sollen. Doch bedingt durch die Reise und die Zeitverschiebung – zu Hause in Tennessee war es jetzt 2 Uhr morgens – wünschte sie sich einfach nur noch ein Bett. Die Vermieterin hatte ihr versichert, dass die Schränke in ihrer Hütte mit Lebensmitteln gefüllt waren, und Addie war in diesem Moment kein bisschen wählerisch. Sie würde sich eine Dose Suppe oder irgendetwas anderes warm machen und dann mindestens acht Stunden schlafen, bevor sie ihre Suche fortführen würde.

Addie hielt erneut an und griff zur Wegbeschreibung, die sie sich vor ihrer Abfahrt zu Hause ausgedruckt hatte. Nach etwa anderthalb Kilometern auf der Landstraße, so hatte es die Vermieterin erklärt, würde sie Laurel Ridge erreichen. Dort sollte sie dann rechts abbiegen.

Laut Kilometerzähler war sie nun schon mehr als anderthalb Kilometer gefahren, doch eine Abzweigung hatte sie bisher nicht entdeckt. Addie schaltete das Fernlicht ein und schaute suchend nach vorne. Viel konnte sie zwischen den Bäumen und einer Scheune nicht erkennen. Dieses Tal lag aber sowieso hinter Bauernhöfen, Wäldern und Weinbergen versteckt, die jeden Herbst Tausende Touristen anzogen.

Mit dem Fuß auf dem Gaspedal fuhr Addie langsam weiter und suchte zwischen Dornensträuchern und Kiefernästen einen Platz zum Wenden. Nach etwa drei Kilometern fand sie hinter einer Kurve endlich ein Straßenschild.

L...el Ri...

Mehr konnte sie nicht erkennen, da das Schild von Weinranken bedeckt war. Doch es reichte aus.

Noch einmal warf sie einen Blick auf die enge Straße vor ihr und bog nach rechts ab. Sofort türmte sich vor, über und neben ihr eine Mauer aus Blattwerk auf und wand sich wie ein Kranz um ihr Auto. Lorbeeren, dachte Addie. Obwohl sie keine Ahnung hatte, wie Lorbeeren in Wirklichkeit aussahen.

Zwischen diesen Zweigen konnte sich alles Mögliche verstecken. *Brombeeren. Biber. Bigfoot.*

Listen, so weit hergeholt sie auch sein mochten, halfen Addie normalerweise dabei, ihre Gedanken zu sortieren und der Welt einen Sinn zu geben. In ihrer Kindheit hatte sie Stunden damit verbracht, auf ihrem Nintendo unförmige Tetris-Blöcke zu einer Einheit zusammenzufügen und aus Chaos Ordnung entstehen zu lassen. Seltsamerweise brachten solche Strukturen ein gewisses Maß an Stabilität in ihr Leben, vor allem dann, wenn ihr Leben aus den Fugen zu geraten schien.

Als Erwachsene hatte sie sich eine Struktur aus drei Worten zurechtgelegt, die durch ein Muster miteinander verbunden waren. So beruhigte sie sich selbst, wenn das Gedankenkarussell in ihr mal wieder seine Runden drehte. Doch diese Liste, Bigfoot inbegriffen, erfüllte heute ihren üblichen Zweck nicht. Addie drückte den Knopf für die automatische Türverriegelung, als hätte sie Angst, dass Bigfoot jeden Moment zu ihr ins Auto springen könnte.

Die Straße führte zwischen den Bäumen bergauf und trotz der kalten Luft aus der Klimaanlage des Wagens brachten die engen Wegbegrenzungen Addie ins Schwitzen. Sicherlich würde die Straße bald auf einen Bergrücken führen. Vielleicht konnte sie sogar einen Blick auf den See erhaschen, wenn das Licht der Sterne durch die Wolkendecke brach.

Plötzlich wurde ihr Wagen von einem Stoß erschüttert, als hätte Bigfoot selbst mit dem Fuß aufgestampft. Der Bergrücken unter ihr schien zu beben und Addie wurde starr vor Schreck. Doch es war nur ein starker Windstoß, der Blätter über den Hügel wehte. Dennoch hielt Addie an und wartete ab, bis der Windstoß vorübergezogen war und ihr Herz sich wieder beruhigt hatte.

Tara Dawson, ihre Vermieterin, hatte gesagt, die Hütte wäre nur ein paar Hundert Meter entfernt. Doch die Beschreibung hatte sich bereits jetzt als falsch herausgestellt. Anderthalb Kilometer würde Addie noch fahren und dann nach Newberg zurückkehren. Hoffentlich war im Hotel, an dem sie vorbeigefahren war, noch ein Zimmer frei.

Addie nahm ihr Handy zur Hand und suchte auf dem Bildschirm nach Netz. Doch das gab es hier auf dem Laurel Ridge offensichtlich nicht. Tara hatte sie genau davor gewarnt, doch Addie hatte sich keine Sorgen gemacht, bis das Wetter ihr einen Strich durch die Pläne gemacht hatte. Eigentlich hatte sie lange vor Einbruch der Dunkelheit an ihrem Ziel ankommen wollen.

Sie hatte versprochen, Emma Tonquin anzurufen, sobald sie das Haus erreicht hatte. Doch ein Anruf mitten in der Nacht würde Charlie – Emmas Ehemann – nur beunruhigen. Addie wollte ihre Freundin nicht in die unangenehme Situation bringen, Charlie erklären zu müssen, warum Addie sich in Oregon aufhielt. Emma wollte es ihrem Mann erst sagen, wenn Addie einen seiner Verwandten ausfindig gemacht hatte.

Sie würde Emma erst morgen anrufen und sie auf den neuesten Stand bringen. Danach würde sie mit der Suche beginnen. Irgendjemand hier in der Gegend, so hoffte Addie, würde sich an die Familie erinnern, die das Gelände am Tonquin-See bewohnt hatte.

Die Landstraße von Laurel Ridge endete plötzlich und zweigte vor Addie in zwei Richtungen ab. Eine Straße führte nach links, die andere nach rechts. Frustriert warf Addie einen erneuten Blick in Taras Wegbeschreibung, doch von einer Weggabelung stand dort nichts geschrieben. Das Mietwagenunternehmen hatte ihr eine Karte von Oregon mitgegeben, doch die feinen Linien darauf zeigten nur die Hauptstraßen, aber nicht die kleinen Abzweigungen.

Tara hatte ihr erklärt, dass sie an der letzten Kreuzung rechts abbiegen müsse und dann geradeaus vor ihr das Haus schon erkennen könne. Sobald sie auf dem Hügel angekommen sei, sei die Hütte leicht zu entdecken. *Kinderleicht* – so hatte es Tara wortwörtlich gesagt.

Doch das hier war alles andere als kinderleicht.

Entlang der beiden Straßen wuchsen große Farne, deren Wedel im Nebel verschwanden. Der Weg, der nach links führte, wirkte auf Addie etwas besser befestigt, sodass sie entschied, dieses Mal nach links abzubiegen. Ein paar Sekunden später fuhr Addie in einen Tunnel aus Dornensträuchern und Kiefernzweigen. Durch ihren Kopf schossen reihenweise Zeitungsschlagzeilen, die sich alle um eine Frau drehten, die im Nordwesten der USA verschollen war. Doch sie war schon in der Nähe der Hütte. Das Einzige, was sie noch aufhalten konnte, war ihre eigene Angst und Addie weigerte sich, klein beizugeben.

Eine weitere Kurve folgte und die Bäume am Straßenrand verschwanden. Addie hielt das Auto an und schaltete das Licht aus. Sobald sich ihre Augen an die Dunkelheit gewöhnt hatten, würde sie vielleicht den See in der Ferne und an seinem Ufer die Hütte erkennen können, wo sie jetzt eigentlich eine Woche lang wohnen sollte, um dort nach den Tonquins zu suchen.

Langsam nahm sie im schwachen Licht der Sterne eine weitere Baumgruppe hinter dem Hügel in den Blick, eine der größten, die sie jemals gesehen hatte. Und dann sah sie noch etwas anderes. Einen Turm, der inmitten der Kiefern aufragte.

Addies Herz schlug schneller, sie schaltete erneut die Lichter ihres Wagens an und fuhr in Richtung des Turmes, bis sie schließlich an einer zerfurchten Hofeinfahrt landete, die mit Gras überwuchert war. Als sie die Einfahrt hinauffuhr, betrachtete sie mit offenem Mund das alte viktorianische Herrenhaus vor ihr, das durch die Lichtverhältnisse wunderschön und zugleich etwas unheimlich aussah. Der rote Putz blätterte bereits ab und die weiß gestrichenen Zierleisten an der Veranda und unter dem Dach sahen abgenutzt aus. Dieses Haus ähnelte nicht im Geringsten den Bildern, die Tara Addie geschickt hatte.

Man sollte die Vermieterin einfach feuern, beschloss sie. Bisher hatte diese Frau überhaupt nichts richtig gemacht.

Addie wünschte sich, wieder in Chattanooga zu sein. Sie wünschte sich, dass Charlie selbst in der Lage wäre, mit Emma nach Oregon zu reisen, um nach seiner Familie zu suchen.

Das Haus schien komplett von Bäumen und Gestrüpp umwuchert zu sein. Manche Zweige streiften sogar die Fenster. Vor Addie befand sich ein Tor, das als Eingangstor durch einen Lattenzaun diente, der das ganze Anwesen umschloss. Hinter dem Tor befand sich ein kleiner Innenhof und eine Veranda. Der Schlüssel sei unter einem Blumentopf auf der ersten Treppenstufe zu finden, hatte die Vermieterin gesagt. Leicht zu finden.

So wie das Haus.

Hätte Addie geahnt, dass ein regelrechter Dschungel auf sie

wartete, hätte sie eine Taschenlampe mitgebracht. Nun mussten eben die Lichter ihres Wagens als Beleuchtung herhalten.

Vorsichtig stieg Addie in Jeans und Sandalen aus dem Auto und versuchte, ihren schnellen Herzschlag zu beruhigen, während sie sich dem Eingangstor näherte. Die ganze Situation erschien ihr sehr skurril. Tara hatte behauptet, die »Hütte« sei komfortabel ausgestattet. Klein. Urig. Und das Wichtigste: mit Blick über den Tonquin-See.

Zauberhaft – so hatte Tara das Anwesen beschrieben. Nun ja. Äußerlich hatte die »Hütte« zwar ihren Charme verloren, aber vielleicht war er wenigstens im Inneren erhalten geblieben. Vielleicht musste man einfach irgendeinen Schalter umlegen – und zack! –, dann hatte man eine wunderschöne, gepflegte Unterkunft.

Sicher würde Licht alles verändern.

Addie öffnete das verriegelte Tor, um sich den Haustürschlüssel zu holen. Dabei strahlte sie dieselbe Sicherheit aus, mit der sie jahrelang die Männer in der Wohnung ihrer Mutter abgeschreckt hatte, deren Ansprüchen sie nicht hatte nachgeben wollen. Normalerweise waren diese zu sehr abgelenkt gewesen, als dass sie Addie wirklich gestört hätten. Doch schon früh in ihrem Leben hatte sie gelernt, wer von ihnen eine Bedrohung darstellte und wer nicht. Am besten hatte dabei ein kräftiger Tritt zwischen die Beine und die anschließende Flucht in ihr Zimmer geholfen, dessen Tür sie dann von innen mit einer Kommode und mehreren Stühlen verbarrikadiert hatte.

Auf der anderen Seite des Tores war ein kräftiger Windstoß in eine Baumgruppe gefahren, hatte sich dann aber wieder beruhigt. Danach setzte Regen ein, nicht aus Kiefernnadeln, sondern die echte, nasse Variante. Schnell versuchte Addie, die Tür aufzuschließen. Sie öffnete sich nur einen kleinen Spalt, bevor sie blockierte. Addie zwängte sich hindurch und nahm schaudernd das Haus genauer in Augenschein. Ein Teil von ihr fühlte sich von diesem Ort magisch angezogen, während ihre innere Stimme lautstark Angst davor anmeldete, das Haus allein zu betreten. Egal ob bei Tag oder bei Nacht.

Addie trat einen weiteren Schritt nach vorne. Ihr Atem stockte, das Herz fühlte sich an, als wollte es aus ihrer Brust springen.

Da! Irgendetwas flatterte durch die dunklen Ecken des Hauses. *Eine Fledermaus. Eine Eule. Eine riesige Motte.*

Irgendein Tier flog in ihre Richtung. Nun hatte Addie endgültig genug. Nicht einmal die vertrauten Muster ihrer Listen konnten diesem Chaos entgegenwirken.

Addie ging rückwärts durch das Tor und machte sich nicht die Mühe, es hinter sich zuzuziehen.

Das Haus würde dann wohl bis morgen warten müssen.

KAPITEL 3

Grace wiegte Marguerite auf einem zugigen Heuboden in ihren Armen, bis das Mädchen schließlich eingeschlafen war. Dann lehnte sie sich an die unebene Mauer. Durch die offenen Fenster und die Mauerritzen drang ein wenig Licht. Sie hatten es nicht in die Kirche geschafft, doch Grace betete dafür, dass diese baufällige Scheune abseits der Straße ihnen zumindest bis zum Anbruch der Nacht einen sicheren Ort bieten würde.

Die Liebe ist wie der Tod, hatte ein französischer Arbeiter einmal zu ihr gesagt. Der Schmerz in ihrem Inneren fühlte sich an diesem Morgen ebenfalls wie der Tod an. Sie betete, dass Roland die anderen Kinder finden würde. Er konnte über ihre Freilassung verhandeln und die Kinder zu ihr zurückbringen.

Der Großteil ihres Teams – *Les Secours Quakers*, wie sie genannt wurden – war nach Amerika oder Großbritannien zurückgekehrt. Doch eine Handvoll von ihnen arbeitete weiter mit Roland und ihren anderen französischen Freunden zusammen, um den Kindern zu helfen, die noch immer in diesem schrecklichen Lager Gurs interniert waren. Die Erwachsenen waren sich der Tatsache bewusst, dass sie selbst den Krieg möglicherweise nicht überleben würden. Dennoch riskierten sie alles, um das Leben dieser Kinder zu retten und ihnen die tiefe Gewissheit zu vermitteln, dass Gott sie liebte.

Roland hatte zwar mehrere Jahre in England verbracht, nachdem er seinen Schulabschluss am Oriel College in Oxford gemacht hatte, doch eigentlich war er hier im Süden Frankreichs aufgewachsen, der jetzt dem Vichy-Regime unterstellt war. Roland schien hier unzählige Kontakte zu haben. Er wusste instinktiv, wem er vertrauen konnte und wem er besser aus dem Weg ging, wo Nahrung zu finden war und wann es Zeit war, sich zu verstecken.

Das Stroh kratzte an Grace' Beinen zwischen dem Stoff ihres langen Rocks und den Socken, die sie in ihren Schuhen trug – eine der vielen Selbstverständlichkeiten, die sie sich auch während der Zeit der Großen Depression nicht hatte nehmen lassen. Nachdem sie die Bleibe ihrer Mutter in Hollywood verlassen hatte, hatte sie alles, was sie zum Leben brauchte, auf der Farm ihrer Großeltern gefunden einschließlich einer friedlichen Gemeinschaft bei den Quäkern.

Der Duft des Heus und der vertraute Gestank nach Mist erinnerte sie an ihre Farm in Oregon. Sie dachte an all die Jahre, die sie mit Oma und Opa Tonquin verbracht hatte, nachdem die beiden sie gerettet hatten. Sie hatten sie mit offenen Armen empfangen und das Leben mit ihr geteilt. Ja, sie hatten sie wirklich gerettet, indem sie ihr die grenzenlose Liebe Gottes und die Einfachheit ihres christlichen Glaubens vermittelt hatten. Und dann hatten sie sie ermuntert, sich auch für andere Menschen einzusetzen.

Aber wie sollte sie weiterhin Hilfe leisten, wenn die Deutschen und die Franzosen miteinander zusammenarbeiteten, um ihre Kinder festzunehmen?

Vor drei Tagen war sie mit zwölf Jungen und Mädchen aufgebrochen. Sie alle waren traurig, aber dennoch bereit gewesen, das Bauernhaus zu verlassen, in dem sie beinahe ein Jahr lang gelebt hatten. Vor Grace' innerem Auge zogen die Bilder der Kinder vorbei, die Farbe ihrer Augen, die Narben an ihren Knien und im Gesicht. Sie kannte alle ihre Lieblingsspeisen. Ihre Lieblingsspielzeuge. Sie wusste, wie sie sie wieder aufmuntern konnte, wenn sie ihre Familien vermissten.

In den ersten zwei Jahren des Krieges hatten Grace und die anderen Helfer noch mit der Vichy-Regierung zusammengearbeitet. Doch jetzt taten die Behörden nichts mehr für die Sicherheit der Kinder. Die meisten Eltern der Kinder waren inzwischen deportiert worden, irgendwohin in den Osten. In *Centres d'hébergement* – Beherbergungszentren, wie das Regime es nannte. Aber niemand glaubte daran, dass es sich dabei nur um eine Unterbringungsmöglichkeit für die Juden handelte. Vor dem Abschied hatten die jeweiligen Eltern den Quäkern die Erlaubnis erteilt, ihre Kinder, falls nötig, zu Verwandten außerhalb Frankreichs zu bringen.

Grace schloss die Augen und betete für Élias, Suzel und die anderen Kinder, die sie alle beim Namen nannte. Sie betete, dass jemand die Kinder retten würde, so wie Gott sie selbst gerettet hatte, und dass sie Gottes grenzenlose Liebe erfahren durften.

Draußen vor der Scheune meckerte eine Ziege und Grace zog Marguerite näher an sich. Das Mädchen war in Decken eingewickelt, die Grace aus ihren Mänteln gemacht hatte. Für den Fall, dass ein Bauer die Scheune betrat, hatte Grace sich eine Geschichte zurechtgelegt. Sie sei Amerikanerin – so weit stimmte das ja auch – und mit einem Franzosen verheiratet. Sie und ihre Tochter seien Flüchtlinge, die sich auf dem Weg zu ihrer Familie nach Saint-Lizier verirrt hätten.

Der Stern auf Marguerites Mantel war längst entfernt worden, auch das in roten Buchstaben geschriebene »*juive*«, jüdisch, hatte man aus ihrem Ausweis entfernt. Der Rest der Papiere war in ihren Mantel eingenäht worden. Das einzige Licht, das dieses Mädchen brauchte, war das Licht, das tief in Grace' Innerem leuchtete – ein von Gott geschenktes Licht, die Liebe zu ihren Mitmenschen. Hilfe anstatt Unheil.

Marguerites und Élias' Vater war ein nicht jüdischer Deutscher gewesen, ein Arzt, der in Paris sehr angesehen gewesen war. Grace kannte die Geschichte der Familie nicht wirklich, doch die Mutter der beiden – Madame Dupont – hatte gesagt, ihr Mann habe seine Seele an den Teufel verkauft.

Madame Dupont war eine Jüdin, die in Paris geboren war. Nachdem die Nazis die Herrschaft über Nordfrankreich übernommen hatten, hatte man ihr und ihren Kindern, wie so vielen anderen, eine sichere Bleibe in den Dörfern im ländlich geprägten Süden versprochen, einem Ort, den die Nazis niemals besetzen würden. Eine von vielen Lügen des Regimes. Die Deutschen waren letzten November schnurstracks in Vichy-Frankreich einmarschiert. In ganz Frankreich gab es nun keinen einzigen Ort mehr, der vor den Nazis oder ihren französischen Kollaborateuren sicher war.

Die örtliche Polizei hatte Madame Dupont mit ihren drei Kindern ins Internierungslager Gurs geschickt, das einst für die spanischen Flüchtlinge verwendet worden war. Das Lager war ein trostloser Ort, an dem sich Organisationen wie das »American Friends Service Committee« oder AFSC für die Versorgung der Kinder eingesetzt hatten, solange Amerikaner in Frankreich noch willkommen gewesen waren. Später hatten sie ihren Namen in »Les Secours Quakers« geändert.

Als das Lager zum ersten Mal geöffnet worden war, waren einige Kinder freigelassen worden, um bei Menschen wie Grace oder anderen Quäkern zu leben, die ihre Unterstützung angeboten hatten. Doch die Nazis hatten wieder damit begonnen, diese Kinder zurückzuholen, um sie gemeinsam mit ihren Familien zu deportieren. Während manche anderen Eltern ihre Kinder wieder bei sich haben wollten, hatte Madame Dupont Grace gebeten, ihre zwei älteren Kinder außer Landes zu schaffen.

Falls Madame Dupont die Lager der Nazis überleben sollte – wie sollte Grace jemandem wie ihr erklären, dass sie ihren Sohn verloren hatte?

Grace verschränkte ihre Arme noch enger vor ihrer Brust und versuchte, diese unlösbare Frage aus ihren Gedanken zu verdrängen. Marguerite und sie mussten die Zeit tagsüber zum Schlafen nutzen, wenn sie heute Nacht erneut aufbrechen wollten. Roland erwartete sie in der Kirche weiter südlich von hier. Vier Jahre arbeiteten sie und Roland nun schon zusammen. In all der Zeit hatten sie sich um Hunderte jüdische Kinder gekümmert und Dutzenden von ihnen dabei geholfen, Frankreich zu verlassen. Grace hatte Roland währenddessen nie im Stich gelassen. Und er sie auch nicht.

Eigentlich hatte sie nur ein Jahr lang als Freiwillige hier im

Land bleiben wollen. Sie war 1938 hier angekommen, nachdem einer ihrer Professoren – ein Quäker – erfahren hatte, dass Ruby wollte, dass ihr einziges Kind Französisch lernen sollte. Ihr Professor hatte vorgeschlagen, dass sie doch ein Jahr in Südfrankreich verbringen und dort den spanischen Kindern helfen könne, die vor der Gewalt während des Spanischen Bürgerkriegs und auch danach noch über die Pyrenäen geflohen waren.

Doch dann hatten sich die Ereignisse überschlagen. Aus einem Jahr Auslandsaufenthalt waren nun schon beinahe fünf geworden. Nachdem sie und ihre Mitstreiter den spanischen Kindern bei ihrer Flucht geholfen hatten, hatten auch die Franzosen damit begonnen, ihre eigenen Bürger, ganze jüdische Familien, in die Lager zu schicken, in denen einst die Flüchtlinge untergebracht worden waren.

Grace war mit einem kleinen Team dageblieben, um sich um die französischen Kinder zu kümmern und ihnen, wenn möglich, bei der Flucht über die Berge zu helfen. Hinter der Grenze lag eine spanische Stadt, in der man ihnen wohlgesonnen war. Spanien war nun nämlich geteilt und unterstützte sowohl die Alliierten als auch die Achsenmächte.

Grace öffnete die Augen wieder und warf erneut einen prüfenden Blick auf die beiden Ausgänge der Scheune – die verschlossene Tür des Heubodens, die dazu genutzt wurde, Heu auf die unten stehenden Wagen zu verladen, und die Tür nahe der Leiter, über die sie hinaufgeklettert waren. Diese Tür stand teilweise offen, genau so wie sie sie vorgefunden hatte.

Durch eines der offenen Fenster konnte Grace die Hänge eines Weinbergs und das Gewirr der Reben erkennen, die sich den mit farbenfrohen Blättern bedeckten Hügel hinaufrankten. In der Ferne sah sie die schneebedeckten Berge. Die Pyrenäen, deren Gipfel von bewaldeten Hügeln wie ein Wall umsäumt waren, bildeten noch einmal ein ganz anderes, gewaltiges Hindernis. Schon bei warmem Wetter stellte die Reise ein mühseliges Unterfangen dar, doch mit dem einsetzenden Winter konnte die Überquerung genauso hart werden wie der Kampf gegen ihre deutschen und französischen Widersacher.

Grace' eigene Arbeit würde am Fuß der Hügelkette getan sein. Sie würde dann umkehren, um noch weitere Kinder aus Gurs dorthin zu bringen. Roland würde die erste Gruppe inzwischen weiter oben in den Bergen an einen *Passeur* übergeben, der sie sicher durch Spanien hindurch zum Büro des AFSC in Portugal bringen würde.

Sie konnten weder Züge noch Autos nutzen. Zusätzlich behinderten der einsetzende Winter und die neuen Gesetze ihre Arbeit, sodass es jeden Tag schwieriger wurde, das Richtige in einer Welt zu tun, die zunehmend schlimmer wurde.

Beschütze sie, betete Grace im Stillen.

Sie würde es niemals ertragen, Roland oder die Kinder zu verlieren.

Eine Windböe fegte über das Heu hinweg und trug den Duft von Äpfeln und Oleander mit sich. Der Schlaf umfing Grace wie eine Mutter, die wusste, was für ihr Kind das Beste war. Doch ähnlich wie ein Kind kämpfte Grace darum, wach zu bleiben. Sie würde jedoch niemals in der Lage sein, Marguerite in Sicherheit zu bringen oder umzukehren und weitere Kinder zu retten, wenn sie selbst nicht dazu kam, sich auszuruhen.

»Eines bitte ich vom Herrn, das hätte ich gerne: dass ich im Hause des Herrn bleiben könne mein Leben lang ...«

Die Worte aus Psalm 27 legten sich in dieser zugigen Scheune wie eine warme Decke um sie. Grace hatte gerade keinen Ort, an dem sie wirklich bleiben wollte, kein Zuhause auf diesem Kontinent, doch ihr Herz fand bei Gott eine Heimat. So war es auch David, dem Dichter dieses Psalms, ergangen, der als Hirte seine Herde beschützen wollte und vor seinen Feinden hatte fliehen müssen. Das Haus des Herrn bildete einen Schutz um ihr Herz. Dort wollte sie sein und bleiben.

Langsam übermannte sie der Schlaf, und als sie Stunden später erwachte, brach bereits die Dunkelheit herein. Grace' Magen knurrte und statt nach vergorenen Äpfeln roch es nun nach brennendem Holz. Möglicherweise bereitete gerade jemand das Abendessen zu. Frisches Brot, dachte sie. Vielleicht *Gratin dauphinois* mit *Coq au vin* – Hähnchen in Rotweinsoße.

Ihr Magen knurrte noch einmal lauter und erinnerte sie daran, dass sie schon lange nichts mehr gegessen hatte. Wie lange – daran konnte sie sich beim besten Willen nicht mehr erinnern. Die Tage verschmolzen ineinander und das, was sie unterwegs gegessen hatte, konnte kaum als echte Mahlzeit bezeichnet werden.

Wieder zogen die Bilder der Kinder vor ihrem inneren Auge vorbei und anstatt vom Schlaf fühlte sich Grace dieses Mal von ihren Sorgen übermannt. Sie betete, dass sie etwas zu essen bekommen würden. Dass Gott gnädig sein würde und Roland oder jemand anderen schickte, um ihnen zu helfen.

Sie, Grace, musste sich jetzt darauf konzentrieren, das Mädchen an einen sicheren Ort zu geleiten. Es hatte sich neben ihr zusammengerollt und aus seinen Zöpfen ragte Heu.

»Marguerite!«, flüsterte sie leise.

Als das Mädchen sich nicht rührte, stupste Grace sie an, erstarrte aber, als sie plötzlich ein anderes Geräusch hörte. Ein Pfeifen.

Unten öffnete sich krächzend das Tor der Scheune und ein Mann trat ein. Suchte er nach ihnen? In den Dörfern und auf dem Land hier in Südfrankreich gab es viele Patrouillen. Die französische Miliz. Die Gendarmerie. Die deutsche Militärpolizei.

Grace drückte sich wieder eng an die Mauer und hoffte, dass der braune Stoff ihres Rocks und ihre blonden Haare sie im Heu unsichtbar werden lassen würden. Sie wünschte sich, verschwinden zu können, so wie damals als Kind.

Neben ihr bewegte sich Marguerite leicht und flüsterte: »Er ist ein guter Mensch.«

Grace antwortete nicht und verhielt sich still. Egal, ob der Mann freundlich war oder nicht: Wenn er ein Unterstützer von Philippe Petain, dem Staatschef des Vichy-Regimes, war, würde dies für sie beide das Ende bedeuten. Es war schon schwierig genug, in Frankreich jemandem zu vertrauen, den sie kannte. Einem Fremden zu vertrauen, das war völlig ausgeschlossen.

Der Mann reckte seinen Kopf im selben Moment, in dem Grace versuchte, sich zusammen mit Marguerite tiefer im Heu zu verbergen. Sein Blick traf sie und sein Pfeifen verstummte. Er war ein älterer Mann, etwa so alt wie ihr Großvater, kurz bevor dieser gestorben war.

Hatte er vielleicht im Ersten Weltkrieg gegen die Deutschen gekämpft? Wenn ja, hatte er möglicherweise ein wenig Mitleid mit ihnen.

Der Mann verschwand so schnell, wie er gekommen war, und Grace behielt die offene Tür im Auge, wo er gestanden hatte. »Woher weißt du, dass er uns freundlich gesonnen ist?«

Marguerite zuckte mit den Schultern, wie sie es immer tat, wenn sie über den Charakter anderer Menschen sprach. Und sie hatte bisher immer recht behalten, erinnerte sich Grace. Es war ein Phänomen, dass sie immer wusste, ob jemand vertrauenswürdig war oder nicht.

Aber sie mussten jetzt trotzdem hier weg. Mochte der Mann auch freundlich erscheinen, er konnte dennoch mit anderen im Schlepptau wieder zurückkommen.

»Wir müssen uns beeilen!«

»Er wird uns nichts tun!«, sagte Marguerite.

Grace schüttelte den Kopf. »Das wissen wir nicht.«

Marguerite blickte Grace ins Gesicht, bevor sie weiterredete. »Ich weiß es aber.«

Grace klopfte sich das Heu von Bluse und Rock und griff dann nach ihrem Mantel. Dieses Hin und Her war manchmal wirklich nervenzerreißend. Man wusste nie, was als Nächstes kam. Selbst die kleinste Entscheidung, ob man nach links oder rechts abbog, jemandem Vertrauen schenkte oder nicht, konnte für sie und Marguerite alles verändern.

Grace griff nach ihrem Rucksack und bat Gott darum, ihnen

den richtigen Weg zu weisen, so wie sie es zuvor auch schon mit beinahe jedem Atemzug getan hatte. »Selbst wenn er ein freundlicher Mensch ist, können wir uns nicht länger auf seine Gastfreundschaft verlassen.«

»Wohin gehen wir denn jetzt?«

»An einen sicheren Ort.« Roland hatte zu ihr gesagt, dass sie der Straße folgen sollten, die draußen vor der Stadt in Richtung Süden führte. Am Fuß der Berge gebe es in der kleinen Stadt Artix eine andere Kirche.

Sie konnte Marguerite aber nichts von ihrem Zielort sagen. Wenn die Polizei irgendeines der Kinder befragen würde, war es besser, wenn keines von ihnen wusste, wo sie als Nächstes haltmachen würden. Oder dass sie im Begriff waren, über die Pyrenäen zu fliehen.

Die Tür öffnete sich erneut einen Spaltbreit, viel früher, als Grace es erwartet hatte. Sie zog Marguerite zur anderen Seite des Heubodens, sodass sie nicht über dessen Vorsprung hinwegblicken konnten.

»Ich dachte, Sie haben vielleicht Hunger!«, rief der Mann auf Französisch. »Ich lasse beim Tor etwas für Sie stehen.«

Grace hielt den Atem an und wagte es nicht, auch nur einen Laut von sich zu geben.

»Ich werde morgen ein wenig Heu aufladen«, fuhr der Mann fort. »Heute Nacht stelle ich eine Leiter an den Heuboden, damit für morgen alles bereit ist.«

Grace warf einen kurzen Blick auf das hölzerne Tor, das mit einem Riegel gesichert war.

»Einige unserer Nachbarn sind gegenüber Fremden nicht gerade freundlich eingestellt. Sie sollten den Heuboden besser nicht über das Erdgeschoss verlassen.«

Grace bewegte sich keinen Zentimeter, doch sie antwortete leise: »Gott segne Sie!«

»*Bon vent!*«, sagte der Mann, bevor er wieder nach draußen trat.

Grace kletterte die Stufen als Erste hinunter und fand zwei Schüsseln Suppe mit Kürbis- und Schinkenstückchen vor, dazu zwei Baguettes und eine Thermoskanne voll Zichorien-Kaffee. Die beiden aßen die heiße Suppe schnell auf und Grace verstaute die Baguettes in ihrem Tornister. Sie freute sich über die Nahrung, aber noch dankbarer war sie für die Großzügigkeit des Mannes. Viele Menschen fürchteten sich dieser Tage, selbst die geringste Freundlichkeit zu zeigen. Diese Mahlzeit würde ihnen Kraft für die lange Nacht geben, die vor ihnen lag.

Bevor Grace die obere Tür öffnen und die Leiter hinunterklettern konnte, öffnete sich das Haupttor ein weiteres Mal. Grace konnte den Eingang nicht sehen, doch Marguerite warf in dem schummrigen Licht einen Blick über ihre Schulter. Und ihre Augen weiteten sich vor Schreck.

Grace legte ihre Hand auf Marguerites Arm, um sie daran zu erinnern, still zu bleiben. Sie fühlte, wie das Mädchen zitterte.

Absätze klapperten unten über den Holzboden, dann öffnete sich erneut die Tür und der Besucher trat aus der Scheune heraus.

Sie warteten mehrere Minuten in der Stille, bis Marguerite wieder das Wort ergriff. »Wir müssen uns beeilen!«

»War das der Bauer?«, fragte Grace.

»Nein, eine Frau. Und sie ist nicht freundlich.«

»Woher weißt du das immer?«

»Ihre Farbe ist rot«, sagte Marguerite mit stillem Selbstvertrauen in der Stimme. »Menschen mit der Farbe Rot darf man niemals vertrauen.«

Grace schob den Riegel der oberen Tür des Heubodens zurück und tastete nach der Leiter an der Wand.

Sie verstand nicht, was Marguerite mit »roten Menschen« meinte. Aber jetzt war auch nicht der richtige Zeitpunkt für Diskussionen. Marguerite und sie mussten jetzt ihre Reise fortsetzen. Eine weitere Nacht.

KAPITEL 4

Die Sichel des Neumonds am Himmel wies Grace und Marguerite ihren Weg an einer Steinmauer entlang. Sie fühlten sich, als würden sie schlafwandeln, während sie nach dem Bellen von Hunden oder dem knackenden Geräusch von Zweigen lauschten, die unter Schuhabsätzen zerbarsten.

Sie hielten sich an Rolands Anweisungen und suchten nach der Kirche, wo sie sich ausruhen wollten, bis ein *Passeur* Marguerite – und hoffentlich auch die anderen Kinder – abholen und über die Berge bringen würde. Beim ersten Anzeichen eines *Rafle* – einer Razzia – würden sie und Marguerite jedoch ihre Tornister verstecken und vorgeben, sich verlaufen zu haben. Sie seien auf der Suche nach Pilzen in den Wäldern gewesen und hätten solche Angst gehabt, die Sperrstunde zu verpassen, dass sie ihre Körbe voll mit *Chanterelles*, *Bolets* und *Morilles* fallen gelassen und in der Dunkelheit nach Hause gerannt seien.

Grace hatte die Polizei schon einmal abgelenkt, als sie allein mit vier Kindern im Zug unterwegs gewesen war. Sie hatte ihnen einfache Geschichten erzählt. Ihr etwas hervorgehobenes Stottern hatte die Beamten dabei von ihrem Akzent abgelenkt, während sie langsam erklärt hatte, dass sie auf einem Schulausflug seien. Ihre schauspielerischen Fähigkeiten hatte Grace von ihrer Mutter geerbt. Eigentlich verachtete sie diese, doch wann immer sie diese brauchte, nutzte sie sie, um die Kinder zu schützen.

Als sie das letzte Mal eine Gruppe von Kindern an einen sicheren Ort gebracht hatte, hatten sie in der Stadt Pamiers einen Zug genommen. Der Polizist, der ihre Ausweispapiere kontrolliert hatte, war so sehr abgelenkt gewesen und hatte sich viel mehr für abgeschossene alliierte Piloten oder französische Fahnenflüchtige interessiert, die sich vor ihrer sogenannten Pflicht zu kämpfen hatten drücken wollen, dass Grace nicht ein einziges Wort hatte sagen müssen.

Doch Züge waren inzwischen kein sicheres Transportmittel mehr. Die Beamten hatten damit begonnen nachzufragen, was mit den Kindern passierte, die eigentlich zu ihren Familien gebracht werden sollten. *Regroupement familial* – so nannten sie es. Das freudige Ereignis der Familienzusammenführung.

Traurigerweise hatten die Familien bald darauf jedoch feststellen müssen, dass all das nur eine List gewesen war und die Kinder nun gemeinsam mit ihren Eltern in Richtung Osten deportiert wurden.

Abscheulich, all das.

Als Grace und Marguerite sich dem Dorf näherten, nahm Grace die Gebäude in ihrem Blickfeld genau in Augenschein. Der Friedhof bildete eine Linie mit dem Kirchplatz und dem Eingang zur Kirche. Grace hielt ihren Kopf aufrecht, als würde sie sich überhaupt keine Gedanken machen, und lotste Marguerite zwischen den Grabsteinen hindurch. Die beiden duckten sich unter ein niedriges Dach und Grace ließ Marguerites Hand los, um die Tür zu öffnen. Still dankte sie Gott, dass diese nicht verschlossen war. Vorhänge verdeckten die kleinen Fenster und dunkelten den Raum ab, sodass Grace ihre Taschenlampe einschaltete … und vor Schreck erstarrte, als sie eine Gestalt am Altar sitzen sah.

Erst als sie erkannte, dass es Roland war, breitete sich Erleichterung in ihr aus. Er hatte sein dunkles Haar ordentlich nach hinten gekämmt, so als wolle er sich mit ihr zu Croissants und Kaffee treffen. Doch seine Kleidung, bestehend aus einem mehrteiligen, verschmierten Overall und einer abgetragenen Mütze, war schmutzig.

Grace eilte zu ihm und warf währenddessen einen Blick durch den Raum, als erwartete sie, die Kinder zu entdecken, die sich in der Dunkelheit versteckt hielten.

»Hast du sie gefunden?«, fragte sie mit flehender Stimme.

Roland krempelte einen zerschlissenen Ärmel an seiner Kleidung nach oben und warf einen Blick auf seine Uhr mit dem goldenen Gehäuse, die er sich vor dem Krieg in London gekauft hatte. »Wir sprechen später darüber.«

»Aber ich muss doch wissen, ob ...«

»Wir können hier nicht bleiben!«, sagte er und wies mit dem Kopf wieder in Richtung Tür.

»Aber wir müssen uns ausruhen ...« Bald würde die Sonne wieder aufgehen und das Tageslicht war nun einmal ihr Feind.

Roland schüttelte den Kopf. »Wir sind in Gefahr!«

Grace griff nach ihrem Tornister und nach Marguerites Hand und folgte Roland aus der Kirche und hinein in den dunklen Wald. Marguerite beschwerte sich keinen Augenblick. Nicht das kleinste Wimmern kam über ihre Lippen.

Diese nächtlichen Fußmärsche durch den Wald waren für Menschen jeden Alters weitab der Normalität. Doch für Marguerite war nichts mehr normal in ihrem Leben. Sie hatte mit ihren neun Jahren schon viel Schlimmes erlebt und viele Menschen verloren. Ihr Vater hatte die Familie in Paris zurückgelassen und die Mutter war zusammen mit dem Baby, Marguerites kleinem Bruder, in den Osten deportiert worden. Und jetzt war auch noch Élias, ihr älterer Bruder, verschwunden.

Marguerite hätte allen Grund gehabt zu trauern. Und doch marschierte sie weiter wie ein Soldat, der vom Krieg abgestumpft war. Grace wünschte sich, ihr einfach ein paar sorglose Stunden verschaffen zu können, in denen sie ihren Träumen nachhängen konnte. Sie hätte ihr nur zu gerne die Last von den Schultern genommen und sie für sie getragen.

Zum Lager in Gurs umkehren würden sie nicht und sie hatten auch keine Möglichkeit herauszufinden, wo sich Marguerites Mutter im Moment befand. Sobald die Eltern die Erlaubnis dafür erteilt hatten, ihre Kinder aus Frankreich herauszubringen, sollten diese ein neues Zuhause bei Verwandten im Ausland finden.

Als Grace selbst noch ein Kind gewesen war, hatte sie das Durcheinander in ihrem Inneren nur dadurch bewältigen können, indem sie in den Tonquin-See getaucht und wie ein Frosch darin geschwommen war, bis sie am anderen Seeufer angelangt war. Sie hatte weder Cousinen noch Cousins gehabt. Erst viel später in ihrem Leben hatte sie erfahren, dass es ein regelrechtes Wunder gewesen war, dass Ruby überhaupt zur Welt gekommen war. Doch ihre Großeltern hatten immer wieder die Kinder der Landarbeiter eingeladen, um gemeinsam mit Grace im Wasser zu spielen. Vorausgesetzt, sie hatten den strengen Schwimmtest bestanden, den Großvater Tonquin ihnen auferlegt hatte. Wenn sie nicht schwimmen konnten, hatte er es ihnen beigebracht.

Sie und ihre Freunde hatten dann im Schlamm Molche gesucht und sie in ein Aquarium gesetzt, das auf der Veranda hinter dem Haus gestanden hatte. Dort waren die Tiere sicher vor Ringelnattern, Reihern und Fischen gewesen. Während sich andere Mädchen vor ekligen Tieren gefürchtet hatten, hatte alles Lebendige auf Grace schon immer eine große Faszination ausgeübt.

Wenn sie doch jetzt nur im See ihrer Familie tauchen gehen könnte! Dann würde sie so lange darin schwimmen, bis ihre Gedanken wieder klar waren, und danach würde sie Marguerite und die anderen retten.

Die ersten Sonnenstrahlen drangen zwischen den Bäumen durch den Nebel und Grace versuchte, ihre Ängste zu vertreiben. Normalerweise mochte sie Licht und Helligkeit, weil darin innerlich und äußerlich die Wahrheit zutage kam. Licht brachte Wärme und Heilung. Doch nun musste die Wahrheit in der Dunkelheit verborgen bleiben. Gottes Licht erfüllte sie, doch das Böse brach sich in diesem Teil der Welt immer noch ungezügelt Bahn. Verdorbenheit. Wenn Menschen das Licht in ihrem Inneren auslöschten und die Dunkelheit wählten, anstatt an der Hand ihres Schöpfers durchs Leben zu gehen, arbeiteten sie aktiv daran, alles zu zerstören, was Gott geschaffen hatte.

Die Aussicht auf den Himmel brachte Grace dazu, immer weiterzumachen. Gott würde sie zur richtigen Zeit in ihrer himmlischen Heimat willkommen heißen. Sie musste Ihm nur vertrauen.

Als Roland anhielt, versteckten sich Grace und Marguerite zwischen den Ästen eines Nadelbaums. Für einen kurzen Moment war Grace in ihren Gedanken wieder zehn Jahre alt und sah ihre Mutter vor sich, wie sie einen Besuch an Weihnachten plante. Graces Großmutter hatte einen Weihnachtsbaum geschmückt, obwohl sie als Quäker das Weihnachtsfest eigentlich gar nicht feierten. Zwischen Großmutter Tonquin und Ruby war an diesem Heiligabend ein heftiger Streit entbrannt und Grace hatte sich gewünscht, sich hinter dem Weihnachtsbaum zwischen den Zweigen verstecken zu können. *In Ewigkeit. Amen.*

Doch irgendwann hatte sie wieder aus ihrem Versteck hervorkommen und sich den Problemen ihrer Familie stellen müssen, nachdem Ruby die Haustür des Bauernhauses zugeschlagen hatte.

Roland ging ein paar Schritte weiter und warf einen prüfenden Blick auf eine vor ihnen liegende Straße. Dann winkte er ihnen, dass sie nachkommen sollten.

»Das Licht!«, flüsterte Grace leise, als ob er den Sonnenaufgang nicht bemerkt hatte. Das Licht, das sie so sehr liebte, das sie in ihrem ganzen Leben immer wertgeschätzt hatte, konnte nun mehr schaden als nutzen.

»Grace ...«, sagte Roland, nahm ihr Kinn in seine Hand und hob ihren Kopf, damit sie ihm in die Augen sehen konnte. »Es wird alles gut werden.«

Natürlich konnte er das nicht sicher wissen. Niemand von ihnen konnte voraussehen, was als Nächstes in dieser von Unsicherheit geprägten Welt passieren würde. Trotzdem nickte sie. Sie vertraute ihm, so wie sie auch ihren Großeltern vertraut hatte. Solange Roland die Wahrheit sagte, würde es ihr tatsächlich gut gehen.

Auf der anderen Seite der Bäume standen zwei Pferde, die vor eine Kutsche gespannt waren. Auf der Kutsche befanden sich acht Eichenholzfässer, die vom Dunst des Nebels bedeckt waren. Ein mit einem Jeansoverall bekleideter Mann mit rötlichen Bartstoppeln am Kinn und ordentlich gebundenem Tuch um den Hals kletterte vom Sitz. Statt einer Begrüßung warf er Roland einen kurzen Blick zu, steckte dann seine Hände in die Taschen und ging davon.

Roland blickte die einspurige Straße entlang, die sich wie ein Bach zwischen den Bäumen hindurchschlängelte. Dann sah er zu Marguerite hinunter. »Bist du bereit für ein Abenteuer?«

Sie schüttelte den Kopf. »Ich hatte schon genügend Abenteuer.«

»Wir müssen noch ein bisschen weiter.« Roland öffnete den Deckel eines der Fässer und nickte in Richtung Marguerite. »Du musst nicht laufen. Ich habe für dich einen besonderen Sitzplatz hier drin ... und am Ende der Reise erwartet dich eine leckere Mahlzeit.«

Grace betrachtete die acht Fässer eingehend, während sie dem Gespräch der beiden lauschte. Sie hatten schon alle möglichen Transportmittel für die Kinder verwendet. *Pakete*, so nannten sie sie oft, wenn sie diejenigen täuschen mussten, die den Kindern Böses wollten. War es möglich, dass sich die anderen Kinder ebenfalls in den Fässern befanden? Sie betete, dass Roland wenigstens acht von ihnen mitgebracht hatte.

Grace bückte sich, damit Marguerite ihr in die Augen sehen konnte. »Monsieur Roland wird sich sehr gut um uns kümmern.«

»Ich will aber Élias!«

»Es tut mir leid, *Chérie!*«, sagte Roland.

Marguerite liefen die Tränen über die Wangen. »Mein Bruder ...«

»Ich weiß!«, erwiderte Grace. »Wir werden ihn finden.«

Roland warf einen weiteren prüfenden Blick auf die Straße und die Felder, die im Nebel verschwanden. »Wir müssen uns jetzt wirklich beeilen!«, sagte er. »Marguerite, du musst jetzt stumm sein wie ein Fisch, bis ich den Deckel wieder öffne.«

Das Mädchen wischte sich die Tränen aus den Augen, während Roland den Boden des Fasses mit einer Decke auslegte. Dann hob er Marguerite hinein und verschloss den Deckel über ihrem Kopf. In der Wand des Fasses befand sich ein kleines, kaum sichtbares Loch.

Wände, dachte Grace, sind das Einzige, was diese Kinder kennen. In ihrem Zuhause und ihren Gemeinschaften waren es die unsichtbaren Wände, die sie durch das Tragen des Judensterns von den anderen trennten. Dann gab es die Wände aus Stacheldraht in ihrem Internierungslager. Und schließlich noch die hohen Berge, die sie wie eine Wand von Spanien trennten.

Roland suchte Graces Hand. »Bist du so weit, meine liebe Frau?«

»So bereit, wie man nur sein kann.« Wie immer durchfuhr sie ein Kribbeln, als sie ihre Hand in seine legte. Sie hatten sich schon öfter als Ehepaar ausgegeben und während der Zugfahrten oder an den Checkpoints Händchen gehalten und vorgegeben, Eltern zu sein. Manchmal fragte sie sich ...

Aber der Krieg ließ ihr keine Zeit für naive Träume.

Ein Lächeln kam ihr über die Lippen. »Ich glaube nämlich nicht, dass ich in ein Fass hineinpasse.«

Roland klopfte mit der Hand auf den Kutschbock, seine Mütze rutschte ihm dabei über den Kopf und ein paar kastanienbraune Haarsträhnen fielen über seine Augen. »Du kannst dich hier neben mich setzen.«

Nachdem er ihr auf die Kutsche geholfen hatte, verstaute er beide Rucksäcke hinter der Sitzbank und versteckte sie unter einer Wolldecke. Mit einem leisen Pfeifen setzte er sich neben sie und zwinkerte ihr zu. Roland war der Einzige, der sie in einer solchen Situation aufmuntern konnte. Er tat so, als ob sie wirklich ihren Wein von den eigenen Weinbergen einbringen wollten.

Er nahm die Zügel in die Hand, schnalzte mit der Zunge und die Pferde folgten der engen Straße durch den Wald und dann an den abgeernteten Feldern entlang, die die Straße an beiden Seiten säumten. Über dem Nebel erstrahlte das Licht des anbrechenden Tages. Die Landschaft hier erinnerte Grace an die Hügel und Felder ihrer Heimat, an den Ort, an dem sie sich als Kind sicher gefühlt hatte.

Mit den Erinnerungen breitete sich Frieden in ihr aus. Ihre Freunde, die Quäker, die mit ihr gemeinsam in ganz Frankreich gearbeitet hatten, hatten sich in die lange Schlange derer eingereiht, die sich – beginnend mit dem Gründer der Gemeinschaft, George Fox – für Religionsfreiheit eingesetzt hatten. Diese Reihe reichte bis ins England des 17. Jahrhunderts zurück, als das Parlament die Toleranzakte verabschiedet hatte, die den Quäkern die freie Religionsausübung ermöglichte.

Sie nannten sich selbst »Freunde von Jesus«. Kinder des Lichts.

Im Johannesevangelium hatte Jesus gesagt, dass diejenigen, die seine Gebote hielten, seine Freunde seien. Genau das wollte Grace mehr als alles andere in ihrem Leben. Sie wollte ihn als ihren vertrautesten Freund haben und im Gegenzug der Stimme ihres Herzens folgen und so vielen Kindern wie möglich dabei helfen, dem Bösen in dieser Welt zu entkommen.

»Hast du die anderen Kinder gefunden?«, fragte sie Roland erneut, als er auf eine andere Straße abbog, die zu einem bewaldeten Hügel in Richtung Süden führte.

»Noch nicht.«

Graces Hände zitterten. »Warum suchst du nicht nach ihnen?«

»Das tun andere schon«, erwiderte er und suchte erneut die Straße mit seinen Augen ab. »Meine Aufgabe ist es, für dich und Marguerite einen sicheren Ort zu finden.«

Graces Magen zog sich vor Verzweiflung zusammen. Doch Roland wusste Dinge, von denen sie keine Ahnung hatte. Manche Male war er in geheime Informationen eingeweiht und manch andere Male *wusste* er einfach Bescheid. Wie Marguerite auch, schien er einen sechsten Sinn für Gefahren zu haben.

»Brr!«, rief er in Richtung der Pferde und sie verlangsamten ihren Tritt.

Ein Mann in graublauer Uniform trat vor ihnen auf den Weg. Ein Kollaborateur.

Es schien beinahe so, als ob Roland ihn erwartet hatte.

»*Bonjour.*« Roland begrüßte den Milizionär, indem er mit dem Finger an seine Mütze tippte. Beziehungsweise *die Milizionäre.* Ein zweiter Wachposten in der gleichen Uniform und mit blauer Baskenmütze trat an die Kutsche heran und fragte nach Rolands Papieren.

Nach den Papieren von Grace fragten sie nicht, doch sie hielt sie in ihrer Manteltasche bereit, falls sie sie vorzeigen musste. Einen amerikanischen und einen französischen Pass.

»Wo wollen Sie hin?«, fragte der Wachmann mit der Baskenmütze.

Grace verbarg beide Hände in ihrer Kleidung, damit die Soldaten nicht merkten, wie sie zitterten.

»Wir bringen eine Lieferung nach Saint-Girons«, erklärte Roland. »Meine Frau und ich.«

Der Mann warf einen Blick auf Rolands schmutzigen Overall und die Mütze. »Warum sind Sie nicht an der Front?«

Roland deutete auf sein Bein. »Ich hatte eine unangenehme Begegnung mit einem Panzer. Und damit war mein Einsatz in Marokko beendet. Ich wurde nach Hause geschickt, um den Hof meiner Familie zu bewirtschaften, damit die hier stationierten Soldaten etwas zu essen haben.«

Grace richtete ihren Blick auf die vor ihnen liegende Straße und betete in Gedanken Psalm 27. »*Der Herr ist mein Licht und mein Heil; vor wem sollte ich mich fürchten? Der Herr ist meines Lebens Kraft; vor wem sollte mir grauen?*«

Nicht vor diesen Männern jedenfalls. Noch nicht einmal vor dem, der sie gerade anstarrte, während der andere Rolands Papiere kontrollierte. Sie durfte vor ihnen keine Angst haben. Auch wenn sie dazu gezwungen waren, inmitten einer boshaften Welt zu leben, betete sie, dass Gott ihr und ihren Schutzbefohlenen gnädig sein würde.

»Haben Sie noch jemanden auf der Straße gesehen?«, fragte der Mann, während er durch Rolands Papiere blätterte.

»Heute Morgen nicht. Alles totenstill wie Tau hier draußen.«

Der Wachmann reichte ihm seine Papiere zurück. »Es gibt Berichte, dass sich hier in der Gegend Fremde aufhalten.«

»Ich halte immer nach Fremden Ausschau. Ich will nämlich nicht, dass irgendjemand meinen Weinberg verwüstet.«

Als Grace wieder in Richtung des Wachmanns blickte, sah sie wieder die so gefürchtete Neugier in seinen Augen. Es war derselbe Blick, den ihr die Kinogänger früher in ihrer Heimat zugeworfen hatten, wenn sie versucht hatten, einen Blick auf Ruby zu erhaschen. Grace hatte zwar nicht die perfekten schwarzen Locken ihrer Mutter geerbt – ihre eigenen Haare ähnelten eher vom Winde verwehtem Sand und waren nur schwer zu bändigen –, doch sie hatte dieselben mahagonifarbenen Augen, schmalen Wangenknochen und herzförmigen Lippen wie ihre Mutter.

»Sie kommen mir irgendwie bekannt vor«, sagte der Mann. »Sind Sie aus ...?«

Grace öffnete ihren Mund, um seine Neugier durch ihr bestes Französisch zu besänftigen und mit einem Stottern ihren Akzent zu überdecken, doch da ergriff Roland schon das Wort. »Meine Herren, Sie sind doch bestimmt durstig!«

Er tippte auf das Fass direkt hinter Grace und blickte ihr kurz in die Augen. Gerade lange genug, um sicherzugehen, dass sie ihm und seinen Worten vertraute.

Der Mann ließ seine Frage fallen und richtete seinen Blick auf die Fässer. »Wir sind alle durstig in diesen Zeiten.«

»Ein Schluck Wein wird Sie mit Sicherheit aufwärmen.«

»Das wird er in der Tat.«

»Würdest du diesen ehrwürdigen Herren bitte eine Kostprobe unseres Weines reichen, *Chérie?*«, bat Roland Grace, bevor er sich wieder zu den beiden Wachposten umdrehte. »Unsere Trauben sind die besten im ganzen Tal.«

Die beiden Männer zauberten in Windeseile zwei Becher hervor und schütteten die darin befindlichen Getränkereste aus.

Grace starrte auf das Eichenfass und die Metallringe, die eng um das Holz gewunden waren und den Deckel verschlossen. Das Fass, in dem sich nun Marguerite befand, hatte sich von Roland sehr leicht öffnen lassen. Doch dieser Deckel hier bewegte sich keinen Millimeter.

»Eigentlich ...« Roland zog mit der Hand eine Ledertasche hinter der Bank hervor und öffnete sie. »... bewahre ich meinen besten Wein immer hier drin auf.«

Während er eine der Flaschen entkorkte, streckten die Männer ihm ihre Trinkbecher entgegen als wären es die feinsten Weingläser. Und Roland schenkte den Wein ein, als wäre er der beste Sommelier.

»Und nun wünschen wir Ihnen beiden einen schönen Tag.« Er reichte Grace die Flasche. »Wir müssen uns weiter um unsere Geschäfte kümmern und vor der Sperrstunde nach Hause kommen.«

Die beiden Wachposten nickten und widmeten ihre ganze Aufmerksamkeit ihren Trinkbechern. Roland lehnte sich lässig auf der Sitzbank zurück und ließ die Kutsche wieder anfahren.

Als sie die nächste Kurve nahmen, begann sich der Nebel zu lichten. Die kühle Luft tat Grace gut, doch für Marguerite musste es im Fass trotz der wärmenden Holzwände ziemlich eng sein. Sie hatte sicherlich große Angst.

Als die beiden Wachmänner außer Sichtweite waren, drehte Grace sich um und fragte mit sanfter Stimme: »Alles in Ordnung bei dir, Marguerite?«

Ihre Antwort kam genauso leise zurück wie die Frage, die Grace gestellt hatte. »Ja.«

»Es dauert nicht mehr lange!«, sagte Grace und versuchte, das Mädchen aufzumuntern, obwohl sie selbst nicht wusste, wie lange sie noch unterwegs sein würden. Dann blickte sie wieder zu Roland. »Ist wirklich Wein in irgendeinem der Fässer?«

»Kein einziger Tropfen.«

»Dann hätte ich also gerade eben beinahe ein leeres Fass geöffnet ...«

»Das hätte ich nicht zugelassen.«

Sie versuchte, in seinem Gesicht zu lesen, doch er hielt seinen Blick auf die Straße gerichtet. »Du wolltest verhindern, dass sie mir ins Gesicht sehen. Deswegen hast du mich dazu gebracht, mich umzudrehen.«

»Ich mochte den Blick nicht, mit dem er dich anschaute.«

Eifersüchtig, so klang er. Doch sie hatte gar nicht vor, ihn jetzt damit aufzuziehen, nicht wenn er sie beschützte. Sie arbeiteten nun schon einige Jahre zusammen, doch Roland wusste nichts davon, dass Grace' Mutter ein Filmstar war und sowohl in ihrer Heimat Amerika als auch hier in Frankreich die Titelblätter der Zeitschriften zierte. Es war sicherer, wenn es so blieb. Grace hatte sich ihren eigenen Schutzwall gebaut und versteckte sich hinter der Angst, dass auch er – wie so viele vor ihm – ihr nur aufgrund ihrer berühmten Mutter Beachtung schenkte.

Oft jedoch hoffte sie geradezu, dass Roland mehr in ihr sah als nur Rubys Tochter oder eine Mitarbeiterin von den Quäkern. Aber selbst wenn es so war, würde er in diesem Durcheinander wahrscheinlich kein Wort darüber verlieren. Eine Liebesbeziehung würde ihre Mission, so viele Kinder wie möglich vor der Deportation zu retten, unnötig komplizierter machen ... und möglicherweise ihnen beiden das Herz brechen.

»Du bist ein guter Mensch, Roland!«

Er schüttelte den Kopf. »Nicht gut genug.«

Wenn sie doch nur seine Hand halten und ihm sagen könnte, dass sie in ihm ganze Fässer voller Herzensgüte sah, deren Inhalt auch auf diejenigen überschwappte, die wie sie die Ehre hatten, ihn zu kennen.

»Tau ist nicht wirklich totenstill«, sagte sie stattdessen.

Er zuckte mit den Schultern.

»Tau bringt Leben und sorgt still und leise dafür, dass Pflanzen wachsen.«

»Hast du das in der Schule gelernt?«

Grace nickte. »Im Biologieunterricht.«

»Du wirst einmal eine sehr gute Krankenschwester sein, Grace.«

»Falls ich irgendwann wieder zur Schule gehen kann ...«

»Das wirst du. Der Tag wird kommen. Und du wirst vielen weiteren Menschen das Leben retten.«

Alles, was sie jetzt gerade wollte, war, das Leben des Mädchens zu retten, das sich hinter ihrem Rücken auf der Ladefläche befand. Und das Leben der elf anderen Kinder, die man ihr weggenommen hatte.

»Wer sucht denn jetzt nach den Kindern?«, fragte sie.

»Das kann ich dir nicht sagen.«

Grace glaubte von ganzem Herzen an die Macht des Gebets. Doch sie wünschte sich zugleich auch die Macht, wirklich etwas tun zu können. Die Kinder auf eigene Faust zu retten. Im Moment jedoch war sie nur eine einfache Dienerin. Ihre Aufgabe war es, ihre fünf Brote und zwei Fische herzubringen und Gott darum zu bitten, sie zu vermehren.

Sie verstand nicht – und würde es auch niemals verstehen –, warum Gott nicht jeden Menschen rettete. Doch es war ihre Aufgabe, so hatte es ihr Großvater oft gesagt, sich treu um die Menschen zu kümmern, die Gott ihr anvertraut hatte.

Die Kutsche fuhr über eine Bodenwelle und Marguerite schrie auf. Grace begann zu singen, gerade laut genug, damit das Mädchen sie hören konnte. Sie sang ein Lied, dass sie in einer französischen Reformierten Gemeinde gehört hatte. Der Text handelte davon, Christus auch in Dunkelheit und Sturm zu folgen, ihm über Barrikaden und Schlachtfelder hinweg nachzulaufen und dem Bösen, das sich hinter den Hügeln verborgen hielt, auszuweichen.

Kurz darauf stimmte auch Roland mit ein. Sie hatte ihn noch nie singen hören, doch seine volle Stimme trug eine Stärke in sich, die über die Felder zu hören war und die ihr Gottes Gegenwart noch einmal deutlicher vor Augen führte.

Sie hatte keine Ahnung, wo er sie und Marguerite hinbringen würde. Doch sie wusste, dass er ein Mann war, der sein Leben

Gott hingegeben hatte. Sie würden gemeinsam diese Täler durchschreiten und sich gemeinsam durch den Sturm kämpfen.

Was auch immer passieren würde, sie würden ihr Bestes geben, um Gott dorthin nachzufolgen, wo er sie hinführte. Und sie würden dafür beten, dass sein Wille geschah.

Solange sie weiterhin singen konnten, dachte Grace, konnten sie alles Mögliche überwinden.

KAPITEL 5

Addie wurde von einem klopfenden Geräusch geweckt. Sie musste mehrmals blinzeln und erschrak angesichts des Morgenlichts. Eine Frau mittleren Alters klopfte ans Fenster. Ihr rotes Haar fiel ihr ins Gesicht, als sie in Addies Auto spähte.

Addie drehte den Schlüssel im Schloss und ließ die Scheibe herunter. »Sind Sie Tara Dawson?«

»Ja, die bin ich.« Taras Haare fielen ihr über die Schultern zurück, als sie sich aufrichtete. Die langen Strähnen wurden von einer Haarspange zusammengehalten. »Ich lag die halbe Nacht wach und habe mir Sorgen gemacht, dass Sie hier möglicherweise irgendwo verloren gegangen sind.«

Auch Addie war die meiste Zeit wach gewesen. Sie hatte mit dem Kind gesprochen, das in ihrem Bauch heranwuchs. So als könnte der oder die Kleine jedes Wort verstehen. Doch so unbequem der Fahrersitz auch gewesen war, sie hatte keinen Augenblick lang überlegt, in der Dunkelheit der Nacht und während eines Regengusses aus dem Auto zu steigen. In den paar Stunden, in denen sie tatsächlich geschlafen hatte, war Bigfoot in ihrem Traum um ihr Auto geschlichen. Obwohl es nicht viele Dinge gab, vor denen Addie sich fürchtete, war sie überhaupt nicht erpicht darauf, sich mitten in der Nacht mit einer mythischen Kreatur anzulegen, noch nicht einmal in einem Albtraum.

»Haben Sie mich angerufen?«, fragte Addie.

Tara schüttelte den Kopf. »Ich dachte, Sie würden sich selbst melden, wenn sie etwas brauchen.«

Addie hielt ihr Handy in die Luft. »Leider kein Empfang hier draußen.«

»In der Hütte gibt es ein Telefon.«

Addie wies mit dem Kopf in Richtung des klapprigen Eingangstores und des dahinterliegenden Hauses. »Ist das die Hütte, die ich von Ihnen gemietet habe?«

»Um Himmels willen, nein!« Tara schob ihre Brille auf der Nase zurück. »Ich habe mich mit der Wegbeschreibung vertan, stimmt's?«

Eine völlig untertriebene Aussage, dachte Addie im Stillen. »Ich hatte Schwierigkeiten, Ihren Anweisungen zu folgen.«

»Das geht mir teilweise genauso.« Tara seufzte, so als wäre *sie* diejenige gewesen, die sich verfahren hatte. »Halb so, halb anders. *Halb* könnte glatt mein Zweitname sein.«

Perplex starrte Addie die Frau an.

»Es ist unmöglich, hier in der Dunkelheit überhaupt etwas zu finden, wenn man sich auf den Straßen nicht auskennt. Genau genommen sind das hier sogar Kuhtrampelpfade. Von dem alten Bauernhof.« Tara warf einen Blick auf Addies Mietwagen. »Haben Sie da drin etwa geschlafen?«

»Ich wusste ja nicht, wo ich sonst hingehen sollte.« Addie nahm einen Schluck aus ihrer Wasserflasche. »Ich dachte, ich würde mich noch weiter verfahren, wenn ich versuchen würde, den Weg zurück nach Newberg zu finden.«

»Das ist wirklich nicht ganz ausgeschlossen.« Tara rang ihre Hände. »Ich fühle mich schrecklich deswegen. Als wäre ich nur so groß wie eine Maus. Oder eine Spinne. Oder auch nur eine halbe Spinne.«

»Fangen Sie jetzt bitte nicht auch noch mit Mäusen oder Spinnen an!« Addie warf nun noch einmal bei Tageslicht einen eingehenden Blick auf das Haus. Der breite Vorbau nahm beinahe die gesamte Vorderseite des Gebäudes ein, die Winkel des Hauses waren leicht geneigt und gaben ihm den Charakter eines Spukhauses, doch es sah längst nicht mehr so gespenstisch aus wie gestern in der Dunkelheit.

»Mein Fehler ist durch nichts zu entschuldigen.« Tara trat verlegen von einem Fuß auf den anderen. »Ich werde Sie jetzt an einen schöneren und besseren Ort bringen.«

Addie öffnete die Autotür und dehnte ihre Beine, bevor sie ausstieg. »Wem gehört dieses Haus hier eigentlich?«

Die Vermieterin blickte zu dem alten Haus hinüber. »Eine Schauspielerin aus längst vergangener Zeit hat hier einmal gewohnt. Sie ist sehr berühmt gewesen und hatte sogar ihren eigenen Stern auf dem Walk of Fame in Hollywood.«

Adrenalin schoss plötzlich durch Addies Körper. »Ruby Tonquin?«

Tara drehte sich schnell um und warf ihr hinter der Brille einen überraschten Blick zu.

»Sie wissen von Ruby?«

»Von ihr und Grace.«

»Die meisten Leute wissen noch nicht einmal, dass Ruby eine Tochter hatte. Die meisten Leute wissen gar nichts ...« Tara rasselte mit dem Schlüsselbund, den sie an ihrer Hose befestigt hatte. »Wie genau haben Sie von Rubys Familie erfahren?«

Addie beschloss, bei den wenigen Einzelheiten zu bleiben, die sie über Charlies Geschichte wusste. Zumindest, bis sie Tara Dawson besser kennengelernt hatte. »Ich liebe alte Filme.«

»Sie sind ein ganz schön großer Fan, wenn ich das so sagen darf. Ruby hat immer versucht ...« Taras Stimme wurde leiser, als ob auch sie Informationen hatte, die sie lieber für sich behalten wollte.

»Wissen Sie, was mit Familie Tonquin geschehen ist?«, fragte Addie und betrachtete ein zerbrochenes Fenster im zweiten Stockwerk genauer.

»Sie sind vor vielen, vielen Jahren weggezogen. Das ist jetzt eine Geschichte aus einer fernen Vergangenheit«, antwortete Tara. »Ich hoffe, Sie haben die Hütte nicht gemietet, um Sterne zu beobachten.«

»Nur die in der Milchstraße.«

»Die werden Sie auf jeden Fall zu sehen bekommen.« Tara deutete auf ihren Audi, den sie am anderen Ende der Einfahrt geparkt hatte. »Was Sie jetzt brauchen, ist ein gutes Frühstück in der Stadt. Ich lade Sie ein.«

Auf keinen Fall würde Addie mit einer Frau zurück nach Newberg fahren, die sich selbst für eine Mischung aus Maus und Spinne hielt. Außerdem würde sie erst noch ein paar Stunden Schlaf, eine heiße Dusche und eine Tasse koffeinfreien Kaffee brauchen, um sich wieder wie ein normaler Mensch fühlen zu können. Danach würde sie sich auf die Suche nach Charlies Familie machen.

»Ich möchte einfach nur zur Hütte.«

»Wenn das so ist, fahren wir zur Hütte«, sagte Tara. »Ich bringe Sie direkt dorthin.«

Addie hoffte im Stillen, dass die Frau sie nicht auf halber Strecke sitzen lassen würde.

Während Tara sich auf den Weg zu ihrem Auto machte, nahm Addie einen weiteren Schluck aus ihrer Wasserflasche und stieg dann wieder in ihren Honda Civic, den sie auf der langen Einfahrt des Hauses wendete.

Wenn die Tonquins Oregon verlassen hatten – wo waren sie dann hingegangen? Die Idee hierherzufahren, war letzte Woche in Emmas Wohnzimmer entstanden, während Charlie nebenan geschlafen hatte. Emma hatte Addie erzählt, dass Charlie vor der Hochzeit nach Oregon gereist war, um seine Familie zu besuchen. Seine Eltern wären allerdings beide bereits verstorben gewesen. Danach hatte er nicht mehr über die Tonquins sprechen wollen. Es war beinahe so, als habe sein Leben erst begonnen, als er in Chattanooga aus dem Zug gestiegen war.

Emma hatte Charlies Entscheidung immer respektiert, dass er die Geschichte seiner Familie für sich behalten wollte ... bis jetzt. Sie hatte seine Sachen durchsucht, bis sie auf ein vergilbtes Foto gestoßen war, auf dem er als Teenager mit wilder Frisur neben einem wenige Jahre jüngeren Mädchen zu sehen war, deren Haare von einem Kopftuch zusammengehalten wurden. Die beiden standen dicht beieinander unter den Ästen eines Weidenbaums, im Hintergrund lag ein See. Charlie hatte etwas in der Hand, das wie ein Teller aussah.

Auf die Rückseite des Fotos hatte jemand in Handschrift die Worte *Die Tonquin-Kinder, 1946* geschrieben.

Charlie und seine Schwester.

Vielleicht waren ja seine Schwester oder deren Kinder noch am Leben. Oder die Tonquins hatten vielleicht noch andere Kinder, die ebenfalls Nachkommen hatten.

Die Zeit arbeitete jedenfalls gegen sie. Addie hatte bereits online und in der Bibliothek von Chattanooga nach Informationen über Charlies Familie gesucht. Doch alles, was sie gefunden hatte, waren Geschichten über Ruby Tonquin und einige wenige Erwähnungen ihrer Tochter Grace gewesen. Kein einziges Wort über einen Sohn namens Charlie.

Dennoch hoffte Addie, dass Grace Charlies Schwester war. Und Ruby seine Mutter.

Addie hatte in ganz Oregon keinen einzigen Menschen mit dem Namen Tonquin gefunden. Doch als sie den Tonquin-See westlich von Portland entdeckt hatte, der dem See auf Charlies Foto extrem ähnlich sah, und sie zusätzlich direkt am See eine Hütte zur Miete ausfindig gemacht hatte, hatte Emma ihr ein Flugticket besorgt.

Addie hatte den Verdacht, dass Emma sie auch deshalb nach Oregon geschickt hatte, weil sie glaubte, dass Addie ebenso sehr Heilung brauchte wie Charlie, doch sie hatte sich nichts anmerken lassen. Wie es auch immer gewesen sein mochte, Addie würde diese Woche alles Menschenmögliche dafür tun, um für Charlie einen Spender zu finden.

Als sie hinter Taras Wagen herfuhr, klingelte ihr Telefon. Ein einziger Balken war auf dem Display zu sehen. Darunter blinkte Emmas Nummer.

»Wie geht es ihm?«, fragte Addie, während sie Tara wieder auf dem Weg zurück in Richtung der Kreuzung folgte.

»Er ruht sich gerade aus«, sagte Emma. »Ich habe mir Sorgen um dich gemacht.«

»Ich wollte gestern nicht mehr anrufen, weil es schon viel zu spät war. Ich wollte Charlie nicht aufwecken.«

»Du kannst wirklich jederzeit bei mir anrufen!«, gab Emma zurück.

»Danke.«

Charlie und Emma waren seit Addies siebzehnten Lebensjahr wie Eltern für sie gewesen. Sie hatte Emma nicht mit ihrem fehlenden Handyempfang und ihren Problemen mit der Übernachtungsmöglichkeit belasten wollen.

»Ich bete für dich!«, sagte Emma.

»Das freut mich!«, gab Addie zur Antwort. »Wir werden seine Familie finden.«

Egal wo diese sich jetzt befand.

Addie fuhr um eine Kurve und landete erneut in einem Tunnel aus Blattwerk und Baumkronen. Bevor Emma ihr einen Abschiedsgruß hinterlassen konnte, war der Empfang wieder verschwunden. Doch sie wusste auch so, dass Charlie und Emma sie liebten. Und sie liebte die beiden ebenfalls.

Eine Träne rollte Addies Wange hinunter und sie wischte sie weg. Sie würde Charlie nicht kampflos sterben lassen.

Vor ihr auf dem Gipfel des Laurel Ridge lag die Kreuzung, an der sie gestern Nacht falsch abgebogen war. Wenigstens ist es derselbe Weg, dachte sie. Im Licht der Morgensonne sah eben alles anders aus. Die gruselige Atmosphäre war durch die Sonne und den strahlend blauen Himmel wie weggewischt und durch den Wind und den Regen des gestrigen Abends wirkte sogar das Laub an den Bäumen sauber und ordentlich.

Nach zwei weiteren Kurven, die Addie nicht aus Taras Wegbeschreibung in Erinnerung hatte, fanden sich die beiden auf einer weiteren Lichtung wieder. Nun konnte sie endlich den Tonquin-See mitten im Tal liegen sehen. Auf dem gegenüberliegenden Hügel erstreckte sich ein Weinberg und die Äste einer Weide ragten über das Ufer des Sees.

Wie es schien, hatte sie nun den Ort gefunden, an dem Charlie einst gelebt hatte.

Tara betätigte mehrmals die Hupe und zeigte mit der Hand auf die Landschaft links neben dem Wagen, so als würde Addie sonst den Ausblick verpassen.

Charlie hatte oft von der Schönheit und Widerstandskraft von Weidenbäumen gesprochen. Tatsächlich hatte er viele Jahre lang eine ganze Fotogalerie und Malereien von Trauerweiden gesammelt und in seinem Büro aufgehängt. Sie seien für ihn eine ständige Erinnerung daran, dass man auch mitten in Sorgen und Zweifeln stark bleiben konnte, sagte er oft. Gebeugt, aber nicht gebrochen.

Weiden. Weinen. Witwen.

Addie schüttelte den Kopf, um das letzte Wort wieder von ihrer Liste zu tilgen, doch die Tränen rannen ihr nun nur so über die Wangen und sie konnte sie nicht mehr aufhalten.

»Die Trauerweide ist ein Baum, der Lasten trägt!«, hatte Charlie gesagt. Er hatte einen dieser Bäume vor mehr als dreißig Jahren in Tennessee auf seinem Grundstück direkt neben den Bach gepflanzt. Wie oft hatte sie unter seinen Zweigen Zuflucht gesucht. Besonders nachdem ...

Schnell wischte Addie sich die Tränen weg und folgte Tara hinunter ins Tal zu einer weiß gestrichenen, von Kieferbäumen umringten Hütte mit Aussicht auf den See.

Ein weiterer Tag – das hatte Charlie oft gesagt. Ein weiterer Tag, um zu leben und nach vorne zu blicken.

Sie musste jetzt einfach nur die kommenden Stunden bewältigen, anstatt über die Zukunft oder die Vergangenheit zu grübeln. Der heutige Tag wartete bereits auf sie, hatte Charlie immer wieder gesagt. Wie ein Tisch, der schon gedeckt war.

Und dort würde sie erneut Platz nehmen. Ihre Aufgabe war es nun, so schnell wie möglich Charlies Schwester zu finden und dann nach Tennessee zurückzukehren.

KAPITEL 6

Beim Anblick des verlassenen Schlösschens musste Grace unwillkürlich an die ritterlichen Musketiere während der Zeit der Französischen Revolution denken. Gezeichnet vom Kampf und dennoch bereit, die Waffen gegen all diejenigen zu erheben, die das Leben der Schlossbewohner bedrohten. Sie hoffte, dass die grauen Steinmauern sie und Marguerite so lange beschützen würden, bis sie Marguerite sicher über die Berge bringen konnten.

Grace stand auf dem Hinterhof, sog die frische Morgenluft ein und stellte sich vor, dass das Dickicht aus Dornen und Brombeersträuchern von Neuem erblühte. Sie konnte beinahe die Klänge von Flöten und Geigen aus längst vergangenen Jahren hören, den Duft von Jasmin und Rosen riechen, der durch die Fenster ins Innere des Schlosses drang und dort die Festgäste erfreute, die im Rhythmus einer Gavotte auf dem Parkett das Tanzbein schwangen.

Ein Garten bedeutete Leben. Ein Stückchen Eden. Ein Ort, an dem sie sicher waren.

Niemand, so hoffte Roland, würde sie hier belästigen.

Grace schloss die Augen und lehnte sich an eine der Treppenstufen. Sie stellte sich vor, wie dieser Ort wohl aussehen würde, wenn er voller Kinder wäre. So wie das Heim, in dem sie in Frankreich zunächst gearbeitet hatte. Kinder, die in den Hecken oder dem überwucherten Weinberg hinter der Mauer Verstecken spielten. Kinder, die an langen Tischen zwischen den Blumenbeeten ihren Nachmittagsimbiss aßen und die Grausamkeiten in Lagern wie Gurs völlig vergaßen.

Grace vermisste sie alle unheimlich.

Durch einen Spalt in der bröckelnden Mauer konnte Grace in der Ferne die Berge sehen, die voller Gefahren waren und Frankreich von Spanien trennten. Sie trennten auch die französischen Juden von der Freiheit.

Außerhalb des Schlösschens erstreckte sich ein langes Tal und über den Pyrenäen bildeten sich dichte Wolken. Schon bald würden die ersten Schneefälle einsetzen und den Weg der Kinder in die Freiheit bis zum Frühling vollends versperren. Sie mussten Frankreich verlassen, bevor die Route unpassierbar wurde.

Andere Kinder aus Quäker-Häusern waren der Gefahr entkommen, weil sie den Schmugglerwegen gefolgt waren, die zwischen den Gipfeln der Berge hindurchführten. Es war eine sehr mühselige Reise. Fast vier Tage Fußmarsch waren bis zur Grenze zu bewältigen. Doch die Kinder waren stark und ihrem Alter weit voraus. Außerdem hatten sie einen großen Überlebenswillen.

Bis Roland jemanden gefunden hatte, der Marguerite über die Berge bringen konnte, würden sie zu dritt hier in dem nun leer stehenden Gebäude warten, das einst dem Adel als Sommerresidenz gedient hatte. Eine der Nachfahren der Adelsfamilie, eine Hirtin namens Hélène, lebte zurzeit in ihrer Nähe. In der vergangenen Nacht hatte sie ihnen zur Begrüßung etwas zu essen gebracht und versprochen, sie weiterhin zu versorgen.

Die Mauern des Schlosses waren schon ziemlich heruntergekommen und das Gebäude war auch nicht im Geringsten modern eingerichtet. Wahrscheinlich, so dachte Grace, hatte hier die letzten mindestens hundert Jahre niemand mehr gelebt. Wie Roland es in diesen dicht bewaldeten Hügeln gefunden hatte, würde wohl für immer ein Geheimnis bleiben. Doch Grace fand, dass es ein schöner und wunderbarer Ort zum Warten war.

Sobald Roland eine Reisemöglichkeit für Marguerite – und die übrigen zwölf Kinder – nach Spanien organisiert hatte, würde Grace zurück nach Gurs gehen und anderen Kindern bei der Flucht helfen, die sich dort noch versteckt hielten. Wenn der Krieg dann endlich vorbei war und die Nazis Frankreich endgültig verlassen hatten, würde sie wieder zu ihrer Großmutter nach Oregon zurückkehren.

Grace trank einen weiteren Schluck von dem Wasser, das sie aus einem Brunnen außerhalb des Schlossgeländes geschöpft hatte. Heute Morgen hatte sie Roland noch nicht zu Gesicht bekommen, doch sie hatte sein Radio im großen Saal gehört. Roland hatte dem Gerät viel Aufmerksamkeit geschenkt, seit sie hier angekommen waren. Vielleicht würden sie dort Informationen hören, die ihnen bei die Suche nach Suzel, Élias und den anderen behilflich sein konnten.

Wenn die Nazis die Kinder freilassen und die spanischen Wachposten sie die Grenze passieren lassen würden, konnte Marguerite ihren Bruder vielleicht in Lissabon treffen. Danach würden Roland und sie die beiden sicher zu ihrem Onkel bringen, der in New York auf sie wartete.

Eine Träne lief Grace über die Wange und sie wischte sie schnell weg. Die Gefühle, die in ihr hochkochten, die Wut, die Traurigkeit und die offenen Wunden unter der Oberfläche – sie alle würden warten müssen, bis der Krieg vorbei war. Trauern würde sie später noch. Jetzt aber musste sie stark sein. Nicht nur für sich selbst, sondern auch für die Kinder.

Die Hintertür wurde geöffnet und Roland trat auf den Innenhof. Seine Haare standen zu einer Seite ab, als wäre er gerade erst aus dem Bett gekrochen.

»Ich dachte, du könntest vielleicht einen Kaffee gebrauchen.« Er setzte sich neben sie auf die Treppe und reichte ihr eine Tasse. »Ich wünschte, ich könnte dir auch Milch und Zucker anbieten.«

»Ich werde jeden einzelnen Tropfen davon genießen.« Sie trank einen großen Schluck. Der bittere Geschmack belebte ihre müden Knochen wieder neu. »Irgendetwas Neues von den anderen Kindern?«

»Ich denke, sie sind immer noch in der Nähe von Saint-Lizier.«

Graces Herz begann, schneller zu schlagen. »Was hast du gehört?«

»Genügend, um neue Hoffnung zu bekommen.«

»Wir müssen dafür sorgen, dass Marguerite mit dem nächsten Konvoi über die Grenze kommt«, sagte Grace. »Das Büro des AFSC in Lissabon wird sich um sie kümmern.«

»Der nächste Konvoi geht erst nächste Woche, aber bis dahin solltet ihr in Sicherheit sein.«

»*Wir* sollten bis dahin in Sicherheit sein«, betonte Grace. Sie wählte das Pronomen bewusst, um ihn auch mit einzubeziehen. Allein würde sie es nicht schaffen.

Doch er schien die Korrektur nicht bemerkt zu haben. »Die Franzosen haben kein Interesse an den Geistern hier draußen und die Deutschen wissen nicht einmal, dass dieser Ort hier überhaupt existiert.«

»Welche Geister?«, fragte sie.

»Die meisten Einheimischen hier gehören zum Lager von de Gaulle, aber man erzählt hier trotzdem Geistergeschichten, um die Leute von diesem Ort fernzuhalten. Das Schloss dient nämlich auch als Zwischenstopp für Mitglieder der alliierten Luftstreitkräfte, die Frankreich verlassen wollen.«

»Die Alliierten stehen kurz davor, Europa zu befreien, stimmt's?«

»De Gaulle sagt das. Die Deutschen haben allerdings ihre ganz eigene Version der Geschichte. Sie glauben fest daran, dass sie den Krieg gewinnen werden.«

»Wenn die Nazis gewinnen, sind wir erledigt.«

Roland nahm Grace' Hand in seine und sie genoss es, seine Haut auf ihrer zu spüren. »Wir werden es nicht zulassen, dass sie uns erledigen.«

»Nein, werden wir nicht.« Sie wies mit dem Kopf in Richtung der schneebedeckten Gipfel, die in den Himmel ragten. »Marguerite ist ein starkes kleines Mädchen, aber ich weiß nicht, wie sie es über die Berge schaffen soll.«

»Wir werden überrascht sein, wie stark sie wirklich ist.«

»Ich bete dafür.« Sie nahm einen weiteren Schluck Kaffee. »Sobald Marguerite und die anderen in Sicherheit sind, werde ich nach Aspet zurückkehren.«

»Grace ...«, sein Blick wanderte erst zu den Bergen und dann wieder zurück zu ihr. Kaschmirbraun, dachte sie. Seine Augen hatten die schönste und sanfteste aller Augenfarben.

»Was ist denn?«

»Wirst du auf mich warten?« Sein sanfter Blick wurde härter, als stählte er sich für eine niederschmetternde Antwort von ihr.

»Du willst von hier weggehen?«

»Nur kurz. Bis ich die Kinder gefunden habe. Falls ich nicht mehr zurückkomme ...«, er wandte seinen Blick wieder zu den Bergen, »... müsst ihr von hier weg, sobald ich Bescheid gebe. Bevor es in den Bergen zu schneien beginnt.«

Grace' Herz zog sich zusammen. Was sollte sie tun, falls sie Roland verlor? Darüber wollte sie gar nicht erst nachdenken müssen.

»Du musst wieder zurückkommen, Roland!«

»Ich kann nichts versprechen.« Er ließ den Blick wieder sinken und betrachtete den Garten. »Du musst dein eigenes Leben führen, Grace. Geh wieder zurück nach Oregon in die Schule. Mach' eine Ausbildung zur Krankenschwester.«

»Aber du hast mich doch gerade gebeten, auf dich zu warten«, erwiderte sie verwirrt. Das Hin und Her in Rolands Aussagen brachte sie regelmäßig durcheinander, wenn er sie mit der harten Wahrheit konfrontierte.

»Ich bitte dich darum, weil ...«

Im gleichen Moment öffnete sich erneut die Tür und Marguerite trat, mit ihrem Flanellschlafanzug bekleidet, nach draußen. Die Fahrt im Eichenfass hatte Kratzer auf ihrer Wange hinterlassen und über die bleiche Haut ihrer Hand zog sich eine Schnittwunde, die angeschwollen war. Anstatt zu jammern, setzte sich das Mädchen zwischen Roland und Grace auf die Treppenstufe und beobachtete eine Hummel, die um einige verloren wirkende Blümchen kreiste und im Staub nach Nektar suchte.

Was hatte Roland gemeint, als er sie gebeten hatte, auf ihn zu warten? Wie sehr wünschte sich Grace, dass er geradeheraus von einer gemeinsamen Zukunft mit ihr gesprochen hätte. Sie wünschte sich, dass er genau dasselbe für sie empfand wie sie für ihn. Doch sie konnte nicht weiter nachfragen, während Marguerite zwischen ihnen saß.

Und später würde sie es auch nicht tun. Sich im Krieg zu verlieben, war gefährlich. Roland wusste das genauso gut wie sie. Romantische Gefühle konnten die Kinder, die sich in ihrer Obhut befanden, in Gefahr bringen. Sie mussten sich jetzt einzig und allein auf ihre Mission konzentrieren. Bis der Krieg vorüber war. Danach konnte er seine Frage noch einmal konkreter stellen.

Grace küsste Marguerite auf die Wange. »Guten Morgen, Kleines.«

Marguerite hielt ihren Blick noch immer auf die Hummel gerichtet. »Sie hat Hunger.«

»Nicht mehr lange.« Roland warf einen Stein in den Garten. »Sie wird bald zu den Obsthainen fliegen und dann möglicherweise die Schafe drangsalieren.«

Grace schüttelte den Kopf. »Hummeln tun den Schafen nichts.«

Er blickte sie neugierig an. »Hattet ihr Schafe auf eurer Farm?«

»Ein paar. Die Dasselfliegen sind das Problem. Nicht die Hummeln. Sie kriechen in die Nase des Schafes und dann ...«

Marguerite wedelte mit den Händen. »Hör auf!«

»Die eigentlich wichtige Frage ist doch ...«, sagte Roland mit einem Lächeln in Richtung Marguerite, »... ob *du* Hunger hast.«

Das Mädchen nickte. »Ja, riesengroßen!«

Grace freute sich unglaublich, das zu hören. Ein Kind, das essen wollte, wollte auch leben.

Die drei gingen wieder zurück in das verfallene Schloss. Der Flur führte zu einem großen Treppenhaus, dessen Geländer zersplittert auf dem Fußboden lag, und von dort aus weiter zu einem Ballsaal, an dessen Wänden Stühle standen, die früher einmal Polster gehabt hatten. Diese waren jedoch längst von Mäusen zerfressen worden. Von den Wänden lösten sich spröde gewordene Tapetenstreifen und vor dem Kamin auf dem Boden lagen einige Marmorsteine verstreut.

In einer Ecke des Raumes standen mehrere Blechkanister und verschiedene Malerpinsel. Wahrscheinlich hatte jemand vor dem Krieg damit begonnen, das Schloss zu renovieren. Grace hatte es früher gehasst, in den palastähnlichen Hotels zu leben, in denen sich ihre Mutter so wohlfühlte. Doch sie mochte es, wenn vor ihren Augen aus Zerbrochenem wieder etwas Schönes entstand und Dingen wieder neues Leben eingehaucht wurde. Falls jemand nach dem Krieg einen neuen Renovierungsversuch unternahm, würde das Schloss zu einem eleganten Ort werden.

Neben dem Ballsaal befand sich die Küche mit einer weiteren Feuerstelle, über der ein paar Kupferkessel hingen. In der Ecke neben dem hölzernen Abwaschbecken stand eine rostige Pumpe. Da sie nicht mehr funktionierte, hatte jemand einen Eimer mit frischem Wasser draußen am Brunnen gefüllt und hingestellt.

Grace hob ihre Tasse und trank sie leer. »Wo hast du eigentlich den Kaffee gemacht?«

»Draußen über einem Feuer«, sagte Roland.

Sie stellte die Tasse auf die Spüle. »Sehr einfallsreich von dir!«

Er zog ein leinenes Säckchen aus seiner Manteltasche. »Ich lasse dir die restlichen Bohnen hier.«

Sie schüttelte den Kopf. So sehr sie seine Geste zu schätzen wusste, wusste sie auch, dass er den Kaffee nötiger hatte als sie. »Du wirst sie für dich selbst brauchen.«

Trotzdem legte er das Säckchen neben ein paar hölzernen Schüsseln auf einen Schrank. Eine der Schüsseln war voll mit Äpfeln, die er in den Eichenfässern mitgebracht hatte. In einer anderen befanden sich Kartoffeln und Steckrüben. Daneben standen weitere Behältnisse aus Glas, in denen Mehl und Honig aufbewahrt wurden, und auf dem Fußboden lag ein Jutesack mit Kichererbsen.

»Hélène wird frisches Gemüse und vielleicht sogar ein bisschen Fleisch vor die Vordertür legen«, sagte Roland. »Im Wald kannst du nach Pilzen suchen. Weißt du, welche essbar sind und welche nicht?«

»Ja, ich kenne ein paar Arten.«

»Die mit einer Manschette am Stiel und alle Arten, die oben grün oder gelb sind, darfst du nicht nehmen.«

Grace erschauerte. »Knollenblätterpilze.«

»Genau.« Roland lehnte sich an den alten Ofen und klopfte mit der Hand dagegen. »Der Ofen und die beiden Kamine funktionieren leider nicht, aber es ist noch genug Holz da. Denkst du, dass du es schaffst, über offenem Feuer zu kochen?«

Grace begann zu lachen. »Roland, ich habe die meiste Zeit meines Lebens auf einer Farm verbracht. Solange wir Nahrungsmittel haben, werden wir nicht verhungern.«

»Hélène wird sich darum kümmern, dass ihr versorgt seid.«

Grace durchsuchte einen weiteren Schrank und fand dort mehrere Eier und ein Stück Butter. Dann griff sie sich einen Holzlöffel. »Ich werde eine Art Kuchen über dem Feuer backen, bevor du gehst. Dann hast du etwas zu essen und kannst dich gleichzeitig von meinen Kochkünsten überzeugen.«

»Ich mache mir keine Gedanken um deine ...«

»Du kannst gut andere Leute belügen, aber bei mir klappt das nicht.«

Während er sie angrinste, fiel sein nach hinten gekämmtes Haar über eines seiner Augen. »Ich belüge dich nur ungern, *Chérie*.«

Sie schnippte die Haare mit dem anderen Ende des Holzlöffels von seinen Augen.

»Ich muss dir noch einen neuen Haarschnitt verpassen, bevor du gehst.«

»Aber ich verstecke mich doch hinter diesem Mopp.«

»Nur weil du die Nazis nicht sehen kannst, heißt das nicht, dass sie dich auch nicht sehen können.«

Nachdem Roland wieder zu seinem Radio gegangen war, half Marguerite Grace dabei, in einem Schmortopf einen Teig aus Mehl, Honig, den Eiern und Wasser herzustellen. Dann tat sie ein paar Apfelschnitze darauf und befestigte den Topf an einem Metallständer, der über dem Feuer angebracht war.

Plötzlich raschelte es neben ihnen in einem Busch und Marguerite sprang erschreckt auf. »Was war das?«

»Wahrscheinlich nur ein Kaninchen.«

»Élias würde es bestimmt fürs Abendessen fangen.«

Grace war schon immer deutlich besser darin gewesen, die Tiere auf ihrer Farm zu versorgen, anstatt sie zum Essen zuzubereiten, doch sie wollte Marguerite so viel Nahrung wie möglich zukommen lassen, vor allem, wenn es sich dabei um Fleisch handelte. Wenn es Zeit war, die Berge zu erklimmen, würde das Mädchen die Kraft brauchen.

»Wenn du es fängst, finde ich heraus, wie ich es zubereiten kann.«

Der selbst gebackene Kuchen zum Frühstück war nur ein klumpiges Etwas, doch die drei genossen ihn an diesem Herbstmorgen sehr. Nachdem sie gegessen hatten, half Grace Roland dabei, seine Sachen zu packen. Das Radio versteckte er in einem der Eichenfässer. Als er gerade nicht hinsah, schmuggelte Grace heimlich das Säckchen mit den Kaffeebohnen mit hinein.

Roland holte die Pferde von dem Platz in der Nähe eines Baches, wo er sie angebunden hatte. Dann spannte er sie vor den Wagen. Grace und Marguerite kletterten zu ihm auf den Kutschbock und zu dritt fuhren sie die enge Auffahrt hinunter, bis sie am eisernen Tor angelangt waren.

Roland legte seine Hand einen kurzen Moment lang auf ihre. Der Augenblick dauerte gerade so lange, um die vertrauten Gefühle in ihr wieder auflodern zu lassen. »Es wird schon alles gut gehen.«

»Ich bete für dich«, sagte Grace. »Jede Stunde an jedem Tag.«

Er lehnte sich zu ihr herüber und küsste ihre Wange. »Und ich werde für euch beide beten.«

»Ich werde dich vermissen«, erwiderte sie und kämpfte in ihrem Herzen erneut mit sich selbst. Warum war sie nicht in der Lage, diese Gefühle zum Schweigen zu bringen, die wie ein Sturm in ihr tobten? Dieser innere Schmerz, der Roland nicht ziehen lassen wollte.

»Bis bald, Kolibri.«

Nun drückte er auch Marguerite einen Kuss auf die Wange und tippte zum Abschied gegen seine Mütze, bevor er die Zügel wieder zur Hand nahm. »Ich melde mich.«

Grace und Marguerite standen am Ende der vom Gras überwucherten Einfahrt hinter dem eisernen Tor und winkten ihm nach, bis die Kutsche aus ihrem Blickfeld verschwunden war. Es fühlte sich an, als hätte er einen Teil ihres Herzens mitgenommen.

Was würde passieren, wenn er nicht wieder zurückkam?

Sie konnte keine Antwort auf diese Frage finden. Jeden Tag bat sie Gott darum, ihre Feinde mit Blindheit zu schlagen. Doch seine Pläne kannte sie nicht. Sie musste weitermachen und den Kindern hier helfen, egal was passieren würde. Bis endlich der Krieg vorbei war ... oder die Nazis auch sie geschnappt hatten.

»Monsieur Roland hat die Farbe Blau«, sagte Marguerite.

Grace blickte sie an. »Ich bin auch blau.«

»Nein, bist du nicht.« Marguerite betrachtete sie eingehend. »Du bist gelb.«

Grace liebte dieses Mädchen, auch wenn sie nicht immer verstand, was Marguerite sagen wollte oder was es mit den Farben auf sich hatte, die ihr immer wieder durch den Kopf zu wirbeln schienen. »Ist Gelb eine gute Farbe?«

Marguerite zuckte mit den Achseln und blickte zwischen den kunstvoll getriebenen Eisengittern des Tores hindurch.

So standen sie noch eine ganze Weile, als würde Roland gleich wieder zurückkommen.

Doch er kehrte nicht zurück zu ihr.

KAPITEL 7

Addie saß auf der hölzernen Veranda der Hütte und beobachtete zwei Wildenten, die über den See paddelten. Der Tonquin-See war größtenteils von einem dichten Wall aus Kiefern umgeben. Nur der Weidenbaum stand frei und stolz an seinem Platz.

Addie betrachtete noch einmal Charlies Foto auf ihrem Schoß. Der Junge und das Mädchen schienen direkt am Ufer dieses Sees zu stehen. Das Mädchen mit den geflochtenen Zöpfen hatte sich bei ihrem Bruder eingehakt.

Addie musste dieses Mädchen unbedingt finden.

Sie war dafür bekannt, manche Mauern in ihrem Leben einzureißen. Die meisten davon waren bereits in jungen Jahren aus Wut zu Bruch gegangen. Dann hatte Charlie ihr dabei geholfen, die ungesunden Mauern in ihrem Leben abzubrechen, die sie errichtet hatte, um andere Menschen, gute wie schlechte, aus ihrem Leben auszuschließen.

Doch dieses Mal würde sie es sein, die die Mauer der Geheimnisse einreißen würde. Charlie zuliebe. Aus Liebe würde sie diese Mauern zertrümmern.

Die Nummer ihrer Freundin Kirsten blinkte auf Addies Handydisplay und sie nahm schnell den Anruf entgegen. »Ich bin gerade mitten im Nirgendwo, es kann sein, dass ich den Kontakt zu dir verliere.«

»Du wirst mich niemals verlieren.« Es waren leicht dahergesagte Worte, doch beide Frauen wussten, was sie ihnen wirklich bedeuteten.

»Das macht mich wirklich froh.«

Seelenverwandte. So bezeichneten sich Kirsten und sie. Obwohl sie aus völlig unterschiedlichen Verhältnissen stammten, hatte Gott sie vor sieben Jahren zueinanderfinden lassen, als Addie als Pastorenfrau in der Christlichen Gemeinschaft Knoxville Mitglied geworden war. Sie war damals gerade erst 22 Jahre alt geworden und hatte kurz zuvor ihre Ausbildung an einer Bibelschule abgeschlossen. Sie wusste nur wenig darüber, wie die praktische Arbeit in einer Gemeinde wirklich funktionierte. Kirsten hingegen war in einem christlichen Umfeld groß geworden und wusste bereits beinahe alles, was Addie im Hinblick auf ihre Rolle als Pastorenfrau erst noch lernen musste.

»Hast du schon mit der Suche nach Charlies Schwester begonnen?«, fragte Kirsten.

»Emma hat angeordnet, dass ich mich heute erst einmal ausruhen soll.« Die Bibliothek in Newberg war sonntags sowieso geschlossen, doch Addie hatte trotzdem keine Lust, eine Pause zu machen.

»Ich liebe diese Frau.«

»Ja, ich auch. Aber ich bin von der Idee, jetzt einen Sabbat-Tag einzulegen, nicht so begeistert wie Emma. Das letzte Mal, dass ich einen kompletten Tag allein verbracht habe, war vor ...« Addie dachte nach. *Drei Monate* mussten das nun sein.

Vor drei Monaten war Peter verschwunden.

»Alles okay bei dir?«

»Ja«, antwortete Addie und spielte mit dem Ehering an ihrem Finger. »Ich war das letzte Mal im Juni allein.«

»Du bist nicht allein, Addie.«

»Ich habe Gottes Nähe schon lange nicht mehr gespürt, falls du das meinst.«

»Aber er ist trotzdem immer noch bei dir. Genauso wie dein Baby, auch wenn du die Kleine gerade nicht spüren kannst. Und ich bin auch für dich da. Ein Anruf genügt.«

Addie legte eine Hand auf ihren immer noch flachen Bauch. »Danke.«

»Wann kommst du wieder zurück?«

»Spätestens am Samstag. Falls ich mithilfe des Bibliothekars schon vorher ein Mitglied der Familie Tonquin ausfindig machen kann, nehme ich einen früheren Flug zurück nach Tennessee.«

»Ich vermisse dich jetzt schon«, erwiderte Kirsten. »Wenn du noch länger dort bleiben willst, kann ich mir nächste Woche Urlaub nehmen und dir bei der Suche helfen.«

»Die Kinder in der Schule brauchen dich nötiger.«

»Ich habe einen wirklich guten Ersatz ...«

»Wir treffen uns, wenn ich wieder zu Hause bin.«

»In Knoxville oder in Sale Creek?«, fragte Addies Freundin.

»Erst mal in Sale Creek.« Der einzige Ort, an dem sie sich zu Hause fühlte.

Nachdem Addie das Telefonat beendet hatte, landeten noch weitere Enten sowie eine Gans neben den beiden Wildenten. Sie alle tauchten ihre Köpfe ins Wasser. Wahrscheinlich suchten sie nach einer Mittagsmahlzeit, dachte Addie. Es war immerhin schon beinahe 13 Uhr.

Sie hatte viel länger geschlafen, als sie es eigentlich vorgehabt hatte. Das Bett in der Hütte war wunderbar warm und bequem gewesen, sodass sie gar nicht hatte aufstehen wollen. Selbst nach der unruhigen Nacht im Auto zuvor hätte sie das eigentlich schon vor vielen Stunden tun können. Doch an manchen Tagen brauchte sie geradezu Herkuleskräfte, um einfach nur den Kopf zu heben. An diesen Tagen fühlte es sich an, als würde ein Amboss ihre Brust zusammenquetschen und ihr den Atem nehmen.

Wenn sie es dann geschafft hatte, aufzustehen und den Amboss wegzuhieven, wartete im Licht des neuen Tages neue Hoffnung auf sie. Alles brauche Zeit, um zu heilen, hatte ihr Therapeut gesagt. Und bei jedem Menschen ticke die Uhr eben anders. Vielleicht würde sie ein Leben lang brauchen, um diesen Amboss loszuwerden und wieder Licht in ihr Leben zu lassen.

Addie schloss ihre Augen, lehnte sich mit ihrem Stuhl an die Hausfassade aus Zedernholz und hörte dem Zwitschern der Vögel zu. Sie war in einer Wohnung in der Stadt aufgewachsen, durch die ständig der Lärm von den Nachbarn, von hupenden

Autos und das allgegenwärtige Rauschen des laufenden Fernsehers gedröhnt hatte. Sie hatte nicht gewusst, dass Vögel wirklich singen konnten, bis ein Richter sie eines Tages vor zwei Alternativen gestellt hatte: Entweder sie landete im Jugendgefängnis oder sie zog in das Heim für Mädchen in Sale Creek.

Seitdem waren zwölf Jahre vergangen, doch sie erinnerte sich noch genau daran, wie sie damals als Siebzehnjährige an ihrem ersten Tag im Heim aufgewacht war und sich über das seltsame Geräusch aus dem Radio gewundert hatte. Als sie dann schließlich festgestellt hatte, dass das Geräusch von draußen kam, hatte sie ihr Kissen gegen das Fenster geworfen, was ihr das Gelächter ihrer Zimmerkollegin eingebracht hatte. Der Vogel hingegen hatte ungestört weitergezwitschert.

Es war die erste kleine Erschütterung in ihrem Inneren gewesen. Doch viele weitere Schockwellen sollten darauf noch folgen.

Noch am selben Morgen – die Vögel hatten draußen gesungen, als wäre an diesem Tag Weihnachten – hatte Emma angekündigt, dass alle Mädchen sich in die Kleinbusse setzen sollten, weil sie zur Kirche fahren würden. Addie war zu diesem Zeitpunkt noch nie in einer Kirche gewesen, noch nicht einmal beim eigentlich obligatorischen Weihnachtsgottesdienst. Sie hatte zwar vorgegeben, nicht zur Kirche gehen zu wollen, und ihren Missmut auch offen zur Schau gestellt, doch insgeheim war sie ihr ganzes Leben bereits neugierig darauf gewesen, was wohl hinter den Mauern und den bunten Kirchenfenstern vor sich ging. Ein Freund aus der Junior High School hatte ihr einmal erzählt, dass in der Kirche Tiere geopfert würden, und sie hatte sich gefragt, wo das passierte und warum. Addies Mutter hatte ihr jedoch nicht erlaubt, in eine Kirche zu gehen und es herauszufinden.

Ihre Mutter war einer der gläubigsten Menschen gewesen, die Addie je gekannt hatte. Sie glaubte fest daran, dass Gott ihr Feind war.

Addie warf einen Blick auf die Uhr auf ihrem Handy. Charlie und Emma würden jetzt bald zum Abendgottesdienst aufbrechen. Wenn Charlie nicht im Krankenhaus lag, wollte er am Sonntag keinen der Gottesdienste verpassen, weder abends noch morgens. Er war tief in seiner Gemeinde und im Wort Gottes verwurzelt.

Und Charlie und Emma hatten auch Addie geholfen, darin Wurzeln zu schlagen. Die Gemeinde war für sie ein Ort gewesen, der unzerstörbar zu sein schien, selbst wenn die heftigsten Stürme in ihrem Leben tobten.

Ihre eigene Bekehrung war einer der Gründe gewesen, warum Addie in einer Gemeinde hatte arbeiten wollen. Sie wollte anderen dabei helfen, sich im Glauben an Jesus zu verankern. Peter hatte sie während einem seiner Vorträge an ihrer Bibelschule kennengelernt. Nach Addies Abschluss dort hatten sie dann geheiratet. Als junge Pastorenfrau hatte sie ihren Mann aus vollem Herzen unterstützt. Sie hatte jede Woche Jugendstunden gehalten, ein Rezept für Erdnussbutterkekse so perfektioniert, dass es zum Renner bei jedem Gemeindebrunch wurde, und ihren Ehemann mit den Gemeindemitgliedern geteilt, die zu allen möglichen Zeiten und Unzeiten angerufen hatten.

Peter hatte seine Rolle als Gemeindepastor genossen. Nach mehreren Jahren Ehe hatte Addie zu glauben begonnen, dass er diese Rolle vielleicht ein bisschen zu sehr genoss. Charlie hatte immer versucht, die Menschen in seiner Obhut zu Gott zurückzuführen. Peter jedoch war mit der Zeit ziemlich gut darin geworden, selbst Gott zu spielen.

Dennoch hatten Addie und er eine gute Ehe geführt, zumindest hatte es einige Jahre lang so gewirkt. Doch dann war all das zerbrochen, was sie früher als Wahrheit geglaubt hatte, und alles, was sie in ihre Ehe investiert hatte, war mit einem Mal wie weggewischt.

Mit klarem Kopf im Rückblick betrachtet, war Peter mehr und mehr zu ihrem Götzen geworden.

Addie stand ruckartig von ihrem Stuhl auf und stieß ihn dabei um. Sie ließ ihn auf dem Boden liegen. Egal, was Emma dachte –

Addie hielt es nicht für eine gute Idee, allein in der Hütte zu bleiben. Doch mit dem Auto durch die Gegend zu fahren, war ebenso unsinnig. Glücklicherweise verfügte sie nun über eine bessere Straßenkarte, die sie in einem der Schränke gefunden hatte. Doch sie wollte sich nicht wieder irgendwo verirren.

Deshalb verließ sie Tennessee auch äußerst selten. Sie und Peter hatten ihre Flitterwochen in Mexiko verbracht. Doch nachdem sie zurückgekehrt waren, war Addie in sein Haus eingezogen, das sich ein paar Stunden nördlich von Chattanooga in der Nähe der Christlichen Gemeinschaft Knoxville befunden hatte. Peter war ganze zehn Jahre älter als sie und eines von sechs Geschwistern gewesen. Seine Familie stammte aus Boston. Addies Eltern waren beide bereits vor ihrem sechzehnten Geburtstag gestorben. Daher hatten sie und Peter ihren Urlaub meistens mit Charlie und Emma verbracht.

Charlie hatte schon früh den übermäßigen Stolz in Peters Charakter erkannt, der ihn letztendlich auch ins Verderben geführt hatte. Er hatte Addie geraten, Peter nicht zu heiraten. Eigentlich war es nicht nur ein gut gemeinter Rat, sondern vielmehr eine Warnung gewesen. Trotzdem hatte er Peter als Addies Ehemann bei sich zu Hause herzlich empfangen. Charlie hatte sie für ihre Entscheidung kein einziges Mal verurteilt und dafür würde Addie ihn immer lieben.

Sie würde es niemals ertragen, in ein und demselben Jahr nach ihrem Ehemann nun auch noch ihn zu verlieren.

Sie hätte gerne gewusst, wie Gottes Plan für ihr weiteres Leben aussah – ohne Peter, seine Vision für ihre Gemeinde und ohne Familie. Addie stand vor einer ungewissen Zukunft. Jegliche Anweisungen, die Gott ihr ins Ohr flüstern mochte, waren wie stumm geschaltet. Wie es schien, bestand Gottes Plan für sie darin abzuwarten.

Addie schnürte ihre Wanderschuhe, band sich ihren Lieblingsschal um und trat durch die Haustür. Obwohl es erst Anfang September war, lag die Kühle des herannahenden Herbstes bereits spürbar in der Luft. Trotz des Regenschauers in der vergangenen Nacht war die Luftfeuchtigkeit hier gering, ganz anders als es weiter östlich der Fall gewesen wäre.

Ein schmaler Pfad schlängelte sich zwischen den Bäumen hindurch um den See und führte Addie immer weiter von dem Weidenbaum weg. Es war ein schönes Fleckchen Erde hier, ein geradezu idyllischer Urlaubsort. Trotzdem wäre Addie jetzt viel lieber bei Charlie, Emma und den Mädchen in Sale Creek gewesen.

Addie wäre heute wohl nicht mehr am Leben, wenn es nicht Emma, Charlie und all die anderen gegeben hätte, die ihr mit ihrer Liebe ihre Hingabe an Gott bezeugt und mit ihm gemeinsam ein Wunder vollbracht hatten. Charlie und Emma waren beide bereits über 70 Jahre alt. Irgendwann würde irgendjemand ihre Arbeit übernehmen müssen ... aber noch nicht jetzt. Addie und mehr als tausend andere Mädchen hatten das Programm außerhalb von Chattanooga durchlaufen. Und es gab noch viele weitere, die Charlies Mitgefühl und seine Energie brauchten. Er war ein Gentleman, der die Mädchen wie ein Vater liebte.

Er und Emma waren seit 35 Jahren miteinander verheiratet, waren jedoch kinderlos geblieben. Doch die meisten Frauen, die in Sale Creek gewesen waren, betrachteten Charlie als ihren Vater. Es war völliger Unsinn, Sale Creek auch nur ein Jahr lang zu schließen, wenn es so viele junge Frauen gab, die die stabilen Verhältnisse und die seelische Erholung dort nötig hatten.

Addie grub den Absatz ihres Schuhs in das Seeufer ein und versuchte, sich mit ihrem aufgewühlten Herzen wieder auf die Schönheit um sich herum zu konzentrieren.

Der Pfad auf dieser Seite des Sees wirkte sehr gepflegt und auf dem lehmartigen Untergrund war kein Unkraut zu sehen. Doch entlang des Weges breiteten sich auf beiden Seiten teppichartig hochwachsende Gräser, dornige Brombeersträucher sowie kreisförmig angeordnete Katzenschwanzgräser mit ihren pelzartigen, nach oben ragenden Kappen aus.

Kreise. Katzen. Kappen. Wieder so eine hübsche kleine Reihe von Begriffen, die ihr unweigerlich in den Sinn kam ...

Am Seeufer rankte sich eine exotisch wirkende Kletterpflanze entlang. Sie zeigte zugleich rote Beeren und wunderschöne violette Blütenblätter, die sternförmig um eine gelbe Mitte herum angeordnet waren wie Planeten auf ihrer Umlaufbahn um die Sonne. Die lebendige Ausstrahlung dieser einen Pflanze mit ihren Farben zog Addie einen Moment lang in ihren Bann und sie fragte sich, wie sie wohl heißen mochte.

Gegenüber befand sich ein heruntergekommen wirkender hölzerner Steg. Nachdem Addie eine Bohle auf deren Trittfestigkeit getestet hatte, trat sie darauf. Der Steg sank sofort ein, bis Addie sich nur noch wenige Zentimeter über der Wasseroberfläche befand. Es war beinahe so, als würde sie über das Wasser laufen. Eine Brise zog über den See und der Duft von Kiefernnadeln legte sich über das Tal.

Auf der anderen Seite des Sees erstreckte sich hinter den Kiefern ein Weinberg über einen Hügel. Links davon erblickte Addie eine weitere Gruppe Kiefern und einen weißen Turm. Es war derselbe, den sie in der vergangenen Nacht gesehen hatte. Laut ihrer Vermieterin, deren Informationen allerdings nur zur Hälfte richtig gewesen waren, gehörte der Turm zu Ruby Tonquins Haus.

Waren Rubys Kinder bei ihr in diesem Haus aufgewachsen? Falls ja – konnte sie dort noch immer Informationen über Charlies Schwester finden? Irgendeinen kleinen Hinweis vielleicht, der Addie zu ihr führen würde?

Menschen verschwanden doch nicht einfach so. Zumindest nicht, ohne irgendwelche Spuren zu hinterlassen.

Ein schmaler Pfad führte zum Gipfel des Hügels und Addie begann langsam hinaufzuklettern. Dabei blickte sie über ihre Schultern zurück, um sicherzugehen, dass sie die Hütte und den See nicht aus den Augen verlor. Niemandem wäre geholfen, wenn sie sich erneut verirrte, zumal Tara die einzige hier lebende Person war, die wusste, dass Addie sich hier aufhielt.

Die Schotterstraße führte über den Gipfel hinweg und Addie folgte ihr, bis sie wieder an der von Unkraut überwucherten Einfahrt angelangt war. Im Rückblick konnte sie sich keinen Reim darauf machen, wie ihr Auto auf dieser engen Straße zwischen den Bäumen überhaupt Platz gefunden hatte.

Rubys Haus hatte eine rote Fassade und zwei Stockwerke. Der Turm ragte über die in der Nähe stehenden Bäume hinaus und war an seinem weißen Saum mit Moos bewachsen. Die Fensterscheibe im zweiten Stockwerk war vollkommen zerstört. Vermutlich hatte sie jemand mit Steinen eingeworfen. Doch die Scheibe im ersten Stock war noch immer intakt und wurde von verblassten kirschrot-weiß gestreiften Vorhängen verdeckt, die gut zur Außenfassade des Hauses passten.

Warum hatte eigentlich niemand das Haus renoviert? Ein Haus, früher einmal mit Blick auf den See, zumindest vom zweiten Stockwerk aus, hätte doch sicherlich einen hohen Preis beim Verkauf erzielen können. Mutter Natur hatte nun größtenteils Besitz davon ergriffen und den Ausblick auf den See von allen Fenstern – ausgenommen denen des Turmes – versperrt. Aber mit geeignetem Werkzeug und ein bisschen Farbe konnte dieser Ort doch sicherlich wieder zu neuem Leben erweckt werden!

Nachdem Addie das Eingangstor geöffnet hatte, trat sie in den vom Unkraut überwucherten Vorgarten, um herauszufinden, ob das Innere des Hauses noch bewohnbar war. Ein steinerner Fußweg führte zum Vordereingang und Addie sprang wie ein Kind von einem Stein zum nächsten.

Nirgendwo gab es Schilder, die Eindringlingen den Zutritt verbaten, und sie fragte sich einen kleinen Moment, ob nicht doch noch irgendjemand hier lebte. Allenfalls ein wirklich seltsamer Mensch, einer der richtig verzweifelt sein musste, würde freiwillig in einem derartig verfallen Gebäude hausen, dachte Addie.

Sie atmete tief durch und warf einen Blick auf die Mischung aus Eichen- und Kiefernbäumen vor ihr. Offensichtlich würde sie heute nicht von irgendwelchen umherfliegenden Biestern beläs-

tigt werden, sodass Addie wie zuvor am Steg zunächst die Holz-
dielen auf der Veranda testete und dann einen Fuß daraufsetzte.

Sie klopfte einmal gegen die Haustür und wartete kurz, bevor
sie den Türgriff drehte. Verschlossen.

Addie drehte sich nach rechts und umrundete den Vorbau an
der Seite. Hinter dem Haus blieb sie plötzlich überrascht stehen.
Vor ihren Augen befand sich ein tadellos gepflegter Garten. An
der schrägen Begrenzung des Gartens blühten Blumen und dahinter stand eine Reihe Bäume. Addie trat von der Veranda einen
Schritt zurück und lief einen Fußweg aus blauem Schiefer entlang, der so ganz anders war als der Fußweg auf der Vorderseite
des Hauses. Der terrassenartig auf zwei Ebenen angelegte Garten
war ein wahrhaftig schönes und farbenprächtiges Meisterstück.
Das Haus mochte vielleicht ein Trümmerhaufen sein, doch jemand hatte sich hingebungsvoll um die Pflanzen gekümmert.

In der Mitte des Gartens stand ein weißer Brunnen mit der
Statue einer Frau, die eine Fackel in der Hand hielt. Das Wasser
entsprang aus den Flammen der Fackel und wurde in einem kleinen Becken aufgefangen. Der Fußweg endete am Brunnen und
drei gemähte Pfade führten zwischen den ordentlich geschnittenen Hecken und Blumenbeeten hindurch.

Der Anblick des Gartens zog Addie völlig in den Bann. Sie lief
langsam durch die schön angelegten Blumenbeete und sog deren
Geruch in sich ein.

Löwenmäulchen. Lilien. Lavendel.

Die Worte zogen langsam an Addies innerem Auge vorbei und
verbanden sich dort mit unzähligen farbigen Blütenblättern zu
einem efeuartigen Strang. Eine beruhigende Vorstellung, fand
Addie. Die Frühjahrsblüte in diesem Garten war längst vorüber,
doch die Rosen strahlten in ihrer Pracht wie Edelsteine auf einer
Krone. Pfirsichfarbene Blüten mit einem Hauch Violett. Silbriges
Blau und tiefdunkles Rot. Roséwein.

Am anderen Ende des Gartens befand sich eine Laube mit
kunstvoller Wölbung, umgeben von sorgfältig von Hand ge-

schnittenen Hecken. Addie lächelte, als sie mit ihrer Hand über eine der Hecken strich. Derjenige, der den Garten gestaltet hatte, war bestimmt ein Künstler gewesen, dachte sie.

Wenn Ruby diesen Ort schon vor längerer Zeit verlassen hatte – wer hatte sich weiterhin um die Pflege dieses wunderschönen Gartens gekümmert?

Dieser Ort, der so liebevoll bearbeitet und gepflegt war, konnte den eigenen Kummer im Leben in Vergessenheit geraten lassen. Auch, wenn man vielleicht nur einen kurzen Augenblick lang in die Schönheit des Gartens eintauchte. Charlie würde es wahrscheinlich als Vorgeschmack auf die Ewigkeit bezeichnen.

Addie lief am Rand des Gartens entlang und trat wieder auf die offene Veranda. Die Hintertür war ebenfalls verschlossen, doch anders als beim Haupteingang waren an dieser Seite des Hauses die Vorhänge zurückgezogen. Addie legte ihre Hände um die Augen und spähte durch die Glasscheibe.

Im Inneren des Hauses befand sich ein altmodisch wirkender Speisesaal, dessen Ausstattung durch zwei Sofas mit abgenutztem Samtbezug und einen langen Esstisch komplettiert wurde. Die Möbel allein waren schon faszinierend, doch die Wand am hinteren Ende des Saals fesselte Addies ganze Aufmerksamkeit. Jemand hatte sie kunstvoll mit einem Gemälde verziert, auf dem eine Berglandschaft – möglicherweise die Schweizer Berge –, ein kleines Schloss und eine Gruppe Menschen zu sehen waren, die … Addie konnte es nicht erkennen und legte ihre Hände noch näher an die Augen, damit das Licht nicht so sehr störte. Die Menschen auf dem Gemälde trugen alle unterschiedliche Kleidung. Manche waren eher modern angezogen, andere trugen eine Bergsteigerkluft, als hätten sie vor, das Gebirge zu erklimmen.

Addie konnte die Gesichter der Figuren nicht erkennen, doch die Farben, die jede von ihnen auf dem Bild umgaben, leuchteten so hell wie die Farben draußen im Rosengarten. Sie schienen vom Kopf der jeweiligen Figur aus wie Seide herabzufließen.

Addie hatte so etwas nie zuvor gesehen.

War Ruby selbst eine Künstlerin oder hatte sie jemanden damit beauftragt, das Gemälde in denselben Farben zu gestalten, die auch im Garten vorkamen?

Addie ging langsam am Panoramafenster vorbei und betrachtete jeden Zentimeter des Wandgemäldes, bis sie das andere Ende des Hauses erreicht hatte. Hier endete die offene Veranda. Der Hof auf dieser Seite war ebenso wie der Hof vor dem Haus mit Unkraut überwuchert. Es wirkte so, als ob sich jemand nur um die Pflege des Gartens kümmerte.

Plötzlich bewegte sich irgendetwas hinter Addie. Sie drehte sich schlagartig um und untersuchte mit ihrem Blick eingehend die Hecken und Blumen, bis ihr Blick an einer Reihe Bäume am Ende des Grundstücks hängen blieb. Möglicherweise war es nur ein Vogel gewesen, der zwischen den Zweigen umherflatterte, genauso wie der eine, der sie vor langer Zeit in Sale Creek erschreckt hatte.

Dennoch ließ Addie das Gefühl nicht los, dass sie beobachtet wurde. Ein Gefühl, auf das sie sich bereits früher als Kind vollkommen hatte verlassen können.

Addie lief um das Haus herum zurück, trat von der Veranda und beeilte sich, wieder auf den Trampelpfad zu kommen. Die Geister der Vergangenheit aufzuwecken, war ihrer Erfahrung nach noch nie eine gute Idee gewesen. Sie musste sich auf die Zukunft konzentrieren und herausfinden, was aus Familie Tonquin geworden war. Ihre Gedanken durften sich nicht um Rubys Haus oder das Grundstück drehen.

Welche Geister hier auch immer hausten – sie wollten offensichtlich nicht gestört werden.

KAPITEL 8

Wer war diese Frau, die durch Rubys Fenster gestarrt hatte? Mit ihrem am Hinterkopf zusammengebundenen hellbraunen Haar und dem pinken Schal um ihren Hals hatte sie ziemlich attraktiv, aber auch viel zu neugierig gewirkt. Das tat ihr mit Sicherheit nicht gut. Niemandem tat so etwas gut.

Es war Rubys Haus und es war seine Aufgabe, hier für Sicherheit zu sorgen, bis Ruby wieder zurückkam. Niemand durfte die Fenster schmutzig machen.

Die junge Frau hatte bereits die letzte Nacht hier draußen verbracht, als würde das Haus ihr gehören. Aber lediglich Caleb, der junge Mann, der ihm samstags bei der Gartenarbeit half, hatte die Erlaubnis hierherzukommen.

Ruby hatte für Blumen nie viel übriggehabt. Die Männer hatten ihr Hunderte, vielleicht Tausende von ihnen geschickt, doch sie hatte immer nur die gemocht, die er ihr mitgebracht hatte. Grace hatte den Garten angelegt und er hatte ihn beschnitten, bepflanzt und ihn gepflegt, damit Ruby sich eines Tages an vielen Blumen würde erfreuen können.

Als die junge Frau mit dem pinkfarbenen Schal endlich verschwunden war, putzte er das Fenster mit einem Tuch und prüfte das Türschloss. Der Schaden war gering, doch er würde in Zukunft besser aufpassen müssen.

Außer Caleb durfte niemand das Haus betreten. Nicht diese neugierigen Kinder, die nachts aus der Stadt hierherkamen. Nicht die Leute mit den schicken Autos, die so aussahen, als würden sie das Haus kaufen können.

Nicht die junge Frau, die letzte Nacht und heute hier herumgeschnüffelt hatte.

Keinen von ihnen wollte er in der Nähe von Rubys Haus sehen.

Er steckte das Putztuch in seine Tasche, lief gebückt unter überhängenden Zweigen hindurch und kam schließlich zu einer Hütte in A-Form, die mit Holz vom Grundstück der Tonquins erbaut worden war. Er hatte sie über Jahre hinweg renoviert. Auf dem Dachboden hatte er ein Fernrohr angebracht und die hochhängenden Zweige zwischen seiner fuchsbauartigen Höhle und Rubys Haus zurückgeschnitten. Nur so weit, dass niemand die Hütte sehen konnte, er von seinem Standort aus aber einen klaren Blick aufs Haus hatte. Niemand kam hierher, ob bei Tag oder Nacht, ohne dass er es mitbekam. Und sie alle gingen wieder weg, ohne zu wissen, dass *er* hier war.

Die Tür stieß gegen einen Baumstamm, als er sie öffnete. Ein Windstoß sorgte dafür, dass eines seiner Bilder schräg von der Wand hing. Schnell richtete er es wieder gerade, bevor er in Rubys Augen blickte. So tat er es immer, wenn er nach Hause kam. Und er sagte ihr, dass alles in Ordnung war.

Diese fremde Frau würde Rubys Grund und Boden nicht mehr betreten.

KAPITEL 9

Frankreich

Der Platz auf der Eckbank am Dachfenster mit jeder Menge weicher Kissen wurde jeden Abend zu einem Zufluchtsort für Grace. Wenn sie durch das Fenster blickte, konnte sie unten schemenhaft die Einfahrt zwischen den Bäumen erkennen und sie behielt sie aufmerksam im Auge, bis die Sonne hinter den Bergen verschwand. Sie wartete auf Rolands Rückkehr.

Eine Woche war nun schon vergangen, seitdem er das Schloss verlassen hatte. Seither hatte sie keine Nachricht über die vermissten Kinder erhalten oder von jemandem gehört, der Marguerite über die Berge hätte führen können.

Der Blick auf das Eingangstor war durch die Bäume entlang des Weges für sie versperrt und lag sowieso außer Sichtweite. Hélène hatte sie davor gewarnt, noch einmal zum Eingangstor zu gehen, und sie hatten miteinander strenge Grenzen vereinbart, innerhalb derer sie und Marguerite sich bewegen sollten. Auf der einen Seite bildete der Brunnen die Grenze, auf der anderen der Bach.

Hélène hatte Grace erzählt, dass die meisten Erwachsenen sich vor den Geistergeschichten fürchteten, doch die Kinder ließen sich davon kein bisschen einschüchtern. Grace fürchtete, dass ein Kind sie möglicherweise verraten könnte. Dann würden nicht einmal die Geistergeschichten die Söldnertruppen aufhalten können, die Profit daraus schlugen, wenn sie ihre jüdischen Nachbarn an die Behörden auslieferten.

Marguerite sorgte in diesen Tagen für ihre eigene Unterhaltung, indem sie sich mit den Farbtöpfen beschäftigte, die in der Küche standen. Hélène hatte ihr erlaubt, mit den Farben zu machen, was sie wollte. So hatte Marguerite die Tür zum Ballsaal mit einem Tuch zugehängt und verbrachte die meiste Zeit des Tages dort drin. Sie hatte versprochen, Grace bald mit ihrem Werk zu überraschen.

Während Marguerite malte, hatte Grace viele Stunden draußen im Garten verbracht, Unkraut gejätet und Pflanzen zurechtgestutzt, damit die Blumen im kommenden Frühjahr wieder blühen konnten. Sie selbst würde das nicht miterleben, denn sie wollte in ihre Heimat zurückkehren, sobald der Krieg vorbei war – doch die Erinnerung an die Blumen würde in ihr noch jahrelang weiterleben.

Grace entfernte Traubenkraut und üppig wachsenden Efeu aus dem Beet und hoffte, dass diese Tätigkeit nicht nur ihr selbst neues Leben einhauchte, sondern auch den genießbaren Pflanzen wie Berlandiers Gänsefuß, Portulak und Nesseln. Sie wollte alles ausreißen, was der Schönheit um sie herum Abbruch tat, und gleichzeitig die Pflanzen am Leben erhalten, die sie notfalls würden essen können.

Die Jahre, die Grace auf der Farm verbracht hatte, hatten sie wie nichts anderes auf all das hier vorbereitet. Wenn sie ehrlich war, hatte sie auch in ihrer Kindheit in Hollywood Fähigkeiten erlangt, die sie genau hier wunderbar einsetzen konnte.

Bereits als kleines Mädchen war sie eine wahre Expertin darin geworden, sich heimlich in den Hintergrund zurückzuziehen oder – wenn notwendig – sogar ganz von der Bildfläche zu verschwinden. Sie hatte Stunden damit verbracht, ihre Mutter dabei zu beobachten, wie sie auf den von ihr so geliebten Partys die Männer umgarnte. Diese Männer, egal wie alt sie waren, hatten sich wie eine Schar aufgescheuchter Hühner verhalten, sobald Ruby den Raum betreten hatte. Sie hatten sich dann immer mit auf edlen Platten servierten Häppchen und farbenfrohen Drinks mit Kirsch- oder Limonen-Toppings eingedeckt. Dann waren sie damit wie stolze Gockel zu ihrer Henne zurückgekehrt, um sie mit ihren Schätzen zu beeindrucken, und Ruby hatte sie immer für die Geschenke gelobt, die sie ihr mitbrachten.

Manchmal hatte sie von ihnen auch Schmuck oder andere extravaganten Geschenke bekommen, die dann in den Schubladen der Hotelschränke verschwunden waren. Obwohl Ruby immer leutselige Worte für diese Männer gefunden hatte, war sie von den Geschenken oder deren Überbringern nie wirklich beeindruckt gewesen.

Grace hatte sich geschworen, solche Manipulationstechniken niemals gegen andere Menschen einzusetzen, um selbst Profit daraus zu schlagen. Doch sie würde tun, was sie tun musste, um die Kinder zu beschützen.

»Miss Grace?«

Sie drehte sich um, erstaunt, Marguerite vor sich zu sehen. »Was ist denn los?«

»Möchtest du sehen, was ich gemalt habe?«

»Unbedingt!« Grace warf noch einmal einen Blick auf die abendliche Dämmerung. Über den Gipfeln der Berge schimmerte nur noch ein Hauch von Abendrot. Sie würden sich beeilen müssen, wenn Grace heute noch irgendetwas von der Malerei zu Gesicht bekommen wollte.

Als Regen einsetzte und gegen die Scheibe zu prasseln begann, griff Marguerite nach Graces Hand. Die beiden liefen um einen Haufen aus Schutt und Staub herum, der durch eine undichte Stelle in der Decke heruntergefallen war. Dann stieg Grace hinter Marguerite die Dienstbotentreppe hinunter und folgte ihr auf dem Weg durch den Flur an der ehemaligen Bibliothek und der Küche vorbei. Noch immer hing der Vorhang aus Stoff vor dem Eingang des Raumes, in dem Marguerite ihr Werk erschaffen hatte und in dessen nun verfallenden Mauern früher feine Damen und Herren getanzt und gegessen hatten.

Das Mädchen zog den Vorhang zurück, als würde jeden Moment eine Theatervorstellung beginnen. Grace schloss die Augen und ließ sich von Marguerite in den Raum führen. Als sie die

Augen wieder öffnete, blieb ihr der Mund trotz des schwächer werdenden Lichts vor Bewunderung offen stehen.

Jemand hatte die Papierstreifen entfernt und die Wandfläche gesäubert. Nun war darauf ein Wandgemälde mit einer ganzen Serie von Bildern zu sehen, die in schoko- und kupferbraune, himmelblaue, sonnenblumengelbe und immergrüne Farbtöne getaucht war. Die Ausstellung begann mit einem Glockenturm, der den Türmen auf den Gemälden von Claude Monet ähnelte. Der Himmel des Bildes war mit farbigen Mustern versetzt worden.

»Das ist die Kirche«, sagte Marguerite und deutete auf das Bild links von ihnen.

Ein aus grünen und braunen Kreisen bestehender Pfad war in den blauen Nebel eines Flusses getaucht und führte von Saint-Lizier zu einer Scheune aus gesprenkelten Steinen und dann in einen Wald, dessen Bäume sich neigten und einen Tunnel bildeten.

Grace berührte die bereits getrocknete Farbe mit den Fingern. »Du bist sehr begabt, Marguerite.«

Das Mädchen verschränkte die Arme und schien ein wenig in sich selbst zu versinken. »Das ist nur das, was ich sehe.«

»Das ist wirklich außergewöhnlich!«, meinte Grace und fuhr mit dem Finger auf dem Pfad weiter nach rechts.

»So kann Élias sehen, wo wir gewesen sind. Dann weiß er …«

Graces Finger blieb auf einem tiefschwarzen Etwas hängen, an dessen oberem Ende durch ein kleines Loch ein schmaler Lichtschein fiel. »Ist das das Fass?«

Marguerite nickte.

»Das ist wirklich bemerkenswert«, sagte Grace. »Es ist schön, dass du mir deine Bilder zeigst.«

Marguerite zog ihren Pinsel aus einem mit Wasser gefüllten Eimer und wischte ihn an einem Handtuch ab. »Ich muss diese Bilder aus meinem Kopf bekommen.«

Grace deutete auf eine Reihe kleiner Gefäße und Dosen an der Wand. »Woher hast du all diese Farben?«

»Hélène hat sie mit Kräutern und ein paar Pflanzen gemacht, die sie im Wald gefunden hat.«

Marguerite stellte einen Schemel zur Seite, sodass Grace weiterhin an der Wand entlanggehen und dem Gemälde mit ihrem Finger folgen konnte. Als Nächstes kam die in Grau gehaltene Außenfassade des Schlosses und ein langer Streifen mit zwei Menschen an dessen Ende. Ein Mann und eine Frau, die neben einer Kutsche standen.

»Das sind Monsieur Roland und du«, erklärte Marguerite.

Die Gesichter der beiden Figuren waren in blassen Cremefarben gemalt, wie ein junger Künstler das eben so tat. Jedoch befand sich in der rotblonden Frisur der Frau ein helles Gelb, stellte Grace fest, als sie sich über das Bild beugte und es sich genauer ansah. Rolands Haare waren blau durchzogen.

»Gelb und Blau.« Grace blickte wieder zu dem Mädchen hinüber. »Was bedeuten die Farben?«

Marguerite schüttelte den Kopf. »Sie stimmen nicht wirklich exakt.«

»Sie müssen nicht wirklich stimmen«, sagte Grace. »Ich wüsste nur gerne, was sie bedeuten.«

Marguerite deutete auf Rolands Figur. »Er ist traurig.«

»Das stimmt. Wir haben beide die Farbe Blau.«

Das Mädchen schüttelte erneut den Kopf und wies auf die goldene Farbe. »Deine Farbe bedeutet Liebe.«

Grace bekam bei diesem Wort eine Gänsehaut, weil es ihr ganzes Herz offenbarte. »Traurigkeit und Liebe.«

Marguerite blickte auf ihre Farbdosen. »Ich brauche neue Farbe«, sagte sie und die Traurigkeit beschlich nun auch sie selbst.

»Was möchtest du denn als Nächstes malen?«

»Die Berge und die Bäume. Aber ich brauche noch mehr Farben.«

»Gott hat dir wirklich Talent geschenkt!«, sagte Grace. »Egal, welche Farben du benutzt.«

Grace beneidete die Menschen, die Licht in das Dunkel dieser Welt bringen und sie mit ihren Gaben verändern konnten. Menschen, die wie die Engel singen oder so mit Worten umgehen konnten wie der weise König David. Oder Menschen, die ihre Wahrnehmung auf Gemälden ausdrücken konnten wie Marguerite.

Über den Flur legte sich ein Schatten und die Dunkelheit der Nacht hüllte den Raum ein.

»Wir müssen wieder nach oben, bevor wir gar nichts mehr erkennen können.« Es war gefährlich, an diesem Ort nichts mehr sehen zu können, wenn Geländer an den Treppen fehlten und Bruchstücke von den oberen Stockwerken sowie Glasscherben auf dem Boden herumlagen.

Hand in Hand gingen Grace und Marguerite wieder zurück zur Wendeltreppe. Sie hielten sich dabei dicht an den Wänden, damit keine von ihnen hinfallen konnte. Grace zählte leise vor sich hin, als sie die Treppen hinaufstiegen und über fehlende Stufen hinwegsprangen.

Als sie einen Teil der Stufen hinter sich gebracht hatten, hörte sie weiter oben ein Geräusch. Vielleicht war es auch durch ein zerbrochenes Fenster gekommen. Es hörte sich an wie eine Stimme.

Dann war alles wieder still.

Es waren Stimmen, fürchtete Grace. Und nun redeten diese in ihrem Kopf, bis Marguerite flüsterte: »Hast du das gehört?«

»Die Stimme?«

Marguerite drückte ganz fest ihre Hand. »Ich weiß nicht, was für eine Farbe sie hat.«

Grace zählte innerlich schneller, weil sie die Treppe zum hinteren Teil des Schlosses hinaufrennen mussten, wo sich das Schlafzimmer befand, das sie sich miteinander teilten. Es befand sich nahe an der Treppe für die Dienstboten. Das Fenster des Raumes war noch intakt und von einem schwarzen Vorhang verdeckt.

Vier Feldbetten standen hier und im Raum nebenan befanden sich vier weitere. Jemand hatte ihr gesagt, dass diese für die Menschen waren, die vor dem Regime auf der Flucht waren. Vielleicht würden ja bald weitere Gäste hier ankommen. Vielleicht sogar schon heute.

Grace betete, dass es freundliche Menschen waren, falls es wirklich dazu kommen würde.

Marguerite holte eine Kerze, die Grace mit den Streichhölzern aus ihrer Tasche anzündete. Dann prüfte sie, ob die dunklen Vorhänge die inzwischen vom Regen feuchte Fensterscheibe verdeckten.

»Der Herr ist mein Hirte, mir wird nichts mangeln.«

Grace begann den Psalm zu beten, der davon handelte, dass Gott sie auch im finstersten Tal beschützte.

Draußen war nun eine weitere Stimme zu hören, ebenso ein Schlurfen in der Eingangshalle. Grace öffnete die Tür des Kleiderschranks, damit sie und Marguerite sich darin verstecken konnten.

»Geister!«, flüsterte Marguerite, als Grace die Kerze auspustete.

Wussten die Nazis, dass sie beide hier im Schloss waren? Falls ja, wer hatte sie verraten?

»Miss Grace.« Ihr Name drang von draußen ins Innere des Schrankes und blieb zwischen den engen Wänden hängen.

Ein Gemurmel aus Kinderstimmen folgte dem Rufen. Das war weder der Feind noch ein Flüchtiger aus den Reihen der Luftstreitkräfte. Und ganz bestimmt auch kein Geist ...

Es waren die Kinder! *Ihre Kinder.*

Graces Herz wurde leicht. Sie öffnete die Schranktür und blickte in eine Runde müder Gesichter, jedes davon dreckverschmiert und mit laufender Nase. Es waren die schönsten Gesichter, die sie je gesehen hatte.

Schnell zählte Grace durch – Suzel, Élias, Louis und all die anderen. Es waren elf. Sogar das Kind, das nicht in Saint-Lizier von den Nazis geschnappt worden war, war hier.

Doch es fehlte jemand. Der großgewachsene Mann, der von hier weggegangen war, um die Kinder zu suchen. Der Mann, dessen ungezwungenes Lächeln und furchtloser Blick ihre Feinde entwaffnete.

Wie eine Henne ihre Küken unter die Flügel nahm, so schloss Grace nun die Kinder schützend in ihre Arme, als wäre sie vorher nicht dazu in der Lage gewesen. Trotz aller Hoffnung und der vielen Gebete hatte Grace nicht mehr daran geglaubt, sie jemals wiederzusehen.

Doch Roland hatte es irgendwie geschafft, sie zu finden. Irgendwie hatte er sie hierhergebracht.

Als Grace wieder ihren Blick hob, sah sie Hélène. In den faltigen Augenwinkeln der älteren Frau sammelten sich die Tränen. Marguerite stand neben ihr und starrte Élias an, als wäre er gerade aus einem Bilderbuch gesprungen. Oder aus einem Grab.

»Struppi!«, sagte er sanft und streckte eine Hand nach ihr aus. Dann schlang er beide Arme um seine Schwester und drückte sie fest an sich.

Grace fühlte sich erleichtert. Die beiden brauchten einander mehr als alles andere in der Welt.

»Wo ist Roland?«, fragte sie Élias.

»Er ist vor ein paar Stunden ohne uns weggegangen.«

Die Freude in ihrem Inneren verfloss mit einem Mal. Es fühlte sich an, als würde der letzte Rest davon durch Grace' Zehen hindurch im Boden versickern. »Was meinst du mit ›Er ist ohne uns weggegangen‹?«

»Er hat uns zu einer Straße gebracht und Suzel und mir erklärt, wie wir den Weg zum Schloss finden.«

Ihr Brustkorb wurde gefühlt enger und enger und drückte gegen die Lunge. Grace schnappte angestrengt nach Luft. Die Kinder waren nun wieder in ihrer Obhut. Die Trauer über den Verlust wich wieder der Freude. Doch ohne Roland drohte die Angst ihre Freude wieder zu ersticken.

Grace bückte sich, um einem der kleineren Mädchen aus dem feuchten Mantel zu helfen.

Das hier war einer der Gründe, warum sie mitten im Krieg

ihren Gefühlen nicht freien Lauf lassen durfte. Romantische Gefühle sorgten dafür, dass sie ihren Fokus verlor und ihre ganze Mission wie vom Nebel verschlungen werden konnte. Dabei drängte die Zeit doch für jeden von ihnen.

Grace trat auf Suzel zu und strich ihr die schwarzen Strähnen zurück, die sich aus ihrem Zopf gelöst hatten. »Wo haben die Nazis euch hingebracht?«

»In ein Gefängnis in Saint-Girons. Sie haben uns alle zusammen in eine Zelle gesteckt und uns dann mit der französischen Polizei allein gelassen.«

Grace erschauderte bei dem Gedanken, dass ihre Kinder im Gefängnis gewesen waren. »Du hast gut auf alle aufgepasst.«

Die junge Frau rieb sich die Arme, um die Gänsehaut loszuwerden, die sich in der kalten Luft der Nacht auf sie gelegt hatte. »So viel konnte ich gar nicht machen.«

Diese Kinder – so viele Kinder wie möglich – über die Berge zu bringen, war alles, was jetzt wirklich zählte. Obwohl Grace erleichtert darüber war, dass die Kinder gesund genug waren, um hierherzukommen, hatte sie bei ihrem Blick in die Runde doch viele rote Nasen und eingesunkene Wangen wahrgenommen. Und spürbare Angst. Was diese Kinder während ihrer Zeit im Gefängnis gesehen und erlebt hatten, musste schrecklich gewesen sein.

»Wo sind eure Tornister?«, fragte sie Suzel.

»Der Wachmann hat sie uns weggenommen.«

Grace hatte die Ausweise der Kinder in ihre Tornister gepackt. Die anderen Papiere waren in ihre jeweilige Kleidung eingenäht. Doch abgesehen von dem, was sie unter ihren Mänteln oder übergeworfenen Decken trugen, besaßen sie keine weitere Kleidung. Die Nazis hatten ihre Familien verhaftet und ihnen alles genommen, was sie zum Überleben brauchten. Grace hatte früher gelernt, dass ein Teil von Gottes Wesen in jedem Menschen sichtbar werden konnte. Doch es war unglaublich mühsam, auch nur ein kleines bisschen Licht im Charakter jener Menschen zu entdecken, die diese Grausamkeiten verübt hatten.

Grace half einem anderen Mädchen, ihre *Espadrilles* auszuziehen und hängte die Schuhe aus Stoff zum Trocknen auf. »Wie seid ihr aus dem Gefängnis rausgekommen?«

Suzel ergriff wieder das Wort. »Roland und Élias haben uns gefunden.«

Als Grace sich zu dem Jungen umdrehte, zuckte dieser mit den Schultern und blickte konzentriert auf einen Riss in einer Bodendiele. Dann merkte Grace, dass er seinen Tornister immer noch bei sich hatte.

Er war das elfte Kind! Er war derjenige, der entkommen war. Doch anstatt sich zu verstecken, war er zurückgekehrt, um den anderen zu helfen.

Hatte Roland gewusst, dass Élias nicht geschnappt worden war? Ein Teil von ihr wollte Roland dafür würgen, dass er ihr nicht erzählt hatte, dass Élias frei war. Oder dass er es zugelassen hatte, dass der Junge ihm bei einem Auftrag geholfen hatte, bei dem beide hätten draufgehen können. Aber Roland sah oft eine Stärke in den Menschen, die von anderen als schwach betrachtet wurden. Er hatte einen Mann in Élias gesehen, während Grace nur einen Jungen gesehen hatte.

Sie schloss Élias in ihre Arme. Obwohl sie viel zu jung dafür war, selbst Mutter eines Dreizehnjährigen zu sein, fühlte sich Grace in diesem Moment so, als wäre sie es. Sie war stolz darauf, dass er sich diesem übermächtigen Feind in den Weg gestellt und die Freilassung der Kinder verhandelt hatte.

»Du warst das!«, sagte Grace beeindruckt und betrachtete ihn von Kopf bis Fuß, wo eine seiner Zehen aus dem Schuh herauslugte.

»Ich konnte es nicht zulassen, dass die Nazis sie woanders hinschicken.«

Grace schüttelte den Kopf, um wieder klar denken zu können. »Hat Roland euch gesagt, wo er hinwollte?«

Élias griff in die Tasche seines Mantels und zog ein zerknülltes Stück Papier hervor. »Er sagte, ich soll dir das hier geben.« Schnell las Grace die Nachricht auf dem Zettel.

Ich muss noch etwas erledigen, bevor ich wieder zurückkomme.
Aber ich werde dich finden, wenn die Kinder geflohen sind.

Unter die Nachricht hatte er einen Kolibri gezeichnet.

Grace' Gesicht wurde warm. Vielleicht war der Konflikt in seinem Herzen genauso groß wie in ihrem.

Die Kinder durften die Einzelheiten über die bevorstehende Flucht über die Berge nicht erfahren, aber sie musste jetzt dafür sorgen, dass sie etwas zu essen und eine Möglichkeit zum Schlafen hatten. Weder die Berge noch die Nazis würden ihnen gegenüber Mitleid zeigen, wenn sie keine Kraft mehr zum Klettern hatten.

Eines der Kinder kauerte in der Ecke. Es war der vierjährige Louis. Er zitterte so sehr, dass er seinen Mantel nicht allein ausziehen konnte. Grace half ihm dabei und unter dem Mantel kam sein abgewetztes Hemd zum Vorschein, das sich über seinem schmalen Körper wie ein riesiges Zelt wölbte. Kein Wunder, dass er zitterte. An seinem Körper war nichts mehr, was er der Kälte entgegensetzen konnte.

Es würde Monate, wenn nicht sogar Jahre dauern, bis sich diese Kinder körperlich, psychisch und seelisch wieder erholt haben würden.

Marguerite legte Louis eine selbst gestrickte Decke um und der Junge flitzte davon. Grace wandte sich wieder zu Élias. »Du bist ein sehr mutiger junger Mann.« Selbstlos. So wie sie auch gerne sein wollte. »Wie habt ihr es geschafft, die anderen aus dem Gefängnis zu befreien?«

Doch Élias schüttelte den Kopf. »Ich will nicht darüber reden.«

Grace wollte jedes Detail über ihre Rettung wissen, doch sie würde ihn nicht zum Reden drängen, bis er es von sich aus wollte. Vielleicht würde er es ihr morgen erzählen.

»Wann habt ihr das letzte Mal etwas gegessen?«

Élias zuckte mit den Schultern. »Wir haben unterwegs ein paar Äpfel gefunden.«

»Kommt mit!«, sagte Grace. »Jeder von euch bekommt jetzt etwas zu essen und dann könnt ihr auf den Feldbetten ein bisschen schlafen.«

Die Kinder flüsterten leise weiter, als ob nebenan die Nazis wären. Wahrscheinlich war das eine schlaue Idee. Keiner von ihnen konnte genau sagen, wann ihr Feind hier auftauchen würde.

Hélène schnitt in der Küche im Schein einer Petroleumlampe einen Laib Brot in Scheiben. Grace nahm noch ein weiteres Pfund Kichererbsen und tat sie zu denen, die bereits in einem Topf mit Wasser eingeweicht waren. Morgen würde sie daraus mit den Bohnen und den frischen Karotten, die Hélène gebracht hatte, eine Suppe kochen.

»Danke, dass du das für uns tust!«, sagte Grace.

»Ich habe mich auch schon um die anderen Kinder gekümmert.« Hélène bestrich jede Scheibe Brot mit weißer Butter, die sie aus Schafsmilch gewonnen hatte. »Solange sie hier gewohnt haben.«

Grace hängte den Kochtopf ein Stückchen tiefer. »Welche Kinder?«

»Die, die mein Neffe hierhergebracht hat.«

»Dein Neffe ...« Sobald die Worte über ihre Lippen kamen, verstand Grace, was Hélène gerade gesagt hatte. Deshalb hatte Roland von dem Schloss gewusst.

Wieder einmal hatte er versucht, ein Geheimnis für sich zu behalten. Um sie alle zu beschützen.

»Hat Roland vor dem Krieg hier in der Nähe gelebt?«

»Er ist in diesem Ort aufgewachsen, bevor er nach Oxford aufs College gegangen ist. Dann ist er aus England wieder zurückgekommen, um mir mit den vielen, vielen Kindern aus Spanien zu helfen, die über die Berge zu uns geflohen sind.«

»Und jetzt hilfst du ihm«, sagte Grace, während sie Hélène dabei half, die Butterbrote zu schmieren.

»Ich werde alles tun, was in meiner Macht steht, um denjenigen zu helfen, die vor diesem Regime fliehen.«

»Die Kinder können nicht lange hierbleiben.«

Hélène legte das Messer weg. Ihre Stimme klang traurig. »Wo sollen sie denn sonst hingehen?«

Grace' Hand zitterte, als sie die letzte Scheibe mit Butter bestrich. Sie durfte jetzt nicht daran denken, was alles passieren konnte. Nur an das, womit Gott sie schon versorgt hatte.

Er hatte sie mit Essen für die Kinder gesegnet. Mit genügend Eiweiß und guten Nahrungsmitteln, die sie für die gefährliche Wanderung, die vor ihnen lag, brauchen konnten. »Hoffentlich schickt Roland bald jemanden, der sie über die Berge führt.«

»Sobald es sicher ist, wird er dafür sorgen, dass ihr den Weg nach Spanien findet.«

»Ich gehe nicht aus Frankreich weg«, erklärte Grace. »Nur die Kinder.«

Hélène nahm eines der Tabletts in die Hand und Grace folgte ihr mit dem zweiten. Einige der Kinder aßen sehr schnell, während andere nur leicht an ihrem Brot knabberten, sodass Grace darauf bestehen musste, dass sie etwas aßen. Sie müssten stark genug bleiben, erklärte sie.

Die Kinder schliefen schnell ein, doch Grace lag noch lange wach. Ihnen zur Freiheit zu verhelfen, war das, was sie wollte. Das war der Grund, warum Gott sie hierhergebracht hatte. Wie sehr wünschte sie sich, heute Gottes Stimme zu hören! So viel lauter und deutlicher als alle anderen Stimmen, die sich in ihrem Kopf breitgemacht hatten. Lauter als die Ängste, die sie plagten.

Um sie herum hörte sie im ganzen Raum das leise Atmen und die Bewegungen der Kinder im Schlaf. Keiner von ihnen wusste, wann die Nazis hier auftauchen und nach Juden suchen würden, um ihr Soll zu erfüllen. Doch Roland hatte ihr befohlen zu warten und sie würde seiner Führung vertrauen müssen.

Wenn es an der Zeit war, würden die Kinder alle gemeinsam von hier weggehen.

Und dieses Mal würde sie keines von ihnen zurücklassen.

KAPITEL 10

Addie wartete vor dem Schulgebäude von Newberg, das in eine Bibliothek umgewandelt worden war. Schließlich öffnete eine junge Bibliothekarin mit dunklem Haar, das sie zu feinen Zöpfen geflochten hatte, die Eingangstür. Addie war in einer Gegend mit rauen Sitten aufgewachsen und hatte daher eher gelernt, aus Menschen als aus Büchern schlau zu werden. Doch heute würde sie so lange nachforschen, bis sie auf einen Hinweis stieß, der sie zu Charlies Familie führte. Hoffentlich würde sie schnell und unkompliziert einen Spender finden, betete sie.

»Wie kann ich Ihnen behilflich sein?«

Addie erwachte aus ihren Tagträumen und wandte sich der Dame hinter dem Pult zu. Sie war vielleicht Ende zwanzig. Genauso alt wie Addie.

»Ich suche Informationen über Familie Tonquin«, erklärte Addie. »Sie haben hier in der Nähe gelebt.«

Die Dame warf Addie einen neugierigen Blick zu. »Schreiben Sie eine Reportage über sie?«

»Nein ...«

»Normalerweise arbeiten die Leute, die Fragen zu den Tonquins stellen, an einer Dokumentation über Hollywood oder etwas Ähnlichem.«

Addie hatte im Flugzeug eine Biografie über Ruby gelesen, doch diese hatte eher Klatsch und Tratsch als hilfreiche Informationen geliefert. Der Autor hatte noch nicht einmal erwähnt, dass Ruby Kinder hatte. Addie hatte jedoch bereits durch ihre Online-Recherche von Grace' Existenz erfahren. »Es ist eher etwas Persönliches.«

Die Frau blinzelte. »Sind Sie eine Angehörige?«

»Ich versuche herauszufinden, was aus Rubys Kindern geworden ist«, antwortete Addie.

»Sie hatte nur eine einzige Tochter. Grace lebt aber schon lange nicht mehr hier.«

»Was ist mit ihrem Sohn?«

Die Frau wandte sich einem der Bücherstapel vor ihr zu. »Ich weiß nichts von einem Sohn.«

»Wissen Sie, wo Grace hingezogen ist?«

Die Frau zuckte mit den Achseln. »Manche behaupten, sie hätte sich versteckt, nachdem ihre Mutter getötet worden ist.«

Addie zuckte zusammen. Sie hatte in der Biografie über Ruby gelesen, dass diese möglicherweise ermordet worden war, doch laut Autor hatte man ihre Leiche nie gefunden. »Wer hat Ruby Ihrer Meinung nach umgebracht?«

»Keine Ahnung!«, antwortete die Bibliothekarin. »Manche Leute hier denken, dass sie eher geflohen ist. Oder von einem ihrer Bewunderer entführt wurde. Davon gab es nämlich eine ganze Menge, müssen Sie wissen.«

»Ich weiß wirklich nur sehr wenig über Ruby.«

Die Bibliothekarin erhob sich von ihrem Stuhl. »Wir haben sämtliche Zeitungsausschnitte über Ruby und Grace in einer Mappe gesammelt. Ich hole sie eben für Sie.«

Addie setzte sich auf einen Stuhl in der Nähe der Rezeption und beobachtete die Menschen, die durch die Eingangstür der Bibliothek traten. Vielleicht würde sie ja schon heute die notwendigen Informationen über die Tonquin-Familie finden und dann wieder nach Hause fliegen können. Emma und Charlie hatten ihr angeboten, bei ihnen im Gästezimmer zu übernachten, so lange sie wollte. Im Gegenzug sollte sie im Haushalt mithelfen und Zeit mit den jungen Frauen verbringen. Ich werde nicht für immer bleiben, dachte Addie. Doch sie war sehr froh darüber, einen Ort zu haben, an dem sie innerlich ankommen konnte.

Das Material zu Familie Tonquin in der dicken Mappe bestand zum Großteil aus Zeitschriftenartikeln über Ruby. Sie war ein

Star des Stummfilms gewesen, bevor sie nach der Erfindung des Tonfilms zur Leinwandkönigin avanciert war.

Im Ordner befand sich ein Feuilletonartikel aus dem Jahr 1939 aus der Zeitschrift *Glamour of Hollywood* und ein weiterer aus der *Vogue*. Ruby Tonquin war offensichtlich eine schillernde Persönlichkeit gewesen, die sich mit vielen berühmten Schauspielern ihrer Zeit – darunter Clark Gable, Spencer Tracy und Cary Grant – hatte ablichten lassen. Auf einem Foto, das sie auf den jährlichen Filmfestspielen in Venedig zeigte, waren ihre glänzenden schwarzen Haare kürzer geschnitten und fielen ihr gerade so über die Schultern. Sie trug eine dicke Schicht Lippenstift und ihre dramatisch wirkenden dunklen Augen schienen selbst die Kamera einzufangen anstatt umgekehrt.

Addie hätte Ruby nicht als hübsch bezeichnet. Sie wirkte eher wie die böse Hexe im Märchen, die einen glänzenden Apfel in der Hand hielt. Eine Verführerin, die sich ihr nächstes Opfer schnappen wollte.

Vielleicht war das aber nur das Image, das sie für ihr Publikum aufgebaut hatte. Kein Fotograf hatte sie abgelichtet, wenn sie mit ihrem Hund Gassi gegangen war oder ihre Kinder zur Schule gebracht hatte. Jeder der Artikel war vergleichbar mit Rubys Frisur. Perfekt durchgestylt, aufgerollt und passend zugeschnitten.

Was für ein Mensch war Ruby wohl abseits der Titelseiten gewesen?

Addie war eigentlich hierhergekommen, um herauszufinden, was aus den Kindern dieser Frau und nicht aus Ruby selbst geworden war. Doch die Faszination ließ Addie immer noch nicht los. Mehrere Artikel aus den 1920er-Jahren zeigten Bilder von Ruby und ihrer kleinen Tochter, wie sie sich auf einem Zweiersofa aneinanderkuschelten. Grace wirkte jedoch eher wie ein Haustier und nicht wie ein Kleinkind. Sie sah aus wie eine Katze oder ein Hund, die mit trauriger Miene in ihrem Käfig saßen.

Addie holte erneut ihr Foto von Charlie und seiner Schwester aus der Tasche heraus. Die Teile dieses Puzzles schienen nicht zusammenzupassen, egal wie sie sie drehte und wendete. Das Mädchen auf dem Foto von 1946 konnte nicht Grace sein. Dafür war es viel zu jung.

Vielleicht hatte Charlie zwei Schwestern.

Er war im Alter von siebzehn Jahren von Oregon nach Tennessee gezogen. Im selben Alter war auch Addie nach Sale Creek gegangen. Charlie hatte einmal zu ihr gesagt, dass die Zukunft für ihn viel wichtiger sei als die Vergangenheit.

Ich vergesse, was da hinten ist, und strecke mich aus nach dem, was da vorne ist. Diesen Vers aus dem Philipperbrief hatte er oft zitiert. Sein Fokus, so sagte Charlie gerne, läge auf dem, was vor seinen Füßen lag. Doch damit er selbst noch eine Zukunft haben konnte, mussten sie jetzt einen Blick in seine Vergangenheit werfen.

Addie blätterte durch zwei weitere Artikel. Warum wurde Rubys Sohn in keinem von ihnen jemals erwähnt? Charlie war jetzt 73 Jahre alt. Geboren 1930. Aber in diesen Artikeln aus den 1930er-Jahren war kein einziges Wort über ihn zu lesen.

Charlie hatte nie über Ruby oder Grace gesprochen, zumindest nicht mit Addie. Wenn Emma ihn doch noch einmal über seine Familie ausfragen würde, konnte sie vielleicht herausfinden, was er noch von seiner Schwester wusste. Das würde Addies Suche erheblich erleichtern. Doch Emma machte sich Sorgen, dass Charlie ihnen dann verbieten würde weiterzusuchen. Und weder Addie noch Emma wollten das.

Der nächste Artikel hatte Risse und war verschmutzt. Er stammte aus dem Filmmagazin *Photoplay* aus dem Jahr 1946, war also ein Jahr nach dem Ende des Zweiten Weltkriegs verfasst worden. Inmitten von Werbeanzeigen für Pond's-Hautcreme, Royal Crown Cola und Gesichtspuder aus Paris war ein längerer Beitrag über Ruby abgedruckt, der bei ihrer Geburt auf der Farm ihrer Eltern einsetzte.

Zu dem Artikel gehörte auch das Foto eines Farmhauses, das in der Nähe des Tonquin-Sees stand. Ruby war 1917, kurz vor ihrem achtzehnten Geburtstag, nach Hollywood gegangen. In den dann folgenden zwei Jahrzehnten hatte sie in beinahe zwanzig Filmen mitgespielt und war mit einem Oscar ausgezeichnet worden, bevor ihr Stern wieder untergegangen war. Es war kein langsamer Abgang gewesen. Nachdem ihre letzten beiden Filme gefloppt waren, war Ruby von der Bildfläche verschwunden wie eine Sternschnuppe, die am Himmel verglühte.

Der nächste Artikel war aus einer Lokalzeitung aus dem Frühling 1947. Darin wurde die Fertigstellung von Rubys Haus nördlich von Newberg thematisiert, dessen Bauweise an die Villen in Hollywood erinnerte. *Château sur la Colline* hatte Ruby ihr Anwesen genannt. Es war eine Hommage an ihre Obsession für alles Französische gewesen. Das *Schloss auf dem Hügel*.

Addie strich mit ihrem Finger über den Rand des Artikels und überflog ihn. Der Verfasser erwähnte Rubys Familie nicht einmal.

Weitere Artikel folgten, die sich in ihrem Ton deutlich unterschieden. Ruby war anscheinend nach einer letzten Hausparty Ende der 1940er-Jahre vollkommen aus dem Rampenlicht verschwunden. Sie sei ermordet worden, wurde in einem Artikel behauptet. Andere schrieben lediglich, dass sie verschwunden sei.

Hatte Rubys Familie die Umstände ihres Todes vor den Medien geheim gehalten? Charlie musste noch ein Teenager gewesen sein, als sie gestorben war. Hatten er und seine Schwester zu diesem Zeitpunkt Oregon bereits verlassen? Falls ja, wo war Grace hingegangen?

Addic konnte nachvollziehen, warum die Familie über den Verlust eines lieben Menschen nicht mit Reportern sprechen wollte. Heutzutage war es schwierig, solche Nachrichten vor der Presse zu verbergen, doch damals hatten die Leute offensichtlich größeren Wert auf die Achtung der Privatsphäre gelegt. Die Fans damals hatten noch nicht den Anspruch gehabt, alle Details über ihre prominenten Lieblinge zu erfahren.

Aber irgendein Familienmitglied der Tonquins wusste bestimmt, was passiert war.

Die letzte Party in Rubys Zuhause im Schloss hatte die Diva laut *Photoplay* im Jahr 1947 gegeben.

Addie lehnte sich in ihrem Stuhl zurück und rechnete im Kopf die Zahlen durch. Charlie war im selben Jahr nach Chattanooga gegangen. Hatte er vor irgendetwas Angst gehabt? Hatte vielleicht sogar die ganze Familie Angst gehabt?

Der Grund für Rubys Tod war für Charlies Überleben heute nicht wichtig, doch Addie fragte sich trotzdem, was ihn damals dazu gebracht hatte, von zu Hause wegzugehen.

Ganz hinten im Ordner befand sich ein Stapel Papier, der von Büroklammern zusammengehalten wurde. Das Deckblatt war mit Schreibmaschinenschrift gestaltet. Es war die Forschungsarbeit eines Studenten des George Fox College in Newberg, verfasst im Jahr 1960. Anstatt sich auf Ruby zu konzentrieren, hatte dieser Mann – Jonathan Lange – zwanzig Seiten über Grace verfasst.

Dieser Fund fühlte sich für Addie an wie ein Goldschatz. Sie hoffte, darin die Antwort auf den Verbleib von Grace oder ihren Kindern zu finden.

Addie fuhr mit dem Finger über den oberen Rand des Papiers. Es fühlte sich neu an, so als hätte niemals jemand Interesse an Rubys Tochter gehabt. Sie blätterte das Cover um und begann damit, die Geschichte eines kleinen Mädchens zu lesen, das 1918 in Hollywood geboren war.

Ein Jahr nach ihrer Geburt hatte sich Grace, wie 500 Millionen andere Menschen weltweit ebenfalls, mit der Spanischen Grippe angesteckt und ihre Großeltern hatten die Enkeltochter zurück nach Newberg geholt. Laut der Forschungsarbeit hatte Grace danach mehrmals ihre Mutter in Hollywood besucht, manchmal sogar über mehrere Monate am Stück, doch sie war immer wieder zu ihren Großeltern zurückgekehrt.

Nach der Highschool war Grace auf das Pacific College gegangen, das später in George-Fox-College und schließlich in George-Fox-Universität umbenannt wurde. In ihrem zweiten Jahr dort war sie nach Frankreich gegangen, um Kindern dabei zu helfen, dem Spanischen Bürgerkrieg zu entfliehen. Danach war sie dort geblieben, um während des Zweiten Weltkrieges französischen Kindern zu helfen. Im Jahr 1943 war Grace verhaftet worden, nachdem sie versucht hatte, eine Gruppe von Kindern nach Spanien zu bringen.

Addie blätterte schnell weiter zur nächsten Seite und hoffte, dass Jonathan Lange aufgeschrieben hatte, wie Grace' Geschichte nach dem Krieg weitergegangen war. Und natürlich hoffte sie, weitere Informationen über Charlie und eine weitere Schwester zu finden und vielleicht sogar den Grund zu erfahren, warum Charlie Oregon verlassen hatte.

Sie hatte gerade damit begonnen, die nächste Seite zu lesen, als ihr Telefon vibrierte.

»Charlie hat nach dir gefragt«, sagte Emma, nachdem Addie die Bibliotheksräume verlassen hatte.

Sie setzte sich auf eine Bank. »Hast du ihm erzählt, wo ich bin?«

»Ich hatte keine andere Wahl.«

Keine der beiden wollte ihm falsche Hoffnungen machen oder ihn mit der Suche frustrieren, doch Emma würde ihren Ehemann auch niemals belügen.

»Was hat er gesagt?«

»Er möchte mit dir sprechen.«

Addie atmete tief durch. »Okay.«

Im Hintergrund raschelte es. Emma übergab ihr Telefon.

»Adeline.« Ihr vollständiger Name. So hatte er sie seit ihrem ersten Tag in Sale Creek genannt. »Du hast dich gar nicht von mir verabschiedet.«

»Wir wollten nicht, dass du herausfindest, wo ich bin«, antwortete Addie. »Und wir wollten dir keine falschen Hoffnungen machen.«

»Ich setze meine Hoffnung allein auf den Herrn.«

»Wenn wir einen Knochenmarkspender aus deiner Familie finden, könnte das dein Leben retten.« Die Chance, dass eines seiner Geschwister als Spender infrage kam, lag bei 25 Prozent.

So hatte es der Arzt gesagt. Bei Nichten oder Neffen war sie noch geringer, doch Addie wollte die Hoffnung noch nicht aufgeben.

Es dauerte eine Weile, bis Charlie wieder zu sprechen begann. »Ist der Tonquin-See noch da?«

»Ja.«

»Und die Weide?«

»Ja, die auch.«

»Stark mitten im Sturm. Genau wie du, Adeline. Die Weide wird dir helfen, deine Lasten zu tragen.«

Doch Addie wollte jetzt nicht über ihre Lasten sprechen.

»Hast du Grace gefunden?«, fragte Charlie mit leiser Stimme.

»Nein, noch nicht. Ich bin gerade in der Bibliothek, um herauszufinden, wo sie hingezogen ist.«

»Grace musste Oregon verlassen.« Charlies Stimme klang traurig. »Sie hatte keine andere Wahl.«

»Was ist damals passiert, Charlie?«

»Ich habe etwas ganz Schlimmes getan. So schlimm, dass ...«

Addie lehnte sich auf der Bank zurück und legte die Hand sanft auf ihren Bauch. »Vielleicht ist es noch nicht zu spät, um es wiedergutzumachen.«

»Doch, dieses Mal ist es wirklich zu spät, fürchte ich.«

»Du hast doch gesagt, dass Gott immer bereit ist, Schuld zu vergeben.«

»Ja, ich glaube auch, dass das wahr ist. Aber manchmal geschieht Vergebung erst in der Ewigkeit.«

Addie ließ ihren Blick über die Seitenstraße schweifen. Dort war eine Mutter mit Kinderwagen und ein Junge, der seinem Hund hinterherjagte. »Ich will aber, dass du *jetzt* Versöhnung erleben kannst.«

»Du selbst bist bereits ein Teil meiner Wiedergutmachung!«, sagte Charlie. »Gott hat uns beide vor dem Untergang bewahrt und uns wieder festen Boden unter den Füßen gegeben.«

Addie sagte es zwar nicht, doch an den meisten Tagen fühlte sie sich eigentlich, als wäre sie immer noch dabei unterzugehen.

»Was ist hier passiert?«, fragte sie erneut. Sie hatte nicht vor, Charlie in Aufregung zu versetzen. Doch sie wollte gerne verstehen, warum er, anders als sie und Emma, sich nicht so sehr veranlasst fühlte, sein Leben zu retten. Es schien beinahe so, als wollte er weiterhin Buße für etwas tun, was bereits vor vielen Jahren geschehen war.

»Ich kann mich nicht mehr an alles erinnern.«

»Du hast genug Erinnerungen, um es mir zu erklären.« Er war immer aufrichtig und ehrlich zu ihr gewesen. Er war stark gewesen, wenn sie sich schwach gefühlt und sich in den ersten Jahren hinter einer Maske voll Feindseligkeit versteckt hatte.

Irgendwie hatte er es geschafft, hinter ihre Fassade zu blicken, so wie sie jetzt hinter seine blicken konnte. Was auch immer hier geschehen war, musste ihm sehr wehgetan haben. Es war jetzt mehr als fünfzig Jahre her, dass Charlie nach Chattanooga gekommen war. Mehr als fünfzig Jahre, seit er die Geschehnisse hier hinter sich gelassen hatte.

»War Grace deine einzige Schwester?«, fragte Addie.

»Adeline ...«

»Oder hast du noch mehr Familie?«

»Der Rest meiner Familie möchte bestimmt nichts mehr mit mir zu tun haben.«

»Du hast vielleicht Nichten oder Neffen ...« Sie ging sicher zu weit, wie sie es häufig tat. Doch sie war noch nicht bereit, ihn einfach gehen zu lassen.

»Ich wünsche mir einfach nur, dass du nach Hause kommst«, sagte Charlie mit müder Stimme. »Ich kann die Vergangenheit nicht mehr ändern, aber ich kann entscheiden, mit wem ich meine letzten Tage auf dieser Erde verbringe. Du und Emma – ihr seid jetzt meine Familie.«

»Aber wir können dir nicht das Knochenmark spenden, das du so dringend benötigst.«

»Das kann meine Familie auch nicht.«

Addie versuchte, die Puzzleteile in ihrem Kopf zusammenzusetzen und eine ihrer Listen zusammenzustellen. Doch es schien irgendwie nichts zusammenzupassen.

»Grace war nicht meine Schwester«, sagte Charlie schließlich.

Emma hatte sie von Tennessee aus auf die Reise geschickt und ihr Zeit verschafft, über die letzten drei Monate ihres eigenen Lebens nachzudenken. Doch sie konnte Charlie nicht helfen, wenn er gar keine Blutsverwandten hier hatte. »Wer war sie dann?«

»Grace wurde meine Ersatzmutter, nachdem ich meine leibliche Mutter verloren hatte. Ich habe von ihr den Namen Tonquin übernommen.«

Ein weiteres wichtiges Puzzleteil tauchte in Addies Kopf auf. »Grace ist nach dem Krieg nach Oregon zurückgekehrt ...«

»Bitte komm wieder nach Hause, Adeline.«

»Wir müssen jemanden aus deiner Verwandtschaft finden. Vielleicht ist deine Schwester noch hier in der Gegend ...«

»Nein, da ist niemand mehr!«, sagte Charlie. »Du bist geliebt, Adeline. Von Gott, von mir und Emma und von vielen anderen Menschen. Vergiss das nie!«

»Ich verspreche es.« Sie setzte sich wieder aufrecht hin. »Warum willst du uns nicht sagen, was mit deiner Familie geschehen ist?«

»Vielleicht ...« Seine Stimme brach mitten im Satz ab und Addie wusste, dass sie zu weit gegangen war. Doch etwas Ähnliches hatte er vor langer Zeit getan, als sie nicht mehr länger hatte leben wollen. Sobald sie seine Familie ausfindig gemacht hatte, würde er ihr vielleicht erzählen, warum er vor so vielen Jahren allein in einen Zug nach Chattanooga gestiegen war. »Grace hat sich immer sehr gut um mich gekümmert.«

»Wenn sie noch am Leben ist, was würdest du ihr am liebsten sagen wollen?«

Charlie überlegte einen Augenblick. »Dass es mir leidtut.«

»Wenn ich sie finde, werde ich es ihr sagen.«

»Komm nach Hause!«, bat Charlie noch einmal.

Im Hintergrund hörte Addie ein Rascheln. Charlie hatte

Emma wieder das Telefon übergeben. Sie konnte es vor ihrem inneren Auge beinahe sehen, wie Emma durch die Hintertür hinaus verschwand, um das zuvor unterbrochene Gespräch wieder aufzunehmen. »Ich mache mir Sorgen, Addie.«

»Ja, ich mir auch.«

»Charlie ist zäh, aber eben auch sehr verletzlich. Er möchte, dass du wieder hier bei ihm bist.«

Eine Gruppe Vorschüler lief an Addies Bank vorbei. Sie hielten sich alle an einem Springseil fest, als sie der Reihe nach die Bibliothek betraten. »Charlie hat gesagt, dass er etwas sehr Schreckliches getan hat ...«

»Er redet nicht darüber«, sagte Emma. »So war es schon, als ich ihm das erste Mal begegnet bin. Er ist bei allen Themen wie ein offenes Buch, bis man auf seine Kindheit zu sprechen kommt. Dann redet er zwar darüber, wie er im See gespielt hat, oder erzählt von der Farm, aber nie von seiner Familie. Wenn du seine Schwester findest und sie ihn zurückweist, fürchte ich, dass der Grund für seinen Tod nicht die MDS sein wird.«

»Ich will ihm doch nur helfen, egal wie.«

»Such noch ein paar Tage weiter. Vielleicht findest du ja seine Schwester oder andere Geschwister.« Emma atmete tief ein. »*Er* ist vielleicht bereit, in den Himmel zu gehen, aber *ich* bin noch nicht bereit, ihn gehen zu lassen.«

Die Stimme der älteren Frau stockte und Addie wünschte, sie könnte diese wundervolle Person umarmen, die so viel Leben in die Menschen um sich herum brachte. Eine Frau, die Addie wirklich sehr liebte. »Das, was du für ihn tust, ist ein Geschenk.«

»Das ist mein Gebet!«, sagte Emma. »Und ich bete für dich. Jeden einzelnen Moment.«

Addie ging wieder zurück in die Bibliothek.

»Wo bist du?«, flüsterte sie leise, bevor sie sich wieder in Grace' Geschichte vertiefte.

KAPITEL 11

Élias folgte Grace auf dem von Moos und Laub bedeckten Weg, der im Schatten der Bäume an Holzstapeln vorbei hinauf zum Hügel hinter dem Schloss führte. Er hatte ein Messer für die Pilze bei sich, während Grace einen großen Weidenkorb trug, in dem sie ihre Schätze transportieren wollten.

Sie würden Pilze sammeln, bis der Korb voll war. Dann würden sie Esskastanien und Disteln kochen und die Pilze in Hélènes Butter anbraten, um einen Eintopf daraus zu machen. Heute Abend würden ihre Mägen endlich einmal wieder richtig gefüllt sein. Aber dieses Mal nicht mit Steckrüben und Kichererbsen, die als einzige von Rolands Vorräten noch übrig waren.

Die Kinder erholten sich gerade von Mangelernährung, Erschöpfung und den Flohbissen, die an ihren Beinen und Füßen Quaddeln hinterlassen hatten. Grace hoffte, dass die Kinder bald nach Spanien gehen konnten und die dortigen Behörden ihnen eine Aufenthaltsgenehmigung erteilten, bevor die Nahrungsmittel aus dem Wald für diesen Winter aufgebraucht sein würden.

Sie warteten nun schon beinahe eine ganze Woche auf die Ankunft des *Passeurs* und mit jedem weiteren Tag, jeder weiteren Stunde, kroch die Angst immer tiefer in Grace' Seele hinein.

Sie war inzwischen ebenso ein Flüchtling wie die Kinder – nicht erwünscht in diesem besetzten Land.

In der vergangenen Nacht war Roland einmal mehr in ihren Träumen erschienen und hatte ihr seine Hand entgegengestreckt. Sie hatte sie auf ihr Herz gelegt und Roland nie wieder gehen lassen wollen.

Sie vermisste diesen Mann so sehr, der für sie zu einem Anker mitten im Sturm geworden war. Der Mann, der für sie alle für den Frieden kämpfte. Wenn sie in diesen nächtlichen Stunden ihre Entschlossenheit verlor, wünschte sie sich nur noch, bei ihm zu sein.

»Hier ist einer!« Élias wies mit seinem Taschenmesser auf einen welligen, beigefarbenen Pilz, der unter Kiefernnadeln verborgen war.

Grace kniete sich neben ihn und betrachtete den Hut, sah den senfgelben Stiel, die hellgelben Poren und dass der Pilz keine Manschette hatte.

Ein *Bolet*. Ein essbarer Steinpilz.

Élias klappte das Messer auf und schnitt den Pilz am Stiel ab.

Etwas Bronzefarbenes glitzerte plötzlich in der Sonne und Grace erblickte ein in Metall eingelassenes Hakenkreuz.

»Wo hast du das her?«

Élias klappte das Messer wieder zusammen und steckte es in die Tasche seines Mantels. »Aus der Nähe des Gefängnisses von Saint-Girons.«

Die beiden liefen an ein paar Pilzen vorbei, die Grace nicht zuordnen konnte. Dann wies Élias mit dem Messer auf einen blassgrünen Pilz.

Grace schob seinen Hut mit einem Stöckchen ein wenig zurück. »Siehst du das?«

»Sieht aus wie all die anderen.«

»Dieser Teil hier nicht.« Sie wies auf den weißen Behang am Stiel. »Pilze wie dieser können dich mit ihrem Gift töten.«

Élias trat einen Schritt zurück. Seine Hände zitterten und seine Augenlider flatterten unruhig.

»Ich habe mir sagen lassen, dass sie gekocht sehr gut schmecken. Doch ein Pilz dieser Größe kann einen erwachsenen Menschen töten.« Sie blickte Richtung Schloss. »Oder eben mehrere Kinder.«

»Ich kann auch von Kichererbsen wunderbar leben.«

Grace lächelte. »Wir werden genügend essbare Pilze zwischen den Ungenießbaren hier finden.«

Élias sah jedoch nicht besonders überzeugt aus. Mit seinen

dreizehn Jahren wirkte er schon so, als müsse er sich gegen alles und jedermann verteidigen. Aber er musste ja auch in einer Welt überleben, in der bereits seine Mutter und sein kleiner Bruder deportiert worden waren. Eine Welt, in der sich eine ganze Armee von Erwachsenen gegen ihn verschworen hatte und ihm nach dem Leben trachtete.

Aber er hatte immerhin noch Marguerite, die ihn über alles liebte. Grace wünschte sich für die beiden ein langes Leben. Ein Leben, in dem sie all denen die Stirn bieten würden, die versuchten, es ihnen wieder zu nehmen. Ein Leben, in dem sie deutlich zwischen Gutem und Bösem unterscheiden konnten.

Grace und Élias setzten ihren Weg zwischen den alten Kiefernbäumen hindurch fort, wo so viele Pilze wuchsen. Sie hatten an diesem Nachmittag keine Eile, da Grace die Kinder in Suzels bewährten Händen gelassen hatte.

»Was denkst du über die Gemälde deiner Schwester?«, fragte sie.

»Sie erinnern mich an zu Hause.«

»Ich hoffe, das ist eine schöne Erinnerung.«

Sein Blick schien weit weg zurück nach Paris zu wandern. »Meine Mutter und Marguerite haben gemeinsam gemalt, seit Marguerite zum ersten Mal einen Pinsel in der Hand halten konnte.«

»Ich habe noch nie jemanden gesehen, der so interessante Farben für Haare verwendet hat. Vielleicht hat eure Mutter ihr gezeigt ...«

Élias schüttelte den Kopf. »Es sind nicht nur die Haare. Marguerite malt ihre Bilder so, weil sie um die Menschen herum eine Art Wolke wahrnimmt, je nachdem wie diese sich fühlen.«

Grace blieb stehen. »Wie meinst du das?«

»Sie sind grün oder gelb oder auch blau. Sämtliche Farben. Rot ist die schlimmste Farbe.«

Grace zog ihre Stirn in Falten. Sie wusste durch ihr Leben auf der Farm viel über die Natur und wie die Welt funktionierte.

Aber sie hatte noch nie davon gehört, dass jemand die Emotionen anderer Leute durch Farben wahrnahm.

»Marguerite kann sagen, ob jemand Angst hat, ob er grausam oder böse ist«, erklärte Élias.

Oder verliebt, dachte Grace, während ihre Wangen rot wurden. »Das ist eine unglaubliche Gabe.«

Er zuckte mit den Schultern. »Sie sieht das selbst nicht so. *Maman* hat Farben in Buchstaben und Zahlen gesehen. Für sie ist das also etwas ganz Normales.«

Grace betrachtete den Wald und nahm die verschiedenen Grün- und Brauntöne, die Nebelschwaden in der Ferne und das matte Blau des Himmels in sich auf. Farben hatte sie immer als etwas Selbstverständliches betrachtet.

»Man nennt das *la Synesthésie*«, erklärte Élias. »*Maman* und Marguerite nehmen die Welt anders wahr als die meisten anderen Menschen.«

Wie war es wohl, wenn man Emotionen durch Farben wahrnehmen konnte? Das Internierungslager in Gurs musste in eine wahre Flut dunkler, grausamer Farben mit einem Schuss Grau getaucht gewesen sein. Es musste überwältigend sein, all diese harten Emotionen in einer Menschenmenge zu sehen. Besonders aber Angst, Scham, Wut und Hass. Und das alles an einem einzigen Ort, an dem wenig Hoffnung und Freude zu finden war.

Es war, als könnte Marguerite in einzelne Menschen hineinblicken und die Farbe ihrer Seele sehen.

»Élias ...«

Er schnitt einen weiteren Pilz an seinem Stiel ab. Es war ein essbarer Pilz. »Wie haben Roland und du die Kinder befreit?«

Die ganze Woche über hatte sie ihm mehrmals diese Frage gestellt. Doch er hatte sie nicht beantworten wollen.

Élias legte den Pilz zu den anderen in den Korb und klappte dann langsam das Messer zusammen. »Die Polizei hat nicht damit gerechnet, dass sie versuchen würden zu fliehen. Deshalb haben sie nur einen Wachmann dagelassen, um aufzupassen.«

»Bist du in das Gefängnis reingegangen?«, fragte sie.

Er blickte ihr nicht in die Augen. »Ich habe eine Uniform von der Hitlerjugend gefunden. Niemand hat sich groß um einen Botenjungen geschert.«

Grace verstand noch immer nicht, wie es ihm gelungen war, zehn Kinder zu befreien. »Wie hast du es geschafft, den Wachmann abzulenken?«

»Ich habe ihn nicht abgelenkt.« Élias' braune Augen begannen zu leuchten. »Ich habe einfach meinen Charme spielen lassen.«

»Du bist genau wie Roland.«

»Roland meint, ich wäre eher wie du.«

Als sie lachte, zeichnete sich im lächelnden Gesicht des Jungen etwas Neues ab – eine innere Stärke, die schon ein Vorausblick auf den Mann war, der eines Tages aus ihm werden würde. Élias stieg immer mehr in ihrem Ansehen. Anstatt wegzulaufen und sein eigenes Leben zu retten, wie es so viele Erwachsene getan hätten, war er aus dem Schatten getreten, um den anderen zu helfen.

Grace lächelte ihn an. »Ich bin stolz auf dich!«

»Es gibt keinen Grund, stolz ...«

Doch sie unterbrach ihn. »Du bist viel tapferer als die meisten Erwachsenen, die ich kenne. Und auf jeden Fall tapferer als ich.«

»Hagel und Granaten!«, murmelte Élias, als wäre er Kapitän Haddock. Er richtete seinen Blick wieder auf den Waldboden und begann erneut, nach Pilzen zu suchen. Sein Instinkt trieb ihn nun dazu, die Kinder, die er gerettet hatte, mit Nahrungsmitteln zu versorgen. Er war tatsächlich wie Roland, der für seine Heldentaten ebenfalls keine Auszeichnungen, sondern nur die Gewissheit wollte, dass seine Schützlinge in Sicherheit waren.

Élias schnitt gekonnt mit dem Messer einen weiteren Stiel durch und Grace legte den riesigen braunen Steinpilz – ein *Cèpe*, wie er hier genannt wurde – zu den anderen.

»Wie in *Die Piraten von Penzance*«, meinte Élias und hielt die Schneide des Messers hoch in die Luft.

»Was weißt du über Piraten?«

»Nur das aus *Tim und Struppi* und ...« Er ließ das Messer sinken.

»Meine Mutter hat davon gesprochen, die Oper eines Tages im Savoy Theater in London besuchen zu wollen.«

»Das ist aber sehr weit weg von zu Hause.«

Élias nickte bedächtig. »Ihr größter Wunsch war es, dass wir alle zusammen in London leben würden.«

»Es tut mir sehr leid, was mit deiner Mutter passiert ist.«

Élias drehte sich um und betrachtete den hinter ihnen liegenden Weg, als könnte er hinter den gefällten Eichenstämmen das Schloss erblicken. »Marguerite sieht genauso aus wie sie.«

»Dann siehst du bestimmt aus wie dein Vater.«

»Ich werde nie so sein wie mein Vater!« In seinen Augen blitzte feuriger Zorn auf. Mit seinem Blick hätte er Eis zum Schmelzen bringen können.

Grace biss sich wegen ihres Mangels an Sensibilität frustriert auf die Unterlippe. Zu Hause in Aspet hatte ein anderer Junge Monsieur Dupont einmal einen Verräter genannt. Die Beleidigung hatte für ihn mit einem Faustschlag und einem blauen Auge geendet.

Grace' Herz brach, wenn sie dabei zusehen musste, wie die Nazis ganze Familien auseinanderbrachten. Kinder lehnten sich gegen ihre Eltern auf und übten dabei auch noch Gewalt aus. Kein Kind konnte es ertragen, die Schwachen von Vater oder Mutter mitanzusehen. Sie wurden von Scham überwältigt, wenn ihre Eltern nicht standhaft bleiben konnten. Oder wenn einer von ihnen Informationen an den Feind verkaufte, um daraus Profit zu schlagen.

Grace legte ihre Hand auf Élias' Schulter, bis sein zugleich wütender und ängstlicher Blick den ihren traf. »Ich bete darum, dass du zu dem Menschen wirst, als den Gott dich geschaffen hat.«

Unerschütterliche Liebe, eher in glühendem Orange als in Gelb, stieg in ihr auf. Wohlig warm wie ein Lagerfeuer mitten in einer eiskalten Nacht.

Grace liebte diesen Jungen und seine Schwester. Sie liebte sie, als ob sie ihre eigenen Kinder wären, obwohl Grace nie darüber nachgedacht hatte, selbst Mutter zu werden. In den 25 Jahren ihres bisherigen Lebens hatte sie die meiste Zeit die Angst geplagt, als Mutter genauso zu versagen, wie Ruby es getan hatte.

Élias und Marguerite hatten bereits ihre familiären Wurzeln verloren. Wenn sie die beiden doch nur in ihren Korb einpacken und mit nach Oregon in ihr Zuhause nehmen könnte! Ihre Großmutter könnte ihr dabei helfen, für die Kinder zu sorgen. So wie sie sich damals um Grace gekümmert hatte.

Grace wandte ihren Blick von Élias ab, um ihre abschweifenden Gedanken wieder einzufangen. Marguerite und er hatten einen Onkel, der sie in New York erwartete. Ihre eigene Traurigkeit durfte den beiden nicht im Weg stehen.

Vielleicht würde Roland ja heute mit ihrem Begleitschutz kommen, der sie nach Spanien bringen würde. Sie konnte beinahe jetzt schon hören, wie er pfeifend das Haus betrat. Dann würde er ihr zuwinken, bevor er von allen Kindern umringt werden würde, die sich freuten, dass er wieder da war.

Die Kinder schätzten sie, aber Roland verehrten sie geradezu. Man konnte gar nicht anders, als diesen Mann einfach zu lieben.

Wieder stieg in ihr die vertraute Sehnsucht auf und erfüllte sie tief in ihrem Inneren. Grace atmete tief durch und sog die Wildnis dieses vom herannahenden Herbst und dem kalten Frost des Winters geprägten Ortes ein, der auf den nächsten Frühling wartete. Selbst an den verschlafensten, brach liegendsten Orten lag noch Hoffnung verborgen.

Ein Geräusch tönte durch die Bäume. Doch es war kein Pfeifen. Jemand rief ihren Namen.

Élias drehte sich um und die beiden rannten schnell zum Schloss zurück.

Es war Hélène gewesen, die nach ihr gerufen hatte. Grace' Herz begann, schneller zu schlagen, als sie in die weit aufgerissenen Augen der Frau sah. Sie stampfte die in ihrem Inneren sanft glimmende Glut aus und bereitete sich auf einen neuen, wild lodernden Waldbrand vor. »Was ist los?«, fragte Grace.

»Ihr müsst hier weg! Sofort!«

Grace blickte zu Élias und fragte sich, ob der Junge Angst hatte. Doch sein Blick verhärtete sich einfach nur.

»Eine Kompanie von Deutschen ist in der Stadt und ein Freund von mir hat gehört, wie sie über das Schloss gesprochen haben. Ich fürchte, sie werden bald hier sein.«

Einen Moment lang stockte Grace der Atem und ihre Lunge versagte den Dienst, als sie wieder an den Lkw in Saint-Lizier denken musste, der ihre Kinder weggebracht hatte. Die Flucht der Kinder musste dem Ansehen der örtlichen Gendarmerie beträchtlichen Schaden zugefügt haben. Wahrscheinlich wurde überall darüber geredet, wie sie den jüdischen Kindern auf den Leim gegangen waren.

Hatten sie eine Ahnung davon, dass ein dreizehnjähriger Junge der Anführer gewesen war? Ein zweites Mal würden sie sicherlich nicht so sorglos sein.

»Wie viele sind es?«, fragte Grace.

»Mindestens zehn. Mit Motorrädern.«

Élias sprintete zum Schloss.

»Beeil' dich!«, drängte Hélène. »Ich richte euch etwas zu essen, während du die Kinder zusammentrommelst.«

Hunderte Gedanken schossen Grace durch den Kopf wie ein Schwarm Dasselfliegen zu Hause auf der Farm ihrer Großeltern. Sie stand da wie gelähmt. Nicht einmal das ihr vertraute Zählen bis drei half noch.

Hélène drängte sie vorwärts. »Hol die Kinder!«

Die ältere Frau riss Grace aus ihren Gedanken und sorgte dafür, dass ihre Glieder und ihre Lungen wieder funktionierten. Grace rannte als Erstes zum Brunnen und musste noch nicht einmal ein Wort sagen. Die Kinder waren die ganze Zeit auf der Hut. Jederzeit bereit zur Flucht, wenn der Feind drohte, durch die Hintertür hereinzukommen. Suzel und die anderen Mädchen ließen ihre Eimer fallen und rannten zurück ins Schloss. Sie würden gemeinsam fliehen und sich irgendwo verstecken. Grace würde keines der Kinder zurücklassen.

Élias war bereits im oberen Stockwerk und holte Marguerite und ihren Rucksack.

Die anderen wickelten ihre wenigen Habseligkeiten in Wolldecken ein. Es wäre viel einfacher, bei einsetzender Dunkelheit in den Wald zu verschwinden. Doch das würde noch zwei Stunden dauern.

Elf der zwölf Kinder hatten sich bereits im Ballsaal versammelt und warteten in ihren gewobenen *Espadrilles* und abgetragenen Mänteln auf Grace' Anweisungen. Wie sollten sie es jemals ohne *Passeur* in diesem Aufzug über die Berge schaffen? Aber sie mussten es trotzdem versuchen. Wenn die Nazis sie hier fanden, würden sie jeden Einzelnen von ihnen auf der Stelle erschießen.

Grace betete, dass sie unterwegs irgendwo auf Roland treffen würden.

Élias rannte in den Saal. «Ein Motorrad kommt gerade die Einfahrt herauf!»

Grace hörte Motorengeräusche, die von draußen hereinkamen. Es schienen gleich mehrere Motorräder zu sein. Die Kinder begannen zu zittern und Tränen flossen über ihre Wangen. Doch keines gab auch nur einen Ton von sich. Schweigen, so hatten sie es gelernt, war der einzige Weg, um überleben zu können.

Grace' Füße versagten erneut ihren Dienst. Sie war nach Frankreich gekommen, um sich um Flüchtlinge zu kümmern, die Nahrung und medizinische Hilfe benötigten. Niemand, abgesehen vielleicht von Ruby, hatte sie darauf vorbereitet, wie man Männern entkommen konnte, die darauf trainiert waren, sie zu jagen. Ihre Mutter hatte sich von keinem Mann jemals einschüchtern lassen. Sie hatte auch niemals abgewartet, bis ein anderer Mann oder eine Frau die Führung übernommen hatte.

Grace durfte es nicht zulassen, dass ihre eigenen Ängste sie davon abhielten, die Kinder zu retten. So schwach ihre Schützlinge auch waren und so viel Angst sie selbst auch hatte, sich der Herausforderung in den Bergen zu stellen, es blieb ihnen allen keine andere Wahl.

»Wir gehen hinten raus.« Grace wandte sich zu Hélène, um sich bei ihr zu bedanken, doch diese war bereits verschwunden. Hoffentlich würde sie sich an einem sicheren Ort verstecken, damit die Nazis sie nicht finden konnten.

Die Kinder bewegten sich wie unter Schnellfeuer in Richtung Hintertür, der Feind wieder einmal dicht auf ihren Fersen. Keiner von ihnen wollte wieder ins Gefängnis zurück.

»Leise!«, mahnte Grace mit flüsternder Stimme, als die Kinder hintereinander nach draußen gingen und Élias in den Wald folgten. Louis war der Letzte, der noch übrig war.

»Ich will hier nicht weg!«, beschwerte er sich. Über sein schmales Gesicht zog sich ein Kratzer. Die wenigen Haare, die er noch hatte, klebten völlig verfilzt an seinem Kopf. Grace kannte seine Geschichte nicht. Ein anderer Mitarbeiter hatte Louis' Eltern in Gurs kennengelernt. Es war geplant, dass der Junge bei Verwandten in Palästina unterkommen sollte, sobald sie über die Berge geflohen waren. Noch ein paar Tage, dann würde er in Freiheit sein.

Louis wehrte sich gegen sie, als sie ihn auf ihre Arme nahm. Doch Grace würde ihn nicht hier zurücklassen, egal wie sehr er dagegen ankämpfte. Eines Tages würde er verstehen, warum sie ihn gezwungen hatte mitzukommen.

Hélène wartete im Wald auf sie. Sie trug einen Rucksack und hatte einen großen Korb dabei, der mit Essen gefüllt war. Ihr silbergraues Haar hatte sie unter einem schwarzen Kopftuch versteckt.

»Ich werde euch bis zu den Bergen begleiten.«

»Die Nazis werden dich töten, wenn sie uns schnappen!«, entgegnete Grace.

»Sie werden mich auch töten, wenn ich bleibe.«

Hinter ihnen waren durch die Bäume hindurch bereits Lichter zu erkennen, die im Inneren des Schlosses aufflackerten. Es würde nicht mehr lange dauern, bis der Suchtrupp der Nazis die Feldbetten finden würde. Ihre kleine Gruppe hatte maximal eine halbe Stunde Vorsprung, bis die Deutschen die Verfolgung aufnehmen würden.

Grace hoffte jedoch, dass die Soldaten aus irgendeinem Grund keine Lust hatten, sich mitten in der Nacht die Stiefel auf diesem glitschigen, mit Pilzen übersäten Waldboden schmutzig zu machen. Das würde ihnen ein paar weitere Stunden Puffer verschaffen, wenn die Nazis erst am nächsten Morgen die Suche aufnehmen würden.

Als Grace die Kinder in Zweiergruppen aufteilte, erstrahlten über ihnen unzählige Sterne und warfen ein violettes Licht an den Himmel. Als sie Louis wieder auf den Arm nahm, wehrte er sich erneut dagegen, getragen zu werden. Doch ebenso wenig wollte er neben ihr herlaufen. Er habe keine andere Wahl, bis alle Kinder in Sicherheit wären, versuchte Grace ihm zu erklären.

Hélène knöpfte ihren Mantel bis oben hin zu und übernahm freiwillig mit Élias zusammen die Führung der Gruppe, da sie sich im Wald gut auskannte. Grace und Louis sollten das Ende der Gruppe bilden und sicherstellen, dass niemand unterwegs in der Dunkelheit verloren ging.

»Eins … zwei …«, begann Grace zu zählen, brach dann aber wieder ab. »Falls wir uns verlieren, lauft immer weiter in Richtung der Berge. Hélène und ich werden euch spätestens morgen früh finden.«

»Drei«, rief Élias von vorne.

Louis wehrte sich erneut gegen Grace und trat sie in die Seite.

Doch schließlich folgten sie den anderen in Richtung der Pyrenäen.

KAPITEL 12

Er beobachtete die junge Frau durch sein Fernglas aus Messing, das er auch während seiner Zeit in Vietnam benutzt hatte. *Bevor* Präsident Lyndon Johnson ihn nach Hause geschickt hatte. Die Frau trat aus der Hütte im Tal und trug wieder einmal vollkommen unbekümmert ihren pinkfarbenen Schal um den Hals.

Drei Tage lang war sie nun schon hier. Würde sie jemals wieder gehen?

Er würde sie von jetzt an *Pinky* nennen. So wie Pinky Tuscadero aus der Fernsehserie *Happy Days*, die auch immer einen rosa Schal in ihrem Haar getragen hatte. Der war das Gute auch nie genug gewesen.

Er drückte das Fernglas noch fester an seine Augen, als Pinky sich in Richtung des Hügels wandte. Nächste Woche, wenn Tara ihre Süßigkeiten vorbeibringen würde, würde er sie fragen, wie lange die junge Frau noch in der Hütte wohnen bleiben wollte. Falls er Tara noch erwischen würde, bevor sie wieder wegfuhr.

Tara konnte ihn nicht wirklich leiden. Das hatte sie ihm klar ins Gesicht gesagt, als sie vor 10 Jahren die Verantwortung für dieses Haus von ihrem Vater übernommen hatte. Für ihn war das völlig in Ordnung. Er hatte für sie auch nicht viel ubrig, nahm die Süßigkeiten und Kekse, die sie ihm vor die Haustür stellte, jedoch gerne an. Sie klopfte nie bei ihm an, außer wenn sie ihn daran erinnern wollte, ihre Gäste in Ruhe zu lassen.

Als Gegenleistung für die Süßigkeiten und eine oder zwei Flaschen Whiskey hatte er versprechen müssen, auf dem Hügel und außer Sicht zu bleiben, wenn die Gäste sich am See aufhielten. Mit dieser Abmachung konnte er gut leben. Er hatte sowieso genug damit zu tun, in Wald und Garten für Recht und Ordnung zu sorgen und sich um Rubys Besitztümer zu kümmern.

Seitdem Taras Familie die alte Hütte der Langes vermietete, hatten bereits Hunderte Menschen dort übernachtet. Sie waren wie eine lästige Horde Stechmücken, die hier eine oder zwei Wochen lang herumschwirrte. Er tauchte nur aus der Versenkung auf, wenn sie es wagten, zu Rubys Haus zu stapfen und dann die Fenster mit ihren dreckigen Fingern beschmierten. Und er würde es wieder tun, wenn Pinky erneut hier auftauchte.

Doch anstatt weiter in seine Richtung zu gehen, lief die Frau dieses Mal den Hang hinunter und blieb an der Trauerweide stehen.

Solange sie dort unten blieb, würde sie weder ihm noch dem Haus schaden. Dennoch würde er seinen Posten hier nicht verlassen.

Er nahm einen Schluck seines Drinks, der ihm Tag und Nacht neue Kraft gab. Bis die Wirkung nachließ. Dann schlief er immer einen oder zwei Tage durch. Manchmal auch vier.

Aber er würde es nicht zulassen, dass sein Körper ihm jetzt den Dienst versagte. Er würde wachsam bleiben. Rubys Besitz beschützen.

Als die junge Frau unter dem Baum verschwand, ließ er das Fernglas sinken.

Er konnte sie nicht mehr sehen, doch sie war noch da und wartete darauf, dass er einschlief. Vielleicht beobachtete sie ihn ja von ihrem Platz hinter den Bäumen aus.

Am weit entfernten Ufer des Sees war noch eine andere Person unterwegs. Wahrscheinlich war es Caleb, der seine Runde drehte und sich um Grace' Grundstück kümmerte.

Oder es war der Feind, der ihn im Dschungel aufgespürt hatte.

Er nahm sein Fernglas wieder zur Hand und konzentrierte sich auf den Neuankömmling. Doch dieses Mal war es nicht der junge Mann.

Er drehte sich wieder um und richtete seinen Blick erneut auf die Trauerweide. Pinky hielt sich immer noch hinter dem Laub versteckt.

Er würde sich von ihr nicht überraschen lassen.

KAPITEL 13

Addie ließ sich erschöpft auf das grasbewachsene Ufer fallen. Sie wurde von der Trauerweide angezogen wie eine Motte vom Licht. Sie lehnte sich an den Stamm, an dem sich, unter Zweigen versteckt, ein Loch befand, das der Eingang zu einer Hobbit-Höhle hätte sein können. Der Weg zum Seeufer war durch eine Reihe von Katzengrasbüscheln versperrt.

Emma hatte am Morgen angerufen und erzählt, dass Charlie in der Nacht einen Albtraum gehabt und sich unruhig im Bett herumgewälzt und gegen die Dunkelheit angekämpft hatte. Als er schließlich aufgewacht war, hatte er sich allerdings nicht mehr an den Traum erinnern können. Irgendetwas tief in seinem Inneren versuchte, sich einen Weg nach draußen zu bahnen. Addie fragte sich inzwischen zunehmend, ob es für ihn wichtiger war herauszufinden, was mit seiner Familie geschehen war, als das zerstörte Knochenmark in seinem Körper durch gesundes zu ersetzen.

Ein Windstoß rauschte durch das Tal hindurch und ließ das Laub um Addie herumwirbeln, als wären die Blätter miteinander zu einem Band verflochten. Dann wiegten sich die Äste wie in einem Tanz hin und her, als wollten sie damit ihren Schöpfer preisen.

Gebeugt, aber nicht gebrochen. Das hatte Charlie immer gesagt. Die biegsamen Äste waren fest mit dem Stamm und dessen tief reichenden Wurzeln verbunden. Das verlieh ihnen ihre Stärke.

Links von Addie waren unter dem Laub des Weidenbaumes die geheimnisvollen Kletterpflanzen mit ihren roten Beeren und violetten sternenförmigen Blüten verborgen. Rechts schwammen mehrere Enten in einem Tümpel, der durch gefällte Baumstämme aufgestaut war.

Addie hätte stundenlang hier sitzen bleiben können, um die

Schönheit und Kraft der Natur um sich herum in sich aufzunehmen. Es war beinahe so, als könnte der Baum ihr dabei helfen, ihren eigenen Schmerz zu tragen.

Trauerweiden. Tragen. Tränen.

Der Wind wehte goldgelb gefärbte Blätter in den See. Auf dem Wasser entstanden kleine Wellen, die von der Brise immer weiter davongetragen wurden. Vielleicht bestand der ganze See aus Tränen, dachte Addie.

Sie wischte sich die Tränen weg und ging zum Ufer. Dort tauchte sie die Finger in das kalte Wasser und versuchte, die Trauer in ihrem Herzen und die leidvollen Jahre abzuwaschen.

Addie hatte die Schönheit, Eleganz und Stärke einer Trauerweide und nicht lediglich die Traurigkeit haben wollen. Sie hatte ein Leben wie im Märchen führen wollen, glücklich bis an ihr Lebensende. Ein Leben, das viele Frauen offenbar für selbstverständlich hielten. Ihr Wunsch war, dass das Kind, das in ihrem Bauch heranwuchs, einen Vater und eine Mutter haben sollte. Eine Familie. Genau das, was sie sich selbst als kleines Mädchen gewünscht hatte.

Ich passe auf dich auf.

Diese leise geflüsterten Worte gaben ihr neue Kraft. Addie würde den Umständen trotzen wie die Trauerweide dem Wind. Sie würde Gott darum bitten, ihr die Kraft zu geben, allein für ihr Kind zu sorgen. Gott liebte dieses Kind, das in ihr heranwuchs. Mehr noch, als sie es selbst tat. Mit seiner Hilfe würde sie eine gute Mutter sein können.

Addie warf eine der sternenförmigen Blumen ins Wasser und beobachtete, wie sie langsam davonschwamm. Hier hatte Charlie gestanden, als das alte Foto aufgenommen worden war. Addie konnte sich vorstellen, wie er hier im See getaucht und geschwommen war und mit seiner Schwester herumgealbert hatte.

Was auch immer hier passiert war, musste auch ihm das Herz gebrochen haben. Doch sie beide mussten sich der Vergangenheit stellen, egal wie schmerzhaft das sein mochte. Falls seine Schwester oder ein anderer Geschwisterteil noch am Leben waren und sie vielleicht eigene Kinder hatten, konnten sie möglicherweise Charlies Leben retten.

Am gestrigen Tag hatte Addie sämtliche Artikel in der öffentlichen Bibliothek in Newberg durchforstet und jedes Wort gelesen, das sie darin über Ruby und Grace gefunden hatte. Und sie hatte ein weiteres Puzzleteil von Charlies Geschichte entdeckt.

Er hatte erzählt, dass Grace seine Ersatzmutter geworden war und er von ihr den Namen Tonquin übernommen hatte. In dem Bericht hatte gestanden, dass nach dem Krieg zwei französische Kinder bei Grace gelebt hatten. Der Autor hatte in der Forschungsarbeit aus Vertraulichkeitsgründen keine Angaben zu deren Namen gemacht. Doch Addie war sich sicher, dass es sich bei den Kindern um Charlie und seine Schwester gehandelt haben musste. Sie waren die Tonquin-Kinder auf dem Foto. Sie waren nicht Rubys leibliche Kinder, sondern die Adoptivkinder von Grace.

Charlie hatte möglicherweise noch andere Angehörige in Frankreich, doch selbst wenn Addie die Unterlagen durchsuchen würde, selbst wenn Charlie wusste, wo er geboren worden war, war es bereits viel zu spät, um unter ihnen einen Knochenmarkspender zu finden.

Laut Jonathan Lange, dem Verfasser der Forschungsarbeit, hatten die Tonquins Yamhill County 1947 verlassen, nachdem ihr Farmhaus durch ein Feuer völlig zerstört worden war. Jonathan Lange war an diesem Ort aufgewachsen und hatte hier auch die ersten 25 Jahre seines Lebens verbracht. Seine Familie, so hatte er geschrieben, kümmerte sich weiterhin um den Tonquin-See und das umliegende Grundstück, auch nachdem Familie Tonquin schon längst weggezogen war.

Addie lehnte sich wieder an den Baumstamm, dessen zartes Blattwerk sich um sie herum im Wind wiegte. Charlie hatte sie vor mehr als zehn Jahren gerettet, obwohl sie das zu diesem Zeitpunkt überhaupt nicht gewollt hatte. Wie sehr wünschte sie sich, dass er ihr ungeborenes Kind kennenlernen konnte, das er bereits als sein Enkelkind betrachtete. Dass er sowohl körperliche Heilung erfahren als auch mit seiner kaputten Vergangenheit ins Reine kommen konnte.

War es wirklich richtig weiterzusuchen, obwohl er selbst nicht wissen wollte, was mit seiner Familie passiert war? Sie hatte sicherlich keine Hilfe gewollt, als er sie gerettet hatte. Lange Zeit hatte sie sich hinter ihren eigens aufgerichteten Mauern verbarrikadiert, doch am Ende hatte er ihr das Leben neu geschenkt. Und dasselbe wollte sie jetzt auch für ihn tun.

Ihr Rückflug war erst in vier Tagen. Selbst wenn sie Charlies Schwester nicht finden würde, konnte sie dennoch herausfinden, was mit Familie Tonquin passiert war, und Charlie dadurch eine Art Heilung ermöglichen.

Hinter Addie bellte plötzlich ein Hund und sie schreckte auf. Als das Tier zwischen den Zweigen durchsprang, wurde sie starr vor Schreck. Der Australian Cattle Dog blieb vor Addie stehen und blickte sie an, als sei er überrascht, hier jemanden unter dem Baum anzutreffen. Er trug eine Hundemarke, doch Addie würde auf keinen Fall hingehen, um zu lesen, was darauf geschrieben stand.

»Wallace!«, rief ein Mädchen, das außerhalb der schützenden Zweige des Weidenbaums stand.

Addie wischte sich noch einmal mit der Hand über das Gesicht, um die Tränen loszuwerden. »Du gehst jetzt wohl besser, Wallace.«

Doch der Hund bewegte sich keinen Millimeter.

»Ich will nicht, dass du nach mir schnappst«, sagte Addie, als könnte sie mit dem Tier ein vernünftiges Gespräch führen. Doch der Hund starrte sie einfach nur an.

»Mensch, Wallace!« Die Hundebesitzerin bahnte sich einen Weg durch das Blattwerk und duckte sich unter die Baumkrone. »Was machst du ...?«

Addie winkte dem Mädchen zu, das ungefähr im College-Alter

sein musste. Dann zuckte sie entschuldigend mit den Schultern, als hätte sie den Hund absichtlich unter den Baum gelockt.

»Es tut mir wirklich sehr leid!«, sagte die junge Frau und hob entschuldigend beide Hände. »Ich wusste nicht, dass noch jemand hier ist.«

Addie blickte zu dem Hund, der nun am Ufer herumschnüffelte. »Sieht so aus, als wäre ich in sein Revier eingedrungen.«

»Wallace hält die ganze Welt für sein Revier!«

»Er hat einen wirklich witzigen Namen.«

»Mein Bruder hat ihn nach dem Krieger aus *Braveheart* benannt.« Die junge Frau ließ sich auf das Gras plumpsen, als gehörte sie hierher. Sie lehnte sich an den Baum und schlug ihre in Fellboots steckenden Beine übereinander.

Ihre Jeans waren mit modischen Farbspritzern versehen und ihr kurzes schwarzes Haar hatte sie so frisiert, dass es kreuz und quer von ihrem Kopf abstand. An einem Ohr trug sie zwei silberfarbene Perlen, am anderen war kein Schmuck zu sehen. »Ich heiße Reese.«

Auf Addie wirkte sie wie eine der vielen Frauen, die nach Sale Creek kamen. Eine junge Frau, die ihren Platz im Leben suchte, während eine überwältigende Welle an Erwartungen über sie hinwegschwappte und sie zwang, erwachsen zu werden – egal, ob sie schwimmen konnte oder nicht.

»Mein Name ist Addie Hoult. Ich habe die Hütte am See gemietet.«

Reese warf einen Blick über ihre linke Schulter. »Niemand bleibt wirklich lange in der Hütte. Der alte Mann verjagt immer alle.«

Addie blickte sie neugierig an. »Welcher alte Mann?«

»Mein Onkel«, erwiderte Reese. »Er ist wirklich harmlos. Er mag nur keine Besucher.«

»Ich habe niemanden gesehen.«

»Wirst du auch nicht, wenn er es selbst nicht will.«

Addie fragte sich, ob Reese ihr Angst einjagen wollte. »Ich bin nur noch ein paar Tage hier.«

Reese blickte nach unten und bemerkte Addies Ehering. »Ist dein Ehemann auch hier?«

»Nein.« *Er liegt am Grund des Watauga-Sees.* Das hätte sie beinahe gesagt. Er war von einer etwa 18 Meter hohen Klippe gestürzt. »Er konnte nicht mitkommen.«

»Machst du hier Urlaub?«

»Nein, ich recherchiere etwas. Ich bin auf der Suche nach Grace Tonquin und ihren Kindern.«

Reese blickte wieder über den See. »Diese Familie wird hier vermutlich nie wieder auftauchen.«

»Weißt du, wo sie hingegangen sind?«

»Keine Ahnung. Aber das Land hier gehört zum Großteil immer noch ihnen. Die Leute hier werden schon nervös, wenn man nur über sie spricht.«

»Irgendjemand muss doch wissen, wo sie sind.«

»Die Dawsons wissen das bestimmt. Aber sie werden nicht darüber reden. Sie wollen das Land kaufen so wie viele andere auch.«

Eine der Enten versuchte, das Ufer zu erklimmen, wurde aber von Wallace verjagt. Sie schwamm wieder zu den anderen zurück, als wolle sie alle Wesen mit Schwimmhäuten an den Füßen daran erinnern, dass das Ufer Wallace' Revier war.

»Wo wohnst du eigentlich?«, fragte Addie.

»Ich bin aus Seattle. Aber jetzt lebe ich für ein paar Wochen bei meinem Bruder, um die Traubenernte vorzubereiten.« Reese zeigte mit dem Finger auf einen Weinberg und ein weiter oben befindliches Haus auf der gegenüberliegenden Seeseite, das aussah, als sei es aus Glas erbaut worden. »Meine Eltern werden bald da sein.«

»Ihr habt bestimmt den besten Blick über das ganze Tal.«

Reese grinste. »Sogar fast über den ganzen Bundesstaat, würde ich sagen. Bei klarem Himmel können wir sogar den Mount Hood, unseren höchsten Berg hier in Oregon, sehen.«

Der Hund kam aus dem Wasser wieder ans Ufer und Reese

stöhnte auf, als er sich schüttelte und sie beide nass machte. »Tut mir leid!«

»Kein Problem. Ich wollte sowieso noch mal duschen.«

Reese lächelte. »Ich fürchte, du wirst hier nicht viel über die Tonquins herausfinden. Das Einzige, was von ihnen noch übrig ist, ist das alte Haus auf dem Hügel.«

»Rubys Haus?«

»So nennen es die Leute. Aber eigentlich gehörte das Anwesen ihrer Tochter. Das ist immer noch so, glaube ich. Mein Bruder wird heute Nachmittag dort sein. Wenn du willst, kannst du ihm deine Fragen stellen.«

Wallace spitzte seine Ohren und wandte sich nach links. Er hatte hinter den Zweigen irgendetwas gehört.

Reese griff nach seinem Halsband. »Denk nicht mal dran!«

Doch dafür war es offensichtlich bereits zu spät. Sekunden später riss sich der Hund von Reeses Griff los und verschwand durch den Vorhang aus Blattwerk.

»Es war schön, dich kennenzulernen!«, rief Reese Addie zu, während sie ihm hinterherjagte.

»Wallace!«

Dann war Addie wieder allein.

KAPITEL 14

»Er wird es nicht schaffen!« Hélène presste ihre Wange im schwachen Lichtschein an die von Louis. Sein Körper hing schlaff und still in ihren Armen, als wäre er ein Eiszapfen, der jeden Moment schmelzen oder zerbrechen konnte. Obwohl durch den nahe gelegenen Wasserfall das Flusswasser auf seine Haut spritzte, fröstelte er nicht.

Grace und Élias hatten den zierlichen Jungen abwechselnd mit Hélène durch den Wald und dann hinauf zum Pass getragen. Aber auf den letzten anderthalb Kilometern hatte Hélène sich geweigert, den Jungen herzugeben. Sie waren nun schon zwei Nächte lang unterwegs. Grace fürchtete, dass Hélène es weder mit noch ohne Louis über den letzten Berg schaffen würde.

Sie streckte ihren Arm aus und legte die Hand auf Louis' Stirn. Seine Haut glühte regelrecht, doch er war noch am Leben.

Sollten sie jetzt, kurz vor der spanischen Grenze, wieder umkehren? Dahinter wartete doch auf alle zwölf Kinder die Freiheit!

Grace ließ verzweifelt ihre Hände sinken. Jedes dieser Kinder sollte gerettet werden, egal wie sehr Louis sich auch gegen sie gewehrt haben mochte. Sie hatte sich selbst geschworen, dass sie keines der Kinder zurücklassen würde.

Wenn sie jetzt aber umkehrten, würden sie ihren Feinden nicht entkommen, falls diese sie verfolgten. Sie würde damit alle Kinder unweigerlich den Nazis ausliefern.

Sollte sie etwa elf Kinder opfern, um ein einziges zu retten? Oder sollte sie versuchen, für Louis und Hélène ein Versteck zu finden und die anderen mit Élias und Suzel an der Spitze nach Süden schicken?

Es war unmöglich, hier eine Entscheidung zu treffen.

Selbst als sie versuchte, einen klaren Gedanken zu fassen, drehte sich Grace der Magen um. In Nächten wie dieser wünschte sie sich zurück in ihr Zimmer in Oregon, wo sie sich die Bettdecke über den Kopf ziehen und sich vor allem Bösen in der Welt verstecken konnte.

Die Wellen des Flusses schwappten ans Ufer und neben Grace warteten die Kinder, während ihre Gedanken einmal mehr davonflogen. Dieses Mal fand sie sich in Saint-Lizier wieder. Sie stand neben Marguerite auf dem Hof und musste dabei zusehen, wie die Soldaten die Kinder in den Lkw trieben, als handele es sich dabei um eine Viehherde. Dann trat Roland aus der Dunkelheit und erklärte ihr, was zu tun war.

Wenn er doch nur auch hier am Fuß des Berges auftauchen würde! Dann würde er die anderen über die Berge führen, während sie sich um Louis und Hélène kümmern würde.

Doch dieses Mal war sie auf sich allein gestellt.

Aber Gott war bei ihr!

Dasselbe hatte doch David in den Psalmen gesungen, als er selbst noch ein Hirte gewesen war. Und es galt auch heute noch. Egal, was passierte, Gott war bei ihnen!

Grace sank mit ihren Füßen in den Morast am Flussufer ein, doch sie richtete ihren Oberkörper wieder auf. Sie würde Louis über den Fluss tragen müssen. Und notfalls auch über die Berge. Élias und die älteren Kinder konnten Hélène helfen.

»Ich nehme ihn!« Sie streckte ihre Arme aus, doch Hélène schüttelte den Kopf.

»Wenn wir ihn noch weitertragen, wird er in deinen Armen sterben.«

Grace ließ langsam die Arme wieder sinken. »Was sollen wir tun?«

Es schien hoffnungslos zu sein. Doch sie brauchte wenigstens einen kleinen Funken Hoffnung, um weitermachen zu können.

»Ich werde ein Versteck für ihn finden.« Hélène wiegte Louis in den Armen, damit er nicht aufwachte. »Hinter den Hügeln leben ein paar Bauern. Es sind gute Menschen. Sie werden für uns beide sorgen.«

Grace überlegte, was sie sagen sollte. Die Kinder warteten auf ihre Antwort. Sie konnte darauf bestehen, ihre Pläne über den Haufen zu werfen, und alle Kinder mit Hélène auf den Rückweg über die Berge schicken. Oder Grace konnte alleine mit Louis weiterlaufen. Vielleicht konnte Hélène weitergehen, wenn sie Louis nicht mehr tragen musste.

»Roland wird mich finden!«, beharrte Hélène. »Und irgendwann wird er auch euch finden.«

Aber die Nazis würden schneller sein, fürchtete Grace.

»Du und Louis – ihr müsst mit uns kommen.« Grace warf einen Blick auf die Gischt des dunklen Flusses vor ihnen. »Wir werden eine Möglichkeit finden zusammenzubleiben.«

»Am anderen Ufer des Flusses ist ein Hirtenpfad«, sagte Hélène. »Folgt ihm den Hügel hinauf, bis ihr an eine Weide kommt. Danach gelangt ihr zu einem anderen Wald und auf der linken Seite befindet sich zwischen den grauen Felsen versteckt eine Höhle. Die Hirten nutzen sie dazu, ihren Käse reifen zu lassen. Es ist ihnen egal, ob ihr von ihren Vorräten esst.«

Grace nickte. Ihre restlichen Lebensmittel hatten sie schon vor zwei Tagen aufgebraucht, als sie Rast in einem höhlenartigen Verschlag gemacht hatten, der genauso ausgesehen hatte wie die anderen Felsen entlang ihres Weges. Sie brauchten dringend etwas zu essen, um den Rest des Aufstiegs durchhalten zu können.

»Von dort geht es geradeaus über die Berge nach Spanien«, sagte Hélène. »Ich bete dafür, dass die Soldaten auf der anderen Seite der Grenze freundlich sind.«

Grace verließen die Kräfte. »Ich kann dich nicht zurücklassen, Hélène.«

Die ältere Frau küsste ihre Wange. »Wir haben keine andere Wahl.«

Damit hatte sie recht. Auch wenn es Grace erneut das Herz oder vielmehr das, was davon noch übrig war, brechen würde –

sie musste die restlichen Kinder über diesen letzten Berg bringen. Und Louis und Hélène in Gottes Hände übergeben.

In der Nähe bellte ein Hund und Graces Herz begann schneller zu schlagen. Sie mussten sich beeilen.

Grace strich Louis mit der Hand über den Kopf. »Der Feind wird euch nicht besiegen!«

Sie betete, dass dieser kostbare Junge leben würde und andere aus vollem Herzen lieben konnte. Dann betete Grace für alle anderen Kinder, dass der Herr im Leben und im Sterben ihr Licht und ihre Stärke sein würde.

Wenn sie den Tod nicht fürchteten – was sollte ihnen dann noch Angst einjagen?

»Ich gehe mit ihnen mit!«, meldete sich Élias freiwillig, doch Hélène war bereits zwischen den Bäumen verschwunden.

Er drehte sich zu Grace um. »Du hättest sie nicht alleine gehen lassen dürfen.«

»Ich hatte keine andere Wahl!« Wenigstens kannte ihre Freundin in dieser Gegend Menschen, denen sie vertrauen konnte. Sie wusste, wo sie sich Hilfe suchen konnte. Grace und ihre Schützlinge aber mussten weitergehen.

Die anderen Kinder warteten still und starrten auf den tosenden Fluss, der sie am Weitergehen hinderte. Eine Schlange, dachte Grace. Schuppig und grau im Licht der Sterne. Sie lauerte darauf, sie anzugreifen.

Auch wenn Élias wütend auf sie war, auch wenn sie selbst genauso viel Angst hatte wie die Kinder – Grace musste um ihretwillen stark bleiben. Egal wie kalt es war und wie schmerzlich ihr Verlust war, alle mussten jetzt den Fluss überqueren und dem ausgetretenen Pfad folgen, der zuvor von Hirten und Schafen benutzt worden war.

»Zieht eure Schuhe aus!«, wies Grace die Kinder an. Sie gehorchten ihr trotz der Kälte. Ihre *Espadrilles* waren inzwischen nur noch fadenscheinige Gebilde und boten wenig Schutz an den Füßen, doch die Stoffsohlen würden dennoch dabei helfen, die

Berge zu überwinden. Sobald sie in Spanien waren, würde Grace ihnen neue Schuhe kaufen. »Nehmt den Weg über die Felsen!«, mahnte sie. »Wie beim Spiel *Marelle*.«

Die Kinder mussten nun über echte Felsen springen, anstatt wie bei »Himmel und Hölle« nur über Hickelkästchen aus Kreide.

Grace zog ihre Schuhe aus und warf sie sich zusammen mit ihrem Tornister über die Schulter. Dann nahm sie eines der jüngeren Kinder, ein Mädchen namens Alice, auf die Arme, damit sie nicht von der Flut mitgerissen werden konnte, während sie über die Felsen sprangen.

Suzel schrie auf, als ihr das eiskalte Wasser über die Füße spritzte. Am liebsten hätte Grace dasselbe getan. So schnell die Strömung des Flusses an ihr vorbeizog, zog auch eine Erinnerung an Grace vorbei, wie sie ihrem Großvater beim Melken der Kühe geholfen hatte. Dabei hatte sie den Eimer in ihren kalten Händen gehalten und gleichzeitig aufgepasst, dass kein Tropfen danebenspritzte.

Auch wenn der Fluss eisig kalt und die Felsen unter ihren Füßen glitschig waren, würde sie weder Alice noch ihren Tornister und erst recht nicht ihren Traum von einem sicheren Ort für sie alle loslassen. In zwei oder spätestens drei Tagen würden sie die Grenze überschreiten.

Grace setzte Alice am anderen Ufer ab und wandte sich dann zu den übrigen Kindern. Élias trug Marguerite hinüber und half dann zwei anderen, die ins Wasser zu fallen drohten.

Der Schock des kalten Wassers erweckte neues Leben in ihnen, als sie sich ihre Füße im Gras abtrockneten. Sobald sie ihre dünnen *Espadrilles* wieder angezogen hatten, nahmen die Kinder ihre jeweiligen Partner an die Hand und kletterten weiter. Verletzungen konnten sie sich heute keine leisten. Ebenso wenig durfte Grace eines der Kinder unter dem sternenklaren Nachthimmel verlieren, der sich oft hinter den Ästen der Bäume versteckte.

Schließlich gelangten sie auf ein Plateau, auf dem sich eine Schafweide befand. Obwohl im Wald viele Gefahren lauerten, war dieser Grace dennoch lieber als die offene Landschaft. Wenn jemand auf einer Weide wie dieser eine Laterne anzündete, konnte er sie und ihre Schützlinge leicht entdecken.

»Beeilt euch!«, flüsterte Grace, woraufhin die Kinder ihre Decken und wenigen Habseligkeiten nahmen und zum Wald auf der anderen Seite rannten.

»Wir brauchen etwas zu essen!«, sagte Suzel, nachdem sie unter ein paar Bäumen Schutz gefunden hatten.

»Bis zur Höhle ist es nicht mehr weit.« Grace warf einen Blick in den Wald. »Wir essen etwas, wenn wir dort angekommen sind.«

Käse mit ein paar Esskastanien, Pilzen oder Wintergemüse. Was auch immer sie zuerst finden würde, sobald es hell wurde.

»Ich werde Essen für sie finden.« Ein Mann trat hinter einem Baumstamm hervor, ein Franzose mittleren Alters. Er trug einen Hirtenumhang aus Burel, einem Walkstoff aus Schafwolle, sowie eine Baskenmütze.

Eines der Mädchen schnappte nach Luft, mehrere andere Kinder flohen in verschiedene Richtungen, um sich zu verstecken.

Graces Herz stockte, doch sie blieb stehen.

»Ich habe kein Geld!«, sagte sie mit fester Stimme. Zumindest keines, das sie ihm geben würde. Die Scheine, die sie in ihrem Schuh versteckt hatte, waren dafür gedacht, die spanischen Grenzbeamten zu bestechen.

»Ich bin ein *Passeur*!« Der Mann warf einen Blick auf die noch anwesenden Kinder. Seine Kleidung stank wie reifer Limburger Käse. »Ich habe gerade eine Tour hinter mir. Mit ... Das sage ich lieber nicht.«

Sie konnten einen Führer gut gebrauchen, so viel war klar. Aber sie hatte diesem Mann doch eben gesagt, dass sie kein Geld hatte. Kein *Passeur* mit gutem Ruf würde ohne Lohn arbeiten.

»Dieser Weg ist nicht sicher.« Er wies mit dem Kopf auf den engen Pfad, dem sie eigentlich hatten folgen wollen. »Oben am Gipfel campiert eine Gruppe von Nazis, als würden sie dort Urlaub machen.«

Der eisige Schauer, der Grace in die Glieder fuhr, kam nicht von der kalten Luft.

»Ihr müsst da lang.« Er zeigte in die Richtung rechts von ihr, weg von der Höhle und der angeblichen Gruppe von Nazis.

Jemand neben Grace nahm ihre Hand und drückte diese so fest, dass sie glaubte, sie würde in der Kälte zerbrechen.

Marguerite stand neben ihr und ließ ihre Hand nicht los, als ob sie ihr etwas mitteilen wollte. Konnte sie die Farbe des Charakters einer Person auch im Dunkeln sehen? Élias hatte gesagt, dass sie der Farbe Rot nicht vertraute.

»Sind deine …?« Grace suchte eine Möglichkeit, dem Mädchen eine Frage zu stellen, ohne dabei ihre Gabe zu verraten. »Sind deine Hände von der Kälte *rot* geworden?«

Marguerites Stimme klang sanft und war nicht mehr als ein Flüstern im Wind. »Ja, sehr.«

Dieser Mann, der vor ihnen stand, war kein guter Mensch. Er – und vielleicht noch andere – wollte ihren Kindern Schaden zufügen.

Marguerite stand neben ihr auf der einen Seite und Élias stellte sich nun auf die andere.

»Wir brauchen Ihre Hilfe nicht!«, sagte Grace zu dem Mann. Egal, was er sagen würde, sie würden ihm nicht folgen.

»Ich werde mit etwas zu essen wiederkommen!«, antwortete er. »In einer Stunde bin ich wieder da.«

»Wir wollen auch nichts zu essen von Ihnen.«

»Ich bin hier in der Gegend als freundlicher Mensch bekannt.« Er warf noch einmal einen Blick auf die Kinder, so als würde er durchzählen, wie viele es waren. »Sie brauchen keine Angst zu haben.« Angst würde in diesem Fall allerdings durchaus hilfreich sein.

»Bitte lassen Sie uns in Frieden!«, entgegnete Grace. Doch der Mann schüttelte den Kopf und ignorierte ihre Worte.

»Lassen Sie mich Ihnen doch helfen!«

Er stapfte zurück in den Wald und Grace nahm den felsigen

Pfad vor ihnen genau in Augenschein. Wusste der Mann von der Höhle? Selbst wenn er das nicht tat, konnte er sie bis an den Ort verfolgen, an dem sie haltmachten.

Doch wenn sie an der Höhle vorbeigingen und weiter den Berg hochkletterten, würde sie viele Kinder aufgrund von Erschöpfung verlieren. Und dann würden sie mit Sicherheit geschnappt werden.

Vielleicht konnte sie diesen Mann abschrecken, damit er nicht mehr zurückkehrte. Dann hätten die Kinder die Möglichkeit, sich während des Tages auszuruhen, bevor sie weitergehen mussten.

»Die Höhle ist da vorne links!«, flüsterte sie Élias zu und deutete mit ihrem Finger den Pfad hinauf. »Versteck' die Kinder dort.«

»Wo gehst du hin?«, fragte er.

»Ich werde nach dem Mann suchen.«

Grace wusste, dass Élias bereits zum Protest ansetzte und darauf bestehen würde, mit ihr in den Wald zu gehen.

»Bitte, Élias«, bat sie ihn. »Du musst dieses Mal bei den Kindern bleiben.«

Élias rief leise nach den Kindern und versammelte sie um sich wie ein Hirte seine Schafe.

Gefrorenes Laub knirschte unter Graces Schuhen, als sie sich auf den Weg zurück durch den Wald machte. Doch ihr Versuch, den Spuren des Mannes zu folgen, erwies sich als genauso aussichtslos wie der Versuch, nicht auf das Laub zu treten. Sie begann sich Sorgen zu machen, dass sie sich zwischen den Bäumen möglicherweise verlaufen konnte.

Über den Bergen brach bereits der Morgen an und das Licht suchte sich seinen Weg durch die Nebelfelder, als wolle es alles hell erleuchten, was sich darin versteckte. Sie bekam den Mann nicht wieder zu Gesicht, blieb aber stehen, als sie Stimmen hörte. Mehrere Männer sprachen in gebrochenem Deutsch und Französisch über sie und die Kinder. Marguerite hatte recht gehabt. Dieser Mann, der vorgegeben hatte, helfen zu wollen, war tatsächlich *tiefrot*.

»Ich bringe euch heute Abend noch mehr Kinder!«, sagte der Mann. »Noch mindestens zehn weitere!«

Weitere.

Hatte er Hélène und Louis schon aufgespürt?

Grace durfte jetzt nicht darüber nachdenken. Sie wollte es sich nicht vorstellen, dass Rolands Tante, eine wahre Heldin, oder der kleine Louis tot sein könnten.

Einer der Deutschen fragte, wie der Mann sich so sicher sein könne. Grace konnte das schadenfreudige Grinsen in seiner Antwort regelrecht hören. Er rieche so etwas, sagte er. Die Juden würden immer stinken.

Graces Herz blutete, als hätte er mit dem Messer zugestochen. Die Nazis hatten den jüdischen Kindern schon die Existenzgrundlage, die Schule, Nahrungsmittel, Betten und Waschmöglichkeiten geraubt – was wollten sie denn jetzt noch? Trotz allem kämpften ihre Kinder weiter ums Überleben, auch ohne jeden Komfort. Sie waren tief verletzt worden, aber auch bereit, mit aller Kraft weiterzumachen.

Doch dieser Mann verhandelte über ihre Kinder, als würde er Pferde oder Schafe über die Grenze schmuggeln. Er war ein französischer Verräter, ein Söldner mit einem finsteren Herzen, der diese Kinder für ein paar hundert Francs verhökerte. Anstatt sie über die Grenze zu schmuggeln, würde er sicherstellen, dass sie es nie bis nach Spanien schaffen würden.

Die Hälfte jetzt, die andere Hälfte später. So verhandelte er. Grace konnte beinahe hören, wie das Blutgeld in seinen Taschen klingelte, als er die Münzen dort hineintat. Zorn stieg in ihr auf. Rohe Wut angesichts dieser Ungerechtigkeit.

Wie konnte er nur diese armen Kinder verraten?

Die Kinder versteckten sich, erzählte er den anderen. Er würde die Nazis zu ihnen führen, sobald sie ihre Morgenmahlzeit beendet hätten. Die Kinder waren nun sein Pfand, das er für die Anzahlung benötigte. Grace war sich sicher, dass er von der Höhle wusste. Und er würde sie dort in die Enge treiben.

Jedes einzelne Glied ihres Körpers schmerzte, als Grace wieder durch den Wald zurücklief. Ihr Geist war genauso ausgelaugt wie ihre Kraft, doch sie konnte der Erschöpfung keinen Raum gewähren. Sie würde es nicht zulassen, dass diese Männer auch nur einem weiteren Kind Schaden zufügten.

Wenn sie jetzt die Kinder weckte und sie zum Aufbruch drängte, würde der Mann ihnen wahrscheinlich den Pfad hinauf folgen. Sie würden ihre geplante Route verlassen und einen anderen Weg über die Berge finden müssen. Grace betete erneut, dass ihr himmlischer Hirte jeden ihrer Schritte führen würde.

Das Licht beleuchtete den Eingang zur Höhle und sie sah die Kinder zwischen den Felsen liegen, eng aneinandergedrängt, um sich gegenseitig zu wärmen. Sie waren auf dem unebenen Boden zwischen Körben voller Käse eingeschlafen. Als Bettwäsche hatten sie Tücher doppelt gefaltet und über ihre steinernen Kopfkissen gelegt.

Marguerite war noch wach und saß fröstelnd auf einem flachen Felsbrocken.

Hier zwischen den Felswänden war es allerdings immer noch wärmer als im Wald. Doch diese Kinder würden möglicherweise niemals wieder *wirkliche* Wärme spüren können. Auch Grace fröstelte und sie hatte Hunger. Sie war weit mehr als nur erschöpft. Sie konnte sich gar nicht vorstellen, wie müde und erschöpft die Kinder sein mussten.

Dennoch mussten sie sofort von hier weg.

Grace zählte schnell durch. Zweimal. Jemand fehlte.

»Wo ist Élias?«, fragte sie Marguerite.

»Er ist kurz nach dir weggegangen.«

Ihr Herz hätte ihr eigentlich vor Sorge wieder in die Hose rutschen müssen, doch Grace fühlte nichts. All ihre Gefühle schienen den Berg hinuntergerollt und im Fluss versunken zu sein, als Hélène und Louis umgekehrt waren. Selbst der Gedanke daran, dass die Nazis sie schnappen könnten, ihre Angst und ihre Wut, waren weg.

Grace sackte auf dem Boden zusammen und war kaum noch

in der Lage, sich zu bewegen. Trotz allem wandte sie sich an das Mädchen: »Wir müssen weiter!«

»Wir können uns kaum noch bewegen!«, widersprach ihr Marguerite. »Wir müssen erst schlafen.«

Und Grace konnte sie nicht von hier wegbringen und ihre müden Körper den Berg hinaufzerren, solange Élias nicht zurück war.

Grace lehnte ihren Kopf an die kalte Felswand. Das schwache Licht verschwand, als sie ihre Augen schloss, und die Erschöpfung zog sie noch tiefer in die Dunkelheit hinein. Sie durfte jetzt nicht einschlafen ...

»Miss Grace.« Élias stand vor ihr und öffnete den Rucksack, den er in seinen Händen hielt. »Ich habe eine Tasche voll mit Zuckerwürfeln gefunden.« Ein bisschen Verpflegung für einen verzweifelten Kletterer.

»Wir werden sie mitnehmen«, sagte Grace und stieß sich von der Felswand ab. »Wir müssen sofort hier weg!«

»Wo warst du denn?«, fragte Marguerite ihren Bruder.

»Ich bin dem Mann gefolgt, der uns aufgehalten hat«, antwortete er beiläufig. »Er war aber nur ein Hirte, der hier in der Nähe in einer Hütte übernachtet hat.«

Marguerite stand nicht auf, um ihn zu umarmen. Stattdessen zog sie ihre Knie bis zur Brust.

Was war wohl die Farbe der Lüge? Irgendwann würde Grace sie das fragen. Sie war sich sicher, dass Marguerite wusste, dass ihr Bruder gelogen hatte.

Élias zog seinen Mantel aus und legte ihn seiner Schwester um die Schultern. Dann wies Grace mit dem Kopf in Richtung des Höhleneingangs und Élias folgte ihr, bis sie ein Stückchen von den anderen entfernt waren.

»Wir müssen hier weg! Sofort!«, sagte Grace erneut.

»Wir können nicht raus!«, antwortete er, den Blick auf die Strahlen der aufgehenden Sonne gerichtet.

»Sie kommen, um uns festzunehmen!«

Élias schüttelte den Kopf. »Der Mann hat einem der Nazis gesagt, er solle unterwegs auf ihn warten. Er würde ihnen die Ware dann liefern.«

Es klang, als wären die Kinder für diese Männer eine Art Güter, die sie kaufen und verkaufen konnten. Wie die Schafe, die hier auf den Hügeln grasten.

»Woher weißt du das?«

Er wandte sein Gesicht zu ihr. »Ich war ganz in der Nähe, als sie darüber gesprochen haben.«

»Also müssen wir sofort hier weg ...«

»Die Nazis kennen diesen Weg nicht!«, flüsterte Élias. »Er hat ihnen nichts von der Höhle erzählt.«

Grace dachte an die Unterhaltung der Männer und wusste, dass Élias recht hatte. Der Mann hatte diese Information für sich behalten.

Wie viele andere hatte er hier wohl noch verraten?

»Hätte er ihnen von der Höhle erzählt, wäre er für die Nazis nicht länger von Nutzen«, fuhr Élias fort. »Er bekommt sein Geld nur, wenn er ihnen Juden ausliefert.«

»Er wird einen Weg finden, um uns zu hintergehen!«, sagte Grace. »Sie haben ihm schon die Hälfte seines Anteils bezahlt.«

Élias schüttelte den Kopf. Ein finsteres Grinsen legte sich auf sein Gesicht. »Er wird nie wieder ein Wort darüber verlieren.«

Ein Schauern durchfuhr Grace. »*Was hast du getan?*«

»Nur das, was ich tun musste.«

Grace drehte es ein zweites Mal den Magen herum. Die Soldaten, die erwachsenen Männer, waren zum Kampf einberufen worden. Doch dieser Junge, vielmehr alle Jungen, sollten doch niemand anderem Schaden zufügen. Ihrer Meinung nach sollte kein Mann so etwas tun, es sei denn, sie kämpften gegen die verbrecherischen Nazis. Élias hatte dem Mann das Leben genommen, bevor er ihnen ihre hatte nehmen können, vermutete Grace.

Sie würde ihrer Großmutter, einer Quäkerin, niemals erzählen, dass sich ihre Ansichten über den Krieg geändert hatten. Es würde ihr das Herz brechen. Grace dachte allmählich, dass die

Waffen, die sie eigentlich hasste, möglicherweise dazu dienen konnten, das Böse in dieser Welt in Schach zu halten.

»Warum hast du deine Schwester angelogen?«, fragte Grace.

»Manchmal muss man diejenigen, die man liebt, vor der Wahrheit schützen«, antwortete Élias langsam.

Grace würde darüber mit ihm keine Diskussion führen. Zumindest nicht hier.

»Und die Zuckerwürfel?«

»Die waren in seinem Gepäck.«

»Wir werden sie für morgen aufheben.«

»Schau mal!«, flüsterte Élias leise.

Draußen vor dem Eingang fielen Schneeflocken, die sich auf das gefrorene Laub legten. Wie sollten sie es so nach Spanien schaffen?

»Wir müssen schlafen!«, sagte Grace und ging mit Élias zur Höhle zurück.

Er sah aus, als wollte er etwas dagegen sagen, doch er ließ sich kommentarlos neben seiner Schwester auf dem Boden nieder. Grace zog die Knie an ihre Brust und machte sich Gedanken über all das, was sie gerade erfahren hatte.

Sie wollte Élias sagen, dass das hier kein Comic und er auch nicht der heldenhafte Reporter Tim war. Er – nein, alle diese Kinder – *sollten*, wie sie selbst als Kind, nur beim Spielen so tun, als würden sie sich verstecken. Sie sollten sich nicht im echten Leben vor Erwachsenen verstecken *müssen*, die ihnen nach dem Leben trachteten.

Das hier war kein Spiel. Doch wenn Gott die Comicfigur Tim dazu gebrauchte, Élias den nötigen Mut zu verleihen, den er zum Durchhalten brauchte, dann sollte es wohl so sein. Grace betete, dass er diesen Mut immer für das Gute einsetzen würde.

Sie fand einen Platz auf dem um sie herum dicht besetzten Höhlenboden und nutzte ihren Schal als Kissen. Dann verschränkte sie ihre Arme wie eine Mumie in ihrem Mantel. Und sie träumte von verschneiten Passwegen, Bergen von Esskastanien und einem Hirten, der sie bei ihrem Namen rief.

KAPITEL 15

Addie begann, Laurel Ridge zu erklimmen, und hoffte darauf, Reese' Bruder im Garten neben Ruby Tonquins Haus zu finden. Sie konnte nachvollziehen, warum die Familie ihre Privatsphäre schützen wollte, doch Charlie war nun einmal ebenfalls ein Tonquin. Auch wenn er und seine Schwester adoptiert worden waren, gehörten sie dennoch zur Familie. Addies eigene Familie mochte zwar zerbrochen sein, aber dennoch waren Familien dazu da, sich gegenseitig zu unterstützen und zu heilen.

Manchmal dauerte es lange, bis Wunden wieder verheilten. Das wusste Addie nur zu gut. Doch wenn Charlies Familie das verzeihen konnte, was vor langer Zeit geschehen war, und sie diesen ehrenwerten Mann, zu dem Charlie geworden war, annehmen konnten, konnten sie vielleicht gemeinsam diesen Verlust überwinden.

Addie warf einen Blick auf ihr Handy, auf dessen Display abwechselnd ein und dann wieder zwei Balken zu sehen waren. Zu Hause in Knoxville beendete Kirsten gerade ihren Arbeitstag an der Schule.

»Bist du schon auf dem Weg nach Hause?«, fragte Addie, nachdem ihre Freundin den Anruf entgegengenommen hatte.

»Fast«, sagte Kirsten. »Aber ich bin im Moment allein. Alles okay bei dir?«

»Ich könnte jetzt ein Gebet gut gebrauchen.«

»Werde ich machen!«

»Danke.« Addie legte auf ihrem Weg den Hang hinauf eine Pause ein, um die Verbindung nicht zu verlieren. »Ich habe nur ganz schwachen Empfang und ich fürchte, der wird auch bald weg sein.«

»Es tut gut, deine Stimme zu hören. Ich vermisse dich.«

»Ich vermisse dich auch.« Addie war seit Peters Tod nicht mehr nach Knoxville zurückgekehrt. Doch sie vermisste ihre Freundin und die Menschen aus ihrer Gemeinde sehr.

»Hattest du bei der Suche nach Charlies Familie Erfolg?«, fragte Kirsten.

»Nicht wirklich. Es scheint, als wären sie von der Bildfläche verschwunden.«

»Ich wünschte, Charlie würde dir einfach seine Geschichte erzählen.«

Addie blickte hinunter zur Trauerweide. »Ich habe gestern versucht, mit ihm zu sprechen, aber er wollte mir nichts von seiner Schwester oder seinen Eltern erzählen. Es ist beinahe so, als wollte er die Transplantation gar nicht haben.«

»Ich habe mal versucht, meine Großmutter über unsere Familie auszufragen, aber sie hat sich geweigert, darüber zu reden«, sagte Kirsten. »Jetzt im Nachhinein glaube ich fast, dass sie mich vor der Wahrheit beschützen wollte.«

»Charlie muss mich nicht beschützen.«

»Vielleicht hat er einfach Angst.«

»Ja, vielleicht.« Ein Weißkopf-Seeadler flog über den See und verschwand dann zwischen den Bäumen. »Er hat mich gebeten, nach Tennessee zurückzukommen.«

Im Hintergrund heulte ein Motor auf, als Kirsten ihren Wagen startete.

»Kommst du vor Samstag wieder nach Hause?«

»Ich glaube nicht. Emma hat mich gebeten weiterzusuchen.«

»Das klingt, als ob Charlie nicht will, dass du und Emma die Wahrheit herausfinden.«

»Was auch immer passiert ist, wird meine Liebe zu ihm nicht verändern.«

»Ich weiß!«, antwortete Kirsten, bevor sie das Thema wechselte. »Wie geht's dem Baby?«

»Es erinnert mich regelmäßig daran, dass ich nicht allein bin.«

»Gutes Mädchen!« Der Empfang des Telefons ging kurz verloren, bevor Addie wieder Kirstens Stimme hörte. »Genau, wie ich es mit ihr besprochen hatte.«

»Wir wissen doch gar nicht, ob es ein Mädchen ist …«

Nun brach der Empfang ganz ab und ließ Addie und ihr Baby wieder allein zurück.

An manchen Tagen wünschte sie sich, wie ein Adler davonzufliegen und diese quälende Verzweiflung einfach hinter sich lassen zu können. Sie hatte diese Last nun schon drei Monate mit sich herumgetragen. Peter hatte ihr und der ganzen Gemeinde Unrecht zugefügt. Doch sie durfte es nicht zulassen, dass ihre Wut und ihre Verletzungen die Oberhand gewannen. Vor allem jetzt nicht.

Sie verstand nicht, was in diesem Frühling alles passiert war, doch tief in ihrem Herzen wusste sie, dass Gott nie von ihrer Seite gewichen war. Eines Tages würden sie und ihr Baby frei von aller Last wie ein Adler in die Höhe steigen.

Die Sonne wärmte ihre Haut, als Addies Füße sich ihren Weg auf der Schotterstraße nach oben bahnten. Der Turm ragte wie ein Leuchtturm zwischen den Bäumen hervor und sie behielt ihn im Blick, bis sie vor Rubys Haus stand.

Irgendetwas an diesem Ort schrie geradezu danach, seine Geschichte erzählen zu dürfen. Es war, als ob Rubys längst erloschener Stern sein Licht auf all das werfen wollte, was den Tonquins zugestoßen war.

Addie konnte Reese' Bruder nicht finden. Daher öffnete sie das vordere Eingangstor und genoss die Schönheit des Gartens, dessen Farben miteinander verschmolzen wie die kunstvollen Muster auf Schmetterlingsflügeln. Es schien Addie, als würde dieses Mosaik aus Blumen und kunstvoll geschnittenen Hecken selbst davonfliegen können. Und es beruhigte ihr eigenes Herz.

Ein geheimer Garten, dachte sie. Ein Meisterstück, das hoch oben über der Stadt versteckt war. Sie würde die Schönheit hier nicht durcheinanderbringen. Sie wollte einfach nur die Früchte der Arbeit eines anderen genießen. Über etwas anderes als die chaotischen Zustände in ihrem Leben nachdenken.

»Das ist Hausfriedensbruch!« Links von ihr bewegte sich etwas zwischen den Bäumen. Als der Mann auf die tiefer liegende Ebene des Gartens trat, sprang Addie auf. Er trug ein schwarzes T-Shirt, eine Jeans und ein blaues Halstuch. In der einen Hand hielt er eine Harke wie ein Zepter, in der anderen eine Handvoll Unkraut. Am Kinn trug er einen leichten Bartansatz und sein kohlschwarzes Haar war kurz geschoren.

Das hier schien sein Reich zu sein.

»Es war nicht meine Absicht!« Zumindest nicht dieses Mal. »Sie müssen der Bruder von Reese sein.«

Oder war er der alte Mann, vor dem Reese sie gewarnt hatte? Allerdings war er erst Anfang dreißig, schätzte sie. Aber möglicherweise betrachtete Reese jeden Menschen über zwanzig als alt.

Ein Bellen schallte durch den Garten. Dann schoss ein schwarzgrauer Blitz hervor. Wallace machte einen Satz auf Addie zu, als wären sie die besten Freunde, und sie kraulte den Hund hinter den Ohren.

Der Mann lehnte seine Harke an das Geländer der Veranda. »Anscheinend kennt mein Hund Sie schon.«

»Wallace und ich sind alte Freunde.«

Der Mann betrachtete sie eingehend. »Er kann den Charakter von Menschen meist gut einschätzen, sogar den von unbefugten Eindringlingen.«

»Man ist kein unbefugter Eindringling, wenn man eingeladen wurde.«

Der Mann zog eine seiner Augenbrauen nach oben. »Und *wer bitte schön* hat Sie eingeladen?«

»Sie sind Reese' Bruder, oder? Sie hat mir gesagt, ich würde Sie hier finden.«

Der Mann blickte sie ganz genau an. Scheinbar versuchte er herauszufinden, ob sie kriminell oder einfach nur neugierig war. Als Wallace nicht von ihrer Seite wich, verschwand sein Misstrauen jedoch sehr schnell. »Wie haben Sie meine Schwester und meinen Hund eigentlich genau kennengelernt?«

»Ich habe die beiden heute Morgen unten bei der Trauerweide getroffen.«

»Sie sind die Frau, die die Hütte von Tara gemietet hat.«

Sie nickte. »Ich bin Addie. Ich komme aus Tennessee.«

Der Mann wischte sich die Hand an seiner Jeans ab und streckte sie ihr hin. »Ich bin Caleb.«

Addie schüttelte ihm schnell die Hand.

»Wallace kennst du ja bereits.«

»Es ist beinahe unmöglich, ihn wieder zu vergessen.« Sie blickte wieder zu dem Hund, dessen Zunge aus dem Maul heraushing. Er war ein schwarzgraues Fellknäuel, das sich an ihr Bein schmiegte. »Er wirkt nicht gerade wie ein Krieger.«

»Er ist vielleicht klein, aber er kann ziemlich kräftig bellen.« Der Hund lief zu Caleb hinüber, der den Hals des schwanzwedelnden Kriegers zu kraulen begann. »Wenn du wirklich ein Eindringling gewesen wärst, hätte er wahrscheinlich geknurrt.«

»Er hat mich auf jeden Fall erschreckt«, erwiderte Addie und warf Caleb damit verbal einen Knochen zu. Es würde nicht weiterhelfen, über den Hund dieses Mannes zu schimpfen.

Eine Gans landete im Garten, doch Wallace machte keinerlei Anstalten, sie zu verjagen.

Caleb seufzte. »Er ist wirklich kein guter Wachhund, oder?«

»Ich wette, er würde sich innerhalb von einer Sekunde auf mich und die Gans stürzen, wenn wir eine Bedrohung für dich wären.«

»Da würde ich mich nicht drauf verlassen.« Der Mann hob einen Stock auf und warf ihn weg, doch Wallace rührte sich nicht einmal. »Er ist kein gewöhnlicher Hund.«

Addie vermutete, dass der Mann, der vor ihr stand, auch kein gewöhnliches Herrchen war.

Wallace wedelte mit dem Schwanz, als gäbe es für ihn nichts Größeres, als bei Caleb zu sein. Bis die Gans näher kam. Wallace begann schließlich doch noch zu bellen und verjagte sie.

»Also ist er doch ein Krieger …«

»Er will nur spielen.« Caleb lächelte. »Machst du hier Urlaub?«

»Ich bin auf der Suche nach Informationen über jemanden, der hier am Tonquin-See gelebt hat. Reese meinte, du könntest mir vielleicht helfen.«

»Ah.« Caleb wirkte enttäuscht. »Ruby?«

»Nein. Ich möchte herausfinden, was mit ihrer Tochter passiert ist.«

Die Enttäuschung auf seinem Gesicht wich schnell einem überraschten Blick. »Grace?«

Addies Herz begann, schneller zu schlagen. »Weißt du etwas über sie?«

»Nur ganz wenig.«

»Und über einen Jungen namens Charlie?«

Er schüttelte den Kopf. »Die Tonquins sind lange vor meiner Geburt von hier weggezogen.«

»Hast du eine Ahnung, wo sie hingegangen sind?«

Er blickte weg. »Nein, leider nicht. Meine Familie hat jahrelang versucht, sie zu finden.«

Addie suchte nach den richtigen Worten, um ihr Anliegen zu formulieren. »Charlie ist ein Freund von mir und er braucht bald eine Knochenmarktransplantation, sonst …«

Sie konnte es nicht ertragen, die Worte auszusprechen, die der Geschichte einen Schluss gaben, den Addie gar nicht haben wollte.

Caleb warf einen weiteren Stock durch den Garten und Wallace jagte ihm hinterher. »Ist dein Freund mit Grace verwandt?«

»Ich glaube, er kam nach dem Zweiten Weltkrieg aus Frankreich hierher.«

»Nach dem Krieg haben hier sehr viele Flüchtlingskinder gelebt.«

»Aber Charlie hat den Namen Tonquin angenommen.«

»Es tut mir leid …«

»Er hat mindestens eine Schwester.«

»Es tut mir leid, aber ich kann dir nicht helfen«, sagte Caleb.

Addie seufzte. »Keiner hier will mir helfen.«

»Es ist nicht so, dass ich nicht helfen *will*.« Er griff wieder zu seiner Harke. »Aber unglücklicherweise will Familie Tonquin nicht gefunden werden.«

Log er sie an? Genau wie Peter es getan hatte? »Ich muss jemanden finden, der mit Charlie verwandt ist. Wenn du mit ihm verwandt bist, könntest du sein Leben retten.«

»Wenn ich das wäre, würde ich alles tun, was in meiner Macht steht, um ihm zu helfen.«

»Ich bete jeden Tag für ein Wunder!«, sagte Addie. »Dass Gott alles wieder heil macht, was hier einmal zerbrochen wurde.«

Caleb blinzelte und schien überrascht davon zu sein, dass sie das Thema Gebet ins Spiel brachte. »Ich werde ebenfalls dafür beten.«

Addie warf wieder einen Blick auf das Haus. »Das Wandgemälde da drin ...«

Caleb zuckte zusammen. »Warum warst du im Haus?«

»War ich nicht!«, entgegnete sie verunsichert. »Ich habe hinten durch das Fenster gesehen.«

Caleb stützte sich auf seine Harke. »Das Gebäude ist Privateigentum.«

»Von wem ist das Wandgemälde?«

»Von einer Künstlerin aus der Gegend«, antwortete er schließlich.

»Ich muss nicht die ganze Familiengeschichte der Tonquins kennen. Ich will nur Charlie helfen.«

Caleb richtete seinen Blick auf die Bäume. »Du gehst jetzt wohl besser.«

Addie suchte mit ihren Augen den Wald ab, sah aber niemanden. Versuchte Caleb das Erbe der Tonquins zu schützen oder ging es um etwas anderes – oder *jemand* anderen?

KAPITEL 16

»Sie ist weg!«, rief Caleb in den Wald hinein.

Trotzdem blieb er hinter einer Kiefer stehen und beobachtete mit einem Stock in der Hand den Vordereingang, um zu sehen, ob Pinky vielleicht noch mal auftauchte.

»Bist du da?«

Er schlurfte in den Garten und schwang mit zittrigen Händen seinen Stock vor sich her, um mögliche Feinde abzuwehren.

Caleb hielt seine Harke in der einen Hand und klopfte ihm mit der anderen auf die Schulter. »Alles in Ordnung?«

Der Stock schlug in seinen zittrigen Händen rhythmisch auf den Boden und sein Kopf drehte sich wie der Rotor eines Hubschraubers. Pinky hatte ihn aufgescheucht und er mochte es nicht, aufgescheucht zu werden. Er erwartete einfach nur Höflichkeit. Das war alles, was er wollte. So wie es dieser Junge machte, der immer an die Tür seiner Hütte klopfte, auch wenn er selbst noch schlief.

Aber diese Frau kam immer ohne Vorwarnung hierher, um alles auszuspionieren. Er konnte die Gefahr riechen. Sie stank geradezu danach. Pinky hatte keinen Respekt gegenüber Rubys Eigentum und es kümmerte sie auch nicht. Sie tat so, als gehörte das Haus ihr. Als würde sie es ihm wegnehmen wollen.

Warum versuchten die Leute immer, ihm dieses Land wegzunehmen?

Er musste wachsam bleiben, doch seine Kräfte ließen immer weiter nach. Verfluchtes Älterwerden! Verfluchte Menschen, die Ruby zu Fall bringen wollten! Auch wenn er schon viele Jahre auf dem Buckel hatte, war er immer noch schneller als Männer, die nur halb so alt waren wie er. Und er war auch schlauer als sie.

Und er würde sich schon gar nicht von einer Frau, besonders nicht von Pinky, übertölpeln lassen.

»Alles in Ordnung?«, fragte der Junge erneut.

Dumme Frage. Die musste er wirklich nicht beantworten.

Caleb redete weiter. »Sie wird dir nichts tun.«

»Niemand wird mir irgendetwas tun.« Sein Stock rutschte ihm aus der Hand und er bückte sich, um ihn wieder aufzuheben. Er musste aufhören zu zittern.

»Sie wird auch im Haus keinen Schaden anrichten. Sie ist einfach nur neugierig.«

»Neugier ist der Katze Tod.«

Der Junge schüttelte den Kopf. »Sie ist keine Katze.«

»Katzen können von vielen Dingen getötet werden.«

Caleb seufzte und schien enttäuscht zu sein. Dabei wusste er doch gar nicht, wozu eine Frau wie Pinky fähig war. Ihre Neugier konnte sie alle in Gefahr bringen.

»Brauchst du irgendetwas?«, fragte Caleb.

Er schüttelte den Kopf.

»Ich sehe noch mal nach dem Haus, bevor ich gehe.«

Obwohl er das Essen mochte, das Caleb für ihn auf die Treppe stellte, gefiel es ihm nicht, dass der Junge für Rubys Haus die Verantwortung trug. Genauso wenig wie Tara.

Das war das Einzige, auf das er sich mit Tara hatte einigen können.

Caleb wies mit der Harke in Richtung Haus. »Falls die Frau hier noch einmal auftaucht, wirst du sie in Ruhe lassen.«

»Ich werde sie nicht verletzen, wenn du das meinst.«

»Sprich nicht mit ihr und erschrick sie auch nicht. Und schlag' auch nicht diese Pfannen aneinander, wie du es tust, wenn die Kinder aus der Stadt hierherkommen.«

Der Lärm dieser Pfannen schlug die Kinder immer zielsicher in die Flucht.

»Sie versucht, ins Haus zu kommen!«, antwortete er.

»*Du* hältst die Kinder vom Garten fern.« Der Junge steckte die

Harke in den Boden, als handele es sich dabei um eine Flagge, mit der er ihrer beider Territorium markierte. »*Ich* kümmere mich um die Frau.«

Er rieb seine Hände aneinander, um das Zittern loszuwerden. Alle paar Monate gab er dem Jungen ein Geschenk, um sich für die wöchentliche Ration Essen zu revanchieren. Eine Flasche Kiefernnadel-Wodka, die er im Boden hinter seiner Hütte vergraben hatte. Die Flaschen waren versteckt wie Soldaten, die im Schützengraben auf den nächsten Kampf warteten.

Dieses grüne Getränk mit seinem Geschmack nach Erde, Wind und Bäumen hatte ihn seit seiner Zeit in Vietnam am Leben gehalten. Und er brauchte jetzt dringend einen Schluck davon, damit sein Zittern endlich aufhörte.

Caleb griff zum Halsband seines Hundes und befestigte eine Leine daran, bevor er seine Worte noch einmal wiederholte. »Du musst sie in Ruhe lassen.«

»Ich kann dir nichts versprechen, was ich nicht auch halten kann.«

Der Junge seufzte. »Nichts, was du tust, wird Ruby zurückbringen, egal wie sehr du diesen Ort hier auch bewachst.«

»Woher willst du das wissen?«

Der Junge schüttelte wieder den Kopf. »Weil Grace und sie tot sind.«

Aber da lag der Junge falsch.

Grace kümmerte ihn einen feuchten Dreck, aber Ruby würde eines Tages zurückkehren.

Sie hatte es ihm versprochen.

KAPITEL 17

»Wo sollen wir schlafen?«, fragte Suzel, während sie Alice den Berg hochschleppte. Ihre Mäntel waren bereits voll Schnee. Nachdem sie die ganze Nacht durchgelaufen waren, hatten die Beine des jüngeren Mädchens unter ihr nachgegeben.

»Ich weiß es nicht!«, antwortete Grace und die Worte hinterließen einen brennenden Schmerz in ihren Ohren. Der Pfad war durch die Schneeverwehungen nicht mehr zu sehen und es war unmöglich, ihm jetzt zu folgen, auch wenn die Sonne am Horizont bereits aufging.

Grace wollte die Kinder gut führen und ihnen zeigen, dass sie sie liebte. Und sie wollte vor allem ehrlich zu ihnen sein, auch wenn die Wahrheit schmerzte.

Aber was, wenn Élias recht hatte? Was würde passieren, wenn sie diejenigen, die sie liebte, anlügen musste, um sie zu schützen? Um ihnen Hoffnung zu geben.

Grace hatte entschieden, dass die noch verbleibenden Kinder alle gemeinsam in Spanien ankommen sollten. Alle elf. Aber sie konnten nicht länger in dieser Wildnis überleben, nicht mit diesem früh einsetzenden Schneefall im Herbst.

Die Kinder waren gespenstisch still. Sie fürchtete, dass manche von ihnen die Nacht nicht überstehen würden. Doch noch waren sie alle zusammen. Jetzt anzuhalten, würde allen das Leben kosten.

Sobald Grace jemanden gefunden hatte, der die Kinder nach Lissabon bringen konnte, würde sie über die Berge zurückgehen und anderen Kindern beistehen. Doch darüber konnte sie jetzt nicht nachdenken. Grace drückte sanft die Hände eines Jungen und eines Mädchens, die sich an sie geklammert hatten. Sie hatte zwar keine Kraft mehr, ein Kind auf ihren Armen zu tragen, aber sie konnte ihnen immer noch die Last leichter machen. Sie konnte ihnen immer noch zeigen, dass sie nicht allein waren.

»Schau mal!« Marguerite bestaunte ein paar kupferfarbene Blütenblätter, die sich vor ihr durch die Schneedecke streckten.

»Eine Winterrose«, sagte Grace. Genau wie die, die ihre Großmutter zu Hause gezüchtet hatte. *Herzrosen.* So hatte ihre Oma sie immer genannt. Eine schlichte, aber starke Pflanze, die immer noch ihre Schönheit ausstrahlte, selbst wenn alle anderen Blumen in den Wintermonaten schon längst verblüht waren.

Nicht weit von der kupferfarbenen Winterrose entfernt wuchs eine burgunderfarbene Rose. Und eine weiße Rose mit blauem Rand, die ebenfalls der Witterung trotzte. Ein wahrer Schatz, der an diesem rauen Ort ungestüme Hoffnung ausstrahlte und dessen Blüten dem Schnee und den Felsen trotzten.

Élias kletterte wie ein Ziegenbock auf den nächsten Felsen und übernahm die Führung. Die anderen Kinder folgten ihm und Grace zeigte ihnen, wo ihre Füße den besten Halt finden konnten.

Nachdem sie in der Höhle Rast gemacht hatten, hatten sie einen zerklüfteten Berggipfel erklommen und waren von dort aus in ein Tal gelangt. Dort hatten sie eine verlassene Schäferhütte gefunden, deren A-förmige Konstruktion verhinderte, dass das Dach wegen der Schneelast einstürzen konnte. Die Wände hatten ihnen Schutz vor Schnee und Wind geboten und sie hatten alle ihre nasse Kleidung über den Dachbalken zum Trocknen aufhängen können. Danach hatten sie die mit Cognac getränkten Zuckerwürfel gegessen, die Élias gefunden hatte.

Aber das war vor zwei Tagen gewesen ... oder vielleicht schon vor drei?

Sie hätten an diesem Morgen gerne ein Feuer angezündet, wenn sie eine geeignete Stelle dafür gefunden hätten. Doch der Rauch hätte ihre Feinde nur wieder auf ihre Spur gebracht. Grace und die Kinder mussten sich einfach weiterhin im Schnee tarnen und darauf hoffen, dass die Nazis nicht darauf aus waren, die Pyrenäen zu überqueren. Sie konnten sowieso nicht haltmachen, bis sie einen Unterschlupf erreicht hatten, denn es wäre lebensgefährlich gewesen, im Schnee einzuschlafen.

Grace betete erneut, als sich die ganze Gruppe den nächsten Berg hinaufschleppte. Als sie sich endlich der spanischen Grenze näherten, kletterten die Kinder aufgeregt voraus.

Wo war Roland wohl an diesem Morgen? Die Erschöpfung bewirkte, dass Grace' Gedanken wieder auf Wanderschaft gingen. Sie sehnte sich nach dem Kinderheim in Aspet, nach Roland an ihrer Seite und nach einer Tasse heißer Schokolade, die sie mit ihm und all ihren Schützlingen zusammen genießen konnte.

War er im Gefängnis? Oder war er in eines der Lager deportiert worden? Vielleicht hatte er seine Tante gefunden und sich danach bei einem seiner vielen Freunde in Südfrankreich versteckt. Vielleicht sogar bei einer Frau, die ihn liebte. Eine, die er womöglich ebenfalls liebte.

Hatte er Grace jemals so geliebt wie sie ihn? Vermutlich würde sie darüber niemals Gewissheit haben. Doch ihr Herz gehörte ihm.

Ihre Gedanken wirbelten durcheinander wie der Wind, der durch ihren Mantel und den Schal pfiff und dabei in ihrem Gesicht brannte. Einzig und allein den Felsen konnte er nichts anhaben. Sie gaben auch nicht unter ihr nach, wenn sie sie bestieg. Wenn doch auch ihre Gedanken so stetig und fest sein könnten wie diese Felsen!

Sie betete, dass Roland aus jedem Gefängnis einen Ausweg finden würde. Dass sie ihn im Kinderheim in Frankreich wiedersehen würde.

Vor ihr lag ein enger Spalt, der zwischen den Felswänden hindurchführte, und sie zwängte sich als Letzte hindurch. Auf dem Gipfel des Berges standen ihre elf Kinder, alle in einer Schlange aufgereiht. Zwei Männer in langen grauen Mänteln bewachten sie. Einer von ihnen trug ein Gewehr. Franzosen, die die Grenze bewachten, fürchtete Grace.

Ihr Mut sank, bis sie einen der Männer sprechen hörte.

»Wer seid ihr?«, fragte der mit dem Gewehr. Auf Spanisch.

Grace wäre beinahe auf die Knie gesunken, um den Boden zu küssen, der das Reich der Nazis von dessen spanischem Nachbarland trennte. Und um Gott zu danken, dass er sie über den Pass gebracht hatte.

»Ich bin Grace Tonquin.« Sie sagte diese Worte auf Spanisch, wie sie es so oft bei den Kindern getan hatte, die in die andere Richtung unterwegs gewesen waren. »Ich bin Amerikanerin.«

Der Mann ließ sein Gewehr sinken und warf abwechselnd einen neugierigen Blick auf Grace und die Kinder. »Sprechen Sie Spanisch?«

»*Un poco.*«

Er zeigte mit seiner Hand nach unten auf die schneebedeckten Felsen auf der spanischen Seite der Grenze. »Sehen wir zu, dass Sie vom Berg herunterkommen.«

Es war eine Einladung, die sie allzu gerne annehmen wollte, doch kaum waren dem Mann die Worte über die Lippen gekommen, wanderte sein Blick auf den Pfad hinter ihnen, als wolle er eine Linie ziehen.

»Bitte!«, bat sie inständig. »Ich bezahle auch für die Einreise!« Hoffentlich reichte ihr Geld aus, damit die Behörden ihnen erlaubten, in Spanien zu bleiben.

Der Mann gab ein Zeichen, dass sie nach Süden gehen sollte. »Hier ist nicht der richtige Ort, um über Geld zu sprechen.«

Grace sah keinen Grund, mit ihm einen Streit anzufangen.

»Wie lange sind wir schon in Spanien?«, fragte sie, als sie den Kindern auf dem felsigen Weg nach unten folgte.

Der Mann wies mit dem Gewehr auf die Felswand hinter ihnen, die ein unbewegliches Hindernis auf ihrem Weg gewesen war. Die Grenze zwischen Faschismus und Freiheit. »Seit etwa fünf Minuten.«

Grace schickte im Stillen ein Dankgebet für den felsigen Durchgang zum Himmel, der ihnen den Weg in ein neues Land geebnet hatte.

Ihre vom Wandermarsch völlig ausgelaugte Gruppe stieg den Berg hinunter in einen kleinen Ort, der aus vielleicht zehn Steinhäusern bestand, die aussahen, als würden sie bald einstürzen. Die meisten Fenster waren verrammelt, die Dächer mit Schnee bedeckt.

»Wo bringen Sie uns hin?«, fragte Grace.

»*La cárcel.*«

In Frankreich mochten die Gefangenenlager für Menschen aller Altersgruppen Normalität geworden sein. Doch wann hatte Spanien entschieden, es dem Nachbarland gleichzutun? Anstatt wie sonst das altbekannte Gefühl von Angst zu spüren, fühlte Graces Herz sich an wie eingefroren. Sie war zu betäubt, um sich zu fürchten.

Élias sprang ihr zur Seite. Aus dem Jungen war nun ein echter Mann geworden, der sich um sie alle kümmerte. »Wir sind keine Verbrecher!«, fauchte er und ballte die Fäuste.

Grace legte ihm eine Hand auf die Schulter, bevor er zu einem Schlag ausholen konnte. Élias drehte sich wieder zu seiner Schwester. Wenn die Soldaten merken würden, dass er alt genug war, um zu kämpfen, würden sie ihn vielleicht den französischen Wachen an der Grenze übergeben, um eine Belohnung zu kassieren.

»Warum wollen Sie die Kinder ins Gefängnis stecken?«, fragte sie.

Der Wachmann antwortete mit leiser Stimme, sodass nur Grace ihn hören konnte. »Es ist warm dort. Und Sie bekommen etwas zu essen.«

Wenn er sie freilassen würde, würden sie alle keinen weiteren Tag ohne Nahrung und Unterkunft überstehen. Die Aussicht auf eine warme Umgebung, selbst wenn diese im Gefängnis zu finden war, ließ sie weitergehen.

»Wir werden Ihnen folgen«, stimmte Grace zu, als ob sie wirklich eine Wahl gehabt hätte.

Das Gefängnis im Dorf unterschied sich deutlich vom Internierungslager in Gurs. Offensichtlich schien es im Haus eines Dorfbewohners eingerichtet worden zu sein. Im Inneren befand sich ein Raum mit mehreren Feldbetten und hinten an der Wand brannte ein Feuer im Kamin, dessen lodernde Flammen die Kälte in ihren Knochen verjagte. Der Grenzbeamte hielt Wort in Bezug auf das versprochene Essen und die warme Unterkunft. Sie erhielten Schüsseln mit heißer Suppe und dazu warmen Apfelmost und einen Laib Brot.

Nachdem die Kinder das Essen verzehrt hatten, zogen sie sich bis auf die Unterwäsche aus und krochen unter ihre Bettdecken. Grace hängte die nasse Kleidung überall hin, wo sie trocknen konnte: an die Haken, die an der Wand entlang befestigt waren, und über die Rahmen der Feldbetten. Einige Kinder litten an Husten und Grace hoffte, dass sie hier in diesem behelfsmäßigen, aber warmen Gefängnis ein paar Tage bleiben konnten.

»Was für ein Schlamassel!«

Grace wirbelte herum. Vor ihr stand Élias. Er war mit Unterhemd und Hose bekleidet. Seine nackten Füße waren mit Blasen übersät, die Zehen hellrot. »Wenigstens ist es warm hier!«, antwortete sie.

»Meinst du, sie schicken uns wieder zurück?«

»Lass uns darüber jetzt gar nicht nachdenken!«, antwortete Grace. »Der morgige Tag und die damit verbundenen Herausforderungen kommen von ganz allein.«

»Ich muss aber immer wieder an morgen denken.«

Grace liebte diesen Jungen über alles. Seine Ehrlichkeit, seine Tapferkeit und sein lebhaftes Vorstellungsvermögen. Die unerschütterliche Liebe zu seiner Schwester und sein Wille, für sie alle zu kämpfen. Sie wäre oben in den Bergen am liebsten davongerannt. Doch er war wie David, der Hirtenjunge, gewesen, der sich behauptet und Goliath mit einem einzigen Stein zu Fall gebracht hatte. Élias hatte den Informanten davon abgehalten, die Kinder mitzunehmen.

Er war im Begriff, ein echter Mann zu werden. Grace hoffte, er würde mit der Kraft seiner Worte seine Fäuste zügeln und weiterhin für andere kämpfen. Sie hatten so viel durchgemacht. Die letzten Monate und Jahre würden ihn und die anderen Kinder für den Rest ihres Lebens prägen. »Danke, dass du dich so für uns eingesetzt hast, Élias!« Er nickte kurz und nahm verlegen ihr Lob entgegen.

»Ich bete dafür, dass du immer für diejenigen kämpfen wirst, die einen Bruder wie dich brauchen.« Sie führte ihn zu einem Feldbett. »Aber jetzt musst du erst mal schlafen.«

»Du aber auch!«, entgegnete er, als wäre er auf derselben Ebene wie sie.

Und das war er auch. Mit seiner Stärke übertraf er sie sogar. Solange sie zusammenhielten und am Leben waren, konnten sie wahrscheinlich alle Hindernisse überwinden.

»Roland hat mir das hier gegeben.« Élias zog zwei mit Stoff umwickelte Briefe unter seinem Unterhemd hervor. »Einer ist für dich. Der andere ist für den Magistrat.«

Grace' Hand zitterte und sie hielt den Brief, den sie gerade erhalten hatte, fest umklammert. »Warum hast du ihn mir nicht schon vorher gegeben?«

Rolands Anweisungen hätten möglicherweise dafür sorgen können, dass Louis und Hélène sicher über die Berge gekommen wären.

Oder hatte Roland einen anderen Plan gehabt? Vielleicht hatte er sie in Frankreich treffen wollen, um sie auf ihrem Weg zu begleiten. Hatte er irgendwo auf sie gewartet? Grace konnte den Gedanken nicht ertragen, dass sie einander möglicherweise verpasst hatten.

»Er sagte, ich solle ihn dir erst geben, wenn wir in Spanien sind.«

Élias ging zur Tür, öffnete sie und sprach draußen mit dem Wachmann.

Grace hörte nicht, was Élias sagte, da ihre ganze Aufmerksamkeit nun dem Brief galt. Worte von Roland, nach denen sie sich so lange gesehnt hatte. Worte, die ihr zeigen würden, wo sie ihn in Frankreich treffen konnte, wenn sie wieder zurück war.

Die Schrift war teilweise verschmiert und der Umschlag ein wenig feucht. Doch das meiste war noch lesbar.

Meine liebe Grace,
wenn du das liest, haben du und Élias es bis nach Spanien ge-
schafft. Ich habe nicht eine Sekunde lang gezweifelt, dass du alles
in deiner Macht Stehende tun würdest, um die Kinder zu retten.
Ich wusste, dass das Licht euch auf eurem Weg führen würde.
Du kannst nicht nach Frankreich zurückkehren. Sie würden
dich verhaften und das könnte ich nicht ertragen. Du hast hier
alles getan, was möglich war. Jetzt musst du ein Zuhause für die
Kinder finden, die mit dir gegangen sind. Und danach musst du
in dein sicheres Zuhause nach Oregon zurück.
Eines Tages wirst du wieder fliegen.
Und ich bete darum, dass wir eines Tages zusammen fliegen
werden. Denn ich habe dich von ganzem Herzen geliebt.
Solange ich Flügel habe, werde ich dich finden. Sobald der Krieg
vorbei ist.

Er hatte den Brief mit seinem Namen unterschrieben, wie es üblich war. Trotzdem hielt Grace ihren Blick fest auf die Buchstaben gerichtet, als könnten diese vor ihren Augen wieder davonfliegen.

Roland liebte sie von ganzem Herzen. So hatte er es geschrieben. Er liebte sie so sehr, dass er sie vor seinen eigenen Gefühlen geschützt hatte, damit sie nicht in Frankreich blieb, um auf ihn zu warten. Seine Liebe verlieh ihr Flügel, mit denen sie davonfliegen konnte.

Er hatte nie vorgehabt, wieder zum Schloss zurückzukehren. Er hatte gewollt, dass sie die Kinder selbst über die Berge brachte, anstatt einen *Passeur* zu engagieren. Sie sollte Frankreich verlassen, bevor es zu spät war.

Und Roland wusste, dass sie niemals aus Frankreich weggehen

würde, solange sie nach Aspet zurückkehren konnte, um anderen Kindern zu helfen.

Grace schloss die Augen und lehnte sich an die raue Steinmauer. Vor ihrem inneren Auge sah sie Rolands hübsches Gesicht und seine starke Hand in ihrer, während sie beide durch die französischen Weinberge wanderten. Was würde er sagen, wenn sie ihm mitteilte, dass sie nicht alle Kinder hatte mitnehmen können? Dass sie Rolands Tante und Louis hatte zurücklassen müssen?

In Graces Herz entstand ein Riss, vergleichbar mit der Grenzlinie zwischen Frankreich und Spanien, die beinahe unüberwindlichen Berge, die beide Länder voneinander trennten. Aber vielleicht konnten sie dennoch eines Tages die Berge auf ihrer jeweiligen Seite erklimmen und sich auf dem Gipfel treffen. Eines Tages ...

»Mademoiselle?«

Grace öffnete die Augen und blinzelte. Vor ihr stand ein Mann, blass und dünn wie eine kurze Fadennudel für die valencianische Fideuá. Seinen Schnurrbart hatte der kleine dünne Mann an beiden Enden hochgezwirbelt. *Der Magistrat*, dachte Grace.

Der Mann hatte in einer Hand den Brief, den Élias mitgebracht hatte, in der anderen hielt er eine Zigarette. Seine Stimme klang lebhaft, als er auf Französisch zu sprechen begann. »Warum sind Sie nach Frankreich gekommen?«

Nicht nach Spanien, *nach Frankreich*. Aber das war doch nun schon fünf Jahre her!

Natürlich erinnerte sie sich daran, doch es lag schon lange Zeit zurück, seit jemand sie danach gefragt hatte, warum sie von der Farm ihrer Großeltern in Oregon weggegangen war. Und warum sie wochenlang erst mit einem Zug unterwegs gewesen war, bevor sie mit einem Schiff den Atlantik überquert hatte und schließlich im Hafen von Bordeaux gelandet war.

»Ich wollte den Flüchtlingen helfen!«, antwortete sie.

Der Mann blickte sie fragend an. »*Unseren* Flüchtlingen?«

Grace nickte langsam und fragte sich, ob er während des Spanischen Bürgerkriegs auf der Seite der Nationalisten oder der Republikaner gestanden hatte. Das ganze Land musste von den Kämpfen völlig erschöpft sein, vermutete sie.

»Ob es französische, spanische oder deutsche Flüchtlinge sind, spielt für mich keine Rolle. Ich bin gekommen, um denjenigen zu helfen, die es nötig haben.« So wie die Spanierin, die ihnen die Suppe gebracht hatte.

Der Mann ließ den Brief in seiner Hand sinken. »Dafür bin ich Ihnen sehr dankbar.«

Nachdem der Magistrat das Zimmer wieder verlassen hatte, schlich Élias wieder hinein und streckte sich auf einem Feldbett neben seiner Schwester aus. Grace wusste nicht, was sie mit der Unterhaltung anfangen sollte, doch sie war sowieso zu müde, um sie verarbeiten zu können. Die Kinder waren sicher über die Grenze gekommen. Das war alles, was zählte. Außerdem hielt sie einen Brief von Roland in der Hand. Jetzt konnte sie sich endlich ausruhen.

Grace schlief den Rest des Tages und die darauffolgende Nacht durch. Als sie schließlich wieder erwachte, brachte eine andere Frau ihnen einen Eintopf.

Sie blieben nicht lange in Spanien. Der Magistrat besorgte für sie und die Kinder Zugtickets für die Fahrt in die Flüchtlingshochburg Lissabon. Sie erhielt auch ein Empfehlungsschreiben, um die notwendigen Formalitäten ordnungsgemäß klären zu können, damit sie und die Kinder sich nicht wie viele andere Flüchtlinge im Gefängnis wiederfanden. Dort herrschten nämlich Zustände, die für Kinder untragbar waren. Sie ließen die Pyrenäen mit dem Zug schnell hinter sich und landeten schließlich an der portugiesischen Küste, die von maurischen Festungsmauern und ausgewaschen wirkenden pastellfarbenen Gebäuden geprägt war. Die salzhaltige Luft vermischte sich mit dem Geruch von Meeresalgen, Tabak und billigem Eau de Cologne.

Eine Frau mit dem Namen Dorothy Thumwood leitete die Zweigstelle des AFSC-Büros in Lissabon und versorgte sie mit neuen Schuhen. Danach stellte Dorothy eidesstattliche Erklärungen als Ersatzdokumente für die Kinder aus, die keine Ausweispapiere hatten.

Neun von den Kindern, darunter auch Suzel, wurden von ihren Verwandten in Palästina erwartet. Suzel war alt genug, um die jüngeren Kinder auf der Schiffsreise zu begleiten. Grace küsste jedes der Kinder zum Abschied zweimal auf die Wange, wissend, dass sie sie niemals wiedersehen würde. Dann sprach sie im Gebet einen Segen über sie aus, dass Gottes Licht das Herz eines jeden führen solle.

»Du bist eine wahre Heldin!«, lobte sie Suzel, bevor das Mädchen den Schiffssteg betrat. »Lass dir niemals von jemandem einreden, dass es anders wäre.«

Suzel war vor Stolz ein Stückchen gewachsen. Über ihrer Schulter hing ein neuer Rucksack.

»Ich möchte Krankenschwester werden«, erwiderte das Mädchen. »So wie du.«

»Ich bin noch gar keine Krankenschwester.« Zwei Jahre fehlten in ihrer Ausbildung noch. Falls das College in Oregon sie überhaupt wieder aufnehmen würde. »Du wirst vielleicht schneller eine Krankenschwester sein als ich.«

Grace stand neben Élias, Marguerite und Dorothy und beobachtete, wie das Schiff den Hafen verließ. Das Deck des Schiffes war voller Frauen und Männer, die Zuflucht in einem jüdischen Staat suchten. Ein Land, das sie Heimat nennen konnten.

Diese Kinder, die so lange unter ihrer Fürsorge gewesen waren, waren nun auf sich gestellt. Grace würde sie sehr vermissen, aber sie waren am Leben. Alle waren am Leben. Sie hatten gemeinsam vor einem Berg gestanden und hatten ihn bezwungen. Grace hoffte, dass die Kinder für den Rest ihres Lebens weiterhin die Berge auf ihrem Weg überwinden konnten.

Als Nächstes würde sie Élias und Marguerite über Ellis Island nach New York zum Haus ihres Onkels begleiten. Dann würde sie nach Hause zurückkehren.

Nach Hause.

Es schien eine Ewigkeit her zu sein, seit sie sich von ihrer Großmutter in Oregon verabschiedet hatte.

Anstatt eines Schiffes bestiegen Grace, Élias und Marguerite ein Wasserflugzeug. Élias hatte während der Wartezeit in Lissabon *Die Abenteuer von Tim und Struppi in Amerika* gelesen und sich selbst zum Experten für Flugboote und Mafiosi in diesem merkwürdigen Land jenseits des Ozeans erklärt.

»Struppi.« Élias wuschelte seiner Schwester durch die Haare und war sichtlich gespannt auf das vor ihnen liegende neue Abenteuer. »Unsere Schwierigkeiten sind keineswegs vorbei.«

»Für den Moment schon«, meinte Grace.

Marguerite schob ihren Bruder von sich weg. »Er zitiert schon wieder Tim und Struppi.«

Élias verschränkte die Arme vor der Brust. »Tim würde dieses Flugboot nicht nur fliegen, sondern auch landen.«

»Selbst mit dem letzten Tropfen Treibstoff!«, erwiderte Marguerite, als hätte sie diesen Satz bereits zum hundertsten Mal gehört.

Grace hielt sich an der Lehne ihres gepolsterten Sitzes in ihrer Kabine fest. Doch keines der beiden Kinder störte sich an den ratternden Metallflügeln, als das Flugboot in den Himmel über Portugal stieg.

»Komm, wir zählen die Wellen!«, sagte Marguerite. »Als wären es Bohnen.«

Grace machte mit und sie zählten die Wellen, die Boote und schließlich die Wolken. In ein paar Stunden würden sie in Sicherheit sein. Dann konnte ihnen niemand mehr mit Gefängnis drohen, sie würden nicht mehr von irgendwelchen Wachen nach Frankreich zurückgeschickt werden und es würden auch keine stählernen Flugzeuge mehr ins Meer stürzen.

»Was passiert mit uns, wenn wir in Amerika sind?«, fragte Marguerite, als das Flugzeug über den Wolken seine Flughöhe erreicht hatte.

»Euer Onkel wird sich um euch kümmern.« Schon während sie diese Worte aussprach, spürte Grace, wie sehr sie der bevorstehende Verlust schmerzte. Der Onkel der beiden würde sowohl Élias als auch Marguerite adoptieren und in seiner Familie willkommen heißen, hoffte Grace. Doch sie würde die beiden schrecklich vermissen.

»Ich will aber zu *Maman*!«, klagte Marguerite.

»Das geht nicht!«, erklärte Élias, die Augen noch immer aus dem Fenster gerichtet. »*Maman* und Papa sind tot.«

Marguerites Augen füllten sich mit Tränen, als wäre ihr vorher nicht bewusst gewesen, dass sie ihre Eltern niemals wiedersehen würde.

»Aber was ist, wenn Onkel Henri uns nicht bei sich haben will?«, fragte sie.

»Dann finde ich für euch ein anderes Zuhause«, versprach Grace. »Und wenn die Nazis dann eines Tages weg sind, könnt ihr beide nach Frankreich zurückkehren.«

Élias schüttelte den Kopf. »Ich gehe nie wieder dorthin zurück.«

Grace nahm die schwarze Handtasche, die Dorothy ihr gegeben hatte, auf ihren Schoß und legte die Hände auf den mit einem silbernen Knopf versehenen Verschluss. In der Tasche bewahrte sie den Brief von Roland auf, den sie für den Rest ihres Lebens wie einen Schatz hüten würde.

Élias wollte vielleicht nie wieder nach Frankreich zurückkehren, doch sie würde es eines Tages tun.

Wenn Roland sie nicht finden konnte, würde sie eben ihn finden.

KAPITEL 18

»Du bist der Sohn von Jonathan Lange!« Addie stand vor Calebs Haustür und ballte beide Fäuste, als wolle sie zu einem Schlag ausholen.

»Ich bekenne mich schuldig!«, antwortete er und hob entschuldigend beide Hände. »Ist das ein Verbrechen?«

»Dein Vater hat seine Masterarbeit über das Leben von Grace Tonquin verfasst.«

»Das ist ja wohl kaum ein Verbrechen!«

Addie krempelte ihre Ärmel hoch. Sie war von der Anstrengung des Laufs und aus Frustration rot angelaufen. »Du hättest mir sagen sollen, dass ihr miteinander verwandt seid!«

Irgendetwas funkelte in seinen Augen. Vielleicht war er überrascht, dass sie die Wahrheit herausgefunden hatte. »Du hast mich nicht danach gefragt.«

»Ich habe dir gesagt, dass ich Grace unbedingt finden muss!«

Caleb lehnte sich an den Türrahmen. »Du hast gesagt, dass du einen von Charlies Angehörigen finden musst.«

»Aber du hättest ...« Addie verschränkte ihre Arme und wandte ihren Blick von ihm ab, während sie über seine Worte nachdachte. Sie hatte den ganzen Morgen damit verbracht, Dokumente im Gerichtsgebäude von McMinnville durchzusehen und mit der zuständigen Sachbearbeiterin zu sprechen. Es gab dort keine Adoptionspapiere für Charlie oder irgendein anderes Kind der Tonquins.

»Die Tonquins sind immer noch die Eigentümer des Geländes hier.« Das hatte in den Aufzeichnungen gestanden.

»Zum Großteil, ja«, antwortete Caleb. »Sie haben einen Teil des Grundstücks vor ein paar Jahren an meine Familie verkauft. Wir haben den anderen Teil zu speziellen Bedingungen gepachtet.«

»Ich will den Tonquins doch nur ein paar Fragen stellen. Oder du kannst sie auch an meiner Stelle fragen.«

»Wer hat dir denn all diese Informationen gegeben?«, fragte Caleb.

»Eine Sachbearbeiterin in McMinnville.« Eine Sachbearbeiterin, die Addie gerne alles, was sie über Caleb wusste, erzählt hatte. Dass er zurückgekommen war, um den Weinberg wieder zu bewirtschaften, der auf dem Grundstück lag, auf dem sein Vater geboren war.

»Sie wusste von Grace?«

»Ich glaube nicht. Aber sie wusste eine ganze Menge über dich.«

Er blickte weg. »Das bezweifle ich.«

Die Augen der Frau hatten gestrahlt wie die Kerzen auf dem Weihnachtsbaum, als Addie ihr erzählt hatte, wo sie untergebracht war.

»Sie sagte, dass deine Familie hier nach dem Zweiten Weltkrieg gelebt hat.«

»Es gibt viele Menschen hier im Umkreis, die über meine Familie Bescheid wissen. Mein Großvater wurde im Krieg verwundet und lebte mit meiner Großmutter und Dutzenden Flüchtlingen auf dem Grundstück der Tonquins, während er sich von seinen Verletzungen erholte.«

»Das ist schön!«, erwiderte Addie langsam. »Es ist schön, Menschen zu helfen, die kein Zuhause mehr haben.«

»Besonders dann, wenn man einer deutschen Familie helfen kann, die von allen anderen nur abgewiesen wurde. Meine Großeltern waren keine Nazis. Mein Großvater hat auf der Seite der Amerikaner gekämpft. Aber mit seinen deutschen Wurzeln und seinen Kriegsverletzungen wollte ihm keiner eine Arbeit geben.« Caleb winkte ab. »Meine Großeltern sind dann dageblieben und haben für den Rest ihres Lebens hier auf dem Grundstück gelebt und gearbeitet.«

Addie versuchte, die zahlreichen Verbindungen zwischen den

Langes und den Tonquins in ihrem Kopf zu sortieren. »Bist du bei deinen Großeltern aufgewachsen?«

»Nein. Meine Eltern sind mit uns nach Seattle gezogen, als ich in der Grundschule war. Doch ich bin wieder hierher zurückgekommen, nachdem meine Großeltern verstorben waren.« Caleb öffnete die Tür einen Spaltbreit. »Möchtest du vielleicht reinkommen?« Addie blieb zögernd auf der Treppe stehen. Sie war immer noch ein bisschen misstrauisch.

»Reese ist hinten auf der Terrasse«, sagte Caleb. »Du bist herzlich eingeladen, zum Abendessen zu bleiben. Wir grillen.«

Addies Magen meldete sich lautstark bei diesem Stichwort und auch das Baby schien der Einladung aus vollem Herzen zustimmen zu wollen. Doch Addie selbst war noch nicht bereit, in das Angebot einzuwilligen.

»Würdest du oder dein Vater für mich bei den Tonquins anrufen?«, fragte sie.

»Niemand von uns hat Kontakt zu dieser Familie. Wir wissen nicht, wo sie hingezogen sind.«

»Irgendjemand muss das doch wissen!«

»Mir gehört nur das Haus. Die Pacht für den Weinberg und alles Weitere läuft über die Vermieterin. Wenn sie wüsste, wo die Tonquins wohnen, würde sie es mir nicht sagen. Ich hatte schon vor Jahren vor, das Land rund um den Tonquin-See zu kaufen, aber die Vermieterin sagte, dass der Besitzer nicht verkaufen möchte.«

»Tara Dawson?«

»Ja, so heißt sie. Sie kümmert sich um die Logistik und ich bin für Rubys Haus und den Weinberg verantwortlich.«

»Aber sie muss doch irgendetwas wissen. Sie vermietet die Hütte ...«

»Tara leitet auch unsere jährliche Pachtzahlung weiter, aber sie sagt, sie habe keine Ahnung, wer diese erhält.«

»Das klingt ziemlich merkwürdig.«

Caleb zuckte mit den Schultern. »Ich kann leider nichts daran ändern.«

Wallace kam angelaufen und stieß mit seinem Kopf gegen Addies Bein, um sich eine Streicheleinheit von ihr abzuholen. Doch Addie ließ sich nicht ablenken.

»Dann rede ich mal mit Tara.«

»Viel Erfolg!« Caleb hielt ihr wieder die Tür auf. »Willst du wirklich nicht reinkommen?«

Addie bückte sich, um Wallace den Kopf zu streicheln, und folgte dann dem Hund und seinem Herrchen nach drinnen.

Weiter vorne im Raum standen ein rustikaler Kaffeetisch aus Holz und zwei kakifarbene Sofas. Doch das, was den Raum wirklich prägte, waren die ausladenden Fenster, die einen Ausblick über den Weinberg und das von Kiefern gesäumte Ufer des Tonquin-Sees boten.

Addie lief zur Fensterwand, blieb aber stehen, als sie einen altmodischen Schrank bemerkte, in den Dutzende Motive von Meeresbewohnern, Tieren und eine einzelne Nonne mit zum Gebet gefalteten Händen geschnitzt waren.

Addie hatte so etwas noch nie zuvor gesehen.

»Das ist wunderschön!« Addie fuhr mit der Hand über eine Schnitzerei, die Neptun mit seinem gewaltigen Dreizack zeigte.

Caleb grinste, als hätte Addie ihm gerade feierlich eine Medaille überreicht. »Das ist eines meiner Lieblingsmöbelstücke.«

Addie fuhr mit dem Finger über die Zinken des Dreizacks und staunte über die präzise gearbeitete Form. Darunter befand sich die Figur einer Frau, die auf einem schnellen Pferd ritt und in den Händen ein Schwert und ein Schild trug. Auf dem Kopf hatte sie einen Helm mit Flügeln.

Addie zeigte auf die Frau. »Was ist das?«

»Eine Walküre.«

»Das sagt mir leider nichts.«

»Das ist eine Frau aus der altnordischen Mythologie«, erklärte Caleb, den Blick auf die Figur gerichtet. »Sie kann einem Krieger entweder helfen oder ihn in eine Schlacht schicken, damit er stirbt.«

»Das ist ja fürchterlich.« Einen Mann in den eigenen Tod zu schicken.

»Jemand, der anderen helfen kann, kann auch die Menschen verletzen, die er liebt.«

Addie dachte an ihre Mutter zurück. Es war eine kurze Erinnerung an eine Zeit, in der Addie krank gewesen war, vor vielen Jahren. Ihre Mutter hatte Addies Kopf angehoben und ihr irgendeine Arznei eingeflößt, die gesüßt worden war und stark nach Orangen gerochen hatte. In diesem kurzen Moment hatte ihre Mutter Addie ihre Liebe gezeigt, bevor sie ihr eigenes Leben zerstört hatte.

Addie blinzelte und versuchte, den Kopf wieder freizubekommen. Mythologie – in ihrer Jugend war sie damit nur insofern in Berührung gekommen, als eine glückliche Familie für sie immer ein Mythos gewesen war.

»Wo hast du diesen Schrank her?«, fragte sie.

Caleb lehnte sich mit der Schulter an den steinernen Kamin. »Er wurde von Kunsthandwerkern vor vierhundert Jahren in der Bretagne hergestellt. Das war zu Zeiten der Herrschaft von König Ludwig XIII.«

In der Holztafel rechts neben Neptun befand sich ein Krieger mit Helm. Auf der linken Seite war der majestätisch wirkende Kopf eines Löwen zu sehen, der zu brüllen schien. Eine außergewöhnliche Ansammlung von Figuren, die in das Walnussholz geschnitzt worden war.

Addie blickte wieder zu Caleb. »Du hast meine Frage noch nicht beantwortet.«

»Welche denn?«

»Woher du den Schrank hast.«

Caleb lächelte. »Du stellst ganz schön viele Fragen.«

»Ach ja?«, gab sie zurück und verschränkte die Arme vor der Brust.

»Ich restauriere in meiner Freizeit alte Möbel«, antwortete Caleb. »Ich entferne Schicht für Schicht den giftigen Lack und lege die Strukturen darunter frei.«

»Wie bei einer Schatzsuche.«

»Genau. Wenn ich die Schichten alle entfernt habe, entdecke ich darunter üblicherweise den einzigartigen Charakter des jeweiligen Möbelstücks. Die meisten verkaufe ich, aber ...« Caleb tippte mit der Hand auf die wilde Mähne des Löwen, die den Rand der Holztafel berührte. »Von diesem hier konnte ich mich einfach nicht trennen.«

Addie hörte aus seiner Stimme Sehnsucht und eine innere Verbundenheit heraus.

»Jede Kerbe in der Struktur, jede einzelne Delle erzählt ihre eigene Geschichte«, erklärte Caleb. »Mir ist wichtig, die Kerben und Dellen wahrzunehmen und die in ihnen verborgene Schönheit zu zeigen. Jede Kerbe ist einzigartig. Die Kunden zahlen für die Geschichten sogar noch etwas drauf.«

Addies eigene Geschichte wies so viele Kerben und Dellen auf, dass wahrscheinlich niemand die Schönheit erkennen konnte, die darin verborgen lag. Als sie jünger gewesen war, hatte sie sich jedoch fest vorgenommen, all ihre Narben und Wunden in etwas Schönes zu verwandeln. Nicht in etwas so Außergewöhnliches wie die Gravuren in diesem Schrank. Doch diese Narben und Wunden waren wie eine Collage in ihrem Inneren, die sie mit ihrem Sohn oder ihrer Tochter teilen wollte.

Jede Kerbe, jeder tiefe Riss war ein Kapitel ihrer Lebensgeschichte, nicht deren Ende.

»Ich würde gerne mehr über die Geschichte dieses Möbelstücks erfahren!«, sagte Addie und suchte den Schrank noch einmal genauer nach den kleinsten Rissen ab.

»Der Schrank hat schon eine lange Reise hinter sich«, erwiderte Caleb. Aber er verriet ihr immer noch nicht, wo er ihn gefunden hatte.

»Addie!«

Addie drehte sich um und sah Reese, die eine Grillzange aus Metall in ihrer Hand schwang, als handelte es sich dabei um eine Fahne.

»Hast du deinen Ehemann mitgebracht?«

Addie vergrub ihre linke Hand in Wallace' Fell und versteckte ihren Ringfinger, den sie früher so stolz vorgezeigt hatte. Dann schämte sie sich selbst dafür, dass sie sich schämte.

Reese und Caleb blickten sie beide an, doch sie schuldete ihnen keine Erklärung. Diese Wunde hatte einen Riss in ihrer Fähigkeit verursacht, zu vertrauen und Zuneigung zuzulassen. Sie hatte einen pochenden Schmerz in ihrem Herzen hinterlassen.

Addie drehte sich wieder zur Fensterfront. Der Weinberg breitete sich wie ein magischer Teppich bis zum See hinunter aus. »Ich habe keine Ahnung, wie man bei so einem Ausblick jemals seiner Arbeit nachgehen kann.«

»Das ist im ganzen Haus mein Lieblingsplatz.« Caleb öffnete eine Tür und führte die beiden Frauen hinaus auf die weitläufige Veranda. Ein Teil der Veranda auf der rechten Seite war überdacht. Dort standen ein paar Stühle mit Kissen und ein Feuertisch. Auf der linken Seite befand sich ein Grill, von dem aromatischer Rauch in den Himmel aufstieg.

Addie hatte seit ihrer Ankunft in Oregon nichts Anständiges mehr gegessen.

»Ich hoffe, du magst Schaschlik?«, fragte Caleb und nahm seiner Schwester die Grillzange aus der Hand. »Dazu gibt es Steak und jede Menge Gemüse.«

Addies Magen knurrte. »Ich könnte ganz alleine eine komplette Kuh verdrücken.«

Caleb lächelte erneut. »Dann bist du hier genau richtig!«

Während er sich um den Grill kümmerte, wandte sich Addie erneut Reese zu. »Warst du heute in der Schule?«

»Ich gehe nicht mehr zur Schule.« Sie stellte eine Keramikplatte auf den Tisch. »Ich war mal ein Jahr lang auf einer Kunsthochschule, aber die Künstlerin in mir hat das nicht ausgehalten.«

Caleb malte mit der Grillzange in der Hand Kreise in die Luft. »Das College hat ihre Kreativität erstickt.«

»Das College erstickt die Kreativität von jedem!«, meinte Reese und verdrehte die Augen.

»Woran lag es denn?«, wollte Addie wissen, während sie auf einer Bank Platz nahm.

»An den Abgabeterminen und all den Lehrern, die mir Projekte zugewiesen haben, die ich nicht machen wollte. Ich wollte malen, nicht irgendwelche Skizzen mit dem Bleistift zeichnen.«

Damals in der Mittelschule hatte Addies Kunstlehrer ihr erklärt, dass sie mit den Grundlagen beginnen musste, wenn sie erfolgreich sein wollte. Sie müsse zuerst die Konturen zeichnen und diese dann langsam farbig ausmalen, bis ihr Gemälde fertig war. Addie erinnerte sich daran, dass sie sich damals gewünscht hatte, das Leben würde in derselben Art und Weise funktionieren. Dass *sie* diejenige war, die die Flächen mit Farbe bemalte, anstatt dass andere es für sie taten.

Der Lehrer war einer von mehreren Menschen gewesen, die Addie dazu gebracht hatten weiterzumachen, als sie eigentlich schon hatte aufgeben wollen. Wer hätte schon ahnen können, dass bei ihr zu Hause etwas nicht in Ordnung gewesen war – jenseits all der verpassten Elternabende und der vielen Tage, an denen Addie weder Geld noch etwas Essbares für die Mittagspause dabeigehabt hatte?

»Reese nimmt Millionen von Farben in ihrem Umfeld wahr und bringt sie alle zur Geltung.«

Die junge Frau schien vor Stolz beinahe zu platzen. Ihr Bruder hätte ihr kein größeres Kompliment machen können.

Caleb trat zu den beiden an den Tisch und hielt eine Flasche Pinot Noir in der Hand.

»Dieser Wein wurde aus den Trauben gewonnen, die direkt hier im Weinberg unter uns wachsen.«

Wachsen. Weintrauben. Wertschätzung.

Addie legte eine Hand auf ihre Taille. Er hatte bestimmt keine Ahnung, dass sie schwanger war. »Für mich heute Abend bitte nur Wasser.«

Reese reichte ihr einen Krug und Addie füllte ihr Glas, während Caleb das gegrillte Fleisch auf eine Platte legte. »Macht es dir etwas aus, wenn ich Gott für das Essen danke?«

»Nein, nur zu!«

Caleb sprach ein Gebet und dankte für das Essen und die Gemeinschaft – so wie Charlie es sonst auch immer tat. Dann zog Reese das Fleisch und das Gemüse von ihrem Spieß herunter und suchte sich ein Steak heraus. Das Fleisch stapelte sie auf dem Teller ihres Bruders.

»Hilfst du immer bei der Ernte mit?«, fragte Addie.

Reese grinste. »Ich komme jedes Jahr zur Erntezeit hierher und auch dann, wenn meine Eltern eine Pause benötigen.«

»Gibt es sonst noch jemanden aus eurer Familie, der euch unterstützt?«

Reese seufzte. »Unser Onkel sollte das eigentlich tun, aber ...«

Addie bemerkte, wie Caleb seine Schwester warnend anblickte.

Reese tippte mit ihren langen Fingernägeln auf ihrem Glas herum. »Offensichtlich darf ich kein weiteres Wort mehr dazu sagen.«

»Jetzt haben wir dich aber lange genug mit unserer Familiengeschichte gelangweilt«, meinte Caleb.

»Ihr langweilt mich doch nicht.« Addie aß ein Stückchen von dem zarten Rindfleisch. Es war perfekt zubereitet und in der Mitte nur ein kleines bisschen rot.

»Wir würden gerne mehr über deinen Freund erfahren, der die Knochenmarktransplantation braucht.«

Addie ließ ihren Blick wieder hinunter zum See wandern. »Charlie hat hier gelebt, als er jünger war. Irgendwann hat er aber anscheinend den Kontakt zu seiner Familie verloren, als er nach Tennessee gezogen ist. Jetzt leidet er an einer Form von Blutkrebs, dem sogenannten Myelodysplastischen Syndrom. Er wird nicht mehr lange leben, wenn er kein gesundes Knochenmark bekommt. Ich hatte gehofft, dass wir über seine Schwester einen Spender finden können.«

»Ich habe heute Morgen mit meinem Vater telefoniert und nach Charlie gefragt, aber er kann sich nicht an ihn erinnern.«

In Addie stieg erneut ein Gefühl der Enttäuschung auf. »Das müsste alles direkt nach dem Zweiten Weltkrieg passiert sein.«

»Auf dem Grundstück der Tonquins haben Hunderte Menschen gelebt«, fuhr Caleb fort. »Lauter Flüchtlinge wie meine Familie, die hier ein neues Leben beginnen wollten.«

Addie konnte Charlie vor sich sehen, wie er mit all den anderen Flüchtlingskindern Steine in den See warf. »Er hatte eine Schwester und ich hoffe, entweder sie oder ihre Kinder zu finden.«

»Vielleicht kann sich unser Onkel an die beiden erinnern«, meinte Caleb. »Er lebt schon seit fast sechzig Jahren hier.«

Addies Herz begann, schneller zu schlagen. »Ich würde ihn gerne mal treffen.«

»Nein, das würdest du wohl eher nicht ...«, entfuhr es Reese.

Caleb lehnte sich zu seiner Schwester hinüber. »Ich dachte, du wolltest kein weiteres Wort mehr sagen.«

Reese streckte ihm die Zunge heraus. »Kein weiteres.«

»Ich sag dir was.« Caleb trank einen Schluck Wein. »Ich werde dir nicht erzählen, wo ich den Schrank herbekommen habe ...«

Addie nickte. Er war ihr ebenfalls keinerlei Rechenschaft schuldig.

»Wenn wir fertig gegessen haben, werden meine Schwester und ich mit dir dorthin gehen.« Reese schüttelte den Kopf. »Ich gehe auf keinen Fall dorthin!«

»Wohin?«, fragte Addie.

Sie folgte Calebs Blick über den Weinberg und dann zur anderen Seite des Sees, wo zwischen den Bäumen der Turm von Rubys Schloss hervorragte.

»Wir werden auch versuchen herauszufinden, was aus Familie Tonquin geworden ist«, sagte Caleb.

»*Du* wirst das machen.« Reese zeigte mit ihrer Gabel auf ihn. »*Ich* werde ihm tunlichst aus dem Weg gehen.«

»Wem willst du aus dem Weg gehen?«, fragte Addie verwirrt.

»Meinem Onkel. Er kann gemein sein wie ...«

»Ein Bär.« Caleb warf Reese erneut einen scharfen Blick zu. Dieses Mal blieb seine Schwester still.

Addie verschränkte die Arme vor der Brust. »Ich habe Angst vor Bären!«

»Nur ein Teddybär!«, erwiderte Caleb. »Er wird dir nichts tun.«

Caleb blickte sich erneut um. »Wir haben vielleicht noch eine Stunde, bis die Sonne untergeht.«

Reese winkte ihnen, dass sie losgehen sollten. »Ich kümmere mich um den Abwasch.«

Caleb und Addie liefen gemeinsam den Berg zu dem sogenannten *Schloss auf dem Hügel* hinauf.

KAPITEL 19

Yamhill County, Oregon
Dezember 1945

Frisch gepflückte Christdornzweige und eine Douglaskiefer als Weihnachtsbaum verwandelten das Wohnzimmer in ein weihnachtliches Wunderland. Grace' Großmutter war nicht mehr am Leben. Sie war in derselben Woche gestorben, in der Grace nach Spanien gereist war. Doch an diesem Heiligabend war das Farmhaus wieder voller Menschen.

Es war nun schon beinahe zwei Jahre her, seit Grace gemeinsam mit Marguerite und Élias in New York gelandet war. Sie hatten den Onkel der beiden in New York nicht gefunden. Daher waren sie mit dem Zug quer durchs Land gereist und die Kinder hatten den Namen Tonquin angenommen, um in diesem neuen Land als Familie endlich in Freiheit leben zu können.

Grace reiste in Gedanken oft nach Frankreich zurück. Zurück in all die Schwierigkeiten, aber auch in die Einfachheit dieser Jahre, als ihr einziger Wunsch gewesen war, die Kinder vor ihrem Feind zu retten, anstatt mit diesem Tür an Tür zu wohnen.

Vor zwei Jahren war auch ihre Mutter wieder nach Hause gekommen, nachdem die Anrufe aus Hollywood ausgeblieben waren.

»Du böses Kind!« Ruby schlug Marguerite auf den Arm, als das nun elfjährige Mädchen die Keramikfiguren der Weihnachtskrippe neu anordnete.

»Lass sie in Ruhe!« Élias sprang vom Sofa auf und ballte die Fäuste.

Grace trat energisch zwischen die beiden. »Was ist hier los?«

»Sie hat das Jesuskind gestohlen!« Ruby stemmte eine ihrer in

Handschuhen steckenden Hände in die Hüfte und holte mit der anderen zu einem weiteren Schlag gegen Marguerite aus.

»Seit wann hast du denn ein Problem damit, etwas zu stehlen?«, fragte Élias. Er hatte keine Angst vor dieser Frau, nachdem er sowohl Nazis als auch der Gendarmerie die Stirn geboten hatte. Élias und ihre Mutter waren wie Feuerstein und Stahl. Wenn sie sich aneinander rieben, sprühten die Funken.

Rubys Augen verengten sich zu schmalen Schlitzen. In ihrem Gesicht brannte der Ärger, bis es selbst die Farbe annahm, die ihrem Namen entsprach. »Ich bin dir oder irgendjemand anderem keinerlei Rechenschaft schuldig!«

Grace drängte Marguerite von der Kommode weg, auf der die Weihnachtskrippe stand, und zog das Mädchen hinter sich her. »Marguerite und ich werden in der Küche reden.«

Élias sah aus, als würde ihm gleich die Kinnlade herunterklappen und in tausend Stücke zerspringen. Grace war stolz darauf, dass er seine Fäuste hatte stillhalten können. Und dass er seine Worte stillschweigend heruntergeschluckt hatte.

Sie wies mit dem Kopf in Richtung Haustür. »Schaffst du es, alleine zu melken?«

Anstatt eine Antwort zu geben, nahm Élias seinen Mantel vom Haken und zog seine Gummistiefel an, bevor er nach draußen ging. Die Scheune war trotz ihres verfallenen Zustands ein Zufluchtsort für ihn, wenn Ruby hier war.

Grace' Mutter stellte Hirten, Engel, Esel, Kamele und die nun kinderlos gewordenen Eltern wieder ordentlich hin. Grace' Gedanken reisten in der Vergangenheit wieder zu jenem Weihnachtsfest ihrer Kindheit zurück, an dem sie sich als kleines Mädchen hinter dem Weihnachtsbaum versteckt hatte, um dem verbalen Kreuzfeuer auszuweichen, das ihre Großeltern und ihre Mutter aufeinander abgefeuert hatten.

Quäker feierten eigentlich kein Weihnachtsfest, ihre Großeltern hatten der Geburt Jesu an jedem Tag im Jahr gedacht. Doch sie hatten den Weihnachtstag für ihre Tochter und für ihre Enkelin zu etwas Besonderem machen wollen. Genauso, wie Grace es sich jetzt für Élias und Marguerite wünschte. Ein paar Geschenke unter dem Weihnachtsbaum. Eine Schüssel Vichyssoise, die traditionelle kalte Gemüsesuppe, als Mahlzeit. Karotten in den Schuhen der Kinder, die für Gui, den Esel von »Père Noël«, bestimmt waren.

Die Dunkelheit, die sie während des Krieges ständig umfangen hatte, regte sie nun dazu an, sich bei Kerzenschein und mit Liedern an das Leben Jesu zu erinnern. Sie wollten mit Freude ein neues Jahr einläuten. Ein Jahr, in dem kein Krieg mit Deutschland mehr herrschte.

Grace wünschte sich zu Weihnachten, dass es ein schönes, harmonisches Fest für sie alle werden würde.

Marguerite folgte Grace in die Küche, wie sie es damals in Südfrankreich schon getan hatte. Gott sei Dank waren sie nun nicht mehr in Gefahr, doch seitdem Ruby hier wieder wohnte, war von Freiheit oder Frieden nur wenig zu spüren.

Obwohl Grace' Mutter wieder in dem alten Farmhaus wohnte, sprach Ruby unaufhörlich davon, wieder nach Hollywood zurückkehren zu wollen. Eines Tages, so versicherte sie ihnen, würde ihr Stern in Hollywood wieder aufgehen.

Grace wünschte sich, dass Ruby einfach wieder in ihren extravaganten Roadster steigen und nach Süden fahren würde. Sie alle wünschten sich das. Doch dann hatte Ruby beschlossen, weiter oben auf ihrem Hügel ein prunkvolles Haus für sich zu errichten. Obwohl Grace' Großmutter eigentlich ihrer Enkelin das Land überlassen hatte, hatte sie ihrer Tochter vor langer Zeit zugesichert, dass sie sich auf dem Grundstück ein Haus bauen könne, wenn sie eines Tages wieder zurückkehren wolle. Und nun, wo das tatsächlich geschehen war, wollte Grace diese Übereinkunft respektieren und ihrer Mutter Ehre erweisen.

Neben Marguerite und ihr köchelte die Festtagssuppe auf dem Herd. Aus dem Radio im Wohnzimmer erklang das Lied *I'll be Home for Christmas*. Grace schloss die Küchentür und

173

entzog sich und Marguerite damit Rubys unaufhörlich prüfendem Blick.

Bald würde Ruby in ihrem eigenen Haus wohnen und so tun, als sei sie noch immer ein Filmstar. Dann würden Grace, Marguerite und Élias endlich eine richtige Familie sein.

Grace kniete sich neben Marguerite und blickte in die immer noch von Trauer geprägten Augen des Mädchens, das so viel Verlust hatte verarbeiten müssen.

»Hast du das Jesuskind genommen?«, fragte Grace.

Marguerite schüttelte den Kopf, doch ihr Blick fiel zu Boden.

Grace hatte den Verdacht, dass die Haare des Mädchens grün schimmern würden, wenn sie wie Marguerite an Menschen Farben wahrnehmen könnte. Grün war die Farbe, die Marguerite bei Élias gesehen hatte, als er in die Höhle zurückgekommen war, nachdem er den Verräter aus dem Weg geräumt hatte.

»Wir müssen Jesus wieder zurück in die Krippe legen!«, versuchte Grace zu erklären. »Dann ist er wieder bei seiner Mutter und den Engeln in Sicherheit.«

Marguerite presste die Lippen aufeinander und starrte stur auf einen Baum vor der Scheibe des Küchenfensters.

Grace liebte es, sich um Kinder zu kümmern, sie einzukleiden und mit Essen zu versorgen. Doch die Aufgabe, sie zu erziehen, fiel ihr schwer. Trotzdem hatte sie Élias und Marguerite nicht in New York zurücklassen wollen.

Als sie nach der Adresse in Manhattan gesucht hatten, war schnell deutlich geworden, dass diese gar nicht existierte. Der Brief des Mannes, der angeblich Henri hieß und der einzige Bruder der Mutter war, war gefälscht gewesen.

Sie konnte Madame Dupont keine Schuld an diesem Schwindel geben. Ohne diesen Brief und einem Angehörigen, der die Kinder erwartete, hätte das AFSC niemals erlaubt, dass Grace die beiden Dupont-Kinder ihrer Mutter in Gurs entriss und sie woanders hinbrachte.

Wenn Grace ehrlich war, war sie erleichtert, dass sie keinen

Onkel hatten ausfindig machen können. Sie liebte Élias und Marguerite, als wären sie ihre eigenen Kinder. Sie würde beinahe alles dafür tun, dass sie hier im Land der unbegrenzten Möglichkeiten sicher leben konnten. So wie es andere Menschen aus der ganzen Welt auch taten.

Irgendwie würden sie es alle gemeinsam schaffen, ihr Leben in Ehrfurcht vor den Menschen zu führen, die unter dem gottlosen Naziregime ihr Leben verloren hatten.

Grace verschränkte ihre Arme vor der Brust und versuchte, streng zu bleiben. Obwohl sie für Rubys Spielchen nichts übrig hatte, hatte ihre Mutter immer noch recht. Sie konnte Marguerite ihre Lüge nicht durchgehen lassen, sonst würden weitere folgen. Sie musste selbst lernen, eine gute Mutter zu sein, so wie es ihre Oma damals für sie gewesen war. Möglicherweise musste sie Marguerite auf ihr Zimmer schicken, bis sie dazu bereit war, die Wahrheit zu sagen.

»Ich bin sehr enttäuscht, dass du diese wertvolle Figur gestohlen hast.«

Die langen Zöpfe des Mädchens schlenkerten um ihre Schultern, als es den Kopf schüttelte. »Ich habe überhaupt nichts gestohlen!«

Wie erklärte man einem Kind, dass es wichtig war, die Wahrheit zu sagen, wenn es selbst dazu gezwungen gewesen war, andere zu täuschen, um zu überleben? Wenn es hatte lügen müssen, um überleben zu können. Aber Marguerite musste diese Lektion jetzt lernen. »Stehlen bedeutet, dass du irgendetwas nimmst, was dir nicht gehört.«

»Aber ich habe Jesus doch nur *versteckt*«, erwiderte Marguerite. »Ich habe ihn nicht gestohlen.«

Grace beobachtete Marguerite eingehend und versuchte zu verstehen, was sie gemeint haben könnte. »Wieso denkst du, dass du Jesus verstecken musst?«

Eine Träne floss Marguerites Wange hinunter und landete in ihrem Zopf. »Damit die bösen Männer ihn nicht zu fassen kriegen.«

Langsam begann Grace die Wahrheit hinter Marguerites Worten zu verstehen. Die schreckliche Angst, die in ihnen lag. Grace breitete ihre Arme aus und Marguerite verkroch sich darin.

Jesus, *das jüdische Kind*. Ein Flüchtling in einem fremden Land. Marguerite wollte nicht, dass dieses Baby geraubt und in ein Lager im Ausland deportiert wurde, so wie es ihrem jüngeren Bruder passiert war.

Grace blickte ihr in die Augen. »Gott muss sehr glücklich darüber sein, wenn er sieht, wie sehr du seinen Sohn lieb hast.«

Still und unbeweglich stand das Mädchen da. So unbeweglich wie die Felsbrocken, die damals ihren Fluchtweg gesäumt hatten. Tränen standen in ihren Augen. Wenn Marguerite wollte, so dachte Grace nun, konnte sie auch noch Maria, Josef und alle anderen Figuren verstecken.

»Du bist eine mutige junge Dame, weil du dich so um Jesus sorgst«, sagte Grace mit sanfter Stimme.

»Mein Lehrer sagt, dass Jesus für mich sorgt.«

»Ja, das tut er!«, stimmte Grace ihr zu. »Sehr sogar. Wir können feiern, dass er geboren ist, ganz egal wo er gerade ist.«

Als das Mädchen nickte, hätte Grace sich am liebsten in ihrem Schlafzimmer eingeschlossen. Warum hatte sie so schnell über Marguerite geurteilt, wenn das Mädchen doch nie versucht hatte, sie zu belügen? Und Ruby kümmerte sich doch sowieso nur um sich selbst.

Grace küsste Marguerites Stirn und ermahnte sie, Ruby so lange aus dem Weg zu gehen, bis Grace mit ihr gesprochen hatte. Nicht dass Ruby Verständnis zeigen würde – aber sie würde damit leben müssen, dass das Jesuskind verschwunden war. Das Haus hier gehörte Grace. Sie hatte es von ihrer Großmutter geerbt. Sie würde Ruby einen Platz zum Schlafen anbieten, solange diese ihn brauchte. Unter der Voraussetzung, dass ihre Mutter sich entschied, freundlich gegenüber anderen Menschen zu sein, und sie nicht verurteilte. Sie sollte gnädig mit den Kindern sein.

Am 1. März sollte Rubys Haus auf dem Hügel fertiggestellt werden. Grace und die Kinder konnten das schaffen – es waren nur noch 66 Tage bis dahin. Dann würden sie einmal tief durchatmen und endlich als Familie miteinander leben können, egal wie ungewöhnlich dieses Leben auch sein würde.

Marguerite hatte in den letzten zwei Jahren in der Schule Englisch gelernt und verbrachte jede freie Minute im Keller, wo sie eine Leinwand nach der anderen mit Farbe bemalte. Élias hingegen suchte noch seinen Platz in der Welt. Er war mit seinen 15 Jahren der Mann in ihrem Haus. Er hackte das Holz, kümmerte sich um die Kühe und reparierte alles, was kaputtgegangen war. Ruby mochte keines der beiden Kinder so richtig. Hauptsächlich deshalb, weil sie ihr nicht vor lauter Bewunderung zu Füßen lagen, wenn sie den Raum betrat. Doch Grace war unglaublich stolz auf die harte Arbeit der beiden Kinder, ihre Kreativität und wundervolle Mischung aus Unabhängigkeit und Leidenschaft.

Sie rührte die Suppe um, lehnte sich an die geschwungene Verkleidung des Kühlschranks und blickte hinaus auf den See. In diesem Haus lagen so viele Erinnerungen verborgen. Eigentlich auf dem ganzen Grundstück.

Wie sehr vermisste sie ihre Großeltern! Sie waren nicht in der Lage gewesen, Ruby unter Kontrolle zu halten, doch sie hatten es trotzdem geschafft, klare Grenzen zu setzen, nachdem Grace' Mutter weggegangen war. Diese Grenzen hatten einen gesunden Abstand in der Beziehung zwischen Ruby, den Großeltern und Grace geschaffen.

Und nun musste Grace lernen, solche Grenzen selbst zu setzen.

Ein paar Schneeflocken fielen und Grace lächelte angesichts dieser seltenen Überraschung. Ihre Erinnerungen führten sie wieder zurück zu all den anderen Kindern, mit denen sie gemeinsam die verschneiten Pyrenäen überquert hatte. Grace fragte sich oft, was aus ihnen und all den anderen Menschen aus dem Lager in Gurs geworden war, die ihr Herz erobert hatten. Hunderte von Menschen, die von den *Les Secours Quakers* versorgt worden waren. Hélène und der kleine Louis.

Grace wünschte sich zu wissen, wie es ihnen ging.

Und Roland ... Sie erlaubte sich nur selten, an ihn zu denken, da sie fürchtete, sonst in einen tiefen Abgrund gerissen zu werden. Eine Abwärtsspirale, die sie tief in die Dunkelheit hinunterführen würde.

Gab es eine Möglichkeit, dass er in diesem von Nazis überlaufenen Frankreich überlebt hatte? Es war bekannt, dass in den Konzentrationslagern im Osten schlimme Zustände geherrscht hatten. Und dann all die Verbrechen, die dort begangen worden waren ... im Jahr 1943 hatte sie keine Vorstellung darüber gehabt, wie es wirklich dort gewesen war. In den Nachrichten wurde noch immer über die Morde und die Folter berichtet, die das Regime an denen verübt hatte, vor denen es sich gefürchtet hatte.

Grace verlor sich wieder in Gedanken, in denen bruchstückhaft Trauer, Angst, Zweifel und die bohrenden Fragen auftauchten, denen sie sich hatte stellen müssen. Doch um Marguerites und Élias' willen musste sie jetzt stark bleiben. Sie würden diese Feiertage gemeinsam verbringen. Sie würden das Jesuskind feiern, den jüdischen Flüchtling, der sie alle retten konnte.

Die Schneeflocken blieben auf den Zweigen der Kiefern liegen, was hier im Tal nur sehr selten vorkam. Immer wenn es schneite, erinnerte sich Grace an all diejenigen, die in Europa ihr Leben verloren hatten. Grace wollte das Leben dieser Menschen in Ehren halten und sich an den Gott erinnern, der ihr Retter sein wollte.

»Grace!« Élias rief ihren Namen aus dem vorderen Zimmer und Grace rannte aus der Küche. *Was hatte ihre Mutter denn jetzt schon wieder angestellt?*

Abrupt blieb sie neben der Kommode stehen und starrte den dünnen Mann an, der neben Élias stand und einen verschlissenen Mantel trug, wie ihn so viele Flüchtlinge in diesen Tagen hatten. Ein Lächeln umspielte seine Lippen und sein warmer Blick vertrieb die Kälte, die draußen herrschte. *Ein Fremder*, dachte Grace. Einer von vielen, die sie auch in Europa gesehen hatte.

Noch jemand, der eine Mahlzeit und ein Bett brauchte. Falls es nötig war, konnte er in der Scheune übernachten, um sich vor dem Schnee zu schützen.

»Kolibri!«, flüsterte der Mann. Grace blieb der Mund weit offen stehen, als wolle sie einen vorüberfliegenden Vogel fangen.

Der Mann wiederholte ihren Spitznamen, dieses Mal ein wenig lauter. Grace' Herz machte einen Sprung. Es war der Mann, der sie durch die Hügel und Täler begleitet hatte! Der Mann, der sie vor den Nazis beschützt und ihr das nötige Zutrauen gegeben hatte, um ihre Kinder sicher über die Pyrenäen zu bringen.

Kolibris kämen immer wieder nach Hause zurück, hatte er ihr einmal erklärt.

Der Mann trat einen Schritt nach vorne und begann erneut zu sprechen. Dieses Mal nannte er sie Grace.

Aus seinen Worten hörte sie eine Frage heraus. Eigentlich waren es sogar zwei.

Würde sie ihn in ihrem Zuhause willkommen heißen?

Und: *Würde sie ihn auch in ihrem Herzen willkommen heißen?*

Grace hatte es nicht für möglich gehalten, dass sie Roland eines Tages wiedersehen würde. Noch nicht einmal in den Nächten, in denen sie seinen Brief unter ihr Kissen gelegt und dafür gebetet hatte, dass er sie finden würde. Oder dafür, dass sich jemand um ihn kümmern würde, so wie er es für sie getan hatte. Sie hatte geglaubt, dass sie ihn in den Wirren des Krieges endgültig verloren hatte.

Doch er war wieder zurückgekommen! Wie er es versprochen hatte. Egal, wie viele Jahre dazwischengelegen haben mochten. Zwei oder zwanzig. Sie hätte, wenn nötig, auch 50 Jahre lang gewartet, um mit ihm zusammen sein zu können.

Grace fand keine Worte, als sie ihm in die Arme fiel und sich selbst völlig darin verlor. Es war genauso, wie sie es immer wieder geträumt hatte.

»Wer ist das?«, fragte Ruby aus dem Flur heraus. Ihr Abendkleid funkelte im Kerzenlicht.

Grace trat einen Schritt zurück, ging aber nicht weg. Sie stellte sich schützend vor Roland, wie sie es zuvor auch bei Marguerite getan hatte. Sie musste diesen großen Helden vor der Frau beschützen, die die Aufmerksamkeit jeden Mannes suchte, der in ihre Nähe kam.

Doch Rubys Blick galt gar nicht Roland. Sie betrachtete den Jungen, der neben ihm stand und dessen durchnässte, lockige Haare am Kopf klebten. Anscheinend war er einer von Rolands Schützlingen.

Der Junge wirkte verunsichert und starrte auf die Lichterketten hinter ihnen, mit denen Grace die Fenster und den Weihnachtsbaum geschmückt hatte.

»Erinnerst du dich an Louis?«, fragte Roland.

Grace schnappte nach Luft. Dankbarkeit breitete sich in ihr aus. »Du hast ihn gefunden ...«

Der Junge, von dem sie geglaubt hatte, sie hätte ihn an die Nazis verloren. Er war nun sechs und nicht mehr vier Jahre alt.

»Tante Hélène hat mich nach der Befreiung gefunden«, erklärte Roland. »Sie hatte sich mit Louis und einigen anderen während des Krieges versteckt. Das AFSC hat versucht, die Adresse seiner Angehörigen in Palästina zu ermitteln, doch sie haben dort niemanden gefunden. Und in Frankreich auch nicht. Meine Tante und ich hoffen, dass er hier vielleicht Heimat finden und aufblühen kann.«

Grace öffnete ihre Arme, um den Jungen willkommen zu heißen, doch Louis machte keine Anstalten, zu ihr zu kommen. Stattdessen wanderte sein Blick von den Lichterketten hin zu Rubys funkelnder Halskette.

»*Joli!*«, sagte er. *Wunderschön.*

Und Grace' Mutter, von allem Französischen fasziniert, war von ihm genauso hingerissen wie er von ihr.

Grace und Roland redeten noch bis spät in der Nacht im vom Christbaum beleuchteten Wohnzimmer, nachdem sie die cremige Vichyssoise, frisch gebackenes Brot und würzige Getränke genossen hatten. Selbst Ruby war überwältigt, als Roland ihnen die Weihnachtsgeschichte zunächst auf Französisch und später auf Englisch erzählte. Während er sprach, holte Marguerite das Jesuskind aus ihrem Zimmer und legte es wieder in seine Krippe.

Nachdem Ruby mit ihrem Roadster weggefahren war und die Kinder eingeschlafen waren, setzten sich Roland und Grace auf das Sofa. Als er seinen Arm ausstreckte, schmiegte sich Grace an seine Brust, als wäre dies der Ort, an dem sie nach einer kilometerlangen Reise mit ihren Flügeln endlich zur Landung ansetzen konnte.

Roland küsste sie auf die Stirn. Seine Haut roch nach Zimt und Seife. »Ich wünschte, ich hätte dir ein besseres Geschenk machen können.«

»Das ist das beste Weihnachtsgeschenk, das ich jemals bekommen habe.« Es war ein Geschenk zu wissen, dass er sie genauso liebte wie sie ihn.

»Ich habe die letzten zwei Jahre versucht, dich zu finden.«

»Wo warst du denn?«, fragte sie. »Nachdem ich Frankreich verlassen haben ...«

»Ich war im Lager Le Vernet.«

Grace durchfuhr ein Schreck. »Das Lager der Angst ...«

»Die SS hat mich in der Nähe von Saint-Girons geschnappt und mich dorthin gebracht.«

Grace erschauerte. »Bis zur Befreiung?«

»Nein.« Roland atmete tief durch, als könne er seine Erinnerung durch den Duft von Kiefernnadeln auslöschen. »Sie haben mich 1944 nach Dachau gebracht.«

Grace' Herz stockte. Sie fand keine Worte, um ihn trösten zu können. Was hatte er dort wohl alles sehen und erleben müssen? Sie wünschte, sie hätte den Mann, den sie liebte, vor all dem bewahren können.

Roland zog sie wieder näher an sich heran und sie vergrub sich noch mehr an seiner Brust. Für sie war es in diesem Moment wie ein Ort, den sie nie wieder verlassen wollte.

»Ich habe doch noch ein Geschenk!«, sagte Roland und griff tief in seine Tasche.

Grace lehnte sich an das Sofa und zitterte innerlich. Was mochte es wohl sein?

»Frohe Weihnachten!« Roland zog einen filigranen Ring mit ineinander verwobenen Silberbändern hervor, mit winzigen Diamanten besetzt, die wie Eiskristalle in der Sonne glitzerten. »Er gehörte meiner Großmutter.«

Als Quäkerin hatte sich Grace eigentlich für ein einfaches Leben entschieden. Doch dieser Ring oder der Mann, der hier neben ihr saß, hatte rein gar nichts mit Einfachheit zu tun. Auch einen Filmstar als Mutter zu haben oder drei französische Kinder in ihrem Haus zu beherbergen, die den Krieg überlebt hatten, war alles andere als einfach. Und doch konnte Gott aus diesem Gewirr von scheinbar losen Fäden in ihrem Leben etwas Wunderschönes machen. Da war sich Grace ganz sicher.

»Ich kann leider keine eigenen Kinder zeugen«, sagte Roland. »Die Nazis haben ...«

Grace legte ihm sanft einen Finger auf den Mund. »Wir haben bereits ein ganzes Haus voller Kinder.«

Behutsam steckte er ihr den Ring an den Finger. »Jetzt müssen wir uns nie wieder trennen.«

In diesem Moment schenkte sie ihm endgültig ihr Herz. Und alle weiteren Tage ihres Lebens, die sie gemeinsam als Familie verbringen würden, so hoffte und betete sie.

KAPITEL 20

»Ich bin's!«, rief Caleb, als Addie und er sich Rubys Haus näherten. Wallace folgte ihnen dicht auf den Fersen.

Addie warf einen kurzen Blick nach links und rechts auf die Schotterstraße und über den Maschendrahtzaun, sah jedoch niemanden zwischen den Bäumen. »Mit wem redest du da?«

»Mit meinem Onkel.« Caleb pfiff laut, als er am Waldrand angelangt war. »Louis bewacht das Haus.«

Addie überkam ein Schaudern. Hatte Calebs Onkel sie beobachtet, als sie die Nacht hier im Auto verbracht hatte? Vielleicht war das Monster, das vor ihrem Wagen auf sie gelauert hatte, doch kein Traum gewesen.

Sie gingen um eine Ecke. Entlang des Zauns wuchs die Kletterpflanze mit ihren roten Beeren und den violetten Blütenblättern. Es sah aus, als würden gelbe Sterne aus der Mitte jeder Blüte hervorschießen.

Beeren. Blüten. Brombeersträucher.

Diese Liste beschreibt Oregon eigentlich ganz gut, dachte Addie. Dieser Landstrich war ein Schmuckstück mit Dornen.

Addie deutete auf eine der Blumen. »Weißt du, was das für eine Pflanze ist?«

»Das ist ein Problemkraut.« Caleb warf einen Stock und Wallace rannte auf der Straße voraus, um ihn wiederzuholen. »Zumindest nennen es die meisten Leute so. Diese Rankpflanze ist eigentlich aus Europa hier eingeschleppt worden.«

Addie blickte auf den Bergkamm, der langsam in der Abenddämmerung versank. »Anscheinend haben hier auf der Farm Menschen *und* Pflanzen eine Zuflucht gefunden.«

»Sieht wohl ganz danach aus«, antwortete Caleb. »So eine

Kletterpflanze kann alles überwuchern, aber sie dient auch vielen Tieren hier als Schutz. Sie ist also eher ein Partner als ein Problem.«

»Wie heißt die Pflanze wirklich?«

»Saurebe, Hundbeere oder Bittersüßer Nachtschatten. Kommt ganz darauf an, wen du fragst.« Caleb ließ seine Finger über die wie Pfeile geformten Blätter gleiten. »Ich gehe davon aus, dass ich dir nicht erklären muss, dass man sie nicht essen kann. Die Brombeeren sind jedoch unbedenklich. Da kannst du so viele essen, bis du davon Bauchschmerzen bekommst.«

Nun war es Addie, die lächelte. »Hab' ich schon.«

Caleb pflückte eine der violetten Blüten und hielt sie ins Licht. Das Blütenblatt nahm eine himmelblaue Farbe an und leuchtete in der Mitte hell wie die Sonne. »Die Pflanzen sind zwar giftig, aber immer noch viel zu schön, um sie auszureißen.«

Caleb warf erneut ein Stöckchen für Wallace und Addie fand Gefallen daran, dass dieser Mann in zutraulichen Hunden tapfere Krieger erkennen konnte. Er sah Schönheit in Dingen, in denen andere nur Probleme sahen.

»In der Forschungsarbeit deines Vaters stand, dass Grace während des Zweiten Weltkriegs in Europa war.«

Caleb öffnete das Tor an der Vorderseite des Hauses. »Mein Vater hat sich schon immer für die Arbeit der Quäker in Frankreich interessiert.«

»Ich kann mir gar nicht vorstellen, was sie alles durchgemacht haben müssen.« Addie trat durch das Tor und suchte nach dem Mann, der Rubys Haus bewachte. »Bist du dir sicher, dass uns hier nichts passieren wird?«

Caleb zog eine seiner Augenbrauen nach oben. »Wann hat dir jemand schon mal Sicherheit garantieren können?«

»Nicht garantieren. Aber man sollte ja auch nicht direkt der Gefahr in die Arme laufen.«

»Mein Onkel wird dir nicht wehtun, wenn es das ist, was dir Sorgen macht.« Er reichte ihr eine Taschenlampe. »Ich kann dir in puncto des Daches hier nichts versprechen. Aber es hat seit 1946 gehalten.«

»Dann gehe ich das Risiko ein.«

»Wenn das so ist, sage ich Louis, dass wir jetzt hier sind.«

Addie setzte sich auf die Vordertreppe und schlang ihre Arme um die Knie, während Caleb durch den gepflegten Garten ging und zwischen den Bäumen verschwand. Hoffentlich war Calebs Onkel nicht nur in der Lage, alles hinter sich zu lassen, was seine Beziehung zu Charlie belastet hatte, sondern auch bereit, ihm zu helfen.

Andererseits war es relativ einfach, jemandem zu *sagen*, er müsse sich mit der Vergangenheit aussöhnen – es selbst zu tun, war viel schwieriger.

Während Addie wartete, tauchte plötzlich Peters Gesicht vor ihrem inneren Auge auf. Er hatte dasselbe gewinnende Lächeln aufgesetzt, mit dem er jeden neuen Besucher in der Gemeinde willkommen geheißen hatte. Manchmal hatte er seine Liebe aus vollem Herzen gezeigt, sie dann aber auch wieder zurückgezogen, zumindest was Addie gegen Ende ihrer Beziehung betroffen hatte. Das hatte sie innerlich zerbrechen lassen und sie hatte sich gefragt, was aus dem Mann geworden war, den sie einmal geheiratet hatte.

Nun waren schon drei Monate vergangen, seit er sie das letzte Mal geküsst und danach aus ihrer Wohnung verschwunden war. Ein Notfall, hatte er gesagt. Er müsse einem Gemeindemitglied helfen. An manchen Tagen konnte so etwas eine Ewigkeit dauern. An anderen Tagen schien die Zeit hingegen schnell zu vergehen, wie Sand, der zwischen den Fingern zerrann. Es schien eine Ewigkeit her zu sein und doch kam es Addie wie gestern vor, dass ihr Ehemann spät am Abend von zu Hause weggefahren war, um zu einer Frau zu gehen, die er im Internet kennengelernt hatte.

Und dann war er verschwunden. Laut Polizei waren Peter und seine Begleiterin gestorben, als sein Auto in den Watauga-See gestürzt war.

Addie hatte später herausgefunden, dass die beiden sechs Monate lang eine Affäre miteinander gehabt hatten. Doch sie fragte sich immer noch, was sie falsch gemacht hatte. Mit dieser schwierigen Vergangenheit würde es für jeden Mann unmöglich sein, sie jemals als Ehefrau zu lieben.

Sie legte ihre Hand sanft auf ihren Bauch. Obwohl sie Gott dankbar war, dass er ihr seine Liebe gezeigt hatte, nach der sie so gedürstet hatte, sehnte sie sich auch nach einem irdischen Ehemann, der sie und ihr Kind lieben konnte ...

»Mit Gottes Hilfe werde ich dir all meine Liebe schenken!«, flüsterte Addie dem Baby in ihrem Bauch zu.

Sie würde es anders machen als ihre Eltern. Anders als Peter. Anders als das, was ihr im Fernsehen als Ideal vorgegaukelt worden war. Sie würde ihr Kind lieben, ebenso die Mädchen in Sale Creek und jeden anderen, der sonst noch ihre Liebe brauchen würde.

Caleb trat wieder zwischen den Bäumen hervor und lief über den Rasen.

»Leider hat mein Onkel keine Lust zu reden.«

»Was hat denn seine Laune damit zu tun?«

»Ich muss da sehr vorsichtig sein«, erwiderte Caleb. »Er spricht nicht gerne über die Vergangenheit.«

Addie stand auf und trat neben ihn. »Weiß er, was aus Charlies Schwester geworden ist?«

»Ich frage ihn später danach.«

»Wann später?«, fragte sie.

»Tut mir leid, Addie. Ich kann ihn nicht zwingen, mit mir zu sprechen, wenn er seine Geschichte nicht erzählen will.«

»Aber es könnte Charlies Leben retten ...«

Caleb öffnete die Vordertür. »Ich glaube nicht, dass ihn das interessiert.«

Addie folgte Caleb in das viktorianische Landhaus. Das abendliche Licht drang in das vordere Zimmer, als er die Vorhänge zurückzog. »Ruby wollte Hollywood hierher mitnehmen, als sie nach Oregon gezogen ist.«

Tatsächlich lag ein Hauch von Hollywood über dem Raum mit den roten Teppichen aus Plüsch, den glänzenden Zierleisten und den zwei ausgeblichenen Samtsofas, an deren beiden Enden mit glitzernden Steinen besetzte Lampenschirme standen, von denen Glasperlen herabhingen. Das Einzige, das noch fehlte, waren mit Wodka gefüllte Gläser, hochhackige Schuhe und aneinanderklirrende Gläser, wenn auf jemandes Wohl angestoßen wurde. Addie kannte sich zwar nicht damit aus, aber sie hatte so etwas oft im Fernsehen gesehen, als sie noch jünger gewesen war. In der Umgebung von Samtsofas und Glasperlen gab es irgendwann immer ein Drama.

»Die meisten Möbel stehen noch immer hier, aber ich habe den Schrank aus der Zeit von Ludwig XIII. aus dem Speisesaal retten können.« Caleb führte sie zurück in den Korridor. Der Läufer dort war genauso verblichen wie die Sofas. »Das Walnussholz war schwarz lackiert und die Schubladen voll mit gezeichneten Skizzen gewesen.«

Im Speisesaal befand sich das Wandgemälde, das Addie von draußen betrachtet hatte. Es zeigte die Kathedrale mit ihrem hohen Kirchturm, den dunklen Wald und einer Reihe von Kindern. Die Kinder hielten sich an den Händen und sahen aus wie diejenigen, die Addie in ihrer Grundschulzeit aus Papier ausgeschnitten hatte.

»Jede dieser Figuren hat eine andere Farbe«, sagte Addie mit ehrfürchtiger Stimme. Sie bewunderte die Vorstellungskraft der Künstlerin. Über dem Kopf jeder Figur war auf perfekte Art und Weise ein heller Schein gemalt, der das Meisterwerk eines berühmten Künstlers hätte sein können. »Ich habe so etwas noch nie gesehen.«

Die Reihe von Kindern zog sich durch eine alte europäische Straße, über ein Feld mit Blumen bis hin zum Fuß eines Berges. Die Kinder auf diesem Gemälde gehörten alle zusammen, doch jedes von ihnen war einzigartig. Das letzte Kind allerdings war nicht fertig gemalt worden. Der Berg ebenfalls nicht. Die Künstlerin hatte aufgehört zu malen, ohne ihr Werk zu vollenden.

Caleb deutete auf den Jungen und das Mädchen in der Mitte. »Schau genau hin.«

Auf dem Ellbogen des Jungen befand sich ein orangefarbenes *E*. Und in den blau-gelben Rock des Mädchens war versteckt ein *M* eingearbeitet. Dieselben Farben schienen über den Kopf der Figur wie ein Sturm hinwegzufegen. »Reese hat die Buchstaben entdeckt.«

»Eine unvollendete Geschichte«, meinte Addie.

»Nicht ganz.« Caleb öffnete die Schublade eines Schreibpultes und zog einen kleinen Stapel Papier heraus. »Die hier habe ich im Schrank gefunden.«

Ganz oben lag eine Zeichnung, die ein mit Buntstiften gemaltes Schloss hinter einem Eisentor zeigte. Im Hintergrund waren hohe Berge zu sehen. Dann ein Fluss mit schneebedecktem Ufer. Eine Ansammlung von Häusern, die sich um einen Berg drängten. Und schließlich eine Trauerweide, die dem Baum am Tonquin-See sehr ähnlich sah. Zwischen den Zweigen versteckt stand kein Kind, sondern eine Frau, die den anderen ein Zeichen gab weiterzugehen.

»Sind sie mit Grace zusammen auf der Flucht?«, fragte Addie. Sie war von den Details völlig fasziniert.

»Ich glaube schon.«

Addie wandte sich zum Fenster. »Charlie hat eine Trauerweide am Ufer von Sale Creek gepflanzt, als er und Emma das Heim für die Mädchen eröffnet haben.«

»Das war hier bestimmt ein guter Ort, um aufzuwachsen!«, meinte Caleb, als er die Skizzen wieder in die Schublade zurückräumte. »Als mein Vater ein Kind war, war alles hier für ihn ein riesiges Abenteuer.«

»Und jetzt willst du den Tonquins ihren gesamten Besitz abkaufen ...«

Caleb blickte durchs Fenster hindurch nach draußen und beobachtete einen Kolibri, der in der Nähe der Veranda herumflatterte und sich an Himbeerblüten bediente. »Ja, vielleicht. Wenn der Besitzer sich dazu entscheidet zu verkaufen. Im Moment haben wir in unserem Pachtvertrag eine Klausel stehen.« Er stockte. »Es ist ziemlich kompliziert.«

»Wegen deines Onkels?«

»Louis braucht das alles hier. Mehr als jeder andere. Aber Tara will, dass er von hier verschwindet.«

»Reese hat erzählt, dass er die Mieter verängstigt.«

»Louis will auf dem Grundstück niemanden sehen, der nicht zur Familie gehört. Würde *Dawson Management* das Land kaufen, würden sie rings um den See eine Wohnanlage bauen.«

Addie blickte wieder aus dem Fenster. »Die Klausel betrifft also Louis ...«

Caleb zeigte auf die mit Teppich belegten Treppenstufen. »Willst du wissen, wie es oben aussieht? Vom Turm aus hat man einen Blick über das ganze Tal.«

»Das würde ich sehr gerne sehen.«

Als die beiden durch den Flur gingen, lugte Addie durch die Türöffnung von vier Schlafzimmern. Alle waren sehr kunstvoll dekoriert. Außer dem Raum mit dem zerbrochenen Fenster wirkten alle Zimmer gepflegt und sauber. Das ganze Haus schien wie eine Zeitkapsel von vor fünfzig Jahren zu sein.

»Ist Ruby in diesem Haus hier gestorben?«, fragte Addie zaghaft und erinnerte sich daran, was die Bibliothekarin ihr erzählt hatte. Sie hatte alle Unterlagen in der Bibliothek durchsucht, hatte jedoch keinen einzigen Zeitungs- oder Zeitschriftartikel entdeckt, der über die Ermordung dieses Hollywoodstars berichtete.

»Keiner weiß, was mit Ruby passiert ist, aber jede neue Generation hier in der Gegend hat es sich zur Mission gemacht, in das Haus hineinzukommen. Ich vermute, sie wollen Rubys Geist finden.«

»Aber dein Onkel bewacht das Haus für eure Familie.«

»Eher für sich selbst. Er kann hier leben bleiben, solange er sich mit um das Grundstück kümmert, aber ... An manchen Tagen vergisst er einfach, dass Ruby tot ist.«

»Warum hätte jemand Ruby töten sollen?«, fragte Addie, als sie am Ende des Flurs angelangt waren.

»Dafür gibt es Tausende von Gründen, nehme ich an. Meine Großmutter sagte, dass die Einheimischen Ruby nicht besonders mochten.«

»Und deine Großmutter hat nie über Charlie oder seine Schwester gesprochen?«

Caleb schüttelte den Kopf. »Sie hat die meiste Zeit ihres Lebens damit verbracht, ihre Kinder großzuziehen und auf Louis aufzupassen. Der Milchviehbetrieb hat in den 1980ern dichtgemacht, aber meine Großeltern lebten bis zu ihrem Tod in der Hütte, in der du jetzt untergebracht bist, um Louis im Auge behalten zu können.«

»Und dann hast du alles von ihnen übernommen?«

»Mein Vater ist an den Wochenenden immer von Seattle hierhergefahren, um nach Louis zu sehen, bis ich dann selbst in der Lage war, das Grundstück oberhalb des Weinbergs zu kaufen.«

Addie blickte zu dem Mann vor ihr auf. Sie betrachtete sein dunkles Haar, sein graues T-Shirt, die Jeans und den Blick in seinen Augen, der Selbstvertrauen und Stärke ausstrahlte. »Anscheinend muss deine Familie in irgendeiner Weise Erinnerungen an Charlie haben ...«

Caleb öffnete die letzte Tür im Flur. Dahinter befand sich ein Treppenhaus.

»Hat Charlie dich darum gebeten, seine Familie zu finden?«

»Nein«, entgegnete Addie langsam. »Aber ich möchte ihm sein Leben zurückgeben.«

Es war genau dasselbe, was Charlie auch für sie getan hatte. Doch das konnte sie dem Mann vor ihr nicht erklären. Er würde es nicht verstehen.

»Wie alt ist er denn?«, fragte Caleb.

»Er ist 73, aber es liegen noch so viele Jahre vor ihm.«

»Hat er seinen Frieden mit Gott geschlossen?«

»Er hat sein ganzes Leben in Gottes Dienst gestellt.«

»Dann solltest du jetzt vielleicht auch deinen Frieden mit Gott schließen.«

Addie zuckte bei diesen Worten bestürzt zusammen. Hatte Caleb etwa selbst Nachforschungen über sie angestellt?

»Wie meinst du das?«

»Vielleicht stellt sich Gott Charlies Vermächtnis ja anders vor als du.«

Das Gehörte ließ Addie erschaudern. »Ich bin hier, weil ich will, dass Charlie überlebt! Mir geht es nicht um sein Vermächtnis.«

Sie lief quer durch den Flur, um ein paar Gemälde zu betrachten, die dort an der Wand hingen. Es handelte sich um impressionistische Werke, die die Gärten und Straßen von Paris porträtierten. Ein Familienfoto oder Familienporträt hatte sie hier noch nicht entdeckt. Der Ort wirkte beinahe wie ein Filmset, das oberflächlich beeindrucken sollte, ließ aber ansonsten keinerlei Wärme oder Persönlichkeit hinter der Fassade erkennen.

So wie an dem Ort, an dem Addie aufgewachsen war. Es hatten zwar keine teuren Kunstwerke an den Wänden ihres Appartements gehangen, aber eben auch keine persönlichen Fotos oder Familienerbstücke, die den Ort zu einem Zuhause hätten machen können. Die Wohnung war lediglich eine Sehenswürdigkeit für die Gäste ihrer Mutter gewesen.

War Ruby vielleicht wie Addies Mutter gewesen, die sich immer nach der Aufmerksamkeit der Leute da draußen gesehnt hatte? Nach der von Fremden? Wenn es so gewesen war, war Grace womöglich nach Frankreich geflüchtet.

Hatte Ruby auch Charlie in die Flucht getrieben?

»*Wie im Himmel, so auch auf Erden.*« So hatte Jesus gebetet. Warum konnten manche seelischen Qualen nicht hier auf Erden kuriert werden, sondern nur im Himmel? Gott konnte Charlies Seele und seinen Körper doch hier auf der Erde gesund machen!

Und auch ihre eigene Seele ...

Caleb ging in Richtung der Wendeltreppe und Addie stieg hinter ihm die Stufen nach oben. Vom Turm aus konnte sie den See, die Hütte und die Lichter von Newberg erkennen, die gerade zu leuchten begannen. Außerdem sah sie das A-förmige Dach eines Hauses inmitten der Bäume.

Als sie im Dämmerlicht geradeaus nach unten blickte, sah Addie einen Mann am Waldrand stehen.

Louis hatte die Antworten, die sie brauchte, vermutete Addie.

KAPITEL 21

Juli 1946

Grace ließ eine riesige Brombeere in ihren hölzernen Eimer fallen und drehte sich schnell nach Roland und Élias um. Die beiden hielten Eimer in ihren Händen und standen in ihren bis zu den Knien reichenden Gummistiefeln hinter ihr. In ihrer Mitte lief Cocoa, ihr Hirtenhund.

Ihre Hauptdarsteller, wie sie die beiden nannte. Ein großartiges und unzertrennliches Duo, wenn sie auf der Farm und den Äckern arbeiteten. Beide hatten im Krieg Wunden davongetragen, doch sie schienen sich gemeinsam davon zu erholen.

Roland stellte seinen Eimer und einen Picknickkorb ab, bevor er Grace in die Höhe hob und ihr dann zuerst einen Kuss auf beide Wangen und schließlich einen weiteren auf die Lippen drückte. Grace kicherte wie ein Schulmädchen. Sie liebte diesen Mann über alles, der letztes Jahr wieder in ihr Leben getreten war und sie in dem kleinen Gemeindehaus geheiratet hatte, das er selbst auf ihrem Grundstück erbaut hatte. Sie liebte es, wie er sich um sie und die Kinder kümmerte.

Ein Grummeln kam Élias über die Lippen. Eigentlich nannte er sich jetzt Charlie, seitdem er seinen Führerschein in der Tasche hatte. Auf Französisch bedeutete der Name *freier Mann*. Roland hatte jedoch erklärt, dass es eigentlich ein englisches Slangwort für »dumm« sei.

Charlie war das vollkommen egal. Der neue Name klang für ihn amerikanisch und er hatte einfach keine Lust mehr darauf, als anders abgestempelt zu werden. Er wollte wie die anderen Jungen auf seiner Schule sein.

»Könnt ihr zwei bitte aufhören?«, beschwerte sich Charlie.

Doch Roland wirbelte Grace weiter durch die Luft, als wäre sie ein Windrad, und sie lachte noch mehr. Dann setzte er sie wieder auf dem Boden ab und hielt seinen Eimer wie ein Schwert vor sich. »Ladies, wir sind hier, um Sie zu verteidigen!«

Marguerite rollte mit den Augen. Um ihren Mund hatte sie einen violetten ringförmigen Abdruck, außerdem Saftflecken auf jedem Finger. Um ihre Hüfte trug sie eine Kuriertasche mit Malutensilien. Sie hob einen Finger, der kurz zuvor von den Dornen Kratzer davongetragen hatte.

»Wovor willst du uns verteidigen? Vor den Brombeeren?«

»Vor den Monstern aus der Tiefe.«

Grace blickte über den See und legte die Hand auf ihr Herz, als wäre sie die Hauptdarstellerin in einem Theaterstück. »Sie kommen gerade noch rechtzeitig!«

»Er will Monster aus der Tiefe!«, sagte Charlie und trat neben seine Schwester. »Ich will Brombeeren!«

Zu viert ernteten sie die dornigen Sträucher entlang des Ufers ab. Die Hälfte der Brombeeren wanderte dabei in die mitgebrachten Eimer, die andere Hälfte direkt in ihre hungrigen Münder. Grace wusste, dass sie die Erinnerungen an diese Sommermonate und die langen, sonnigen Tage festhalten würde. Niemand würde ihr diese wundervollen Momente wegnehmen können, die sich wie ein Ring um ihr Herz gelegt hatten. Wie der Abdruck, den die Beeren um ihren Mund herum hinterlassen hatten. Jeder einzelne Gedanke war darin eingefasst.

Diese Menschen. Ihre Familie. Der Feind dieser Welt hatte versucht, sie alle zu töten. Sie hatte keine Ahnung, warum ausgerechnet sie überlebt hatten, während so viele andere ihr Leben verloren hatten. Sie wusste auch nicht genau, was sie mit dem Leben anfangen sollte, dass sie geschenkt bekommen hatte. Doch Gott hatte sie vier zusammengeführt. So viel stand fest. In diesem Moment, an einem warmen Sommerabend, konnte sie ihr Glück vor lauter Freude kaum fassen. Es gab ihr die Stärke für den nächsten Tag. Egal, was dieser für sie bereithalten würde.

Marguerites und Grace' Eimer waren als Erste voll und sie halfen den Männern, so viele Brombeeren zu sammeln, wie sie in den Eimern tragen konnten.

Brombeermarmelade. Brombeerkuchen. Brombeerlikör. Brombeeren mit Vanilleeis, das sie aus selbst hergestelltem Süßrahm machten.

Unendlich viele Möglichkeiten.

Roland faltete eine Decke auseinander, die er zwischen den Griffen des Picknickkorbs befestigt hatte, und schleuderte sie in die Luft. Ein Windstoß fuhr durch den Stoff und die Decke entrollte sich ordentlich auf dem Gras. Ein Mix aus Pusteblumen und dem flaumigen Samen der Trauerweide wirbelte durch die Luft.

»Hast du Limonade dabei?«, fragte Marguerite, als die Samen auf sie herabregneten.

Roland klappte den Deckel des Picknickkorbs zurück und holte ein Gefäß heraus. Dicke Zitronenstücke schwammen auf dem zuckerhaltigen Wasser. Je süßer, desto besser – das war Marguerites Motto und Roland war überglücklich, ihr ihren Wunsch erfüllen zu können. Während er Limonade einschenkte, versammelten sich die anderen um den reich gedeckten Tisch mit Würstchen und knusprigem Brot, das Roland gebacken hatte. Dazu gab es frischen grünen Salat, der mit so etwas wie Roquefort-Käse bestreut war.

Sie schafften es nicht oft, sich zu viert davonstehlen zu können. Kurz nachdem Roland aus Frankreich gekommen war, war Ruby in ihr neues Zuhause gezogen. Die Ältesten in der Quäkergemeinde hatten Grace und Roland dann darum gebeten, die Farm für Einwanderer zu öffnen, die einen Ort zum Leben und Arbeiten brauchten, bis sie eine eigene Unterkunft in der Stadt gefunden hatten.

Drei Generationen der Familie Tonquin hatten ihre Kraft bereits in den See und dieses Grundstück investiert und nun waren sie an der Reihe, für die eigene Familie und für andere einen Ort zu schaffen, wo sie mit Nahrung versorgt waren und in Frieden leben konnten. Roland und Charlie hatten mit ihren Gästen entlang des Sees und im Wald kleine Häuser mit A-förmigem Dach errichtet, ähnlich, wie es sie auch in den Bergen Frankreichs gegeben hatte.

Die Erwachsenen und die älteren Kinder halfen auf der Farm mit und kümmerten sich um die Weinstöcke, die Roland als Stecklinge vom Weinberg seiner Familie mitgebracht hatte. Sie fütterten die Schafe und die Hühner, melkten die Kühe und stellten weichen Camembert her. Dieser Ort, so weit von der übrigen geschäftigen Welt entfernt, war dennoch voller Leben.

Grace' Großeltern wären begeistert gewesen, wenn sie die Gemeinschaft hier erlebt hätten, die sich darum bemühte, die Farm zu einem sicheren Ort der Heilung werden zu lassen, und die das Land dazu nutzte, ihren Schöpfer zu preisen.

»Kommt, wir machen noch ein Foto!« Grace nahm die Kamera, die Roland in den Picknickkorb gepackt hatte, und richtete sie auf die Kinder und die Trauerweide im Hintergrund. Sie wollte diesen Moment für immer festhalten.

Zweimal klickte der Auslöser. Dann holte sich Marguerite ihren Skizzenblock aus der Tasche und setzte sich allein auf den Steg. Mit Aquarellfarben malte sie das, was ihr vor Augen kam. Gedanklich verschwand sie in eine andere Welt. Vielleicht zurück nach Frankreich, an die Seite ihrer Mutter.

Roland zog eine Blechschale aus dem Picknickkorb und machte Anstalten, sie in Richtung Wasser zu werfen. Charlie schoss wie der Blitz von der Decke hoch und setzte seine schlaksigen Beine in Richtung Ufer in Bewegung. Die Flugbahn der Schale vorausahnend, stolperte er ins Wasser. Ein paar Sekunden später tauchte er wie ein Monster aus dem Schlamm wieder auf und hielt mit einem triumphierenden Grinsen die Blechschale über seinen Kopf.

Dieser Junge, ihr Sohn, war nun beinahe ein Mann. Der Anwalt, mit dem sie sich in Newberg getroffen hatten, hatte zwar gesagt, dass sie ihn und seine Schwester formal nicht adoptieren könnten, aber für den Papierkram interessierte sich sowieso niemand mehr. *Charlie Tonquin* wollte er heißen. So hatte er es entschieden. Er war ein Mitglied der immer größer werdenden Tonquin-Familie. Er, Roland und Marguerite hatten alle Grace' britischen Nachnamen angenommen.

Grace konnte Madame Dupont zwar nicht ersetzen, doch sie war fest entschlossen, für Charlie und Marguerite eine gute Mutter zu sein. Aufgrund der Verletzungen, die Roland in Dachau erlitten hatte, würden er und Grace nie leibliche Kinder haben. Doch inzwischen lebten durch die Flüchtlingsfamilien jede Menge Kinder auf dem Gelände und Grace hoffte, dass es noch mehr werden würden. Für sie fühlte es sich an, als wären diese Kinder ihre eigenen.

Charlie warf die flache Blechschale wieder zurück und Roland jagte ihr in die andere Richtung nach. Sie waren wie zwei kleine Jungs, die nie wirklich erwachsen werden wollten.

Roland tat so, als wolle er Grace über den Haufen rennen, und beide brachen in Lachen aus.

»Sehe ich etwa aus wie eine Blechschale?«, fragte sie.

»Es war viel schwerer, dich zu fassen zu bekommen ... du bist eher wie ein Flugzeug.«

»Und ich war von der ganzen Rennerei ziemlich erschöpft. Über die Hügel, durch den Fluss ...«

Er nahm ihre Hand. »Und bis nach Amerika hinüber.«

Rolands Haut war von der Arbeit auf der Farm gerötet und schwielig. Grace fuhr mit dem Finger eine Narbe auf seinem Handgelenk nach, die er normalerweise unter seiner langärmligen Kleidung verbarg, egal wie heiß es in der Scheune auch sein mochte. Er schämte sich für diese Narbe, doch für Grace war sie wie ein Ehrenabzeichen. Die Nazis hatten versucht, ihn kleinzukriegen, doch nun lag er hier neben ihr auf der Picknickdecke – ein Mann, der alles dafür gab, ihre ganze Familie vor allem Bösen zu beschützen.

»Ich bin so froh, dass du hier bist, Roland.«

»Wirklich?«

»Ja, von ganzem Herzen.«

Seine Liebe zu ihr war so groß, dass er freiwillig sein Leben hingegeben hatte, um ihr die Freiheit zu ermöglichen. Und das in dem Glauben, dass er sie nie wiedersehen würde. Doch hier waren sie nun. Das hier war ihre zweite Chance.

»Ich gehe ins Wasser.« Charlie zog sein T-Shirt aus und rannte wieder zum See.

Dieses Mal blieb er nicht am Ufer stehen. Er tauchte umgehend ins Wasser und schwamm über den See, so wie Grace es als Kind früher auch oft getan hatte. Charlie hatte vor nichts und niemandem Angst. Und er ließ sich auch durch nichts aufhalten. Gott würde ihn und seine Zähigkeit gebrauchen, da war sich Grace sicher. Genauso wie Gott auch Marguerite und ihre Malerei gebrauchen würde.

Charlie streckte den Kopf aus dem Wasser, winkte ihnen zu und tauchte dann wieder ab.

»Er hat wirklich eine grenzenlose Energie«, meinte Roland, als er sich wieder auf die Decke fallen ließ und seine hinter dem Kopf gefalteten Hände als Kissen nutzte.

»Genau wie jemand anderes, den ich kenne.« Grace kuschelte sich in die Kuhle zwischen seinem Arm und seiner Brust, wo ihr Kopf Nacht für Nacht einen wunderbaren Platz fand. Niemand würde ihr jemals diesen Moment wegnehmen können.

Roland zog sie näher an seine Brust und sie schmiegte sich an ihn. »So viel Energie habe ich gerade gar nicht.«

»Du bist ein Kämpfer, Roland, im wahrsten Sinne des Wortes. Vergiss das nie!«

Obwohl er ihr nicht glaubte, küsste er ihre Stirn. Doch Grace wusste, dass ihre Worte wahr waren. Roland kämpfte für die Menschen, die er liebte. Für sie und für alle anderen, um die er sich kümmerte. Er würde alles dafür tun, um seine Familie zu beschützen.

Charlie sprang aus dem Wasser auf den Steg und setzte sich neben seine Schwester. Er pikte sie in die Seite, während sie versuchte zu malen. Wahrscheinlich verteilte er überall Wasser auf ihrem Papier. Grace gaben diese verspielten Sticheleien Hoffnung. Vielleicht würden ja die dunklen Gedanken, die sich manchmal in Charlie breitmachten, eines Tages verschwinden.

Trotzdem machte sie sich immer noch Sorgen.

»Irgendetwas quält ihn«, sagte Grace.

»Jeder von uns wird von dem gequält, was wir im Krieg gesehen haben. Und von dem, was wir getan haben.« Rolands Stimme klang wie eine Welle, die sich erst kraftvoll am Strand bricht und sich dann im Sande verläuft. »Er hat in sechzehn Jahren mehr Traurigkeit erlebt als die meisten Erwachsenen in ihrem ganzen Leben.«

Ein Fischreiher tauchte mit seinem langen Hals in den See und fing einen Fisch. Sein stahlgraues Federkleid und der spitz zulaufende Schnabel erinnerten Grace an einen Nazi mit einem Schwert. Oder mit einem Messer.

Das Messer, das Charlie in den Bergen bei sich gehabt hatte, kam Grace wieder ins Gedächtnis. Mit diesem Messer hatte er den Mann getötet, der ihre Schützlinge hatte ausliefern wollen, vermutete Grace.

»Was ist eigentlich in Saint-Girons passiert?«, fragte Grace mit sanfter Stimme. »Als er dir geholfen hat, die Kinder zu retten ...«

Sie hatte Roland das eigentlich schon vor Monaten fragen wollen, doch damals war ihre Beziehung noch zu frisch und von Unsicherheit geprägt gewesen. Außerdem hatten sie diese unter dem wachsamen Auge von Grace' Mutter und unter dem Druck der Verantwortung für zwei Kinder aufbauen müssen.

Roland hielt inne. Er schien seine Worte sorgfältig auswählen zu wollen. Er wollte nie über den Krieg oder das, was danach geschehen war, reden. Doch Grace wollte auf diese Frage unbedingt eine Antwort – für sich selbst und für Charlie.

»Die französische Polizei war nicht wirklich motiviert, die

Kinder gefangen zu halten. Der Gefängniswärter hat die vordere Eingangstür nicht verschlossen. Damit hat er es uns ziemlich leicht gemacht.«

»Nichts davon war leicht«, erwiderte Grace. Sie ahnte, dass hinter dieser Geschichte sowohl für Roland als auch für Charlie mehr steckte. Sie war bereit, diese Last mit ihm gemeinsam zu tragen, doch sie wollte nicht von ihm verlangen, ihr davon zu erzählen, wenn er so verzweifelt versuchte, sie seelisch und körperlich zu schützen.

»Ich musste Menschen töten, um andere zu retten!«, antwortete Roland langsam. »Als wäre ich selbst Gott, der Richter und auch der Henker der Menschen, die versucht haben, anderen wehzutun. Aber was noch schlimmer war: Als ich nach Dachau kam, sah ich diese Monster mit ihren riesigen Gewehren und diese Feiglinge, die Frauen und sogar Kinder in die Gaskammern geschleppt haben. Und ich konnte nichts tun, um sie zu stoppen. Ich war völlig machtlos, Grace. Ein Feigling. Wie all die anderen ...«

Dieser Mann, der sein Leben dafür eingesetzt hatte, andere zu retten, war innerlich zerrissen. Nicht in der Lage gewesen zu sein, die Menschen im Lager zu retten, war etwas, gegen das sich jede Faser seines Körpers sträubte.

Seine Stimme wurde nun leise, als hätte er Angst, dass die Bäume ihn verraten könnten. »Sie haben mir meinen Mut genommen.«

Er hatte nicht seinen Willen verloren, andere zu beschützen – das spürte Grace jeden Tag. Doch die Zeit im Konzentrationslager hatte ihn innerlich abstumpfen lassen. Er war zögerlicher geworden und fürchtete sich manchmal davor, dass er selbst aufgrund seiner Leidenschaft, andere verteidigen zu wollen, jemanden verletzen konnte.

Hinter sich hörte Grace auf einmal das knirschende Geräusch von Autoreifen, die über Schotter fuhren, und sie drehte sich um. Ein Pontiac Streamliner, genauso glänzend und schön poliert wie das Tafelsilber ihrer Mutter, fuhr vorbei. Die Limousine wurde von einem Mann namens Paul gefahren, der von Ruby völlig begeistert war, sich um das Haus kümmerte, Rubys Mahlzeiten zubereitete und sie in die Stadt begleitete. Ruby fehlte es nicht an Besuchern, doch sie schaffte es immer noch, Grace im Auge zu behalten.

Manchmal fragte sich Grace, ob ihre Mutter sie hasste, weil ihre Großeltern die Elternrolle für sie übernommen hatten, als Ruby klar geworden war, dass sie das Muttersein im Grunde verabscheute. Und natürlich, weil Grace ihre Mutter niemals so verehrt hatte wie das Publikum in Hollywood.

Auf dem Rücksitz des Wagens, die Nase an die Scheibe gepresst, sah Grace Louis sitzen. Er war nun sieben Jahre alt und schaute den älteren Kindern beim Spielen zu. Als er in Oregon angekommen war, hatten sie und Roland versucht, ihn wie die beiden älteren Kinder in ihre Familie zu integrieren. Doch er hatte mit dem geschäftigen Treiben in ihrem Zuhause, den unvermeidlichen Pflichten auf der Farm und den Tieren nichts anfangen können. Er hatte sich gegen Grace gewehrt, wie er es auch damals in Frankreich getan hatte.

Als Ruby ihn eine Woche lang zu sich nach Hause eingeladen hatte, war er in ihr großes Haus eingezogen und hatte sich geweigert, wieder zu gehen. Dann hatte Ruby einen anderen Rechtsanwalt beauftragt und offiziell die Vormundschaft für Louis übernommen.

Grace hatte versucht, die Vormundschaft anzufechten, da sie sich um den Jungen sorgte. Doch Ruby hatte dem Richter versichert, dass sie sich gut um Louis kümmern würde. Zumindest auf dem Papier schien Ruby die bessere Option zu sein. Ihre einzige Tochter war bereits erwachsen und sie verfügte über die nötigen finanziellen Mittel, um Louis ein besseres Zuhause und bessere Bildung zukommen lassen zu können, als Grace und Roland es jemals hätten tun können.

Nachdem Louis zu Ruby hinauf auf den Hügel gezogen war, hatte Grace ihn weiter zu ihren Familienausflügen eingeladen, doch Louis mochte es nicht, im Dreck zu spielen. Er schien jedoch sehr zufrieden damit zu sein, bei Ruby zu leben. Ein unkritischer, ergebener Bewunderer, wie Ruby ihn brauchte.

Die Behörden hatten Ruby nicht erlaubt, Louis zu adoptieren, genauso wenig wie es bei Grace und Roland mit den Kindern der Duponts der Fall gewesen war. Doch Ruby hatte ihre Rolle als Pflegemutter und gesetzlicher Vormund gerne angenommen. Außerdem bewunderten ihre Freunde den Jungen, als ob er ein Souvenir wäre – ähnlich wie ihr kunstvoll verzierter Schrank aus Frankreich.

Grace verstand sehr wohl, wie es sich anfühlte, ständig vorgezeigt zu werden. Doch anders als sie schien Louis die Aufmerksamkeit zu genießen.

Als der Fahrer langsamer wurde, beobachtete Ruby Grace und ihre Familie aus dem Seitenfenster, als wären sie diejenigen, die auf den Kinoleinwänden zu sehen wären. Grace' Mutter besuchte sie nie und lud sie auch nie zu sich nach Hause ein. Doch sie beobachtete sie immer und wartete darauf, dass ihre Tochter einen Fehler machte.

Grace seufzte. »Warum muss sie uns immer kontrollieren?«

Roland spielte mit ihrem Haar und ignorierte das Auto. »Sie ist nur neugierig.«

»Sie könnte wenigstens mal Hallo sagen oder etwas Ähnliches. Es ist komisch, dass sie nie anhält.«

»Die ganze Situation ist komisch.«

Roland war in einer Familie aufgewachsen, die Normalität sehr geschätzt hatte. Bis zum Krieg waren sie unzertrennlich gewesen wie die traubenbehangenen Reben, die Familie Mercier angebaut hatte.

Die Limousine wendete am Ende der Straße und fuhr wieder zu ihnen zurück.

Grace seufzte. »Das ist wie bei einer Parade.«

»Dann geben wir ihr jetzt etwas, an das sie sich noch lange erinnern wird.«

Ihr Ehemann lehnte sich zu ihr hinüber und küsste sie. Dabei versperrte er ihr mit seinen Armen den Blick.

Das knirschende Geräusch von Schotter wurde hinter Grace langsam leiser, aber dennoch ...

Es gefiel ihr immer noch nicht, wie sich ihre Mutter überall einmischte.

KAPITEL 22

Juli 1947

Wie ein Torpedo schoss Ruby durch die Hintertür ins Innere des Farmhauses. Doch anstatt zu explodieren und das ganze Haus zu erschüttern, wedelte sie mit einem weißen Briefumschlag in der Luft herum, der eigentlich an Grace adressiert war.

Ruby legte den Brief auf den Frühstückstisch, während Louis hinter ihr ins Haus trat. »Das ist beim *Château sur la Colline* abgegeben worden.«

Grace blickte auf die Adresse des Absenders. Der Brief kam aus London. *Eilsendung* war in roter Farbe daraufgestempelt.

Grace wollte den Brief nicht anfassen. Sie fürchtete sich vor der Nachricht, die dieser möglicherweise enthielt. Und sie machte sich auch Sorgen. Warum war Ruby höchstpersönlich hierhergekommen, um den Brief abzugeben, anstatt ihn wieder dem Postboten mitzugeben, der ihn hier abliefern konnte?

»Willst du ihn nicht aufmachen?« Ruby sah auf den Briefumschlag, als habe sie einen Röntgenblick, mit dem sie den Inhalt des Briefes erkennen konnte.

»Später.« Grace nahm den Schinken aus dem Ofen, den sie für die Feier von Charlies 17. Geburtstag vorbereiten wollte. »Der Brief ist bestimmt für Roland.«

»Es steht aber dein Name auf dem Umschlag.« Ruby warf einen Blick in den Eingang zum Wohnzimmer. »Wo ist Roland?«

»Wahrscheinlich in der Scheune«, erwiderte Grace. Obwohl er wohl eher in dem kleinen Atelier war, das er weiter hinten gebaut hatte und in dem er gerade Lampen für Marguerite montierte. Das Mädchen verbrachte jede freie Minute dort drin und bemalte eine Leinwand nach der anderen.

Ruby zog eine ihrer aufgemalten Augenbrauen nach oben. Ihre kirschrot glänzenden Lippen passten so gar nicht in diese schlicht eingerichtete Küche. »In der Scheune war ich schon.«

»Also hast du mir den Brief nur vorbeigebracht, um meinen Ehemann sehen zu können?«

Ruby verzog ihre Augen zu schmalen Schlitzen. »Ich habe dir den Brief vorbeigebracht, weil er an dich adressiert ist. Und weil ich Roland um einen Gefallen bitten wollte.«

Grace blickte auf das Datum des Poststempels. Der Brief war vor mehr als zwei Monaten abgeschickt worden. »Wie lange hast du den Brief schon?«

Als Ruby mit den Achseln zuckte, fragte sich Grace, ob es wohl Tage oder schon Wochen waren. Der Brief war für ihre Mutter die Eintrittskarte in das Farmhaus. Sie wollte Zeit mit dem Mann verbringen, den Grace geheiratet hatte, nachdem ihre eigenen Männerbekanntschaften wieder weggefahren waren.

»Da bist du ja!« Rubys Stimme klang auf einmal widerlich lieb und nett. Als sie Roland anlächelte, der mit einem Hammer in der Hand in der Tür stand, breitete sich eiskalter Zorn in Grace aus. Ihre Mutter konnte jeden Mann haben, der anrief und in feinem Nadelstreifenanzug, mit schickem Auto und Zigarren bei ihr auftauchte. *Aber diesen Mann hier nicht.*

Roland legte den Hammer auf die Küchentheke, Marguerite folgte dicht hinter ihm. Dann nahm er Grace' Hand und vertrieb mit seinem warmherzigen Blick das Kältegefühl, das sich in Grace breitgemacht hatte. Er nahm ihre Hand und verflocht seine Finger in ihren. Das war ihr Ehemann.

»Was kann ich für dich tun, Ruby?«, fragte er.

»Der Wasserhahn in meiner Küche ist undicht.«

»Dann rufen wir einen Klempner. Ich habe gehört, dass Mr Lange so gut wie alles reparieren kann.«

»Ich kann den Mann aber nicht leiden.«

Grace hielt sich die Hand vor den Mund, weil sie husten musste. Sie war sich sicher, dass Mr Lange von Ruby auch nicht sonderlich begeistert war.

»Er kann das viel besser als ich!«, erklärte Roland.

Aber es ging gar nicht um seine handwerklichen Fähigkeiten. Das wusste selbst Roland inzwischen.

»Ich traue ihm nicht. Er würde sicher sofort etwas stehlen, sobald ich mich umdrehe.«

Grace war empört. »Das ist doch läch...«

Roland drückte ihre Hand und schnitt Grace damit das Wort ab, bevor sie irgendetwas sagen konnte, was sie später bereuen würde. Genau dasselbe hatte er getan, als die beiden Wachleute sie damals in Frankreich angehalten hatten. Aus ihren Anschuldigungen würde nichts Gutes entstehen. Selbst, wenn sie der Wahrheit entsprachen.

»Ruby, es ist sicherlich nicht in deinem Sinne, wenn ich in deinem schönen Haus herumstapfe«, sagte Roland. »Ich mache mit Sicherheit irgendetwas kaputt.«

Grace' Mutter flossen die Tränen aus den Augen. »Du könntest wenigstens mal nachsehen.«

Louis griff nach Rubys Hand, wie Roland es bei Grace getan hatte. Doch Ruby schlug sie weg. »Jetzt nicht, Louis.«

»Aber ...«

»Jetzt nicht!«

Grace folgte dem Blick des Jungen zum Küchenfenster und schnappte nach Luft. Auf der anderen Seite des Sees flackerte etwas in hellem Orange wie ein Zündholz. Das Feuer hatte bereits eine Gruppe von Bäumen erfasst.

Ruby schrie auf, als sie es sah. Ihre schauspielerischen Fähigkeiten nahmen an Fahrt auf wie damals die Boeing 314 Clipper der Pan Am, die Grace und die Kinder von Lissabon nach New York gebracht hatte. Rubys Stimme rasselte immer lauter, bis Marguerite zu ihnen in die Küche kam. Ihr Arbeitskittel war überall mit Farbe bespritzt.

Hatte Grace' Mutter etwa ein Feuer gelegt, um Rolands Aufmerksamkeit zu bekommen? Das war Grace' erster Gedanke, doch sie wischte ihn schnell wieder weg. Ruby würde sicherlich nichts tun, was ihrem Schloss Schaden zufügen würde.

Grace öffnete die Hintertür und holte ein paar schmutzige Stiefel und einen Wollpullover, der unter der überdachten Veranda lag.

Roland zog sich seine Stiefel an. »Du und Marguerite – ihr bleibt hier!«

»Ich komme mit dir!«

»Grace, bitte!« Die Verzweiflung in seinen Augen brach ihr das Herz und erinnerte sie daran, dass seine Stärke zerbrechen würde, wenn ihr etwas geschähe.

Sie drehte sich zu Marguerite. »Hol Charlie!«

Doch das Mädchen schüttelte den Kopf. »Er ist nicht von der Schule nach Hause gekommen.«

Grace seufzte. Charlie war in den letzten Tagen öfter verschwunden, um Zeit mit Kirk zu verbringen, einem Jungen, der etwa zwei Jahre älter war als er. Ein Junge, der anscheinend mehr Schaden anrichtete, als dass er Gutes bewirkte.

Grace versuchte, sich selbst immer wieder zu sagen, dass sie sich keine Sorgen zu machen brauchte. Alle jungen Männer stolperten auf ihrem eigenen Weg durch die Jahre der Pubertät. Zwar wusste sie nichts über Kirk, aber sie war sich sicher, dass Charlie es schon schaffen würde.

»Ich suche ihn!«, sagte sie. »Dann kann er dir helfen.«

Roland gab ihr einen Kuss auf die Wange. »Ruf erst die Feuerwehr. Wir werden ihre Leitern mit Sicherheit brauchen.«

Ruby rannte hinter ihm aus dem Haus, Louis' Hand fest in der ihren. Grace konnte sich das Drama gar nicht vorstellen, das sich im Wald entwickeln würde. Ihr Ehemann würde Rubys Annäherungsversuchen nicht nachgeben, da war sich Grace sicher. Aber ihre Spielchen konnten ihn trotzdem leicht in Gefahr bringen.

»Louis sollte hierbleiben«, meinte Grace, den Blick auf den Jungen gerichtet.

»Er kommt mit mir mit.«

»Louis ...«

Der Junge schüttelte den Kopf. »Sie braucht mich jetzt.«

»Bitte, Ruby.« Doch ihre Mutter hatte ihr bereits den Rücken zugekehrt und machte sich mit dem Jungen auf den Weg durch den Wald.

Grace musste sich jetzt darauf konzentrieren, das Feuer zu bekämpfen. Sie steckte den Brief in ihre Tasche und rief die Feuerwehr. Dann eilte sie mit Marguerite und ihren Hunden zum Gemeindehaus. Roland hatte genau für solche Situationen im Turm des Gebäudes eine Glocke angebracht.

Während die Hunde in dem mit weißen Dielen ausgestatteten Gemeindesaal warteten, stiegen Marguerite und Grace den Turm hinauf. Die Alarmglocke war im ganzen Tal zu hören und Grace beobachtete, wie mehrere Männer aus den dort gelegenen Hütten herausstürmten. Es lebten nur noch etwa zehn Familien auf dem Land der Tonquins und viele der Bewohner arbeiteten in der Stadt. Doch jeder, der gerade in der Nähe war, würde das Läuten der Glocke hören und auch die Flammen sehen. Hoffentlich würde auch Charlie bald bei ihnen sein.

Während sich der Rauch über den See ausbreitete, die Sirenen heulten und die Feuerwehrautos auf das Gelände fuhren, stiegen Grace und Marguerite Hand in Hand schnell vom Turm hinunter.

Als sie zu Hause ankamen, verschwand das Mädchen sofort in ihrem Atelier. Es war ihr privater Raum, wo sie sich vor allem verstecken konnte, vor dem sie Angst hatte. Die Hunde durften normalerweise nicht mit ins Haus, doch an diesem Abend brach Grace ihre eigenen Regeln. Anstatt sich auf das Sofa zu setzen, ließ sie sich auf dem Teppich nieder. Die drei Hunde legten sich neben sie und kuschelten sich mit ihrem Fell eng an ihre Seite. Während sie mit zitternden Händen auf Roland wartete, zog sie den Eilbrief aus ihrer Tasche. Der Falz war zerknittert, als hätte jemand den Brief geöffnet und anschließend wieder zusammengeklebt.

Hatte ihre Mutter den Brief etwa zuerst gelesen?

Das handschriftliche Original des Textes war in Französisch verfasst und dann auf Englisch übersetzt worden, sodass keine Missverständnisse entstehen konnten. Grace las den Brief nur einmal, bevor sie ihn zu Boden fallen ließ. Sie wunderte sich über alles, was in den drei Jahren passiert war, seit sie wieder aus Frankreich zurückgekehrt war. Sie staunte über die Familie, die sie und Roland mitten in den Trümmern des Krieges gegründet hatten.

Sie wusste, dass, ähnlich wie die Jahreszeiten wechselten, auch möglicherweise die Tonquin-Familie nicht für immer Bestand haben würde, doch sie hatte tief in ihrem Herzen gehofft, dass aus der *Vormundschaft* für die Kinder eines Tages eine Adoption werden würde. Dass sie zu viert friedlich miteinander leben konnten, bis die Kinder auf eigenen Füßen stehen konnten.

Cocoa kuschelte sich dicht an sie und Grace vergrub ihre Hand in seinem Fell.

»Harre des Herrn! Sei getrost und unverzagt und harre des Herrn!«

Die Worte aus diesem Psalm kamen ihr in den Sinn und gaben ihr neuen Mut. Sie musste jetzt geduldig sein, auch wenn es schwierig war. Der Herr würde ihr dann seine Kraft geben.

Die Männer arbeiteten viele Stunden und durchtränkten alle Bäume im Umkreis des Feuers mit Wasser, sodass die Glut während der Nacht nicht neu entfacht werden konnte. Als Roland schließlich weit nach Mitternacht zurückkehrte, saß Grace noch immer mit dem Brief auf dem Schoß auf dem Fußboden. Der Schinken für Charlies Geburtstag war längst im Ofen verbrannt.

»Das Feuer ist gelöscht!«, sagte Roland.

»Wieso hat es eigentlich gebrannt?«

»Der Brandmeister glaubt, dass irgendjemand in der Gegend Alkohol ausgeschüttet und dann ein Streichholz angezündet hat. Die Ermittlungen laufen noch.«

Die Ermittlungen würden die Feuerwehr möglicherweise zu

dem neu erbauten Schloss auf dem Hügel führen, vermutete Grace.

Sie blickte zur Tür. »Wo ist Louis?«

»Er ist mit Ruby zusammen zurück ins Schloss.«

»Und Charlie ...«

»Ich weiß es nicht«, erwiderte Roland. »Ich hatte gehofft, dass er anrufen würde.«

»Ich habe nicht mehr mit ihm gesprochen, seit er heute Morgen das Haus verlassen hat. Er wusste doch, dass wir heute Abend seinen Geburtstag feiern wollten.«

»Er sucht seinen eigenen Weg, um ein Mann zu werden.« Roland wies mit dem Kopf auf den Briefumschlag auf dem Boden. »Was ist das für ein Brief?«

»Oh, Roland ...«

Die Tränen strömten Grace über die Wangen und sie ließ ihrem Schmerz freien Lauf. Er schlang seine Arme um sie und sie sank an seine Brust.

»Was ist denn los, mein Schatz?«

»Später.« Sie steckte den Brief wieder in ihre Tasche. »Wir reden morgen früh darüber.«

Roland nickte kurz. Er vertraute ihr, auch dann, wenn er es nicht sollte. Jetzt war er einfach todmüde.

Die beiden warteten in der Stille des Abends und beobachteten die Sterne, die Gott über dem See erstrahlen ließ.

Schweigend warteten sie gemeinsam darauf, dass Charlie wieder nach Hause zurückkehrte.

KAPITEL 23

Kleine feurige Lichter, die aussahen wie brennende Kerzen, überzogen den Himmel über dem See und brachten diese dunkle Welt zum Leuchten, dachte Addie. Manchmal fühlte sich ihr Leben unerträglich finster an, doch Gott war immer noch da. Wie sollte sie sich sonst das helle Licht der Sterne in der Dunkelheit erklären? Sie waren wie Blüten auf giftigen Beeren.

Wie das Baby, das in ihr heranwuchs.

Blüten. Babys. Barmherzigkeit.

»Du bist ein Zeichen der Barmherzigkeit Gottes!«, flüsterte sie leise, während sie auf einen Rückruf von Tara Dawson wartete. Das schnurlose Telefon hatte sie auf den Tisch neben sich gelegt. Sie lehnte sich auf ihrem Schaukelstuhl auf der Veranda zurück und legte die Hand auf ihren Bauch. Dann sang sie leise für ihr Baby, das seinen Vater nie kennenlernen würde. Sie wusste nicht, ob es ein Junge oder ein Mädchen werden würde. Sie würde es auch erst herausfinden, wenn das Kind geboren werden würde ... Falls es überhaupt so weit kam.

Sie war auf eine mögliche Fehlgeburt vorbereitet, wie sie es auch schon während ihrer beiden vorherigen Schwangerschaften gewesen war. Lieber bin ich bereit, einen weiteren Verlust zu akzeptieren, als mich selbst in der Hoffnung, Mutter zu werden, zu verlieren, dachte sie.

Doch trotz alledem, was in den letzten drei Monaten geschehen war, war ihr Baby noch immer am Leben und hatte inzwischen laut Mutterpass alle Gliedmaßen vollständig ausgebildet – Hände, Füße und winzig kleine Zehen. Das Einzige, was fehlte, war ein Vater, der das kleine Wesen auf der Welt willkommen heißen würde.

Als Addie jünger gewesen war, hatte sie sich selbst geschworen, ihren Kindern einen Vater zu schenken, der gut zu ihnen sein würde. Einen Vater, der stolz auf seine Kinder sein würde.

War es möglich, dass sie inmitten aller Trauer, inmitten all ihrem Jammer, ausgerechnet dieses Baby gesund zur Welt bringen würde? Sie als Single-Mutter. Genau wie die Frau, die Addie selbst vor mehr als dreißig Jahren zur Welt gebracht hatte.

Sie schaukelte erneut mit ihrem Stuhl. Ein Windstoß fegte Kiefernzweige über den Vorsprung der Veranda und wehte über einen Haufen von Steinen hinweg, den irgendjemand – möglicherweise ein Kind – dort wie Güterwagen an einem Zug aneinandergereiht hatte.

Der steinerne Zug fuhr mit Addies Gedanken wieder zurück nach Sale Creek in die Zeit, in der sie sich mit einem anderen Mädchen ein Zimmer im Heim geteilt hatte und gelernt hatte, ein eigenes Leben zu führen – auf eine ganz andere Art und Weise, wie sie es früher getan hatte. Sowohl ihr Herz als auch ihre Seele hatten Veränderung erfahren, während sie auf einem Nebenfluss des Tennessee gepaddelt war. Damals hatte sie sich noch gewünscht, dass die Strömung sie einfach fortreißen sollte.

Und doch hatte sie sich entschieden, leben zu wollen. Charlie, Emma und andere Menschen in Sale Creek hatten ihr nämlich zu verstehen gegeben, dass ihr Leben wertvoll war. Dass Gott sie aus einem bestimmten Grund erschaffen hatte.

Addie hatte geglaubt, dass ihre Bestimmung darin bestand, eine Gemeinde mit zu leiten, und sie hatte alles dafür getan, um für Peter zu sorgen und Beziehungen zu den jungen Leuten in der Christlichen Gemeinschaft in Knoxville aufzubauen. Addie hatte keine Ahnung, was in ihrem Leben als Nächstes dran war – außer dass sie Emma und Charlie helfen sollte. Vielleicht war es ja das, was Gott mit ihr jetzt vorhatte. Sie konnte helfen, Charlies Leben zu retten, damit er sich weiterhin um die Mädchen in Sale Creek kümmern konnte.

Charlies Leben hatte einen Sinn, das war mehr als deutlich. Und auch in seinem Tod würde ein Sinn zu finden sein, da war sich Addie ganz sicher. Eines Tages würde Charlie sterben – daran musste Caleb sie nicht erinnern. Aber seine Zeit war doch jetzt noch nicht gekommen.

Addie schloss die Augen und dachte an die ersten Monate zurück, die sie nach ihrer Ankunft in Sale Creek im Heim verbracht hatte. Das war jetzt mehr als zehn Jahre her. Sie erinnerte sich an die Wut und die Feindseligkeit, die sie wie glühende Lava über jeden ausgespuckt hatte, der versuchte hatte, mit ihr Freundschaft zu schließen. Ihre Ausbrüche hatten jeden verletzt, der in ihre Nähe gekommen war. Lange war sie nicht in der Lage gewesen, ihre Wut loszulassen. In ihr hatte es immer weiter gebrodelt und nach jedem Ausbruch hatten sich die Hohlräume in ihr wieder mit glühend heißem Magma gefüllt. Doch dann hatte Charlie sie rauchend am Flussufer sitzen sehen, dort, wo der Fluss sich zu einem Bach verengte. Er hatte sich mit einem Beutel aus Stoff in den Händen neben sie aufs Gras gesetzt und sie hatte sich geweigert, ihn anzusehen. Sogar dann, als sie ihm erklärt hatte, warum sie nicht nach Sale Creek gehörte. Und warum er und der Richter sie dort gegen ihren Willen festhielten.

Warum keiner von ihnen sie wirklich verstehen konnte.

»Du hast recht, Adeline«, hatte Charlie gesagt. »Nur du allein weißt, was du alles durchgemacht hast. Niemand hier will dich gegen deinen eigenen Willen festhalten. Wir möchten, dass du Herr über deinen Willen bist, damit du dein eigenes Leben führen kannst.«

Diese Worte hatten einen tiefen Eindruck bei Addie hinterlassen und den brennenden Zorn in ihr ein wenig zur Abkühlung gebracht. Wenn sie es schaffte, irgendwie ihren Willen zu kontrollieren und die brodelnde Glut in ihrem Inneren abzukühlen, konnte sie vielleicht wieder weggehen.

Zu dieser Zeit hatte sie Sale Creek nie wiedersehen wollen. Sie hatte noch nicht einmal den Sonnenaufgang am nächsten Tag sehen wollen.

»Ich habe ein Geschenk für dich.« Charlie öffnete den Beutel in seiner Hand und sie tat so, als würde der Inhalt desselben sie nicht im Geringsten interessieren. Doch schließlich siegte ihre Neugier und sie lehnte sich zu ihm hinüber und fragte sich, was er wohl mit zum Fluss geschleppt hatte.

Dann verdrehte sie die Augen. »Das sind Steine.«

Es war dumm, einen Beutel mit Steinen mit sich herumzutragen, und Charlie wusste das auch. Versuchte er etwa, einen schlechten Scherz zu machen? Sie würde es nicht zulassen, dass er oder irgendjemand anderes sie manipulierte.

»Das sind nicht *irgendwelche* Steine.« Charlie wählte sorgfältig einen Stein aus dem Beutel aus und rollte ihn in seinen Handflächen hin und her, als hätte er irgendwelche magischen Eigenschaften. Dann hielt er ihn ins Licht.

»Das ist ein Unrecht!«, sagte Charlie.

Addie betrachtete den Stein, der an seiner rötlich-grauen Oberfläche silbern glitzerte.

»Was meinst du damit? Was stimmt mit dem Stein nicht?«

»Nichts. Mit dem Stein ist alles in Ordnung.« Er warf ihn in den Fluss. »Das ist einfach ein Unrecht.«

»Du bist so ein ...«

Charlie schüttelte den Beutel. »Da ist noch mehr Unrecht drin.«

Addie starrte ihn an und dachte, dass er jetzt vollkommen verrückt geworden war. »Was du sagst, ergibt überhaupt keinen Sinn!«

»Jedes Mal, wenn uns jemand unrecht tut, haben wir zwei Möglichkeiten, damit umzugehen.« Er hielt den Beutel hoch, als wäre er ein sechsjähriger Junge, der einen Zaubertrick vorführen wollte. »Wir können das Unrecht sammeln und ein ganzes Leben lang mit uns herumtragen. Mit dieser schweren Last würden wir im Leben nicht allzu weit kommen, aber wir könnten jederzeit ein Unrecht aus dem Beutel holen und darüber grübeln, bis wir schließlich bereit sind, uns wirklich damit auseinanderzusetzen.«

Genauso hatte sie sich mit ihren siebzehn Jahren gefühlt. Beladen mit einer Unmenge von Unrecht. So viele Menschen hatten sie schlecht behandelt oder waren sogar grausam zu ihr gewesen. Sie hielt sich selbst für eine Kriegerin, die eine stählerne Rüstung trug, um sich vor weiteren Verletzungen zu schützen. Doch vielleicht war gerade diese Rüstung einer der Gründe, warum sie hier am Ufer saß und sich nicht bewegen konnte.

»Oder ...?«, fragte sie.

Charlie blickte sie an, als hätte er nicht verstanden, was sie meinte.

»Du hast gesagt, wir hätten zwei Möglichkeiten.« Sie seufzte. »Wir können das Unrecht entweder sammeln oder ...«

»Es von uns werfen.« Er nahm einen weiteren Stein aus dem Beutel, holte Schwung und warf ihn ins Bachbett. Der Stein versank unter der Wasseroberfläche. Ein wässriges Grab für Unrecht.

Charlie reichte ihr einen Stein und sie warf ihn schließlich. Der erste landete nach einem eher planlosen Wurf im Wasser und versank. Dann hielt Charlie den Beutel auf und Addie griff mit beiden Händen hinein. Sie nahm so viele Steine wie möglich zwischen ihre Finger.

Dann starrte sie auf all das Unrecht, das wie eine schwere Last auf ihr lag.

Charlie stand auf und trat neben sie. »Gott kann all das wegnehmen, Adeline. Jede einzelne Verletzung. Jede Angst.«

Würde Gott wirklich all das Unrecht in ihrem Leben wegnehmen, wenn sie die Steine in den Fluss warf?

Ich habe keine Angst! – das hatte sie eigentlich sagen wollen. Doch die Wahrheit war: Addie hatte furchtbare Angst. Sie war verletzt und verängstigt.

Dennoch wollte sie all das Unrecht auch nicht immer mit sich herumschleppen. Sie wollte in ihrem Leben frei sein von den Verletzungen, die ihr andere zugefügt hatten.

»Wirf sie weg!«, forderte Charlie sie auf.

Addie warf nicht die ganze Handvoll auf einmal weg. Sie nahm immer nur einen Stein. Mit jedem verband sie eine neue Erinnerung. Die Erinnerung an das, was ihre Mutter über Addies Leben gesagt hatte, das Lachen ihrer sogenannten »Freunde«, wenn sie dachten, dass sie sie nicht hören konnte. Die Aussagen des Richters über ihre Zukunft.

Charlie war zum Flussufer gelaufen, aber er war nicht weggegangen. Nachdem der Beutel leer war, nahm Addie den Felsen, auf dem sie gesessen hatte, und rollte ihn vom Ufer weg. Ihr triumphierender Schrei hallte durch die Luft, als der Felsbrocken in den Bach klatschte und dort versank.

Addie drehte sich um, um nachzusehen, ob der Mann hinter ihr besorgt aussah. War sie vielleicht zu weit gegangen? Sicherlich würde er sie wegschicken, nachdem er gesehen hatte, wie ihre Wut wie Lava aus ihrem Mund und durch ihre Hände geflossen war.

Doch Charlie grinste sie einfach nur an. »Gut gemacht, Adeline!«

Sie sah zurück auf den Fluss und dann auf den Bach, in dem alle Steine versenkt worden waren.

In diesem Moment fühlte sie sich leichter als in ihrem ganzen vorherigen Leben. So leicht, als könnte sie über das Wasser laufen. Oder sogar fliegen. Charlie hatte sie nicht gerettet, aber Gott hatte ihn dazu gebraucht, ihr wieder neues Leben zu schenken.

»Du musst dieses Unrecht jetzt nicht mehr mit dir herumtragen!«, sagte Charlie.

In den kommenden Jahren war sie oft zum Fluss gegangen. Manchmal allein, nur mit einem Beutel voller Steine in der Hand. Manchmal auch mit einem Neuankömmling aus Sale Creek. Einem jungen Mädchen, das ebenfalls eine große Last mit sich herumtrug.

Caleb hatte sie gefragt, warum sie wollte, das Charlie am Leben blieb, anstatt ihn in die Ewigkeit gehen zu lassen. Der Grund war: Sie liebte ihn und Emma über alles. Doch es war noch mehr als nur ihre Liebe zu den beiden. Es war auch Eigennutz im Spiel, Charlie am Leben zu halten. Emma wollte das Heim für Mädchen in Sale Creek nicht alleine leiten. Aber ohne Charlies Vision, sein Herz und seine Leidenschaft, so befürchtete Addie, würde das Heim wohl schließen müssen.

Addies Telefon klingelte und sie schreckte auf. Die Gegenwart war jetzt wichtig, nicht die Vergangenheit, deren Lasten sie bereits losgeworden war. Das Hier und Jetzt zählte.

»Wie geht es Ihnen?«, fragte Tara, als Addie den Anruf entgegennahm.

»Die Hütte ist wunderschön.«

»Ist nichts kaputtgegangen?«

Ein Kiefernast wurde über die Felsen geweht und sie spürte die feinen Nadeln an ihren Fingern. »Nein, drinnen nicht.«

»Das sind ja wunderbare Neuigkeiten. Ihre Sprachnachricht war etwas schwierig zu verstehen.«

Addie blickte hoch zu den Sternen. »Ich hatte gehofft, dass ich über Sie vielleicht Kontakt zu Familie Tonquin bekommen könnte.«

Tara seufzte. »Ich weiß nicht, wo sie leben. Alle meine Geschäfte mit ihnen laufen über einen Rechtsanwalt in London.«

Addie presste ihre Füße auf die Veranda und hielt den Schaukelstuhl an. »London?«

»Ich darf Ihnen den Namen des Mannes nicht sagen. Privatsphäre. Sie wissen schon. Es ist immer ein riesiger bürokratischer Aufwand, wenn ich eine Frage habe.«

»Ihr Auftraggeber erlaubt Ihnen aber, die Hütte als Ferienwohnung zu vermieten?«

»Ja, das stimmt«, sagte Tara. »Im Gegenzug verzichte ich auf die Gebühren. So hat jeder etwas davon.«

»Halb und halb.«

Tara lachte. »So in etwa.«

»Könnten Sie nicht diesen Rechtsanwalt fragen, ob er weiß, was aus den Tonquin-Kindern geworden ist?«

»Es tut mir wirklich leid, aber das ist ganz gefährliches Fahrwasser.«

Mit lautem Getöse versank ein Boot vor Addies innerem Auge im Wasser. Sie konnte beinahe hören, wie es umkippte. Wohltäter, das war es, was die Tonquin-Kinder wohl waren. Wenn Tara das Land selbst kaufen wollte, wie Caleb behauptete, würde sie nicht wollen, dass irgendjemand anderes mit den Angehörigen sprach. Aber das würde Caleb selbst auch nicht wollen.

Addie war jedoch noch nicht fertig. »Was wissen Sie über Louis Lange?«

Es entstand eine lange Pause. Tara war offensichtlich sauer. »Belästigt er sie?«

»Nein ...«

»Er hat versprochen, meine Gäste in Ruhe zu lassen.«

»Caleb meinte, er sei nicht gefährlich.«

Eiskaltes Schweigen drang an ihr Ohr. Sie hatte zu viel gesagt.

Tara schnalzte mit der Zunge. »Ich wusste nicht, dass sie mit Familie Lange befreundet sind.«

»Ich habe mit ihnen Bekanntschaft gemacht.«

»Um 11 Uhr müssen Sie auschecken. Ich erwarte am Samstagabend neue Gäste.«

»Ich will das Grundstück nicht kaufen!«, sagte Addie. Doch Tara hatte bereits aufgelegt.

Morgen früh würde sie mit Louis sprechen. Und danach würde sie wieder nach Hause fahren.

KAPITEL 24

Wo wollte die junge Frau hin? Louis richtete sein Fernglas auf Pinky, die den Tonquin-See entlangeilte, bevor sie zwischen den Bäumen verschwand.

Nichts als Ärger. Das war das Einzige, was sie gebracht hatte. Sie war noch schlimmer als hundert Kinder, die den Weg hierher hinauftrampelten. Noch schlimmer als ... Louis schüttelte den Kopf und ließ das Fernglas sinken.

Nichts war schlimmer gewesen als die Nacht, in der es gebrannt hatte.

Zitternd hielt er sich das Fernglas wieder vor die Augen und versuchte, die Erinnerung loszuwerden, indem er mit seinen Augen den Hügel absuchte. Wenn er doch nur die Frau unter dem Dach der Baumkronen sehen könnte! Aber mit Ausnahme eines Fischreihers, der nach Nahrung suchte, bewegte sich nichts.

Caleb hatte Pinky schon mit ins Haus genommen. Was sollte er tun, wenn sie immer wieder sein Territorium betrat?

Sie sollte einfach in der Hütte bleiben. Oder zurück nach Hause fahren, wo auch immer das war. Sie sollte ihn und das Haus in Frieden lassen.

Plötzlich hörte er hinter sich ein Geräusch und sprang erschreckt auf. Als er sich umdrehte, sah er ein Rehkitz, das sich im Maschendrahtzaun verfangen hatte. Schnell war er bei dem Tier angelangt und wünschte sich, eine Zange zu haben.

»Es wird alles gut!«, sagte Louis sanft und legte seine Hand auf den Kopf des Kitzes.

Das Tier schlug wild um sich und verwickelte sich immer mehr in den Draht, bis Louis ihm schließlich die Augen mit seinem T-Shirt zuband. Dann hörte es auf zu kämpfen. Louis zog vorsichtig den Draht über das Bein des Tieres und entfernte die

Schlinge, die sich um dessen Kehle gelegt hatte. Nachdem er dem Kitz die Augenbinde abgenommen hatte, lief es wieder in Richtung Wald davon. Zu seiner Mutter, hoffte Louis. Zu irgendjemandem, der den Feind von ihm fernhalten konnte.

Louis drehte dem Bergkamm den Rücken zu und lief zu seiner Hütte zurück, um sich dort auf die Bank zu setzen, die er aus einem Baumstamm selbst geschnitzt hatte. Hier konnte er seinen Wodka trinken, sein Gemüt wieder beruhigen und die Gedanken an den Feind loswerden, der kleinen Rehkitzen eine Falle stellte.

Einen Moment lang schloss er die Augen, bis jemand an die Fensterscheibe klopfte. Er sprang auf und suchte mit klopfendem Herzen nach seinem M16-Gewehr. Doch es war nicht da.

Wer hatte es weggenommen?

Der Vietcong stand vor seiner Tür und ...

Seine Gedanken wurden wieder klar und er fasste sich an seine Brust. Die junge Frau mit dem pinkfarbenen Schal stand vor dem Fenster. Niemand richtete ein Gewehr auf ihn.

Versuchte sie, einen Herzinfarkt bei ihm auszulösen? Sie konnte ihn möglicherweise töten, wenn er nicht vorsichtig genug war. Oder sie konnte auch selbst getötet werden.

Die Tür öffnete sich einen Spaltbreit und Louis wich in die Ecke zurück. Die Regenrinne bildete eine Barrikade zwischen ihnen. Der Feind war im Lager und er hatte die Sandsäcke nicht gesichert.

Wie leichtsinnig. Er schlug sich mit der Faust auf die Brust. Wieso war er nur so leichtsinnig gewesen?

Pinky trat ins Haus, als würde es ihr gehören. Sie achtete nicht auf ihn und auch nicht darauf, dass das Haus sein Eigentum war. Er war nicht in ihre Hütte gelaufen und hatte nach Antworten verlangt, warum sie in Rubys Schloss herumschnüffelte. Genauso wenig durfte sie sein Haus betreten.

Was war bloß los mit ihm? Er war Soldat. Infanterist. Er gab vor niemandem klein bei, schon gar nicht vor einer Frau. Ein Faustschlag würde genügen, um sie für den Einbruch in seine Hütte außer Gefecht zu setzen. Tara hatte ihn ermahnt, ihre Gäste in Ruhe zu lassen. Doch was sollte er tun, wenn speziell dieser Gast *ihn* nicht in Ruhe ließ? Hausfriedensbruch. Hätte er ein Telefon gehabt, hätte er die Polizei gerufen und sie angezeigt. Die würde sie dann schon schnappen und sie mitsamt ihrem pinkfarbenen Schal ins Gefängnis stecken.

Er beobachtete sie aus der Dunkelheit heraus. Seine Fäuste zitterten. Er hatte über die Jahre hinweg viele Männer geschlagen und mehrere von ihnen auf Rubys Anwesen fertiggemacht, als er noch ein Kind gewesen war. Aber er hatte nie eine Frau geschlagen.

Konnte er es bei dieser Frau hier? Nur, um ihr ein bisschen Angst einzujagen.

Andere Menschen in Angst und Schrecken versetzen, das konnte er am besten.

Er trat mit erhobenen Fäusten aus der Dunkelheit, als er die Wölbung unter dem weißen T-Shirt der Frau sah.

Ein Baby.

Er stand jetzt direkt vor ihr und starrte sie an. Sie musste bestimmt Angst haben. Er hatte jahrelang seine Haare nicht mehr geschnitten. Oder sich rasiert. Und obwohl er manchmal in Ermangelung eines Badezimmers im See schwimmen ging, hatte er das nicht mehr getan, seit Pinky hier angekommen war.

Warum hatte sie keine Angst?

»Hallo!«, begrüßte sie ihn, als hätte er sie in sein Haus eingeladen. »Ich heiße Addie.«

Es war ihm vollkommen egal, wer sie war. Ihn interessierte nur, warum sie hier war.

»Einer meiner Freunde hat früher einmal hier auf dem Gelände gelebt«, sagte sie. »Ich bin auf der Suche nach seiner Schwester.«

Er musterte sie kritisch und beobachtete, ob sie zurückwich. Gleichzeitig fragte er sich, wen sie hier wohl gekannt hatte. Er und Ruby waren die einzigen Menschen gewesen, die jemals hier gelebt hatten.

Vielleicht meinte sie ja das alte Farmhaus. Alle, die dort gelebt hatten, waren nach dem Brand weggezogen.

Die junge Frau wich nicht zurück. Stattdessen fiel ihr Blick auf einen Stapel Papier, den er jahrelang gesammelt hatte. Einer von diesen lag auf einem Baumstumpf, den er gesäubert und poliert hatte und jetzt als Tisch benutzte.

Die Frau nahm das oberste Blatt in die Hand und überflog den Text. »Was ist das?«

Er nahm ihr das Papier aus der Hand. »Das geht Sie nichts an!«

Doch sie hörte ihm immer noch nicht zu. Sie nahm einen weiteren Stapel Papier und blätterte ihn durch. Ihre Augen weiteten sich. Warum hatte sie keine Angst?

»Das sind Aufzeichnungen über Grace.«

Dieses Mal nahm er ihr die Blätter nicht wieder weg. *Woher wusste sie von Grace?*

»Das sind Aufzeichnungen über sehr viele Menschen«, erwiderte er.

Die nächste Blattsammlung war ein Bericht des AFSC. Die Worte hatte er vor langer Zeit auswendig gelernt. Es ging um den Status von Frankreich während des Krieges. Über die Männer und Frauen, die in der sogenannten Freien Zone gelebt hatten, dem nicht besetzten Teil des Landes. Über die Tausenden und Abertausenden von Kindern – und sogar Babys –, die verhungerten und allein gelassen worden waren.

Niemand sollte einem Kind jemals das Essen wegnehmen. Leute, die das taten, sollten geradewegs in die Hölle fahren.

Louis ließ die Frau nun gewähren. Sie war entschlossen in dem, was sie tat. Und sie hatte seinen Bluff durchschaut. Er würde ihr wegen ein paar Bündeln Papier keine Verletzungen zufügen, auch wenn ihm diese Berichte alles bedeuteten. Sie waren wie die Wurzeln eines Baumstammes, aus denen heraus sich sein Leben entwickelt hatte.

Er hatte die Berichte über Jahre hinweg viele Male gelesen. Die Namen der Quäkerinnen und Quäker aus der ganzen Welt, die nach Südfrankreich gekommen waren, um den Flüchtlingen zu helfen. Männer und Frauen, die in den Lagern Nahrungsmittel und Kleidung verteilt hatten. Und die manchmal über Leben und Tod ihrer Schützlinge entschieden hatten.

Manche dieser Quäker waren wegen ihres Dienstes selbst in Lagern interniert worden. Andere waren zurück nach Hause gegangen. Und wieder andere – wie Grace – hatten kranke Kinder zurückgelassen, die Hilfe gebraucht hätten.

Unter den Papieren waren Anfragen für Vorräte, zusätzliche Arzneimittel und Schuhe für Kinder, die selbst keine hatten. Es waren Aufrufe an Regierungen, endlich aufzuwachen und Nahrungsmittel zu schicken.

Warum hatte es niemanden gekümmert? Er hatte in Vietnam jedes Kind gerettet, das er retten konnte. Er hatte sie durch den Dschungel und über Reisfelder und einmal sogar bis zu einem Helikopter getragen, weil er sich geweigert hatte, dem Vietcong ein Baby zu überlassen.

In diesen Berichten waren auch die Namen der Kinder aufgelistet, die die Quäker aus Europa weggebracht hatten. Sein Name war ebenfalls darunter. Er hatte vor vielen Jahren versucht, Hinweise auf seine eigene Familie zu finden, weil er geglaubt hatte, diese wolle ihn bei sich haben. Doch seine Mutter war bereits an Typhus gestorben. Und sein Vater ...

Louis' Arme begannen wieder zu zittern, als er sich auf einen Stuhl fallen ließ, während er die junge Frau dabei beobachtete, wie sie weiter durch einen Teil seiner Lebensgeschichte stöberte.

Er wusste nicht einmal, ob er Geschwister, Tanten oder Onkel hatte. Niemand hatte ihre Namen aufgeschrieben.

Die einzige Bezugsperson, die er gehabt hatte, war Ruby gewesen.

Er erstarrte, als sich Pinky auf seine Bank niederließ und einen Bericht nach dem anderen las. Sie suchte irgendetwas.

Das ging sie aber alles nichts an! Es waren seine Sachen. Seine Lebensgeschichte, die auf diesen Seiten stand.

Schließlich legte sie die Papiere wieder hin, und blickte ihn an. Ihre Lippen spitzten sich, um eine Frage loszuwerden, doch er hatte seine eigenen Fragen, die er ihr stellen wollte.

»Wie heißt Ihr Freund denn?«, fragte er schließlich.

Sie blickte aus dem Fenster und suchte mit ihren Augen die Bäume ab, als läge in ihnen die Antwort auf die Frage. »Charlie Tonquin«, antwortete sie schließlich. »Erinnern Sie sich an ihn?«

Louis' Beine zitterten, als hätte die Frau auf ihn geschossen. Und jetzt wartete sie nur noch, bis er vom Stuhl zu Boden stürzen würde. So, als ob er schon dem Tod geweiht wäre.

Als er noch sehr jung gewesen war, hatten Grace und Roland ihn eingeladen, mit ihrer Familie Zeit zu verbringen. Sie hatten ihm gesagt, dass Charlie wie ein Bruder für ihn sein konnte. Doch Charlie war kein guter Mensch gewesen. Er hatte versucht, Louis und Ruby und mit ihnen die ganze Familie Tonquin zu zerstören.

Er hatte niemals einen weiteren Bruder gewollt. Auch nicht Jonathan Lange, als Familie Lange ihn adoptiert hatte. Und auch nicht seine Kameraden in Vietnam.

Die junge Frau blickte ihn wieder an. »Ich glaube, Charlie hat in der Nähe des Tonquin-Sees gelebt.«

»*Ich weiß, wo er gelebt hat.*«

Die Augen der Frau weiteten sich und hinter ihrem traurigen Blick strahlte neue Hoffnung hervor. »Haben Sie seine Schwester gekannt?«

Louis betrachtete sie eingehend, um zu sehen, ob sie ihn hereinlegen wollte. Nach allem, was geschehen war, hatte niemand mehr über Charlie oder Marguerite geredet. Die Familie hatte versucht, das Thema unter Verschluss zu halten. Und schließlich waren die meisten, die wie er hier gelebt hatten, in alle Himmelsrichtungen verschwunden.

Mit Ausnahme von Familie Lange. Sie waren noch lange Zeit hiergeblieben, selbst als Ruby und die anderen Flüchtlingsfamilien weggegangen waren.

Addie nahm ein Dokument in die Hand und hielt es ihm hin.

Es war ein Dokument des AFSC-Büros in Lissabon, das Grace eine vorläufige Vormundschaft übertrug. Die Namen, die darauf standen, kannte Louis. *Élias und Marguerite Dupont.*

Grace hatte die beiden geliebt, als wären es ihre eigenen Kinder gewesen. So wie Ruby ihn geliebt hatte.

»*E* steht für Élias«, flüsterte Addie und fuhr mit dem Finger über das Blatt. »Ist das Charlies Name gewesen, als er noch in Frankreich war?«

Louis antwortete nicht.

»Und Marguerite«, sagte die junge Frau mit sanfter Stimme. »*E* und *M*. Das muss seine Schwester gewesen sein. Warum haben Sie diese Papiere aufbewahrt?«

»Sie sind wichtig.«

Addie blickte wieder aus dem Fenster und er hielt seine Hände fest umklammert, damit das Zittern aufhörte.

»Ist Ihnen kalt?«, fragte sie.

Er steckte seine Hände mit den Handschuhen tief in seine Hosentaschen.

Addie betrachtete Louis einen Moment eingehend. Dann blickte sie auf Charlies Dokument zurück und wieder zu ihm, als hätte sie gerade etwas gefunden, nach dem sie gesucht hatte.

»Warum ist Charlie aus Oregon weggegangen?«, fragte sie.

»Weil er jemanden getötet hatte.«

Sie blickte ihn an, als hätte er gerade eine Granate abgefeuert. Er hatte keine Uhr und brauchte auch keine. Aber jetzt hörte er die Sekunden in seinem Kopf ticken und wartete darauf, dass die Granate explodierte.

»Ruby?«, flüsterte Addie leise.

»Das ist nicht Ihr Haus!«, fauchte Louis. »Das hier geht Sie nichts an! Sie dringen hier ein und ...«

»Ich hatte nie einen Vater«, sagte sie. »Ich kannte ihn nicht einmal. Charlie ist wie ein Vater für mich.«

Louis hob beide Hände und rieb sie aneinander. »Sie sind viel zu jung, um seine Tochter zu sein.«

»Dann eben wie ein Großvater.«

»Also ist er noch am Leben ...« Wenn Louis jemals jemanden hatte verletzen wollen, dann war es Charlie Tonquin gewesen. Charlie hatte alles gehabt und trotzdem hatte er alles einfach weggeworfen.

»Ich vermute, dass es irgendwann einmal eine Zeit gab, in der er gut zu Ihnen war«, sagte Addie, als könnte sie ihn davon überzeugen, dass diese Lüge wahr war.

Konnte sie seine feindseligen Gedanken lesen?

Ruby hatte früher Menschen, die Gedanken lesen konnten, auf ihr Schloss eingeladen. Das war für ihre Gäste ein Novum gewesen. Sie wären aus Hollywood hierhergekommen, um dem Rampenlicht zu entfliehen und Landluft zu schnuppern, hatten sie immer gesagt. Dann hatten sie einen Ausflug zur Farm gemacht. Solange sie Ruby den ihr gebührenden Respekt gezollt hatten, hatte diese fast jeden Menschen aus Kalifornien zu ihren Spielchen eingeladen.

Doch keiner von ihnen hatte sie wirklich gemocht. Sie hatten sich bei Ruby eingeschmeichelt, wie es die jeweilige Situation gerade erforderte, manchmal sogar auf extravagante Art und Weise. Doch er hatte gehört, wie sie hinter verschlossenen Türen miteinander geflüstert und gelacht hatten, wenn Ruby sie nicht hören konnte. Sie hatten sich über die Ausstattung des Hauses und über ihre Kleider lustig gemacht. Und währenddessen hatten sie sich von Ruby das Essen auftischen lassen und in ihren Betten geschlafen.

Sie nutzt dich nur aus.

Das hatte einer von Rubys Gästen einmal zu ihm gesagt.

Louis schüttelte den Kopf. Ruby hatte ihn wie einen eigenen Sohn geliebt. Sie war nie gemein zu ihm gewesen, als er noch ein kleiner Junge gewesen war. Außer in dieser einen Nacht vor langer Zeit. Ein Gast war in der Nacht in Rubys Schlafzimmer eingedrungen. Zumindest hatte Louis das gedacht. Und der Mann hatte Ruby wehtun wollen.

Louis hatte den Mann schließlich mit einem Baseballschläger bedroht, doch den hatte er ihm gleich wieder aus der Hand gerissen. Er hatte ihm vor Rubys Augen direkt ins Gesicht gelacht, bis ihm die Tränen in seine hässlichen Augen getreten waren. *King Kong* hatte er ihn genannt. Dann hatte der hässliche Typ zu Ruby hinübergeblickt, die unter ihrer Bettdecke lag, und sie hatte ebenfalls gelacht.

Louis war gekommen, um sie zu verteidigen, und sie hatte ihn ausgelacht.

Jetzt würde der Mann nicht mehr lachen. Keiner von ihnen würde jetzt lachen.

»Wissen Sie, wo Marguerite hingezogen ist?«

Der Boden unter seinen Füßen verwandelte sich in knorrige Äste, er blieb mit seinen Fußknöcheln an Weinreben hängen, der Schweiß vernebelte ihm die Augen. Um ihn herum roch er den Gestank von toten Tieren, Soldaten in schmutzigen Uniformen und den Brandgeruch von Napalm.

Dann fiel ein Schuss. Er kam aus dem Wald.

Wo war sein Gewehr?

Louis duckte sich im Schutz der Bäume und suchte mit den Augen nach einem Loch im Boden, dem getarnten Eingang zu einem der Tunnel. Der Vietcong – nein, *Charlie* – versteckte sich zwischen den Weinreben im Dschungel, direkt neben den Ameisen.

Ein weiterer Schuss fiel und der Soldat neben Louis sank getroffen zu Boden.

Jetzt waren sie Louis auf den Fersen und schwärmten aus wie die Feuerameisen. Sie richteten ihre Waffen direkt auf seinen Kopf. Ein weiterer Soldat stolperte. Eine Explosion folgte. Die mit einem Draht verbundene Granate nahm dem Mann das Leben.

Louis musste sich zurückziehen. Sich verstecken. Doch er konnte den Blick nicht vom Stiefel seines Freundes abwenden.

Niemand sollte so sein Leben verlieren.

Niemand.

»Louis?«

Seine Füße setzten sich automatisch in Bewegung und flohen vor dem Feind, bis sie auf einen Zweig traten. Er fiel in einen Graben, in dem Wasser stand. Um seinen Kopf schwirrten Moskitos, die Malaria übertrugen. Er suchte seine Umgebung nach Pythons und Giftnattern ab, die einen Mann genauso schnell wie eine Granate töten konnten.

Über ihm wirbelte Laub durcheinander. Sie kamen näher ...

»Es ist nur ein Zweig!«, sagte jemand. »Er schlägt gegen die Fensterscheibe.« Die Stimme einer Frau. Sie redete mit ihm. Auf Englisch.

Was hatte eine Amerikanerin im Dschungel verloren?

Er blinzelte und blickte wieder auf den schrägen Holzrahmen über seinem Kopf. Das Fenster klapperte.

»Es ist nur ein Zweig«, wiederholte die Frau. »Von den Kiefern.«

Natürlich war es nur ein Zweig. Was dachte sie denn?

Die Frau stand an seiner Küchenzeile und füllte eine Tasse mit Wasser.

»Wodka!«, sagte er und zeigte mit seinem zitternden Finger auf das Regal mit den staubigen Flaschen.

Sie reichte ihm das Wasser und er trank es in einem Zug leer.

»Wodka!«, wiederholte er. Er wollte, dass sie die Flasche holte, damit er sie selbst nicht fallen lassen konnte, wie es das letzte Mal passiert war. »Bitte.«

Sie verschränkte die Arme vor der Brust. »Wo waren Sie denn gerade?«

Er fluchte. Es ging sie überhaupt nichts an. Und es kümmerte sie doch sowieso nicht. Sie wollte Informationen über Charlie Tonquin haben, während er selbst von einer ganzen Truppe von Charlies verfolgt wurde, egal ob er wach war oder schlief.

Er musste weder ihr noch irgendjemand anderem etwas über Vietnam erzählen. Keiner würde ihn verstehen.

Addie ging zur Tür. »Ich bin gleich wieder da.«

Auf Nimmerwiedersehen!

Er verbarrikadierte die Tür mit einem Stuhl und blickte dann zurück zu dem Stapel mit den Dokumenten, für die die Frau sich so interessiert hatte. Sein Blick fiel auf die oberste Seite.

Es war seine Geburtsurkunde. Das Original aus Riom, dem Ort, an dem er geboren war. Nachdem Grace ihn in Frankreich zurückgelassen hatte, hatte sie seine Geburtsurkunde mit nach Amerika genommen.

Louis Blanc. Das war sein Name gewesen, bevor er Louis Lange geworden war. Ein blankes Weiß inmitten eines Meeres aus bunten Farben. Und trotzdem war er ein direkter Nachfahre eines Königs. Das hatte Ruby jedem erzählt, der es hören wollte.

Bring mir meinen Wodka.

Auch das hatte Ruby immer gesagt.

Er trug den Stuhl von der Eingangstür wieder zur Küchenzeile. Über der Spüle befand sich ein Regal, in dem Caleb seine Drinks für ihn aufbewahrte. Es waren nur noch vier Flaschen übrig. Sie standen in einer Reihe wie Soldaten, die auf seinen Befehl losmarschieren würden. Er achtete auf sie wie ein General. Er war nicht bereit, auch nur eine von ihnen zu opfern, es sei denn, der Feind griff an.

Louis nahm eine Flasche aus dem Regal und entkorkte sie. Er nahm einen großen Schluck, während er sich mit der Hand am Regal abstützte. Die Erinnerungen an Vietnam verblassten. Doch nun tauchten an ihrer Stelle Erinnerungen aus seiner Kindheit auf.

Bring mir meinen Wodka.

Er nahm einen weiteren Schluck.

Wie er diese Worte gehasst hatte, als er älter geworden war. Als wäre er Rubys Diener gewesen, obwohl er eigentlich ihr Sohn hatte sein wollen. Aber er hatte immer getan, was Ruby von ihm wollte. Immer ...

Er geriet auf dem Stuhl ins Taumeln und streckte seine Hand aus, um einen Sturz zu verhindern.

Das Regal rutschte nach rechts und riss die Flaschen mit sich. Eine nach der anderen fiel wie Bomben aus einem Kampfhubschrauber, explodierte auf dem Holzboden und wirbelte Scherben in die Luft.

Louis starrte auf das Chaos am Boden und hielt die letzte noch übrig gebliebene Flasche fest umklammert an seiner Brust.

Bring mir meinen Wodka.

Er nahm noch einen kräftigen Schluck, während er vom Stuhl stieg.

Ruby würde wollen, dass er ihr ihren Drink brachte.

Und sie würde ihm wie immer ein bisschen davon abgeben.

KAPITEL 25

»Was machst du hier?« Grace stieß die Tür mit ihrer Hüfte auf und blickte sich in der verlassenen Hütte um. Auf dem Fußboden verstreut lagen Zigarettenstummel, unter dem Sofa lugte ein Teil einer Zeitschrift hervor und zwei Jungen im Teenageralter saßen mit überkreuzten Beinen auf dem Holzfußboden.

Feuer und Eis. So hatte Roland Charlie und Kirk beschrieben. Charlie ein glimmendes Rot. Kirk ein kühles Blau. Wenn die beiden Zeit miteinander verbrachten, veränderte sich Grace' Sohn und das Rot wurde zu einer lodernden Flamme.

Charlie schob die Zeitschrift mit seinem Fuß unter das Sofa. »Wir lernen gerade.«

»Na, ihr seid ja sehr in eure Hausaufgaben vertieft.«

Kirk kicherte und sie hätte ihn am liebsten zurück nach Hause getrieben. Dann würde sie Roland dorthin schicken, damit er Löcher in die Reifen von Kirks innig geliebter Harley-Davidson stach. Dann würde Kirk nicht mehr mit aufgedrehtem Radio auf ihrem Grundstück auftauchen und Charlie auf der Harley zum Surfen an die Küste mitnehmen. Denn Charlie sollte sich eigentlich um die Schule kümmern oder Roland auf der Farm helfen.

Sie hatte mit Roland darüber gesprochen, Kirk den Zutritt zu ihrem Grundstück zu verbieten. Doch mit drei Flüchtlingsfamilien, die noch auf dem Gelände lebten, war es schwer zu kontrollieren, wer hier wen besuchte.

Die Hütte lag in der Nähe von Rubys Haus zwischen den Bäumen versteckt. Ihre Mutter duldete fremde Menschen eigentlich nicht so gerne in der Nähe ihres Hauses, doch die Hütte war in den Zeiten benötigt worden, in denen die Gemeinschaft auf dem Gelände zahlenmäßig gewachsen war und beinahe hundert Flüchtlinge hier gelebt hatten. Jetzt lebte hier niemand mehr.

Manche Kinder nutzten die Hütte noch zum Spielen, aber diese beiden hier, mit ihren siebzehn und neunzehn Jahren, spielten ja nicht mehr.

Einer der Zigarettenstummel glühte noch und Grace trat ihn mit dem Fuß aus. »Wenn ihr nicht aufpasst ...«

Sie verstummte und betrachtete die beiden Teenager wieder, die ihre langen Beine auf dem schmutzigen Fußboden ausgestreckt hatten. Keinen von ihnen kümmerte es, dass Grace sie hier inmitten ihres Unrats gefunden hatte.

Waren sie etwa für den Brand im letzten Monat verantwortlich gewesen? Charlie war damals mitten in der Nacht nach Hause gekommen. Seinen Geburtstag hatte er längst vergessen. Sie hatten nie herausgefunden, wo er gewesen war oder wer den Brand verursacht hatte.

Eine Erinnerung schoss Grace ins Gedächtnis. Vor mehr als zwanzig Jahren waren ihre Mutter und eine Gruppe ihrer sogenannten »Freunde« hinter einem Vorhang aus Rauch in einem extravagant eingerichteten Raum mit langen Wandteppichen verschwunden. Ihr Gelächter war nur von einem gluckernden Geräusch unterbrochen worden, wenn neuer Alkohol in die Gläser eingeschenkt wurde. Grace hatte das Gelächter so sehr gehasst, während sie sich mit irgendeiner schlafenden Katze auf dem Schoß unter einer Treppe versteckt und sich vor der Person gefürchtet hatte, die sie dort finden würde.

Dann war ihre Mutter plötzlich mit einem glühenden Zigarettenstummel, den sie wie einen Zauberstab in der Hand hielt, aus dem Rauch aufgetaucht. Irgendjemand begann, auf dem Klavier herumzuhämmern. Die Gäste tranken gierig ihren Alkohol und lachten, bis Ruby, die kaum noch aufrecht stehen konnte, Grace aus ihrem Versteck zog und mit ihrer Tochter zu tanzen versuchte.

Die Party hatte an diesem Abend mit einem unerwarteten Besuch der Polizei geendet. Grace hatte an diesem Tag gelernt, dass Alkohol Menschen dazu brachte, die dümmsten Dinge zu tun. Dinge, die sie am nächsten Tag oft bereuten.

Die Polizei hatte damals mit Grace' Großeltern telefoniert und ihr Großvater hatte Grace ein letztes Mal abgeholt und sie mit nach Oregon genommen.

»Ich elender Wicht!«, skandierte Charlie in Nachahmung von Kapitän Haddock aus »Tim und Struppi«. Er saß noch immer wie betäubt am Boden. Doch dieses Mal konnte Grace nicht über seine Imitation lachen. Stattdessen griff sie zu einem Pillengläschen, das auf dem Tisch stand. *Benzedrin-Sulfat* – die amphetaminhaltigen Tabletten, die Ruby schluckte wie Aspirin. Angeblich, um wach zu bleiben, wie sie sagte. Doch Grace hatte den Verdacht, dass ihre Mutter die Pillen eher nahm, um ihr Gewicht zu kontrollieren und ihren Energielevel hochzuhalten, besonders dann, wenn sie ihre wenigen Gäste beeindrucken wollte, die noch immer aus Hollywood anreisten.

Wenn Ruby doch nur endlich erkennen würde, wie Gott sie sah und wozu er sie geschaffen hatte, anstatt ihr Leben so sinnlos zu vergeuden!

Grace steckte das Fläschchen mit den Tabletten in ihre Tasche. »Ich bringe die hier zurück.«

Charlie zuckte teilnahmslos mit den Schultern und wickelte die Hosenbeine seiner ausgebeulten Levis-Jeans nach oben. Er lief an diesem Nachmittag im Frühling barfuß herum. Den von Tim inspirierten braunen Mantel gab es längst nicht mehr. Charlie hatte ihn durch ein einfaches weißes T-Shirt und eine burgunderfarbene Mütze ersetzt.

An manchen Tagen schien es, als sei ihm das Leid aus dem Krieg über den Atlantik hinweg gefolgt, und Grace wünschte sich nichts mehr, als ihm dabei helfen zu können, die dunklen Schatten zu vertreiben.

Der Brief, der aus London eingetroffen war, würde erneut alles verändern.

Grace warf einen Blick auf den Kamin und den kleinen Kühlschrank sowie die Spüle hinten an der Wand. Weiter hinten in der Hütte befanden sich ein Schlafzimmer und ein Bad, im Dachgeschoss waren normalerweise die Kinder untergebracht. Die Hütte bot genügend Platz für eine weitere Familie, doch die Gemeindeältesten benötigten die Hilfe der Tonquins inzwischen nicht mehr. Grace wäre es lieber gewesen, sie hätten die Hütte abgerissen. Doch nun rauchten die beiden Jungs hier drin und schluckten Rubys Pillen, als handele es sich dabei um Bonbons. Und sie schmiedeten irgendwelche Pläne – da war sich Grace sicher.

Der Junge, der ihr einst die treueste Stütze gewesen war und ihr und den anderen geholfen hatte, vor dem sicheren Tod in Frankreich zu fliehen, schien in letzter Zeit dem Bösen verfallen zu sein. Grace machte das Angst.

Sie hatten es einmal geschafft, dem Bösen zu entrinnen. Doch Charlie – nein, sie alle – hatten es nun ein zweites Mal nötig, davon befreit zu werden.

Grace hielt das Geschichtsbuch hoch, das sie zu Hause auf Charlies Schreibtisch gefunden hatte. »Du hast doch gesagt, dass du für den Test in Geschichte lernen willst.«

Charlie winkte ab. »Das kann ich doch alles schon.«

Grace hätte beinahe gesagt, dass Tim und Struppi nicht zählten, doch dann hätte Charlie nur damit argumentiert, dass in den Abenteuergeschichten des jungen Reporters ein hoher Bildungswert steckte.

Sie war nicht hierhergekommen, um Charlie in Verlegenheit zu bringen. Sie war hierhergekommen, um ihn ein zweites Mal zu retten. Nur dass er dieses Mal nicht vor den Nazis davonlaufen musste. Es machte ihr Angst, dass er nicht davor zurückschreckte, Schuld auf sich zu laden, und sie fürchtete, dass das Böse ihn noch weiter umgarnen und ihn am Ende gar töten könnte.

»Es ist Zeit, nach Hause zu gehen, Charlie.« Grace stieß die Tür ein kleines Stück weiter auf. »Ihr könnt euch ja später wieder treffen.«

»Bei allem Respekt, M-Miss Tonquin.« Kirk, der wie weggetreten wirkte, nahm einen langen Zug von seiner Zigarette. »Er m-muss Ihnen nicht gehorchen.«

»Ich fürchte, wir beide haben unterschiedliche Definitionen von Respekt.«

»Dann müssen wir uns ja gegenseitig nichts vorspielen.« Kirk warf den Zigarettenstummel auf den Holzboden und trat ihn mit seinem Stiefel aus. »Charlie und ich fahren jetzt zu mir nach Hause.«

Grace verschränkte die Arme vor der Brust und dachte gar nicht daran, dem Halbstarken vor ihr nachzugeben. Er war ein Halunke. So hatte Roland ihn genannt, als ob die beiden als Mitglied eines Motorradclubs die Straßen im Hinterland Oregons unsicher machen würden.

»Charlie kommt mit mir nach Hause!«, erwiderte Grace.

Kirk sprang auf und stellte sich vor sie. Er war deutlich größer als sie und breit wie der Türrahmen. »Heute nicht, M-Miss T.«

Grace bewegte sich keinen Millimeter von ihrem Platz. Vor fünf Jahren hatte sie mit Offizieren in einem französischen Zug verhandeln müssen. Kirk konnte sagen, was er wollte. Charlie würde die Hütte nicht mit ihm zusammen verlassen.

Kirk durchbohrte Grace mit seinem Blick. Als sie nicht zur Seite wich, öffnete er das Fenster an der Vorderseite der Hütte. Charlie stieg durch das Fenster nach draußen und Kirk folgte ihm. Die beiden rannten zu dem staubigen Motorrad, das an dem schmalen Pfad geparkt war, der durch den Wald führte.

Was sollte sie jetzt nur tun? Sie war zu klein, um ihn niederzuringen. Er würde sie innerhalb einer Sekunde überwältigen und das Farmhaus war zu weit weg, um Roland zu holen.

»Grace?« Rubys Stimme hallte zwischen den Bäumen hindurch. Ihre Mutter war die letzte Person, die Grace jetzt sehen wollte.

Ruby trat hinter einer Reihe von Kiefern hervor wie auf ihre ganz persönliche Bühne. Sie trug ein festliches Satinkleid und Schuhe mit Absätzen und betrachtete die beiden Jungen argwöhnisch. »Wo wollt ihr hin?«

Während Charlie hinter Kirk auf das Motorrad stieg, baute

sich Ruby vor den beiden auf. Ihre hohen Absätze versanken im Schlamm. Sie signalisierte mit ihren Händen, dass sie stehen bleiben sollten, als Kirk den Anlasser betätigte.

»Diese Unverschämtheit muss endlich aufhören!« Ruby blickte zwar Charlie an, ihre Worte waren jedoch an Grace gerichtet.

»Und was soll ich deiner Meinung nach machen?«

»Zeig ihm, wer hier der Chef ist.«

Charlie hatte Grace die letzten mehr als fünf Jahre immer respektiert, ja sie sogar geliebt, als wäre sie für ihn und seine Schwester tatsächlich wie eine Mutter gewesen. Sie hatte ihm noch nie zuvor die Stirn bieten müssen.

»Charlie ...«

Er blickte sie an, doch Grace bemerkte die Feindseligkeit nicht, die aus seinen schönen Augen hervorschnellte. Diese heftige Wut, die an die Stelle von Mut oder Sorge getreten war. Wie um alles in der Welt sollte sie einem Siebzehnjährigen, der um sein Überleben gekämpft hatte, klarmachen, dass sie das Sagen hatte?

Sie konnte ihn nicht mehr davon überzeugen, dass er gerade dabei war, sein Leben zu zerstören. Das war Rolands Aufgabe. *Ihn* respektierte Charlie immerhin noch.

»Ich gehe nicht nach Hause!«, sagte er. »Nicht jetzt, nicht morgen. Gar nicht mehr. Du bist nicht meine Mutter.«

Damit hatte er recht. Sie hatte ihn nicht zur Welt gebracht und war noch nicht einmal in der Lage gewesen, ihn zu adoptieren. »Du stehst unter meiner Vormundschaft, bis du achtzehn bist!«

Oder zumindest so lange, bis seine französische Mutter über den Atlantik zu ihnen kam.

Charlie kicherte. Wahrscheinlich stand er unter dem Einfluss der Pillen oder von irgendetwas anderem. »Die Polizei wird mich auch nicht dazu bringen, nach Hause zu gehen.«

In Grace' Magen bildete sich ein Knoten. Alles in ihr wollte Charlie von den Verstrickungen befreien, in denen er sich befand.

»Ich bitte dich, Charlie.« Sie verhielt sich eher wie ein Bettler, nicht wie ein Boss. Aber das war Grace ziemlich egal. Sie würde auf die Knie gehen, wenn nötig. Oder sich ausgestreckt vor ihm in den Schlamm legen, wenn er nur mit ihr nach Hause kommen würde.

Kirk betätigte erneut den Anlasser, um die Maschine zu starten, und Charlie setzte sich hinten auf den Sitz. Das Geräusch ließ alles in Grace erschaudern.

Charlie blickte nicht zurück, als Kirk mit ihm davonfuhr. Er hatte sich noch nicht einmal von ihr verabschiedet.

Sie hatte sich entschieden, Charlie als ihren Sohn anzunehmen, als sie ihn zu sich nach Hause gebracht hatte. Sie hatte versprochen, sich um ihn zu kümmern, als ob er ihr eigenes Kind wäre. Doch er hatte sich nicht für sie entschieden.

Grace gab ihrer Mutter das halb leere Pillenfläschchen zurück und Ruby schüttelte den Kopf, als wäre es Grace gewesen, die versagt hatte.

»Louis würde so etwas niemals tun!«, sagte Ruby. Grace fühlte sich wieder wie ein Kind, das sich unter der Treppe versteckte.

Das hier war ein entscheidender Moment. Doch sie wusste nicht, was sie als Nächstes tun sollte.

KAPITEL 26

»Hoch mit dir!«, sagte Caleb, als er Louis wieder auf seine Füße stellte.

Der ältere Mann stützte sich auf Caleb, als wäre dieser ein Spazierstock. Er wackelte noch etwas, als er versuchte stehen zu bleiben. Um seine Stiefel herum lagen Glasscherben auf dem Fußboden. Überbleibsel eines Versprechens, das keine Flasche hatte halten können.

»Ich helfe Ihnen.« Addie machte einen Schritt nach vorne und streckte ihren Arm aus. Doch Louis stieß sie weg. Addie stolperte nach hinten und wäre beinahe über die Glasscherben gefallen. Caleb konnte sie nicht auffangen, ohne dabei Louis fallen zu lassen. Doch seine Schulter bremste Addies Sturz ab.

Sie stützte sich mit einer Hand auf die Küchentheke. Als ihre Füße wieder festen Halt hatten, sah sie nur Calebs freundlichen Blick auf ihr ruhen. Er hatte Mitleid mit seinem Onkel und mit ihr. *Weil sie es nicht verstanden hatte.*

Louis hatte in Vietnam gekämpft, hatte Caleb ihr auf dem Weg hierher erklärt. Er war in Kampfhandlungen verwickelt gewesen, hatte mitansehen müssen, wie seine Kameraden einen furchtbaren Tod erlitten hatten, während sie innerhalb weniger Sekunden hatten entscheiden müssen, ob ihr Gegenüber ihr Freund oder ihr Feind war. Nur ein falscher Schritt, eine falsche Entscheidung und Louis wäre ebenfalls tot gewesen.

Kein Wunder, dass er Angst hatte.

Der Mann humpelte weiter. Caleb passte sich perfekt seinem Schritt an, als hätte er das schon viele Male gemacht.

»Sie werden dich töten, Junge.« Louis hatte die Augen vor Furcht weit aufgerissen und seine Lippen zwischen seinem ungepflegten Bart waren vor Schreck wie eingefroren.

Caleb schüttelte den Kopf. »Niemand von uns wird hier heute sterben.«

»Dieser Charlie wird dich umbringen ...« Louis' Stimme wurde leiser, als Caleb und er um den Kamin herumgingen. Nach hinten ins Schlafzimmer, vermutete Addie.

Addie betrachtete die Wodkapfützen am Boden und die Scherben auf dem Teppich. Sie waren wie ein Abbild des gebrochenen Mannes, der hier lebte. Doch der Rest der Hütte war schön eingerichtet. Eine Holzbank stand neben dem Panoramafenster, daneben mehrere Kisten und ein Baumstumpf, der als Tisch diente. Alte Zeitschriften lagen gestapelt auf dem Fußboden unter einer Art Schrein für Ruby Tonquin, der mit Fotos aus dem Fotostudio, Preisen und Titelbildern von Zeitschriften geschmückt war. Eine rote Lichterkette war oben und unten um die Bildergalerie gewunden. Die jeweiligen Rahmen waren zwar von Staub bedeckt, doch das Glas war sauber.

Das hier war Louis' Privatleben und Addie war wieder einmal einen Schritt zu weit gegangen.

Sie hatte ihn bis an seine Schmerzgrenze gebracht.

Warum hatte sie nicht aufgehört, als er im Begriff gewesen war zusammenzubrechen?

Sie hätte gar nicht erst hierherkommen sollen. Sie hätte besser sofort gehen sollen, als er sie dazu aufgefordert hatte. Schon lange bevor sie losgerannt war, um bei Caleb zu Hause Hilfe zu holen.

In einem kleinen Schrank fand Addie zwischen Topfen, Vogelfutter und Kartoffelsäcken einen Besen und eine Kehrschaufel. Während sie auf Caleb wartete, fegte sie die Glasscherben zusammen und legte sie in einen Karton, der nun als Mülleimer diente. Wallace beobachtete sie von der anderen Seite des Fensters aus.

Caleb war mit dem Mann so viel freundlicher umgegangen als sie. Sie hatte sich in seine Privatsphäre hineingedrängelt, um Informationen über Familie Tonquin zu finden. Zunächst hatte sie gedacht, er habe einen Herzinfarkt erlitten, als er auf dem Fußboden zusammengebrochen war. Doch dann hatte sie festgestellt, dass er mit seinen Gedanken offenbar ganz woanders gewesen war.

In Vietnam im Jahr 1968. Das wusste Addie jetzt. Es war das schlimmste Jahr des ganzen Krieges gewesen, hatte Caleb gesagt.

Der Fußboden war wieder sauber, als Caleb erneut in das kleine Wohnzimmer trat. Er blieb stehen, um ein schräg hängendes Bild mit einem Schwarz-Weiß-Portrait von Ruby wieder gerade zu richten.

»Es tut mir leid!«, sagte Addie. »Er war erst vollkommen klar hier bei mir und dann war er mit seinen Gedanken plötzlich ganz woanders.«

Caleb setzte sich auf die Bank und stützte die Ellbogen auf seinen Oberschenkeln ab. »Der Vietnamkrieg verfolgt ihn, wo immer er auch hingeht.«

Sowohl Louis als auch Charlie waren im Grunde genommen Jungen, die vor langer Zeit den Nazis entkommen waren und nun unsichtbare Kämpfe ausfechten mussten. In gewisser Weise waren sie wie Brüder. »Ich kann mir gar nicht vorstellen, was er alles gesehen haben muss.«

Caleb betrachtete den rußverschmierten offenen Kamin. »Louis hat die Hütte hier renoviert, nachdem er aus Vietnam zurückkam. Mein Vater sagte, dass er schon immer viel Talent beim Bauen gezeigt hat.«

»Louis erzählte, dass er Charlie gekannt hat.«

Und Marguerite. Da sie jetzt endlich den Namen von Charlies Schwester wusste, würde sie sicherlich in der Lage sein, sie oder ihre Familie zu finden.

»Hat mein Onkel dir gesagt, warum Charlie aus Oregon weggegangen ist?«

»Er sagte, dass Charlie jemanden umgebracht hat.« Addie ging zum Fenster. »Ich glaube aber, dass er über den Vietcong gesprochen hat.«

Caleb rieb sich das Kinn. Seinen Bartansatz hatte er am Morgen abrasiert. »Es tut mir leid, aber in den 1940er-Jahren ist auf diesem Gelände hier wirklich jemand gestorben.«

Addie konnte den Gedanken nicht ertragen, dass Charlie wirklich jemandem das Leben genommen hatte. »Ich will einfach nur Marguerite finden.«

Caleb blickte sie noch einmal eingehend an, als würde er gerade eine Entscheidung treffen. »Louis wird noch ein paar Stunden schlafen.«

Addie sah wieder zu Wallace auf der anderen Seite des Fensters hinüber. »Ich gehe wieder zurück zur Hütte.«

»Es gibt noch etwas, das du vorher unbedingt sehen solltest ...«

»Was denn?«

»Einen Grabstein«, erwiderte Caleb. »Weiter hinten im Wald.«

KAPITEL 27

Wie sehr sie das Geschrei hasste! Die beiden Männer, die Grace mehr liebte als ihr eigenes Leben, hätten auch an einem Stierkampf teilnehmen können. Charlie als Stier, der von Worten gereizt wurde, und Roland als Matador, der den Stier mit seinem Mantel ablenkte.

Keiner der beiden wollte den jeweils anderen töten – das sagte sich Grace immer wieder. Der eine wollte wild brüllend und ungezähmt durch die Arena, ihr Zuhause, toben. Der andere versuchte, seine Wut zu unterdrücken.

Nachdem Charlie eine Woche lang bei Kirk gewohnt hatte, war er früh an diesem Morgen zurückgekommen, um seine Sachen abzuholen. Grace stand vor Charlies Schlafzimmertür, während Roland drinnen versuchte, mit dem Jungen zu reden. Er erinnerte ihn daran, dass sie beide ihn liebten. Er bat ihn zu bleiben.

»Deine Mutter hat dich gerettet!«, sagte Roland. »Damit du leben kannst.«

»Sie ist nicht meine Mutter.«

Ein lautes Rumpeln ertönte aus Charlies Zimmer, als er seine Kleidung in einem Seesack verstaute. Grace lehnte sich an die Wand im engen Flur des Hauses. Seine Worte verletzten sie einmal mehr. Sie hatte Charlie zwar nicht zur Welt gebracht, doch sie liebte ihn, wie sie ein Kind nur lieben konnte.

Was war geschehen, dass er sie nun so sehr hasste? Sie hatte für ihn und Marguerite doch nur das Beste gewollt. Der Gedanke daran, dass seine französische Mutter zurückkehren konnte und Grace Charlie wieder hergeben musste, war bereits schwer genug. Doch seine Zurückweisung war mehr, als sie ertragen konnte.

Roland versuchte es noch ein zweites Mal. »Grace hat dich gerettet ...«

»Ich habe sie nie darum gebeten.«

»Und jetzt wirfst du all das weg.«

»Ihr wisst doch gar nicht, was ich will!«, brüllte Charlie.

»Du wurdest für etwas Großes erschaffen, Charlie. Gott hat ...«

Charlie fauchte. Sie konnte es bis in den Flur hinein hören. »Gott hat überhaupt nichts für mich getan!«

War es falsch gewesen, ihn über die Berge zu bringen und ihn dann in dieses fremde neue Land mitzunehmen? Vielleicht war es Gottes Plan für Charlie gewesen, in Frankreich zu bleiben. Nicht um zu sterben – das konnte sich Grace auf gar keinen Fall vorstellen. Aber vielleicht, um anderen Menschen in Europa helfen zu können. Stattdessen war er auf einen anderen Kontinent gereist, wo er weder mit der Sprache noch den Menschen zurechtkam und wo er auch niemals wirklich hingepasst hatte.

Ihr Inneres zog sich zusammen, allein der Gedanke machte sie krank. Sie hatte ihm doch nur helfen wollen. Hatte sie einen Fehler gemacht, als sie versucht hatte, Gottes Wegen zu folgen?

Sie war kurz davor, hinter Roland ins Zimmer zu stürmen und den Kampf der beiden zu beenden. Doch sie war wie das rote Tuch, das vom Stock des Matadors herabhing. Der Stier würde geradeaus aus der Tür stürmen, wenn sie jetzt hereinkäme.

Stattdessen ließ Grace sich auf den Teppich sinken. Ihr Herz war zerrissen, während die Stimmen auf der anderen Seite der Wand sich zu einem dumpfen Grollen abschwächten. Grace schloss ihre Augen und konnte förmlich das Licht – Marguerites Farben – sehen, das in dem Kampf durcheinandergewirbelt wurde.

Rote, orangefarbene und gelbe Blitze. Eine wahre Feuersbrunst aus Farben.

»Der Herr ist mein Licht und mein Heil; vor wem sollte ich mich fürchten?«

Sie alle brauchten das Licht ihres Herrn so sehr, um gerettet zu werden!

Heute Abend würde sie Madame Dupont einen Brief schreiben und sie nach Oregon einladen. Vielleicht würde Charlie ja auf sie hören. Vielleicht würde er sogar glücklicher sein, wenn er bei ihr in London leben konnte.

Aber Marguerite ...

Anders als ihr Bruder war sie auf der Tonquin-Farm aufgeblüht. Sie liebte die Tiere, die Gärten und das Atelier, das Roland für sie gebaut hatte. Sie verbrachte Stunden in dieser Hütte und malte Blumen, Bäume und Tiere, die denen ähnelten, die sie als Haustiere bei sich aufgenommen hatten. Sogar Ruby hatte Marguerites Talent erkannt. Marguerite war heute Morgen in Rubys Speisesaal verschwunden, um an einem Wandgemälde zu arbeiten, das Ruby in Auftrag gegeben hatte, um ihre immer weniger werdenden Besucher zu beeindrucken.

Das Telefon klingelte und Grace eilte in die Küche, um den Anruf entgegenzunehmen.

Es war ihre Mutter. Ihre Stimme klang genauso fahrig wie die von Charlie.

»Ich brauche Roland hier! Schnell!«

»Er ist gerade mitten ...«

»Sofort, Grace!«

Grace sträubte sich. »Nur wenn es einen wirklich guten Grund dafür gibt.«

»Schau aus dem Fenster!«

Grace drehte sich um und sah durch das Fenster auf das Haus ihrer Mutter, das wie ein Adlernest hoch oben auf dem Hügel hockte. Sie rang nach Luft, als sie erneut ein loderndes Feuer erblickte, das die Kiefern erfasst hatte. Zwei Brände innerhalb eines Monats!

»Reicht dir das als Grund?«, giftete Ruby sie an. »Ich bin mir dieses Mal sicher, dass dein Junge dafür verantwortlich ist.«

»Charlie!« Sie hielt ihre Augen auf das Feuer gerichtet, während sie nach ihm rief. Vor Entsetzen hatte sie den Telefonhörer losgelassen, der nun wie wild an seiner Strippe baumelte. »Was hast du getan?«

Die Männer kamen in die Küche gelaufen und im Raum breitete sich Totenstille aus, als sie den Hügel hinaufstarrten.

»Das war doch nur ein Witz!«, meinte Charlie. Seine Stimme klang matt und grau wie Asche. »Ein Dummejungenstreich.«

»Hast du gedacht, es wäre witzig, noch einmal ein Feuer zu legen?«

»Sie hat es verdient!«

»Es wird Zeit, dass du deinen eigenen Weg in dieser Welt findest, Charlie.« Grace' Ehemann griff nach seinem Mantel und ging zur Tür. »Verschwinde von hier!«

Dann war Roland weg. Grace beobachtete vom Fenster aus, wie er den Hügel hinaufrannte. Während so viele Menschen vor Problemen davonrannten, schien er immer geradewegs auf sie zuzulaufen.

Sie drehte sich wieder zu dem Jungen um, der vor knapp sechs Jahren ihr Herz erobert hatte und den sie jetzt kaum wiedererkannte. Seine Augen waren wie die eines wilden Tieres in einem Käfig. Er blickte an ihr vorbei.

»Charlie …«

»Er will nicht, dass ich hierbleibe.«

Sie warf einen kurzen Blick den Hügel hinauf, doch Roland war bereits zwischen den Bäumen verschwunden. Das Feuer, das sich durch ihren Wald fraß, war nichts im Vergleich zu der feurigen Wut in Charlies Innerem.

»Du solltest Roland helfen, das Feuer zu löschen«, sagte Grace. »Ihr könntet wieder zusammenarbeiten.«

So wie damals, als sie die Kinder befreit, die Kühe gemolken oder die Hütten errichtet hatten, um eine Gemeinschaft aufzubauen.

Grace wartete auf einen von Kapitän Haddocks Sprüchen.

Es tut mir furchtbar leid. Das ist unverzeihlich. Ich bin ein elender Wicht, weil ich das getan habe.

Alles, was er tun musste, war, sie um Hilfe zu bitten. Sie würde ihm augenblicklich verzeihen.

Doch stattdessen verengten sich seine braunen Augen zu schmalen Schlitzen. »Kirk hat das Feuer gelegt.«

Grace konnte nicht so richtig glauben, dass Kirk allein dafür verantwortlich war.

Charlie stampfte aus der Küche und knallte die Vordertür hinter sich zu.

Weg von all den Fragen. Weg vom Feuer.

Weg von ihr.

In Grace entbrannte eine neue Flamme. Dieses Mal eine, die von Angst entfacht wurde.

Sie liebte diesen jungen Mann von ganzem Herzen, doch er wollte ihre Liebe nicht mehr. Er wollte nicht mehr Teil ihrer Familie sein.

Dieser Junge, den sie liebte ...

Wie konnte sie ihn aufrichtig lieben, wenn sie Angst hatte, dass er ihr etwas antun könnte? Oder Roland. Oder ...

Marguerite. Darüber wollte sie noch nicht einmal nachdenken.

KAPITEL 28

Der Grabstein befand sich inmitten eines kleinen Hains aus immergrünen Pflanzen. Auf der moosbewachsenen Grabplatte war anstelle eines Namens ein Bibelvers eingraviert.

»Eines bitte ich vom Herrn, das hätte ich gerne: dass ich im Hause des Herrn bleiben könne mein Leben lang ...«

»Psalm 27«, sagte Caleb. »Ich habe die Bibelstelle nachgeschlagen.«

»Denkst du, dass das Rubys Grab ist?«, fragte Addie und strich mit der Hand über die Jahreszahl, die unterhalb des Bibelverses eingraviert war. Anscheinend war hier im Jahr 1947 jemand beerdigt worden.

»Keine Ahnung.«

»Oder es ist das Grab von Marguerite ...« Addies Stimme wurde leiser. »Es ist wirklich schwer herauszufinden, wann man einer Sache nachgehen soll und wann man sie besser auf sich beruhen lässt.«

Wallace wickelte seine Leine um Calebs Beine und dieser machte ihn los. »Genauso, wie Tara darum zu bitten, Kontakt zu dem Rechtsanwalt aufzunehmen, der unsere Pachtzahlungen weiterleitet.«

Addie seufzte. »Ich habe gestern mit ihr gesprochen. Hat sie dich gleich angerufen, nachdem ich den Hörer aufgelegt habe?«

»Wahrscheinlich. Sie denkt, ich hätte dich damit beauftragt, Familie Tonquin ausfindig zu machen.«

»Dann weiß sie sicher nicht, dass ich eine wirklich furchtbare Detektivin bin.«

»Es ist schwierig genug, jemanden zu finden, dem es egal ist, ob er gefunden wird oder nicht«, meinte Caleb. »Aber es ist beinahe unmöglich, jemanden zu finden, der sich bewusst versteckt.«

»Denkst du, dass Marguerite das tut?«

»Ich weiß nichts über sie, aber Grace scheint sich tatsächlich zu verstecken.« Alle Teile des Puzzles lagen hier vor Addie, doch es war immer noch nicht möglich, sie zu einem Bild zusammenzusetzen.

Sie strich mit der Hand über den kunstvoll geschwungenen Grabstein. »Weiß Louis, wer hier begraben wurde?«

»Mit direkten Fragen kommst du bei ihm nicht sehr weit.«

»Bei Tara offensichtlich auch nicht.« Sie blickte erneut auf den Schriftzug des Grabsteins.

»Warum wolltest du mir das Grab unbedingt zeigen?«

»Du hättest nicht einfach in die Hütte meines Onkels eindringen sollen.«

»Ich weiß.« Sowohl der Mann in der nahe gelegenen Hütte als auch der Mann, der mehr als 2.000 Meilen von hier in Tennessee lebte, trugen beide noch ihre Verletzungen aus der Vergangenheit mit sich herum. Obwohl Addie dringend die Antworten auf ihre Fragen benötigte, hätte sie nicht einfach in Louis' Haus eindringen dürfen.

»Aber du sorgst dich um die Menschen in deinem Umfeld und das bewundere ich!«, fuhr Caleb fort. »Ich wünschte, ich könnte dir mehr Antworten geben, aber ich habe selbst nur Fragen.«

»Charlie ist derjenige, der die Informationen zurückhält, die wir benötigen.« Addie war wegen Tara und den anderen frustriert. Doch in Wahrheit war Charlie vielleicht der Einzige, der ihnen erzählen konnte, was wirklich passiert war.

»Anscheinend ist er mit der Familie, die er in Tennessee hat, ziemlich glücklich.«

»Jeder von uns würde ihm sein Knochenmark spenden, wenn wir als Spender infrage kämen.«

»Ich habe keinen Zweifel daran, dass du die Erste wärst«, erwiderte Caleb. »Du stellst viele Fragen zu meiner Familie und den Tonquins. Aber was ist eigentlich mit deiner eigenen?«

Addie zuckte mit den Schultern. »Da gibt es nicht viel zu erzählen.«

»Bist du in Tennessee aufgewachsen?«

»Chattanooga.« Wallace lief zu ihr hin und sie kraulte ihn hinter den Ohren. »Mein leiblicher Vater starb, als ich zwei war und meine Mutter, als ich ein Teenager war. Mit 17 habe ich ein paar schlechte Entscheidungen getroffen und bin dann bei Emma und Charlie in ihrem Heim für junge Frauen gelandet.«

Caleb zog die Augenbrauen nach oben. »Du bist also ein Flüchtling.«

»So in der Art, ja. Ich habe einige Jahre gebraucht, bis ich mit dem Leben in einer Familie zurechtkam. Ich wollte eigentlich aus Sale Creek wieder weg, aber ich hatte nur die Wahl zwischen dem Heim oder einer Bewährungsstrafe. Als ich 19 war, erhielt ich ein Stipendium von einer Bibelschule und bin dann dorthin gegangen ...«

Addie drehte dem Grab den Rücken zu und die beiden machten sich auf den Weg zum Laurel Ridge.

»Reese meinte, du seist verheiratet.«

»Ich war.« Sie spielte mit dem goldenen Ring an ihrem Finger herum. »Mein Mann ist im Juni verstorben.«

»Das tut mir leid.«

»Er hat selbst auch nicht die besten Entscheidungen getroffen.«

»Willst du darüber reden?«

Addie hatte ihren Ehemann geliebt, doch das war offenbar nicht genug gewesen. *Sie* war nicht genug gewesen. Während sie ihre Verletzungen aus der Kindheit im Bach von Sale Creek erfolgreich hatte versenken können, hatte sich der Schandfleck ihrer gescheiterten Ehe, die Demütigung und die alles verschlingende Trauer tief in ihr Herz eingebrannt.

Sie wollte nicht mit Caleb oder irgendjemand anderem über Peter reden.

Das Telefon in ihrer Tasche klingelte und sie holte es hervor.

»Das ist Charlies Ehefrau«, sagte sie, bevor sie unter die schützenden Zweige einer Kiefer trat, um den Anruf entgegenzunehmen. »Wie geht es ihm?«

»Nicht gut«, antwortete Emma.

Addies Herz verschwand noch ein Stückchen tiefer in seiner Festung und versuchte, ihre Gefühle zu schützen. Doch sie konnte ihre Tränen nicht zurückhalten. »Ich bin kurz davor, seine Schwester zu finden. Vielleicht noch ein, zwei Tage. Dann haben wir vielleicht einen geeigneten Spender gefunden.«

»Addie ...«

Was auch immer Emma jetzt sagen würde – Addie wollte es nicht hören.

»Bitte, Emma!«, flehte sie, als ob diese Frau eigenhändig die Krankheit aufhalten konnte, die Charlies Körper zerstörte. Als ob sie die Krankheit einfach vertreiben konnte.

»Er liegt wieder im Krankenhaus in Atlanta«, sagte Emma. »Er will dich sehen.«

»Ich kann mit ihm telefonieren.«

»Er versucht zu kämpfen, Addie. Aber die Ärzte wissen nicht, wie viel Zeit ihm noch bleibt.«

»Ich komme, sobald ich kann!«

KAPITEL 29

Grace tauchte ihre Zehen in den See, wie sie es schon als kleines Mädchen immer getan hatte. Hinter ihr am sicheren Ufer lag der kleine Jonathan, das erste Kind von Familie Lange, um das sie sich kümmerte, in seinem Kinderwagen. Das warme sommerliche Wetter ließ ihn schnell einschlafen. Das war alles, was sie in dieser Zeit alle brauchten. Ein kleines Baby, mit dem man kuscheln und lachen konnte, und dann und wann ein Bad im Tonquin-See mit den älteren Kindern.

Mrs Lange verbrachte den Tag damit, die Umzugskisten in ihrem neu erbauten Heim auszupacken. Mr Lange hatte zugesagt, Roland als Vollzeitkraft auf der Farm zu unterstützen. Alle anderen Flüchtlinge waren inzwischen weggezogen, doch Grace freute sich, dass Familie Lange geblieben war. Mr Lange hatte mit Roland zusammen die Brände bekämpft und sich treu um das Vieh, die Gebäude und Rolands überall geschätzte Weintrauben gekümmert. Mrs Lange war Grace ebenfalls zu einer guten Freundin geworden. Sie hatte ihr bei der Gartenarbeit geholfen, bis sie ihren Sohn zur Welt gebracht hatte.

Während Grace ihre Füße im kühlen Wasser baumeln ließ, schwappten die Wellen sanft gegen die kleine Anlegestelle, die Grace' Großvater vor zwanzig Jahren für sie und ihre Freunde gebaut hatte. Als Kind war dies hier einer ihrer Lieblingsorte gewesen. Ihre eigene kleine Welt, weit entfernt vom Rampenlicht in Hollywood. Wenn sie ihre häuslichen Pflichten erledigt hatte, war sie schwimmen gegangen und hatte dabei gesungen. Dabei hatte sie so getan, als würde sie unter dem Schutz der Kiefern die ganze Welt entdecken.

Nach all den Jahren voller seelischem Kummer und Angst und dem ständigen Misstrauen gegenüber den Menschen in ihrem

Umfeld wünschte sich Grace für Charlie, Marguerite und Louis einfach nur einen sicheren Ort, an dem sie unbeschwert aufwachsen konnten. Einen Ort, wie sie ihn damals nach den schmerzvollen Jahren in Kalifornien hier vorgefunden hatte.

Charlie war in der vergangenen Woche nicht mehr nach Hause gekommen, seit er seine Sachen auf einen Lastwagen geladen hatte und zu Kirk gezogen war. Alle drei Kinder hatten enorme Lasten mit sich nach Oregon gebracht. Eine Bürde, die Grace ihnen leider nicht abnehmen konnte. Man hatte sie gejagt, als sie noch jung gewesen waren, und manchmal fühlte es sich für sie immer noch so an, als wären sie eine Art Beute. Sie flohen, obwohl sie von niemandem verfolgt wurden.

Außer von bösen Mächten. Sie hatten Jagd auf Charlie gemacht, bis sie ihn eingekesselt hatten. So schien es zumindest. Grace hatte Angst um ihn. Sie hatte mitangesehen, wozu diese zerstörerischen Mächte in der Lage waren, wenn man nicht gegen sie ankämpfte.

Was würde aus Charlie werden, wenn er sich nicht befreien konnte? Wenn er nach Hause käme, konnte sie ihn mit Essen versorgen, ihm einen Platz zum Schlafen bieten und dafür beten, dass sein Herz und seine Seele frei würden. Doch sie konnte ihn nicht zwingen, aus dem Gefängnis zu kommen, in das er sich selbst eingesperrt hatte. Und sie konnte ihn auch nicht dazu zwingen, seine inneren Dämonen zu bekämpfen, wie er es mit dem Verräter in Frankreich getan hatte. Seine Sehnsucht nach Freiheit musste größer werden als das, was ihn fesselte.

Liebe bedeutete, Charlie loszulassen, fürchtete Grace. Sie musste sein Schicksal Gott übergeben, auch wenn sie jeden Tag bis ans Ende ihres Lebens für ihn beten würde.

Seit Charlie von zu Hause weggegangen war, hatte sich Marguerite völlig in ihrer Kunst verloren. Die Kunst war der Ort, wo ihr Herz und ihre Seele zur Ruhe kamen und sie Schönheit auf der Leinwand zur Entfaltung bringen konnte. An diesem Morgen war Marguerite wieder in Rubys Haus und arbeitete an dem

Wandgemälde im Speisesaal. Sie und Ruby hatten durch ihre Gespräche über die großen Maler eine Verbindung zueinander aufgebaut – als ob Ruby irgendetwas von Kunst verstehen würde.

Manchmal fürchtete Grace, dass ihre Mutter versuchte, Marguerites Zuneigung für sich zu gewinnen. Grace hasste das in ihr aufsteigende Gefühl von Eifersucht, obwohl sie eigentlich dafür hätte dankbar sein sollen, dass Ruby zunächst Louis und nun auch Marguerite unter ihre Fittiche genommen hatte. Charlie würde Rubys Charme niemals erliegen, doch das machte es für Grace nicht besser. Charlie war längst etwas anderem erlegen.

Sie wollte doch nur das Beste für alle!

Sie trug in ihrer Tasche noch immer den zerknitterten Brief aus London mit sich herum und zog ihn nun hervor, um die zittrige Handschrift zu betrachten. Grace kannte die Worte längst auswendig, doch jedes Mal, wenn sie sie las, durchzuckte sie erneut der Schmerz.

Sehr geehrte Madame Tonquin,

ich habe vom AFSC-Büro in Paris erfahren, dass Sie zwei meiner Kinder, Élias und Marguerite, von Lissabon aus in die Vereinigten Staaten begleitet haben. Ich bin Ihnen und dem gesamten Netzwerk von Quäkern in alle Ewigkeit zu Dank verpflichtet, weil sie meine Kinder gerettet haben.

Wie Sie mittlerweile wissen dürften, lebt mein Bruder nicht in New York. Er wurde wie meine Eltern in einem der Nazi-Lager getötet. Ich weiß nicht, wie es der Familie meines Mannes ergangen ist, doch meines Wissens nach bin ich die einzige Erwachsene in unserer Familie, die den Krieg überlebt hat.

Ich bin nun auf der Suche nach dem Aufenthaltsort meines Sohnes und meiner Tochter und hoffe, bald ein Visum in die Vereinigten Staaten zu erhalten, damit ich die beiden in mein neues Zuhause nach London mitnehmen kann.

In der Zwischenzeit würde ich mich sehr freuen, wenn sie mir mitteilen könnten, wie es den beiden geht. Wie Sie sich vielleicht

vorstellen können, ist es mir sehr wichtig, sie wiederzusehen.
Mit freundlichen Grüßen
Madame Dupont

Grace steckte den Brief wieder in die vordere Tasche und ließ ihre Füße erneut durch das Wasser gleiten. Die arme Frau musste krank vor Sorge um ihre Kinder sein! Es war nun schon ein Monat vergangen, seit Grace den Brief erhalten hatte, und sie hatte noch niemandem davon erzählt. Noch nicht einmal Roland. Stattdessen hatte sie den Brief in ihrem Einkochtopf aus Aluminium versteckt und versucht, eine Vorstellung von einer Zukunft ohne die Kinder der Tonquins zu entwickeln.

Grace wusste, dass es falsch war, diese Information vor Madame Dupont und Roland geheim zu halten. Wahrscheinlich war es genauso falsch, sie Charlie und Marguerite vorzuenthalten. Doch wie würde es sich auf das Chaos im Inneren der beiden auswirken, wenn sie erfuhren, dass ihre Mutter noch am Leben war? Dass sie die beiden wieder mit zurück nach Europa nehmen wollte, genauso, wie Ruby sie damals gegen ihren Willen mit nach Hollywood genommen hatte?

Grace schüttelte den Kopf. Es ging jetzt nicht um sie und ihre furchtbare Kindheit. Madame Dupont konnte den beiden ein sicheres Zuhause bieten. Doch Grace fürchtete, dass eine weitere Veränderung im Leben von Charlie und Marguerite die beiden innerlich zerbrechen lassen würde. *Und sie selbst ebenfalls.*

Wenn sie wirklich ehrlich zu sich selbst war, wollte sie die Kinder nicht verlieren. *Ihre* Kinder, wie sie mittlerweile zu sagen pflegte. Sie liebte sie von Herzen, ganz egal, was Charlie getan hatte.

Die Tränen flossen Grace über die Wangen wie das Wasser, das ihre Zehen umspülte. Es war egoistisch, ihre eigenen Gefühle gegen die von jemandem wie Madame Dupont aufzuwiegen. Immerhin hatte diese beinahe alle ihr nahestehenden Menschen im Krieg verloren. Es blieb Grace gar keine andere Wahl, als Madame Dupont zu schreiben, dass sie sofort nach Erhalt ihres Visums kommen solle. Doch wie würde sie Charlie und Marguerite Lebewohl sagen können? Sie hatte gedacht, dass sie für immer eine Familie sein würden.

»Mama?«

Als Grace sich umdrehte, erblickte sie Marguerite am Seeufer, die Jonathan im Kinderwagen sanft hin und her wiegte. Sie war noch so jung gewesen, als sie ihren kleinen Bruder verloren hatte. Hatte sie ihrer Mutter in Gurs dabei geholfen, für den Säugling zu sorgen?

Marguerite eilte zu ihr. »Was ist passiert?«

»Nichts. Nur Erinnerungen.« Grace wischte sich die Tränen weg. »Bist du schon fertig mit malen?«

Marguerite zog ihre Sandalen aus und setzte sich an den Rand der Anlegestelle. Wie Grace streckte sie ihre Füße ins Wasser und machte sich dabei den Saum ihrer Hose nass. »Ruby brauchte eine Pause.«

»Was genau hat sie gemacht, dass sie eine Pause braucht?«

»Sie hat mir dabei geholfen, Sandwiches zu machen. Paul ist ja für den Rest des Tages weg.«

Grace lächelte. »Und sie hat dir wirklich geholfen?«

Marguerite lächelte zurück. »Sie hat mir gesagt, womit ich ihr Sandwich belegen soll. Gebratene Champignons und Käse von Roland.«

Wilde Champignons, eines der Leibgerichte ihrer Mutter. Oma hatte ihnen beiden beigebracht, welche Pilze man im Wald pflücken konnte und um welche man besser einen großen Bogen machte.

»Hat Paul die Pilze gesammelt?«

Marguerite zuckte mit den Schultern, als sie ihre Füße aus dem Wasser zog. Das Wasser tropfte auf die Anlegestelle.

»Ich würde lieber keine Pilze essen, die Ruby für sich selbst gesammelt hat.«

Marguerites braune Locken waren in den letzten drei Jahren zu sanften Wellen geworden. Ihr Haar fiel ihr leicht über die Schultern, ihre braunen Augen schimmerten golden im Sonnenlicht. Auf einer Wange hatte sie einen türkisgrünen Farbtupfer und über ihren Arm zog sich ein gelber Streifen, doch sie kümmerte sich nicht im Geringsten darum, was andere über die Farbe auf ihrer Haut dachten.

Wurde sie von denselben schlimmen Erinnerungen und Erfahrungen gequält, die auch Charlie verfolgten? Grace betete dafür, dass Marguerite sich dem Licht und nicht der Finsternis zuwandte. Dass ihre Farben immer hell strahlen würden. Dass sie nie die Fähigkeit verlieren würde, das zu sehen, was andere nicht sehen konnten.

»Du bist sehr nett zu Ruby!«, sagte Grace.

»Meine Malerei hilft ihr an den Tagen, wenn sie sich orange fühlt.« Nicht das Rubinrot von Gefahr oder Verrat, sondern eine Mischung aus Gut und Böse. Liebe und Hass.

Marguerite gelang es nicht immer, Emotionen ihrer jeweiligen Farbe zuzuordnen, doch dieses Mal fragte Grace: »Weißt du, was die Farbe Orange bedeutet?«

»Sie ist innerlich verletzt, denke ich.«

»Ah.« Grace dachte selten daran, dass ihre Mutter auch selbst verletzt sein könnte, eher, dass sie jemand war, der andere verletzte. »Was ist an den Tagen, an denen sie nicht orange ist?«

»An solchen Tagen hilft die Malerei nicht wirklich weiter.«

»Sie hat andere Farben ...«

»Ein dunkles Violett«, antwortete Marguerite. »Und manchmal auch Grün.«

Diese Farben erkannte Grace wieder. Wut und Schuld konnten sich tief in der Seele festsetzen. Lügen konnten tiefe Wurzeln schlagen.

Marguerite ließ ihre Füße wieder durch das Wasser gleiten. »Warum hat sie dir den Namen Grace gegeben?«

»Das weiß ich nicht.«

»Vielleicht hat sie selbst nach ein bisschen Gnade gesucht?«

Wie wenig wusste Grace doch über die Frau, die sie zur Welt gebracht hatte. Fragen über die Vergangenheit zu stellen, würde das Violett, die Wut, nur verstärken. Doch zumindest schien ihre Mutter in den ersten Jahren ihres Lebens nach etwas gesucht zu haben, das die Wut in ihrem Inneren besänftigen konnte. Grace konnte ihrer Mutter nicht geben, was sie suchte. Ebenso wenig wie Louis. Doch Grace hoffte, dass Ruby eines Tages durch Gottes Gnade ihren Frieden finden würde.

Erneut überkam sie Sorge. Wenn Charlie weiterhin einen ähnlichen Weg einschlug, würde er nur die Beziehungen zu den Menschen zerstören, die er eigentlich lieben sollte.

»Vermisst du Charlie?«

»Ja, das tue ich!«, erwiderte Marguerite. »Aber im Moment bin ich nicht besonders gut auf ihn zu sprechen.«

Das konnte Grace verstehen. »Er kommt bestimmt wieder in Ordnung.«

Marguerite starrte sie zweifelnd an.

»Du siehst Grün bei mir ...«

»Eine ganze Flut von Grün.« Marguerite strich eine von Grace' Strähnen zurück, die sich aus ihrer Frisur gelöst hatte. »Du sollst nicht lügen!«

»Ich *bete*, dass er wieder in Ordnung kommt.«

»Ich auch.« Marguerite zog ihre Füße aus dem Wasser und umklammerte sie mit ihren Armen. »Was ist mit ihm passiert?«

Nazideutschland war passiert ... und all das Schlimme, was in Frankreich geschehen war.

Grace zog das Mädchen eng an sich. Sie musste die Farben nicht erkennen, um zu wissen, dass Marguerite selbst tiefe Wunden davongetragen hatte. »Er versucht, seinen Weg zu finden.«

»Ich hoffe, er findet ihn schnell.«

»Ich auch.«

»Wie weit bist du mit dem Wandgemälde?«, fragte Grace.

»Als Nächstes kommt das Schloss und dann die Berge.«

»Ich freue mich, dass du dich an alles erinnerst.«

»Ich werde diese Orte nie vergessen. Und auch nicht das, was passiert ist …«

»Das ist gut, Marguerite. Du musst anderen Menschen davon erzählen. Auf deine ganz eigene Art und Weise.«

Das Baby hinter ihnen begann zu wimmern wie eine Grille, die im Gras zirpt.

Marguerite sprang auf. »Ich hole ihn.«

Grace beobachtete das süße Mädchen, das kurz davor war, ein Teenager zu werden. Sie hob den Sohn der Langes aus dem Kinderwagen und wiegte ihn in ihren Armen. Eines Tages würde sie selbst eine wunderbare Mutter sein und allein anhand der Farbe spüren, was ihr Kind brauchte.

Während Marguerite mit Jonathan am Ufer entlangtanzte und mit leiser Stimme sang, um ihn zu beruhigen, tastete Grace mit der Hand nach dem Brief in ihrer Tasche. Wie würde sie es jemals schaffen, Lebewohl zu sagen?

Und trotzdem war es falsch, Marguerite von ihrer Mutter fernzuhalten. Es war falsch, Madame Dupont die Wahrheit vorzuenthalten, egal, was dies mit Grace selbst machte.

Noch an diesem Nachmittag würde sie mit Roland sprechen und dann einen Brief schreiben.

Sie würde alles wiedergutmachen, was sie falsch gemacht hatte.

KAPITEL 30

Als Addie das Krankenzimmer im Northside Hospital in Atlanta betrat, öffnete Emma ihre Arme und die junge Frau ließ sich einfach in sie hineinfallen.

»Er wird sich sehr freuen, dich zu sehen!«, sagte Emma. Sie hatte ihre Brille mit dem roten Rahmen über ihr ergrautes Haar geschoben, während sie auf einem Stuhl am Krankenbett ihres Mannes wartete. Seitdem Addie nach Oregon gereist war, war erst eine Woche vergangen, doch Emma schien in der Zwischenzeit um Jahre gealtert zu sein.

Charlie schlief in seinem Krankenbett und wusste nicht, dass Addie bereits einen Tag früher als ursprünglich geplant wiedergekommen war. Sein graues Haar war über den Kopf nach hinten gekämmt und reichte beinahe bis in den Nacken. Er trug einen blau-weiß gestreiften Flanell-Schlafanzug. Einer seiner Füße war unter der Decke hervorgerutscht und Addie sah die schwarzen Wollsocken, die er immer trug. Nachwirkungen von Erfrierungen, hatte er ihr einmal erklärt. Seine Füße wurden offensichtlich nie richtig warm.

Trotz der piepsenden Maschine neben dem Bett, die durch eine weitere Transfusion neues Leben in seinen Körper hineinpumpte, hatte sich eine angenehme Stille im Raum ausgebreitet. Eine nicht erklärbare Geborgenheit, die die Angst vertrieb.

Gebet. Glückseligkeit. Geborgenheit.

Dieser Mann verkörperte alle diese Dinge.

Obwohl sie um das Versprechen auf Erlösung in der zukünftigen Welt wusste und diesem auch Glauben schenkte, wünschte sich Addie, dass Charlie noch in diesem Leben Heilung erfahren konnte. Heilung, deren Wirkung tiefer reichte als Knochenmark oder Blut.

Addie ließ sich auf einen Stuhl neben Emma nieder. »Wie geht es ihm?«

»Immer schlechter, fürchte ich. Die Steroide schlagen nicht mehr an.«

Addies Rücken stieß gegen die Stuhllehne, als sie Charlie atmen hörte. Jeder Atemzug erinnerte sie daran, dass er noch immer am Leben war. Sie hatte auf bessere Nachrichten gehofft, als sie angekommen war.

»Aber er wird sich unglaublich freuen, dich zu sehen!«

»Können die Ärzte immer noch eine Transplantation durchführen?«, fragte Addie.

Emma schüttelte den Kopf. »Es gibt keinen geeigneten Spender in der Datenbank.« Eine Brise wehte durch das Fenster und fuhr über Addie hinweg. Selbst wenn es möglich war, Charlies Familie ausfindig zu machen, standen die Chancen schlecht, rechtzeitig einen geeigneten Spender zu finden.

»Ich bin noch nicht bereit, ihn aufzugeben.« Wieder flossen die Tränen bei Addie, ohne dass sie wusste, woher sie kamen. Eigentlich hatte es den Anschein gehabt, als wäre ihre Quelle bereits vor Monaten versiegt.

»Du bist die beste Freundin – nein, eigentlich Tochter –, die man sich vorstellen kann«, sagte Emma. »Du hast tapfer für ihn gekämpft.«

Es waren wunderschöne Worte, die Emma über sie aussprach. Als Antwort kam ein leichtes Flattern. Sie streichelte mit ihren Händen über den Bauch und wunderte sich darüber. Charlie hatte das Baby unbedingt kennenlernen wollen und Addie hatte sich so danach gesehnt, ihm dieses Geschenk zu machen. Dieses Geschenk und ein weiteres in Form seiner Familie.

Addie lehnte sich mit dem Kopf an ihren Stuhl. »Ist es nicht seltsam, dass er nie über Familie Tonquin sprechen wollte?«

»Viele aus meiner Generation wollten nie über ihre Vergangenheit sprechen.« Emma hielt einen Zipfel von Charlies zerknitterter Bettdecke fest. »Ich habe mir gewünscht, dass er mir von seiner Familie und seiner Zeit in Frankreich erzählt, aber ich wusste auch, dass es für ihn unglaublich hart war. Wir haben uns damit zufriedengegeben, uns auf die Gegenwart und unsere Aufgaben als Leiter von Sale Creek zu konzentrieren. Die letzten 35 Jahre haben wir damit verbracht, junge Frauen zu unterstützen. Frauen wie ...«

»Wie mich.« Addie lächelte, als sie den Satz vollendete. »Ihr habt mich unterstützt, mich ermutigt und mir geholfen, meinen eigenen Weg zu gehen, damit ich auch andere unterstützen kann.«

»Nicht nur andere, Addie. Es ist auch wichtig, gut für sich selbst zu sorgen.«

Sie wollte sich jetzt aber nicht um sich selbst sorgen.

Emma betrachtete den vor ihr im Bett liegenden Mann eingängig. Tiefe Liebe lag in ihrem Blick. Wie war es wohl, eine solche Liebe ein Leben lang zu spüren? »Ich glaube nicht, dass er sich an alle Begebenheiten aus seiner Kindheit erinnert.«

Addie schloss die Augen und reiste in Gedanken zurück an den wunderschönen See nach Oregon und zu den beiden Männern, die sich um das Gelände dort kümmerten und die nicht unterschiedlicher hätten sein können. Und doch schienen sie sich gegenseitig zu brauchen. Sie konnte Charlie mit Caleb und Louis an einem guten Tag vor sich sehen. Wie sie miteinander lachten. Einander Geschichten erzählten.

»Du hast alles getan, was du konntest, um einen Spender zu finden«, sagte Emma. »Es wird Zeit, ihn gehen zu lassen.«

Addie schüttelte den Kopf. »Er ist noch nicht bereit.«

»*Wir* sind noch nicht bereit.« Emma legte eine Hand auf Addies Hand. »Du hast dieses Jahr schon so viel verloren.«

»Es geht nicht um mich!«, antwortete sie leise.

»Worum geht es denn?«

Um einen Haufen Steine, dachte Addie. *Steine, die darauf warteten, in den Fluss geworfen zu werden.* »Es geht darum, Unrecht wiedergutzumachen.«

Ein freundliches Lächeln legte sich auf Emmas Gesicht. »Nur Jesus kann Unrecht wiedergutmachen.«

»Aber ich will doch ...«

»Du hast sehr viel Liebe gezeigt, Addie. Aber was du auch tust, du kannst die Vergangenheit nicht rückgängig machen. Weder die von Charlie noch deine eigene.«

Addie schloss einen Moment lang die Augen und ließ die Worte auf sich wirken.

»So ein Mist!«, flüsterte sie.

»Gott kann aus Mist immer noch etwas Wunderbares entstehen lassen ...«

»Aber wer wird das Heim in Sale Creek dann leiten? Wir brauchen ihn doch dort.«

Wieder breitete sich ein Lächeln auf Emmas Lippen aus. Ein kleines Fünkchen Hoffnung. »Der Vorstand hat ein Ehepaar gefunden, das hervorragend passen würde. Sie könnten am 1. Januar anfangen.«

Addies Gefühle standen Kopf. Sie wollte sich über die Neuigkeiten freuen, musste sogleich aber auch mit weiteren Veränderungen klarkommen. Emma und Charlie ... alles würde sich bald für sie alle verändern. Dabei hatte Addie noch nicht einmal die Veränderungen verkraftet, die bereits geschehen waren. Würde das denn niemals enden?

»Das sind gute Nachrichten!«, sagte Emma.

»Ich weiß.«

»Charlie und ich werden so lange im Gästehaus wohnen bleiben, wie sie uns brauchen.«

»Und danach?«

Emma tätschelte die Hand ihres Ehemanns. »Ein Wunder, hoffe ich.«

»Adeline?«

Sie sprang auf und neigte sich zu Charlies Gesicht hinunter. »Papa C!«

»Du bist wieder da!«

Sie griff nach der Hand des Mannes, den sie so sehr liebte. Seine Haut war fleckig und rau, doch Addie sah nur das, was aus Charlies Innerem herausstrahlte, was die Risse erleuchtete und die Wunden heilen ließ. »Ich habe eine Zeit lang unter deiner Trauerweide gesessen.«

Ein Grinsen legte sich auf Charlies Gesicht. »Gebeugt, aber nicht gebrochen.«

»Der Baum hat durch seine Flexibilität an Stärke gewonnen.« Addie schlug die Decke an Charlies Schultern ein wenig zurück. »Genau wie du, Charlie. Was auch immer damals passiert ist, hat dich stärker gemacht.«

Charlie klopfte mit der Hand leicht an die Taschen seines Schlafanzugs. »Wo ist mein Geldbeutel?«

Emma holte ihn aus ihrer Handtasche hervor und nahm einen zerknitterten 5-Dollar-Schein heraus. Als Charlie ihn sah, lehnte er sich wieder in die Kissen zurück.

»Ich lasse euch beide mal allein, damit ihr reden könnt«, sagte Emma, bevor sie Charlies Stirn küsste.

»Du solltest ...« Addie hielt inne, bevor sie ihre Freundin bitten konnte zu bleiben. Dann sah sie die Tränen in Emmas Augen. »Du solltest vielleicht ein bisschen frische Luft schnappen. Ich rufe dich an, wenn wir etwas brauchen.«

Emma nickte kurz und verließ das Zimmer.

»Ich habe schlimme Dinge getan, Adeline. Ich habe Menschen getötet ...«

Dieser Mann liebte andere aus vollem Herzen und kämpfte für den Schutz derer, die seine Hilfe benötigten. Was auch immer damals vor so vielen Jahren passiert war – es gab immer noch die Chance auf Heilung.

»Ich wollte niemals jemanden töten!«, fuhr Charlie fort.

»Ich weiß.«

»Jesus hat mir meine Schuld vergeben.« Seine Stimme klang leise und demütig, was Addie inzwischen bewunderte. »Ich muss nicht zurückschauen.«

Er hatte Frieden mit seiner Vergangenheit geschlossen. Wer war sie, dass sie erneut darin herumwühlte?

Doch dann wiederum musste sie vielleicht immer noch für ihn kämpfen, weil er nicht für sich selbst kämpfen wollte. War es falsch, weiterhin Hoffnung zu haben? Addie war sich nicht sicher, ob es besser war weiterzukämpfen oder ihren Freund in dem Wissen loszulassen, dass Gott seine Schuld vergeben hatte.

»Ein Blick zurück könnte dir deine Gesundheit wiederbringen und auch deinem Herzen Heilung verschaffen.« Addie versuchte zu lächeln. »Dann könntest du dein Enkelkind in den Armen halten.«

»Du wirst ihm oder ihr Bilder von mir zeigen müssen ...«

»Die Mädchen in Sale Creek brauchen dich auch. Nur noch einen weiteren Tag.«

Er schien über ihre Worte nachzudenken.

»Ich habe während meiner Zeit in Oregon einen Mann namens Louis getroffen«, fuhr Addie mit sanfter Stimme fort, um ihn nicht zu erschrecken.

Charlies Augen begannen zu funkeln. »Louis wohnt immer noch da?«

Addie dachte an den Mann, der in der seltsamen kleinen Hütte lebte und mit seinen Gedanken irgendwo zwischen den 1940er- und 1960er-Jahren hängen geblieben war. Möglicherweise war er nie richtig im Jahr 2003 angekommen. »Er passt auf Rubys Haus auf.«

Charlie ließ sich wieder in die Kissen zurücksinken. »Er wird bis zum Ende ihr gegenüber loyal sein.«

»Ist das Bewunderung oder eine Anschuldigung?«

»Ein bisschen was von beidem wahrscheinlich. Es ist gut, loyal gegenüber den Menschen zu sein, die man liebt. Für manche ist das eine Berufung. Für andere wie eine Sucht.«

Addie dachte daran, wie Louis sich an die Wand gekauert hatte, während sie die Dokumente durchsucht hatte und in seine Privatsphäre eingedrungen war. »Er besitzt ein ganzes Archiv über die Hilfsorganisation der Quäker in Frankreich. Darin befinden sich auch Dokumente über Personen mit den Namen Élias und Marguerite Dupont.«

»Meine Schwester und ich ...«

Addie lehnte sich zu ihm nach vorne. »Warum hast du uns nie von ihr erzählt?«

»Das ist keine Geschichte, die es wert ist, erzählt zu werden.«

Addie setzte sich wieder. »Alles ist so verwirrend, Charlie. Und du bist der Einzige, der Ordnung in dieses Chaos bringen kann.«

Er murmelte etwas vor sich hin und Addie beugte sich wieder über ihn.

»Was hast du gesagt?«

»Marguerite ist tot.« Sein Blick wanderte zum Fenster und den Lichtern der Stadt hinter der Scheibe. »Der einzige Mensch, der mir möglicherweise das Leben retten kann, ist tot.«

Addie' sackte innerlich zusammen. Sie hatte sich so sehr danach gesehnt, dass Marguerite ihm helfen konnte weiterzuleben. »Vielleicht können ja ihre Kinder für dich Knochenmark spenden.«

»Adeline ...«

Sie beugte sich nach vorne. Ihre Entschlossenheit verschwand. »Was ist mit ihr geschehen?«

»Vor langer Zeit ...« Charlie liefen die Tränen über das Gesicht. Seine Stimme wurde leiser, als wäre er an einem völlig anderen Ort. »Ich war nicht so loyal wie Louis.«

»Hast du ihr wehgetan?« Addie flüsterte leise. Ihre Gedanken wanderten zurück zu dem Grabstein inmitten des Wäldchens.

»Ich bin in tausend Stücke zerbrochen«, fuhr Charlie fort. »Ich bin gebeugt worden und dann gebrochen.«

KAPITEL 31

Hass schäumte tief in Charlies Innerem auf wie die Gischt auf den Wellen im Meer. Der Held seiner Kindheit war die meiste Zeit Tim gewesen, doch Kapitän Haddock war derjenige, den er am besten verstand. Haddock und seinen Whiskey. Haddock und seine Schwächen. Haddock, der scheinbar niemals etwas richtig machen konnte.

Charlie stand in der von Schimmel befallenen Garage und leckte sich die Lippen. Mit trockenem Mund und schweißüberströmter Stirn wartete er auf Kirk, der in seinem Haus, das wie eine Bretterbude wirkte, etwas zu trinken holen wollte. Irgendetwas, dass ihre Erinnerungen auslöschen würde. Die Angst. Das Gesicht dieses Feiglings in Frankreich, der um sein Leben gebettelt hatte, bevor die Klinge des Nazi-Messers, das Charlie gestohlen hatte, ihm ein Ende bereitete.

Charlies Körper bebte, als wäre er auf einem von Haddocks Schiffen. *Die Krabbe mit den goldenen Scheren* – das war immer sein Lieblingscomic von Tim und Struppi gewesen. Die Geschichte über die Opiumschmuggler.

»Halunken!«, murmelte er leise vor sich hin. »Salatschnecken.«

Roland und sein Handlanger, der Loser Louis, waren die Schnecken, die sein Leben zerfraßen. Sie durchkreuzten alle seine Vorhaben.

Ein eigenes Leben führen. Das war alles, was er wollte. Er war bereits erfolgreich den Nazis entkommen. Hatte für sich und seine Schwester in Frankreich gekämpft. Alles war für ihn und Marguerite in Ordnung gewesen, bis Roland und Grace entschieden hatten, sie nach Spanien zu bringen.

Amerika war ganz und gar nicht so, wie es in den Abenteuern von Tim und Struppi beschrieben wurde. Charlie war von der Schule geflogen und hatte dann seine Arbeitsstelle verloren. Ohne Geld wusste er nicht, wohin.

Warum brauchte sein Freund so lange?

Wenn Kirks Vater Charlie hier in der Garage finden würde, würde er von ihm Miete verlangen. Aber jeden Cent, den er auf der Farm verdient hatte, hatte er bereits wieder ausgegeben. Nach dem zweiten Brand hatte Roland ihm seine Haltung sehr deutlich gemacht.

Komm nur zurück, wenn du wirklich ein Teil dieser Familie sein willst.

Was für eine Farce. Grace und Roland waren nicht seine Eltern, und was immer Grace auch sagte – ihr Gott war nicht sein Gott. Lediglich er und Marguerite waren eine Familie.

Grace und ihre Bibel. Immer wieder zitierte sie diesen Dickschädel aus den Psalmen. Diesen König und Dichter, der Gott immer wieder darum bat, ihn vor seinen Feinden zu retten, während er selbst mit der Frau seines Nachbarn rummachte. Als ob Gott David retten würde nach all dem, was er der Frau angetan hatte!

Grace' Held war doch der größte Sünder von allen.

Charlies Lachen hallte über die Harley, den rostigen Rasenmäher, eine Kiste, die erhöht auf ein paar Ziegeln stand, und über ein neu angebrachtes Schloss an einem Wandschrank, in dem Kirks Vater seinen Alkohol aufbewahrte.

Vielleicht würde Charlie einfach die Garage in Brand stecken, wenn sich der alte Mann nicht kooperativ zeigte. Vielleicht würde er einfach hier drinbleiben und von innen dabei zusehen, wie die Garage abbrannte. Dann würde das Hämmern in seinem Kopf endlich aufhören.

Kirk hatte die Brände rund um den Tonquin-See gelegt, nachdem Ruby sich geweigert hatte, ihnen mehr von ihren Pillen zu geben. Bis sie dafür bezahlt hatten.

Und dann hatte sie ihre Preise verdoppelt. Geld und Pilze. Sie wollte beides, um sie gegen ihren Alkohol und ein paar Tabletten aus ihrem Fläschchen einzutauschen.

Charlie hatte einen ganzen Beutel mit ihren bescheuerten Pilzen dabei, die er und Kirk im Wald gesammelt hatten. Doch diese würden nicht ausreichen, um Ruby zufriedenzustellen. Nicht ohne zusätzliches Geld.

Charlie trat gegen den Schrank und der Schmerz fuhr ihm ins Bein.

Keines der beiden Feuer hatte, von ein paar Bäumen mal abgesehen, irgendeinen Schaden angerichtet. Roland hatte die Flammen mit einem Wasserschlauch und ein bisschen Hilfe von Loser Louis gelöscht. Der Junge hatte unheimlich damit angegeben, dass er nach seiner großen Heldentat – dem Aufdrehen des Wasserhahns – sein erstes Feuer gelöscht hatte.

Louis war einfach ein Idiot. Er tat alles, was die Königin in ihrem Schloss von ihm verlangte.

Kirk schlurfte mit leeren Händen in die Garage zurück. »Er ist uns auf die Schliche gekommen.«

Der alte Mann schrie sie von der Hütte aus an. Es wäre ihm egal, wenn sie eines oder zwei Gläser tranken. Aber sie sollten verdammt noch mal nicht glauben, dass sie seinen kompletten Alkoholvorrat leer saufen könnten. Ein hart arbeitender Mann wie er brauche schließlich seine kleine Belohnung am Ende des Tages.

Charlie spielte mit dem Messer in seiner Hosentasche herum. Der Alkohol gab ihm keinen Kick mehr. Er war nicht einmal in der Lage, die Wut, die immer wieder in ihm aufstieg, zu besänftigen. Trotzdem war sein Verlangen nach einem Drink stark, und wenn er nicht bald einen bekommen würde, würde er innerlich verrückt werden. Zuerst weinerlich. Und dann würde er aus lautem Zorn einfach explodieren.

»Hier ist nichts für uns zu holen!«, meinte Kirk, nachdem die Tür zugeschlagen war. »Wir müssen wieder zu Rubys Haus zurück.«

Das schnelle Kopfschütteln bereitete Charlie Schmerzen. »Sie wird uns nichts geben, wenn wir kein Geld haben.«

»Diese Hexe wird nicht einmal merken, dass wir da sind.«

Ruby schloss ihren Wodka nicht weg, so wie Kirks Vater es tat. Aber es würde schwierig werden, ins Haus zu kommen, vor allem zu dieser späten Uhrzeit. Ruby war ein großer Verfechter von Türschlössern und immer in Sorge, dass jemand hinter ihr und ihrem Besitz her sein könnte. Das letzte Mal, als Charlie und Kirk zum Schloss gegangen waren, während Ruby in der Stadt gewesen war, hatten sie den Loser Louis mit Pfefferminzplätzchen bestochen, damit er ihnen die Tür aufschloss.

»Wir leihen uns nur kurz etwas von ihr aus.« Kirk betätigte den Gashebel an seinem Motorrad und löste die Starthilfe. »Dann halten wir vielleicht noch mal an und besuchen deine hübsche Schwester, da deine Eltern ja nie ihre Haustür abschließen.«

Charlies Rücken versteifte sich, als wäre er aus Beton. »Lass Marguerite bloß in Ruhe!«

Kirk grinste. Seine gelben Zähne leuchteten im Licht des Mondes. »Und warum sollte ich bitte schön so ein hübsches Mädchen in Ruhe lassen?«

Charlie griff wieder nach seinem Messer, das er den ganzen Weg aus Frankreich hierher mitgeschleppt hatte. »Wenn du sie anfasst, bringe ich dich um!«

Kirk lachte, doch Charlie war es todernst mit dieser Drohung. Kirk mochte vielleicht älter und stärker als er selbst sein. Aber Marguerite war erst 13 Jahre alt. Er würde dafür sorgen, dass Kirk sie auf keinen Fall anfasste.

»Ich glaube, sie steht auf mich«, sagte sein Freund, bevor er seine Maschine startete, und Charlie fürchtete, dass in diesem Satz ein Körnchen Wahrheit steckte. Marguerite war auf Kirk fixiert gewesen, als der noch zur Schule gegangen war. Es war, als ob sie seine Farben nicht sehen konnte.

Das Motorrad zog eine Staubwolke hinter sich her, als die beiden wieder den Hügel hinauffuhren. In Rubys Haus war alles bereits stockdunkel. Lediglich im zweiten Stockwerk flackerte noch eine Lampe hinter den Vorhängen. Im Schlafzimmer eines acht Jahre alten Losers.

Charlie spähte durch das Garagenfenster. »Ihr Auto ist weg.«

»Sie wird noch ein paar Stunden weg sein«, sagte Kirk, der Prophet, der von nichts wirklich Ahnung hatte. Dann warf er einen Stein gegen Louis' Fenster.

»Haut ab!«, schrie der Junge, als er das Fenster öffnete. Charlie konnte die Verachtung hören, die in Louis' Stimme lag. Als ob dieser Knirps ihn verurteilte.

Ruby musste ihm eine ordentliche Standpauke gehalten haben, nachdem er Charlie und Kirk letzte Woche ins Haus gelassen hatte.

Kirk stieß Charlie den Ellbogen in die Seite. »Rede du mit ihm.«

Charlie rieb sich die Rippen. Er würde es versuchen, doch er würde vermutlich Louis nicht davon überzeugen können, ihnen zu helfen. »Lass uns rein. Nur einmal noch.«

»Geh nach Hause, Élias.«

»Charlie!«, brüllte er zurück. Das war jetzt sein Name. Élias war ein kleiner Junge gewesen, der von den Nazis fertiggemacht worden war. Ein Junge, der ein halbes Leben lang auf der Flucht gewesen war. Charlie war der Name eines Mannes, der tun und lassen konnte, was er wollte.

»Verschwinde von hier! Egal, wer du bist.«

»Kirk hat dir Schokolade mitgebracht.« Als ob Kirk Geld für Süßigkeiten verschwenden würde.

»Ich will eure Schokolade nicht.«

»Wir haben auch einen ganzen Beutel voll mit Pilzen für Ruby«, fuhr Charlie fort. »Sie hat uns darum gebeten, sie ihr zu bringen.«

»Sie wird mich verhauen, wenn ich euch reinlasse.«

»Wo ist denn deine Mami eigentlich?«, stichelte Kirk.

Dafür handelte er sich einen kräftigen Ellbogenschlag von Charlie ein, der direkt in die Rippen ging. »Das bringt doch nichts!«

Plötzlich fiel irgendetwas von oben herab und traf Charlies Wange. Irgendein Wurfgeschoss. Es hatte ins Ziel getroffen. Charlie rieb sich das Gesicht. Zunächst dachte er, Louis hätte das Fenster geschlossen, bis von oben erneut eine quiekende Stimme zu hören war.

»Paul hat sie zu einer Party mitgenommen.«

»Dann kannst du uns ja reinlassen«, meinte Kirk. »Du darfst später auch mal auf dem Motorrad mitfahren.«

Das war eine von Louis' Schwächen. Er wollte genauso sein wie die großen Jungs. Genauso wie Charlie wollte er dazugehören.

»Haut ab!«

Eine Handvoll weiterer Wurfgeschosse prasselte auf sie nieder wie Flakgranaten. Charlie konnte im Mondlicht die Verzweiflung in Kirks Augen sehen, der zu fluchen begann. Charlie ging es ganz genauso. Sein Mund war trocken wie Sand in der Wüste, sein Verstand schwerfällig. Ein weiteres Wurfgeschoss traf seine Stirn und jeder Muskel seines Körpers tat weh.

Sie würden Louis nicht wehtun. Sie wollten ihm nur so viel Angst einjagen, bis sie sich eine Flasche aus Rubys Alkoholvorrat unter den Nagel reißen konnten. Und ein paar Pillen.

Die Tabletten verschafften ihm das Gefühl, über den See, ja über sein ganzes Leben hinwegfliegen zu können, anstatt mühsam durch es hindurchtrotten zu müssen. Die Pillen gaben ihm das Gefühl, wichtig zu sein.

»Du musst noch nicht einmal die Hintertür aufmachen.« Kirk warf einen Stein in die Luft und fing ihn wieder auf. »Ich werfe einfach mit einem der Steine eines von Rubys Fenstern ein.«

Die Drohung wirkte. Louis lehnte sich so weit aus dem Fenster, dass es aussah, als würde er jeden Moment hinunterfallen. »Das wagt ihr ni...«

»Ich tue alles, was nötig ist, um ein bisschen von Rubys Wodka abzubekommen. Sie teilt ihn doch sonst auch mit allen. Warum nicht mit uns?«

»Weil sie euch nicht eingeladen hat!«

Charlie kicherte, bis er Kirks scharfen Blick auf sich gerichtet sah. Er biss sich auf die Lippe.

»Sie freut sich sicherlich nicht, wenn sie nach Hause kommt und dann überall Glasscherben auf dem Fußboden liegen. Vor allem nicht, weil du ja einfach die Tür hättest öffnen können. Wir kommen so oder so rein, Franzmann. Du entscheidest, auf welchem Weg wir dein Schloss betreten.«

Eine Erinnerung blitzte in Charlie auf und er befand sich auf einmal wieder in Frankreich und trug Louis durch die Kälte. Bevor sie gerettet worden waren. Bevor Louis ein Loser geworden war.

Charlie würde es nicht zulassen, dass Kirk dem kleinen Jungen etwas antat. Sie wollten doch nur, dass er die Tür öffnete, damit sie den Beutel mit Pilzen gegen ein paar Schluck Wodka und ein paar weiße Pillen eintauschen konnten. Ruby hatte genügend Besitztümer, um sich nicht nur ein Schloss zu bauen. Sie konnte von ihrem Geld auch so viel Alkohol kaufen, dass sie damit den ganzen Tonquin-See füllen konnte. Es würde ihr nicht wehtun, einen Teil ihres Reichtums mit ihm und seinem Freund zu teilen.

Sie warteten am Vordereingang, als seien sie geladene Gäste. Ihr molliger Butler reichte Charlie gerade einmal bis zur Taille. Louis bemühte sich nicht einmal, das Licht anzuschalten, doch Charlie konnte den ihnen folgenden finsteren Blick im Mondschein erkennen, der von den Tapeten an den Wänden zurückgeworfen wurde.

Es stellte sich heraus, dass Rubys Alkoholvorräte schmaler bemessen waren, als sie es sich erhofft hatten. Zwei Flaschen. Beide beinahe leer. Eine Flasche Whiskey, eine Flasche Wodka.

Charlie stellte den Beutel mit den Pilzen auf den Esstisch, bevor sich Kirk und er über die beiden Flaschen hermachten. Danach suchten sie nach Rubys Pillen. Kirk marschierte in Rubys Schlafzimmer, während Charlie zurück in den Speisesaal ging. Louis klebte an ihm wie eine Klette.

Das Licht des Mondes fiel auf die Gesichter auf Marguerites

Wandgemälde. Er erkannte sie alle, wie sie durch die kalten französischen Wälder schlichen und einen Platz zum Schlafen suchten. Und nach etwas, mit dem sie den Schmerz in ihren Mägen stillen konnten, der so tief saß, dass sie dachten, sie würden ihren Hunger nie loswerden.

Die Kathedrale. Ein Waggon. Ihre Flucht quer durch Frankreich. Marguerite hatte nichts davon vergessen. Seine Schwester hatte die gesamte Flucht festgehalten, die im Internierungslager Gurs begonnen und dann über den Glockenturm in Saint-Lizier hin zu einem Fluss am Fuß der Pyrenäen geführt hatte. Bald würde die gesamte Fluchtroute auf dieser Wand zu sehen sein. Gemalt in den Farben, von denen nur sie beide wussten, was sie bedeuteten.

Charlie war völlig durcheinander. Vorsichtig berührte er die Gesichter aller Figuren. Er wollte das Werk seiner Schwester auf keinen Fall zerstören. Wie ging es wohl den anderen, die mit ihnen zusammen die Berge überquert hatten? Wo waren sie nach dem Krieg untergekommen?

Viele Fragen schossen Charlie durch den Kopf. Sie hatten längst tiefe Wurzeln in seinem Inneren geschlagen. Er hatte versucht, sie nicht zum Vorschein kommen zu lassen.

Was war mit seiner Mutter und seinem kleinen Bruder passiert? Sie waren tot – das wusste er. Aber wie waren sie gestorben?

Und sein Vater? Nein, der kümmerte ihn nicht. Dieser Mann war ein Verräter gewesen, genau wie der Hirte in den Bergen. Das hatte Charlie herausgefunden. Sein Vater hatte seine Seele schon längst verkauft, bevor die Franzosen bereitwillig damit begonnen hatten, ihre Nachbarn an die Polizei auszuliefern.

Wenn Charlie manchmal nachts nicht schlafen konnte, zermarterte er sich das Gehirn und überlegte, wie er seine Mutter und Olivier hätte retten können. Damals im Lager oder später, als sie in den Viehwaggon gestiegen waren. Manchmal hing er der Fantasie nach, sie wären unterwegs aus dem Zug gesprungen und er hätte sie über die Grenze in Sicherheit gebracht.

Warum war sein Leben verschont geblieben, während so viele Menschen gestorben waren? Tausende von Kindern, hatte er gelesen. Auf diese Frage hatte er nie eine Antwort gefunden. Doch hier war er nun und richtete sich selbst zugrunde.

Charlie, der Loser. Er war zwar dem Vichy-Regime in Frankreich entkommen, aber frei war er deswegen noch lange nicht. Er konnte nicht ohne die Flasche leben, deren Inhalt ihn vergiftete.

Der Rausch legte sich wie ein Schleier über ihn, während er die Schränke nach etwas durchstöberte, das ihm dabei helfen würde, alles zu vergessen. Der Wodka reichte nicht aus, um seine Gedanken zu betäuben und sie im Griff zu behalten. Er brauchte mehr Alkohol. Oder Pillen. Er brauchte jetzt etwas, um seine Erinnerungen wieder vergessen zu können. Sie mussten in einem Nebel aus Nichtigkeit versinken und dann verschwinden.

Er kniete sich hin und kroch unter den Tisch. Seine Hände presste er fest auf den Teppich und suchte in diesem Wirrwarr aus Stoff eine Pille, die vielleicht heruntergefallen war.

Louis schaute unter den Tisch. »Was machst du da?«

»Halt's Maul!«

»Ruby wird dich umbringen.«

»Ich habe keine Angst vor ihr.« Er hatte Angst vor niemandem, außer vor sich selbst.

»Steh wieder auf!« Kirk war wieder in den Raum getreten. In der Hand hielt er eine neue Flasche. »Versuchst du dich zu verstecken?«

Charlie erhob sich. »Hast du Rubys Pillen gefunden?«

»Die alte Schnalle.« Kirks Gelächter sorgte dafür, dass Louis sich in eine dunkle Ecke zurückzog.

»Sie muss sie mitgenommen haben.«

Kirk war unübertroffen besoffen.

Unübertroffen. Besoffen. Charlie trank den letzten Schluck Wodka und lachte über seine eigenen Reimkünste. Dann warf er die leere Flasche in die Ecke, wo Louis stand. Das zerberstende Glas hinterließ ein dumpfes Hallen in seinem Kopf.

»So, so! Alte Schnalle, was?«

Eine Lampe wurde eingeschaltet und Charlie schwankte, als er sich umdrehte. Obwohl er ebenen Boden unter den Füßen hatte, versagten sie ihm den Dienst, als wäre er seekrank. Ruby in all ihrer Pracht war zurück. Sie war von einer Rauchwolke umgeben, die von einer pinkfarbenen Marlboro-Zigarette stammte. Ruby war genauso betrunken wie Charlie und Kirk.

»Ihr seid wieder da!« Ihre Stimme klang gelangweilt. »Habt ihr mich so sehr vermisst?«

Kirk würde sie nicht so verspotten, wie er es mit Louis gemacht hatte. Zumindest so lange nicht, wie sie sie mit Alkohol und Pillen versorgen würde.

Ruby bot ihnen eine ihrer pinken Zigaretten an. Charlie lehnte ab. Zigaretten halfen ihm nicht zu vergessen. Kirk jedoch nahm sich zwei Stück. Eine rauchte er sofort, die andere wollte er sich für später aufbewahren.

»Ihr müsst mir mehr Wodka besorgen!« Sie nahm die Flasche in die Hand, die auf dem Tisch stand, und blickte auf das Etikett. »Und Whiskey brauche ich auch.«

»Wir haben dir Pilze mitgebracht«, sagte Charlie und versuchte, nicht allzu sehr zu lallen.

Rubys Lachen war im ganzen Raum zu hören, während sie den Beutel mit Pilzen betrachtete. »Die reichen ja nicht mal für das, was ihr schon versoffen habt.«

»Wir haben kein Geld mehr!«, sagte Charlie.

»Dann werdet ihr euch wohl etwas leihen müssen.«

Kirk fluchte. »Geld wächst aber nicht auf Bäumen.«

Ruby drehte sich zum Fenster und blickte hinunter auf den See. Ihre Augen richteten sich wie zwei Geschosse auf das Farmhaus.

Charlie schüttelte den Kopf. »Sie werden mir kein Geld mehr geben.«

»Du wirst sie auch nicht danach fragen.«

Stehlen. Das war es, was Ruby von ihnen wollte. Sie hatten Ruby selbst und Kirks Vater schon einmal bestohlen. Und jetzt verlangte Ruby von ihnen, seine Eltern zu bestehlen, die er sowieso verleugnete.

Warum eigentlich nicht? Grace hatte ihm seine Heimat Frankreich entrissen, obwohl er hatte bleiben wollen. Und dann hatte sie ihn dazu gezwungen, auf dem Gelände der Farm Hütten zu bauen. Für seine Arbeit hatte sie ihm lediglich einen Hungerlohn gezahlt. Warum sollte er sich nicht das nehmen, was ihm rechtmäßig gehörte? Sie schuldeten es ihm.

Charlie blickte zur Uhr und versuchte die Ziffern zu lesen, doch diese verschwammen vor seinen Augen.

»Es ist Mitternacht«, sagte Ruby. »Sie werden längst schlafen.«

»Roland schläft nie!«

Ruby wedelte mit ihrer Zigarette in der Luft herum, als hätte sie gerade eine Art Vision. »Ein kleiner Vogel hat mir zugezwitschert, dass er die Nacht in Salem verbringt. Er hat morgen früh ein wichtiges Gespräch bei der Bank.«

Dieser kleine Vogel musste Marguerite gewesen sein, die hier an dem Wandgemälde arbeitete. Wer melkte eigentlich die Kühe, wenn er und Roland nicht da waren?

»Geh nach Hause!«, fauchte Louis ihn an, als wolle er sie beide höchstpersönlich rauswerfen.

Kirk lachte, während er sich zur Tür drehte. »Schließ mal schön hinter uns ab, Franzmann.«

»Warte, Louis!« Ruby nahm den Beutel mit den Pilzen in die Hand. »Wir braten die hier heute noch an. Wenn die zwei Jungs wiederkommen, feiern wir noch ein bisschen.«

Charlies Kopf pochte erneut wie verrückt, als er mit Kirk durch die Hintertür nach draußen ging und sie durch den Garten stapften. Wenn er nicht bald mehr Alkohol bekäme, würde er explodieren.

Die Küchentür zu Hause war nicht verschlossen. Es gebe keinen Grund, die Türen zu verriegeln, wenn man so weit außerhalb der Stadt lebte, hatte Grace einmal gesagt. Aus demselben Grund versteckte sie ein kleines Bündel Geldscheine in einer roten

Folger's-Kaffeedose. Das Geld hatte sie durch den Verkauf von Milch und Gemüse in Newberg eingenommen. Die Kaffeedose versteckte sie im Eisfach, als würde dort niemals jemand danach suchen. Es waren Ersparnisse, die für den Lebensmittelhändler, unerwartete Rechnungen oder für die Bezahlung der Arbeitskräfte auf der Farm gedacht waren.

Kirk stand neben der Spüle und rauchte seine zweite Zigarette. Währenddessen wühlte sich Charlie durch in Folie eingewickeltes Fleisch und Eiswürfelbehälter aus Aluminium, die brennende Stellen an seinen Händen hinterließen. Er nahm nicht das ganze Geld aus der Dose. Nur fünf Dollar. Viel weniger, als ihm eigentlich zustand.

Seine Hand fühlte sich schwer an, als er die Kühlschranktür schloss. Seine Beine fühlten sich an wie zwei schwerfällige Anker auf einem leckgeschlagenen Schiff. Die Wellen waren beinahe zu hoch für ihn. Der Sturm tobte zu stark.

»Los, weg hier!« Er drehte sich zu Kirk um. Doch dieser war nicht mehr da.

»Kirk?« Seine Schulter stieß gegen die Wand und Charlie biss sich auf die Lippen, um nicht vor Schmerz aufzuschreien. Sie durften niemanden wecken. Selbst wenn Roland nicht da war, würde Grace ihm für den Diebstahl den Kopf abreißen. Und er würde die Enttäuschung in den Augen seiner Schwester nicht ertragen können, wenn sie ihn so sah. Ein betrunkener, widerlicher Typ.

Rabenschwarz. Das musste die Farbe sein, die sich gerade über seinem Kopf ausbreitete. Seine Mutter würde sich schämen. Und sein Vater ebenfalls. Der Verräter.

Roland und Grace würden nicht verstehen, warum er dringend Alkohol brauchte. Aber er musste die Dämonen in seinem Inneren vertreiben. Die Gesichter der Männer, die er getötet hatte. Einen im Gefängnis und den anderen in den Bergen. Besser, diese beiden waren tot als die Kinder. Aber trotzdem ... ihre Gesichter und der schockierte Blick in ihren Augen verfolgten ihn noch immer.

Der Mann in den Bergen war ein scheußlicher Halunke, ein Verräter, gewesen. Er hatte es nicht verdient zu leben.

Auf der anderen Seite verdiente Charlie es ebenso wenig.

Roland bereitete sich auf ein Gespräch mit der Bank vor. Womöglich wegen eines Kredits. Er und Grace hatten neben ihrer Farm kein weiteres Einkommen. Anders als Ruby, die in Geld nur so schwamm.

Das Geld hinterließ ein brennendes Gefühl in seiner Hosentasche und bettelte geradezu darum, wieder in die Dose zurückzuwandern. Doch Charlie brauchte dringend etwas zu trinken. Roland und Grace würden nicht wollen, dass er Rubys Alkohol stahl.

Eines Tages würde er ihnen das Geld zurückzahlen. Es war nicht so, dass sie es dringend zum Überleben brauchten. Er jedoch brauchte jetzt einen weiteren Drink, um weiterleben zu können.

»Kirk!«, zischte er leise, als er wieder in den Flur trat. Wenn Grace sie beide hörte, würde sie zuerst Familie Lange am anderen Ufer des Sees anrufen und dann noch die Polizei alarmieren. Charlies und Kirks bereits leckgeschlagenes Schiff würde dann endgültig untergehen.

Charlie eilte den Flur entlang und versuchte, nicht gegen die Wand zu stoßen. Kirk würde sicher nicht Marguerites Zimmer betreten, wenn so viel auf dem Spiel stand. Vielleicht war er schon nach draußen gegangen.

Doch Charlie konnte den Rauch bereits riechen, bevor er Marguerites Zimmer erreichte. Die Tür zum Schlafzimmer seiner Schwester war verschlossen, sogar abgeriegelt. Und er hörte, wie sich im Inneren etwas bewegte.

Großer Gott ...

Sein erstes Gebet seit Monaten. Ein verzweifeltes Flehen.

Er würde notfalls die Tür eintreten ... aber wie sollte das funktionieren, ohne gleichzeitig Grace aufzuwecken?

Marguerites Schreie waren auf der anderen Seite der Tür zu

hören. Seine Dämonen aus Frankreich polterten wie wild in seinem Inneren und drangen nach draußen.

»Mach die Tür auf!«, schrie Charlie und rüttelte am Türknopf.

Dann riss endlich der Schleier entzwei, der sich im Rausch über seinen Verstand gelegt hatte und er wurde völlig klar im Kopf.

Er warf sich erneut mit der Schulter gegen die Tür und diese fiel krachend zu Boden.

KAPITEL 32

Grace versuchte, Charlie wegzuziehen, doch dieser hatte sich fest an Kirks Rücken geklammert.

»Hör auf damit!«, schrie sie. Doch Charlie ließ seinen Griff nicht locker. Kirk hatte seine Hand auf Marguerites Mund gelegt und unterdrückte ihre Schreie. Und gleichzeitig drückte er ihr die Luft ab.

Sie musste doch atmen.

»Lass sie in Ruhe!«, brüllte Grace. Sie versuchte stark zu sein, doch diesem Feind hier war sie gnadenlos unterlegen. Nur Gott konnte sie und Marguerite nun noch retten.

Charlie holte zum Schlag aus und Kirk stürzte vom Bett. Aus seinem Mund fiel noch glimmende Asche.

Wenn sie doch nur stärker wäre. Dann würde sie Kirk am Kragen packen und aus dem Zimmer werfen. Nein, aus dem Haus. Alles, was Grace in dieser freien Welt wollte, war ein sicheres Leben für ihre Familie. Aber dieser Mann versuchte, diesen Traum zu zerstören.

Wieder ein Schrei. Doch er kam nicht von ihr. Und auch nicht von Marguerite.

Es war Charlie, der da schrie. Eine Hand hatte er auf die Brust seiner Schwester gelegt, die andere auf ihren Arm. Er schüttelte sie, als wäre sie eine Stoffpuppe. Grace machte einen Satz nach vorne und nahm das Mädchen auf ihre Arme. Sie wollte ihre Tochter vor diesen beiden Männern schützen.

Sie stolperte, als sie rückwärts zur Tür ging. Ihr Herz zerriss in Stücke. Beinahe konnte sie das Wasser des Flusses zwischen ihren Zehen spüren und die Kinder sehen, die dringend Hilfe benötigten, um die Berge erklimmen zu können. Und sie konnte auch den Jungen sehen, der sich für sie eingesetzt und sie alle gerettet hatte.

Derselbe Junge konnte sie jetzt auch wieder retten.

»Hör auf!«, schrie sie erneut, als Charlie das Messer aus seiner Hosentasche zog. Sie wusste jedoch, dass sie ihn mit Worten jetzt nicht mehr abhalten konnte. Während sie Marguerite fest an ihre Brust drückte und ihr ganzer Körper zitterte, betete sie ihren Psalm.

»Der Herr ist mein Licht und mein Heil; vor wem sollte ich mich fürchten?«

»Du hast sie umgebracht!« Charlie versetzte Kirk einen Kopfstoß. Die Zigarette fiel aus seinem Mund und landete auf dem Vorhang.

Irgendetwas aus Glas zerbrach. Ob es eine Lampe oder die Fensterscheibe gewesen war, wusste Grace nicht. Kirk spuckte Gift und Galle. Widerliche Sätze über Charlie und Marguerite, über Grace, Ruby und den Loser Louis oben auf dem Hügel sprudelten aus seinem Mund.

Eine Flamme fraß sich am Vorhang nach oben und setzte das obere Ende in Brand. Grace musste Marguerite sofort aus dem Haus bringen.

»Hol den Feuerlöscher!«, schrie sie, doch Charlie blickte sie immer noch nicht an.

Kirk lag nun auf dem Fußboden. Irgendetwas steckte in seiner Seite. Ein Fluch lag auf seinen Lippen.

»Charlie!«, flüsterte Grace leise und versuchte, ihre Stimme ruhig klingen zu lassen. Sie würde es nicht alleine schaffen. »Ich brauche deine Hilfe!«

Endlich blickte er sie an. Dann fiel sein Blick wieder auf Marguerite. Doch anstatt zu helfen, floh er in den Flur und ließ die Vordertür hinter sich zufallen.

Sie war nun ganz auf sich allein gestellt.

KAPITEL 33

»Er hat uns alle im Stich gelassen!«, sagte Louis in seinem Lehnstuhl sitzend zu Caleb. »Es war ihm völlig egal, was die anderen dachten.«

Der junge Mann verschränkte die Arme und Louis beobachtete ihn einen Moment lang. Ob er wohl wütend war?

Er sollte jedenfalls wütend sein. Was Charlie getan hatte, war unverzeihlich.

»Du denkst also, er sollte mit seinem Leben dafür büßen, dass er abgehauen ist?«, fragte Caleb.

Louis hasste es, wenn der Junge Fragen stellte, vor allem solche, die ihn ins Nachdenken brachten. Das alles lag nun schon mehr als fünfzig Jahre zurück. Charlie und er hatten Dinge getan, auf die sie beide nicht stolz waren.

»Ich würde sagen, jeder Junge macht irgendwann mal Dummheiten. Da denkt niemand darüber nach, was andere wohl davon halten.«

Caleb machte einen Schritt nach vorne. »Außer du.«

Louis wischte sich mit dem Arm über den Mund. Er lechzte nach einem Drink, den Caleb ihm nicht geben würde. Der junge Mann hatte seinen kompletten Wodkavorrat vernichtet und auf den Boden geschüttet. Und dann hatte sich Caleb neben seinen Liegesessel gesetzt und ihn Tag und Nacht bewacht, als wäre er sein Oberfeldwebel.

Kein Wodka. Kein Kaffee. Noch nicht einmal eine Cola hatte er bekommen.

Er war ein Gefangener in seiner eigenen Hütte …

Draußen vor dem Fenster war Calebs Hund. Caleb hatte ihn an einen Pfosten angebunden, damit er nicht hinter dem Wild herjagen konnte. Louis beobachtete ihn, wie er an der Leine lag.

Dann stützte er sich auf seine Ellbogen und setzte sich in seinem Sessel aufrecht hin. »Ich muss endlich wieder raus hier.«

Er wollte versuchen, irgendwo einen anständigen Drink für sich zu finden, auch wenn er dafür möglicherweise per Anhalter in die Stadt fahren musste. Doch eine leichte Berührung Calebs an seiner Schulter ließ seine Absichten wieder in sich zusammenfallen.

Ohne seinen Drink war er nichts. Und der Junge wusste das. Er war ohne Alkohol zu nichts in der Lage.

Louis schürzte die Lippen und Caleb steckte ihm einen Strohhalm in den Mund. Mit Wasser verdünnter Traubensaft aus dem Weinberg. Beinahe hätte Louis ihn ausgespuckt, entschied sich aber stattdessen, ihn doch hinunterzuschlucken. »Wenn du mir nicht bald etwas Anständiges zu trinken bringst, falle ich heute noch tot um!«

»Du kannst so viel Saft und Smoothies haben, wie du willst.«

»Ich mag aber keinen Saft.«

Caleb stellte das Getränk neben einem Zeitschriftenstapel ab. »Du hasst so ziemlich alles außer deinen Wodka.«

»Das stimmt nicht!«

»Vielleicht musst du einfach den guten Dingen im Leben Beachtung schenken, dann begegnet dir auch Gutes.«

»Ruby war das einzig Gute, was mir jemals passiert ist.«

Caleb schüttelte den Kopf. »Das stimmt nicht!«

Ein Helikopter flog im Tiefflug über sie hinweg und Louis duckte sich. Das Geräusch wühlte sein Inneres auf. Er wollte nicht wieder nach Vietnam zurück. Nicht solange Caleb hier war. Der Junge sollte ihn nicht so sehen.

Louis krallte sich an seinem Stuhl fest und versuchte, gegen all die Erinnerungen anzukämpfen, die ihn krank machten. Er musste sich darauf konzentrieren, Rubys Besitztümer zu schützen. Nicht die Erinnerungen, die ihn überwältigen wollten. Oder die ihn mit ihrem Gift töten wollten. Erinnerungen, die ihn in diese schwarzen Löcher schickten, aus denen nie wieder ein Soldat herausgekommen war.

Die Dunkelheit selbst machte ihm eigentlich nichts aus. Die Nacht hatte seinen Kameraden und ihm immer Schutz geboten. Doch er wollte nicht zurück in die Tunnel. Nicht zurück ins Feuer.

Eine Bombe explodierte vor seinem inneren Auge. Sie hinterließ eine Schockwelle von Erinnerungen.

Die Nacht, in der Charlie ihn hinter seinem Fenster verspottet und zu ihm gesagt hatte, dass er das Schloss nicht beschützen konnte, wenn Ruby nicht da war. Louis würde das nun niemals zugeben, doch der ältere Junge hatte ihm damals Angst eingejagt. Er hatte sein Bestes gegeben, um Ruby und ihre Besitztümer zu beschützen, doch dann war Ruby nach Hause gekommen und ...

Diese Nacht hatte alles verändert, darüber war sich Louis im Klaren. Und doch fiel es ihm schwer, sich daran zu erinnern.

»Ich glaube nicht, dass Ruby wirklich so ein guter Mensch war«, meinte Caleb. »Sie war weder zu dir noch zu anderen wirklich gut.«

Louis blinzelte und zwang sich selbst dazu, wieder in die Realität zurückzukehren. »Woher willst du das wissen?«

»Du bist nicht der Einzige, der etwas über sie zu berichten hatte. Bevor Großmutter Lange starb, hatte sie noch einiges zu erzählen.«

Mama Lange hatte Louis aufgezogen, seit er acht Jahre alt gewesen war. Doch sie hatte Ruby nie verstanden.

»Oma sagte, dass Ruby grausam gegenüber Grace gewesen ist.«

Louis schüttelte den Kopf. »Grace hat Ruby nie wirklich leiden können und umgekehrt war es genauso. Aber Ruby hat mich bei sich aufgenommen. Und dann hat sie mich gebeten, auf ihr Haus aufzupassen. Es war nicht vorgesehen, dass sie lange wegblieb ...«

Zwei Wochen vielleicht. Maximal. So hatte Ruby es gesagt. Paul und er sollten gemeinsam auf das Haus aufpassen.

Calebs Augen blitzten, als würde er ihm nicht glauben. »Warum genau ist Ruby weggegangen?«

»Sie ...« Louis dachte angestrengt nach. Immer mehr Gedankenfetzen kamen ihm in den Sinn. Ruby, die mit ihrem Finger auf seine Nase tippte, während sie ihm erklärte, dass sie weggehen würde. Ihr heller Lippenstift, der auf seiner Stirn einen Abdruck hinterließ. Ihre Bitte, nein, das Versprechen, dass sie ihm abgenommen hatte, dass er auf ihre Besitztümer aufpassen sollte.

Louis rutschte unruhig in seinem Stuhl hin und her und versuchte, sich diese tief verborgene Erinnerung wieder vor Augen zu rufen, die sich unter dem Staub vieler Jahre verborgen hielt. Nur noch ein bisschen angestrengt nachdenken, dann würde er sich erinnern.

Ein paar Tage, bevor das Farmhaus niedergebrannt war, hatten Ruby und Paul miteinander in der Küche gesprochen. Sie hatten miteinander geflüstert, während Paul das Mittagessen zubereitete. Normalerweise hatte Louis sie immer ignoriert und seine Aufmerksamkeit den hell glänzenden Zinnsoldaten zugewandt, die auf dem Teppich verstreut lagen. Doch durch die Art, wie Ruby und Paul miteinander gesprochen hatten, so leise und besorgt, hatte er sich gefragt, ob sich vielleicht wieder eine neue Horde Flüchtlinge in ihrem Zuhause breitmachen würde.

Er hatte sein Ohr an die Küchentür gepresst und Ruby drinnen sprechen hören. Sie wollte Marguerite bald auf eine Reise nach London mitnehmen und von dort aus dann weiter zu einem Festival nach Frankreich fahren, welches in einer Stadt namens Cannes stattfinden sollte. Doch das sollte ein Geheimnis bleiben. Grace sollte nie davon erfahren, doch Roland würde ihr dankbar sein.

Paul hatte ihr davon abgeraten – daran erinnerte sich Louis nun wieder. Er hatte Ruby gesagt, dass Roland sehr ärgerlich werden würde.

Mit einem quietschenden Geräusch hatte sich Louis auf dem Fußboden umgedreht und war zu seinen Zinnsoldaten zurückgekehrt. Dann hatte Ruby ihm einen letzten Kuss gegeben, bevor sie sich an ihn gewandt hatte.

Du wirst hier auf alles aufpassen, während ich weg bin, nicht wahr, Louis?

Genau das hatte er ihr versprochen. Er würde auf ihr Haus aufpassen. Er würde dafür sorgen, dass ihrem Besitz nichts zustoßen würde. Dieses Versprechen hatte er einige Tage später wieder gebrochen, als Charlie und dieser seltsame Schlägertyp hier mit ihrem Motorrad und den Pilzen aufgetaucht waren.

Louis schloss die Augen und konnte die Szene vor sich sehen, in der der Wind den Rauch aus Grace' Farmhaus hinüber in ihr Zuhause getragen hatte. Ruby war hysterisch geworden und hatte sich durch nichts wieder beruhigen lassen. Noch nicht einmal durch die Pilze, die er selbst klein geschnitten und für sie angebraten hatte.

Roland würde sie umbringen, hatte sie gesagt.

Caleb unterbrach den in seinen Erinnerungen versunkenen Louis. »Hat Roland Ruby getötet?«

Louis blickte aus dem Fenster auf die Kiefern und den Köter, der von draußen zu ihm zurückstarrte. In dieser Nacht musste irgendetwas Schlimmes mit Ruby passiert sein, das spürte er. Und er wollte es nicht länger verdrängen. Sonst würde die Erinnerung für immer tief in seinem Inneren vor sich hin rotten.

»Onkel Louis?«

»Ich brauche irgendetwas anderes zu trinken. Nicht dieses verfluchte Wasser.«

»Das ist Traubensaft.«

»Gib mir wenigstens einen Jungle Juice.«

»Ich kann noch Zitrone reinmachen.«

Louis seufzte laut. Caleb beugte sich zu ihm hinüber. »Du bist wahrscheinlich der einzige Mensch, der sich daran erinnern kann, was mit Ruby passiert ist.«

Seine Lippen schrien förmlich nach einem Drink, doch seine Gedanken wanderten dieses Mal nicht nach Vietnam zurück. Sie blieben auf der Farm, in der Nacht, in der er Charlie und Kirk mit seinen Zinnsoldaten bombardiert hatte.

Einige Wochen nach dem Brand war Louis zu Familie Lange in die Hütte gezogen. Irgendwann hatten sie ihn adoptiert und ihn als den älteren ihrer zwei Söhne bei sich aufgenommen. Solange die Tonquins das Land an die Langes verpachtet hatten, hatte man ihm erlaubt, in der Nähe von Rubys Haus wohnen zu bleiben, damit er da sein konnte, wenn sie zurückkam. So, wie er es ihr versprochen hatte.

Doch Ruby war nie wieder zurückgekommen.

Dann erinnerte er sich an den Teller, den er am nächsten Morgen an Rubys Bett gefunden hatte. Daneben hatten einige Pilze auf dem Boden gelegen, die er für sie zubereitet hatte.

Er hatte ein ganzes Leben lang versucht, diesen Teller zu vergessen.

»Caleb ...« Er fühlte sich mit einem Mal krank. Charlie hatte in seiner Jugend wirklich dumme Dinge getan, aber Louis ... er würde sich selbst niemals verzeihen können.

Der junge Mann legte die Hand auf Louis' Stirn, um zu prüfen, ob er Fieber hatte. Doch die Hitze brannte tief in seinem Inneren. »Was ist denn los?«

»Ruby hat das Schloss nie verlassen.«

KAPITEL 34

Ein Zug tuckerte aus dem Bahnhof von Newberg, doch Charlie sah noch nicht einmal von seiner Bank auf. Er hatte immer noch vier der fünf Dollar in seiner Hosentasche. Sie würden ausreichen, um ihn ans andere Ende von Oregon zu bringen.

Aber das war nicht weit genug.

Geld für Essen oder ein Ticket würde dann keines mehr übrig sein, aber das kümmerte ihn nicht. Er wollte nur noch so weit wie möglich weg von dem Anblick, wie Marguerite schlaff in Grace' Armen hing, genau wie es damals bei Louis am Fluss gewesen war.

Er war so wütend auf Grace gewesen, weil sie Louis damals zurückgelassen hatte. Und jetzt …

Er lag auf der Bank wie ein von einem Baum abgebrochener Zweig. Jegliches Leben war aus ihm gewichen. Was sollte er jetzt nur ohne seine Schwester tun?

Allein. Das Wort durchfuhr sein Inneres wie ein eisiger Windstoß und es wurde kalt wie seine Hände und Füße, die sich nicht mehr erwärmten. Nicht seit er diesen Fluss und den Schnee durchquert hatte, während er Marguerite auf seinem Rücken hatte tragen müssen.

All das Gute in seinem Leben hatte er gegen Alkohol eingetauscht, der ihn nur immer durstiger werden ließ.

Was war bloß los mit ihm?

Er war seinem Vater so ähnlich geworden und hatte die Menschen verraten, die er liebte.

Charlie schloss seine Augen, um sich gegen das Sonnenlicht und die fremden Menschen abzuschirmen, die über den Bahnsteig liefen. Nichts würde seinen Schmerz mehr stillen. Noch nicht einmal Rubys Pillen konnten das Loch in seinem Herzen stopfen.

Seine Bank bebte erneut und die Gleise begannen zu rattern, als der nächste Zug einfuhr.

Was wäre, wenn er den Gleisen etwa eine halbe Meile folgen und sich dann in einer Kurve einfach auf sie legen würde? Der Lokführer würde ihn sicherlich nicht sehen, wenn der Zug um die Kurve fuhr. Er würde dann einfach tot sein.

War er mutig genug, seinem Leben ein Ende zu setzen?

Er würde dem Schmerz entgegensehen. Ebenso dem Moment, in dem um ihn herum alles schwarz werden würde.

Aber was war, wenn es doch ein Leben nach dem Tod gab, wie Grace immer gesagt hatte? Ein Ort, wo er für immer sein würde – entweder im Himmel oder in der Hölle? Die Hölle wäre der schlimmste Ort für einen Sünder wie ihn.

Seine Schwester. Seine Mutter. Roland und Grace. Seinen kleinen Bruder und – ja – sogar Louis. Keinen von ihnen würde er dann jemals wiedersehen.

Charlies Hand hatte immer noch nicht aufgehört zu zittern, seitdem er Kirk sein Messer in den Bauch gestoßen hatte. Es gab keine Chance mehr auf Vergebung. Von einer Sekunde auf die andere waren zwei Menschen gestorben, die ihm einst wichtig gewesen waren. Einer davon durch Charlie selbst und der andere … Es war seine Schuld, dass Marguerite tot war.

Die Trauer versetzte ihm einen Schlag in die Magengrube, der ihn ins Straucheln brachte und ihn erzittern ließ. Dann verschlang sie ihn wie eine Flutwelle. Er war sich nicht hundertprozentig sicher, ob seine Schwester wirklich gestorben war, doch er hatte die Verzweiflung in Grace' Augen gesehen. Ihren Schmerz. Und Grace …

Er wusste nicht, was mit ihr geschehen war. Und er wollte es auch nicht wissen.

Anstatt ihr zu helfen, war er wie ein Feigling auf dem Hügel stehen geblieben und hatte dabei zugesehen, wie das Feuer sein Zuhause zerstörte. Zwei Feuerwehrautos waren mit Blaulicht zum Farmhaus gefahren. Doch sie waren viel zu spät gekommen, um das Gebäude noch retten zu können. Sie hatten mit ihren

Wasserschläuchen auf niedergebranntes Holz, verkohlte Steine sowie auf die Erbstücke von Grace' Großeltern und die Gesangbücher gespritzt, die Grace über Jahre hinweg gesammelt hatte. Und Charlie hatte einfach nur untätig dagestanden. Nicht einmal gebetet hatte er, wie Grace es selbst getan hätte.

Verräter.

Wie der Mann oben in den Bergen. Wie sein Vater in Paris. Er hatte Menschen wegen Alkohol im Wert von fünf Dollar auf dem Gewissen. Menschen, die er geliebt hatte.

Er würde sich einfach auf die Eisenbahngleise legen. Dort gehörte er hin. Es war besser so. Für ihn selbst und für Roland. Für den Mann, der die Vaterrolle für ihn übernommen hatte. Roland würde ihn umbringen, wenn Charlie vorher nicht selbst Hand an sich legte.

Oder ...

Charlie setzte sich auf.

Gefängnis. In all dem Durcheinander hatte er darüber bisher überhaupt nicht nachgedacht. Die Polizei würde ihn bald finden und ihn dann hinter Gitter bringen. Und keiner würde kommen, um ihn dort wieder herauszuholen.

Charlie suchte nach seinem Rucksack. Er war bereit, erneut zu fliehen. Doch auf diese Flucht hatte er, abgesehen von dem Geld, das ein Loch in seine Tasche zu brennen und seine Haut zu versengen schien, nichts mitgenommen. Abgesehen von einem Bild, das er vom Nachttisch seiner Schwester hatte mitgehen lassen.

In seinem Kopf hämmerte es laut, als er versuchte aufzustehen. Doch jemand legte eine Hand auf seine Schulter und brachte ihn dazu, sich wieder auf die Bank zu setzen. Noch ein paar Sekunden Freiheit, dann würde der Gerechtigkeit Genüge getan werden.

Er wartete nur noch darauf, dass die Handschellen klickten. Eine kurze Fahrt zum Gefängnis.

Hätte er sich doch schon früher auf die Schienen gelegt.

»Ich dachte mir, dass ich dich hier finden würde.«

Charlie erkannte die Stimme, wagte es aber nicht, seinen Blick zu heben. Er wollte es nicht hören, wenn Roland ihm die Wahrheit sagte. Das würde noch schlimmer sein, als im Gefängnis zu landen.

»Wo wolltest du denn hin?«

Er würde das, was er getan hatte, nicht wiedergutmachen können. Es sei denn, Roland wollte ihn ins Gefängnis bringen. Was sollte er sonst von ihm wollen?

Charlie setzte sich aufrecht hin und blickte auf die Gleise. »Ich habe einen Plan.«

»Hast du auch Geld für deinen Plan?«

»Vier Dollar aus der Kaffeedose. Ich zahle sie dir zurück.« Charlie hob nun endlich den Kopf und bemerkte Rolands traurigen Gesichtsausdruck. Den Verlust, der sich in seinen rot unterlaufenen Augen spiegelte. Charlie traute sich gar nicht erst, nach Grace zu fragen.

Wenn Roland ihn nicht ins Gefängnis brachte, würde ein Tod auf den Bahngleisen seine gerechte Strafe sein.

Roland zog seine Geldbörse aus der Hemdtasche. Sie war genauso dünn wie der Mann, der sie mit sich herumtrug. Es hatte eine Zeit gegeben, in der sie zu viert auch ohne viel Geld glücklich gewesen waren. Doch dann war Charlie weggegangen und hatte alles kaputt gemacht.

Roland öffnete langsam die Geldbörse und holte drei Scheine heraus. Es waren jeweils 20-Dollar-Noten. Ein kleines Vermögen für eine Bauernfamilie.

In der vergangenen Nacht hätte Charlie noch alles dafür getan, um das Geld zu bekommen, doch jetzt schüttelte er nur den Kopf. »Ich will dein Geld nicht!«

»Mein Plan ist auch nicht, es dir zu geben.«

Rolands Worte waren für Charlie wie eine Ohrfeige. Wollte er ihn weiterhin verhöhnen? Er hatte es verdient, doch trotzdem taten die Worte weh.

Roland wies mit dem Kopf zur Tür der Bahnhofshalle. »Ich werde dir ein Zugticket kaufen.«

Charlie schloss erneut die Augen. »Das Haus ist zerstört ...«

»Ja.«

»Was ist mit Marguerite?«

Als er sich traute, Roland wieder anzublicken, sah er, wie dieser den Kopf schüttelte. Charlie spürte, wie ihn der letzte Rest Lebensmut endgültig verließ. Er war jetzt nicht einmal mehr in der Lage, die Bahngleise entlangzulaufen.

»Wo willst du hin?«, fragte Roland.

»Weg von hier. So weit wie möglich.«

Wenig später trat Roland aus der kleinen Bahnhofshalle und kehrte mit einer kupferfarbenen Fahrkarte wieder zurück. »Ich habe genug Geld für ein Ticket nach Tennessee für dich.«

Charlie nahm die Fahrkarte, die Roland ihm entgegenhielt. »Bitte sag Grace, dass es mir leidtut ...«

Sie hatte sicherlich überlebt, sonst wäre Roland hier nicht aufgetaucht.

»Du wirst deinen Weg schon finden, Charlie.« Roland gab ihm einen Klaps auf den Rücken.

»Sie wird nie aufhören zu beten.«

»Sag ihr, dass sie ihre Zeit nicht verschwenden soll.«

»Nimm das Geld aus der Kaffeedose, um dir etwas zu essen zu kaufen.«

Charlie starrte auf das Ticket in seiner Hand. »Ich verdiene das nicht.«

»Keiner von uns verdient das Gute, das uns begegnet!«, sagte Roland. »Unser ganzes Leben ist ein Geschenk.«

Charlie bedankte sich noch nicht einmal. Es vergingen Jahre, bis er es bemerkte.

Nach all dem, was Grace und Roland für ihn getan hatten, hatte er ihr Haus niedergebrannt. Er hatte Kirk getötet und Marguerite wahrscheinlich auch ...Welchen Schaden er sonst noch angerichtet hatte, wusste er nicht.

Er würde nach Tennessee gehen, wo auch immer das war. Und dann ...

Er hatte keinen blassen Schimmer, wie es weitergehen sollte.

KAPITEL 35

»Muss Papa C sterben?«

Eine junge Frau saß neben Addie auf der sonnendurchfluteten Terrasse des Haupthauses. Sie hielt eine Tasse mit heißer Schokolade in der Hand, während sie den Blick über Sale Creek und auf Charlies Trauerweide genossen. Die junge Frau hieß Norah. Sie kam aus Knoxville. Norah war neu in Sale Creek angekommen, nachdem sie einer Bande von Teenagern entkommen war, die aus schwierigen Verhältnissen stammten.

Jenseits der Trauerweide und des silberfarben glänzenden Baches floss der Tennessee, auf dem kurz vor Sonnenuntergang ein Frachtkahn entlangschipperte. Der Wind stieg an der Klippe am Flussufer wie in einem Trichter nach oben und wehte dann über die beiden Frauen hinweg. Ein Vorgeschmack auf den Himmel – das war Addies erster Gedanke gewesen, als sie als Erwachsene wieder nach Sale Creek zurückgekehrt war. Das Haus stand auf einem grasbewachsenen Hügel und war auf beiden Seiten von einer Reihe perlweiß gestrichener Hütten umsäumt. Nachts leuchteten die Hütten wie ein Sternbild, das auf dem Bergrücken erstrahlte.

»Kann sein«, antwortete Addie, während das Licht der Abenddämmerung durch die Zweige der Trauerweide fiel. »Ich hoffe allerdings, dass er noch eine Weile bei uns bleibt.«

Charlie erholte sich noch immer in Atlanta, während sein Körper versuchte, durch die letzte Transfusion neues Leben zu erlangen. Addie und Emma waren gestern jedoch nach Sale Creek zurückgekehrt. Emma musste noch einige Rechnungen bezahlen und sich mit den Hauseltern treffen, bevor sie wieder nach Georgia fahren konnte.

Gott hatte Charlie alles vergeben, was in dieser schrecklichen

Nacht auf der Farm geschehen war. Doch manchmal, so hatte Charlie es Addie im Krankenhaus anvertraut, schämte er sich immer noch für seine Taten. Die Last, seine Schwester getötet zu haben.

Das einzige Mitglied seiner Familie, das sein Leben hätte retten können, war tot.

Addie und Emma hatten auf der Heimfahrt die meiste Zeit geweint. Wegen Charlie, Marguerite und der Zerbrochenheit in ihrer Welt.

In jeder jungen Frau, die nach Sale Creek kam, erkenne er seine Schwester wieder, hatte Charlie gesagt. Eine junge Frau, die einzigartig und wunderbar geschaffen worden war. Die Gaben hatte, die sie mit der Welt teilen konnte.

Norah vergrub die Absätze ihrer Cowboystiefel im Boden und lehnte sich in ihrem Stuhl zurück. »Ich habe gehört, du bist schwanger.«

»Ja.«

»Wird's ein Junge oder ein Mädchen?«

Addie lächelte. »Ich lasse mich überraschen.«

Die junge Frau blickte sie schockiert an. »Warum das denn?«

Addie dachte einen Moment nach und fragte sich, welches Durcheinander von Gefühlen und welche Lasten Norah wohl mit sich herumtragen musste. Addie wollte, dass diese junge Frau begreifen konnte, dass ihr Leben unendlich wertvoll war. »Weil mein Baby – jedes Baby – ein Geschenk ist und ich mein Geschenk nicht auspacken möchte, bevor es Zeit dafür ist.«

»Du bist wirklich komisch, Addie.«

»Das ist allerdings wahr.«

Norah betrachtete sie eingehend mit ihren strahlend blauen Augen, die trübe und stumpf dreingeblickt hatten, als sie zum ersten Mal nach Sale Creek gekommen war. Nachdem sie von ihren Bindungen frei geworden war, hatte sie sich als gedankenschnell erwiesen und eine Klarheit und Tapferkeit an den Tag gelegt, durch die sie schnell Addies und Emmas Zuneigung gewonnen hatte.

»Irgendjemand hat behauptet, dass dein Ehemann sich das Leben genommen hätte.«

Addie atmete tief ein, um die Flut an Emotionen in ihrem Herzen wieder zu beruhigen. Sie spielte mit dem Ring an ihrem Finger. »Die Polizei meinte, es wäre ein Unfall gewesen.«

»Aber du bist dir da nicht so sicher ...«

»Ich glaube nicht, dass ich jemals Gewissheit bekommen werde.«

»Warum hat er das getan?«

Addie dachte über die Frage nach, die sie monatelang verfolgt hatte. Sie wünschte sich, eine bessere Antwort parat zu haben. »Peter war sehr erfolgreich, aber nicht wirklich glücklich. Manchmal ist er so wütend geworden ... aber ich denke, er war vor allem wütend auf sich selbst.«

Sie hatte versucht, alles, was zerstört worden war, wiederherzustellen und es ihnen beiden so leicht wie möglich zu machen. Sie hatte versucht, die beste Ehefrau und Partnerin zu sein, außerdem die beste Köchin, damit er gerne zum Abendessen nach Hause kommen würde. Doch eigentlich hatte sie nichts weiter getan, als den Scherbenhaufen wieder wegzuräumen, den Peter hinterlassen hatte.

Wie Peter hatte auch Charlie verschiedenste Dinge ausprobiert und gehofft, dadurch Frieden und Freude in seinem gebrochenen Herzen zu finden. Doch nichts, so hatte Charlie gesagt, hätte ihm mehr Frieden gegeben, als seine Zerbrochenheit Gott hinzuhalten und ihn darum zu bitten, sie wieder zu heilen. Jahre später hatte er dann mutig Gott gebeten, seine Vergangenheit zu gebrauchen, um anderen Menschen zu helfen. Ein wenig Freude in seine traurige Lebensgeschichte hineinzuweben.

Kraftlosigkeit. Kummer. Kapitulation.

»Wie schafft man es, die eigene Wut in den Griff zu bekommen?«, fragte Norah, während sie ihren Blick auf den Fluss richtete.

»Der erste Schritt war, Gott meine Zukunft zu überlassen.«

Mit diesen Worten wurde die Sehnsucht in Addie neu geweckt, wieder heil zu werden. »Wir alle treffen Entscheidungen, die uns selbst und den Menschen in unserem Umfeld schaden. Aber Gott hat uns in seinem Sohn das größte Geschenk gemacht, sodass wir neu anfangen können. Alles, was wir tun müssen, ist, um Vergebung für unsere Schuld in der Vergangenheit zu bitten und uns dafür zu entscheiden, Jesus nachzufolgen. Trotzdem gibt es immer noch Menschen, die dieses Geschenk nicht annehmen möchten. Sie wollen in ihrem Leben glücklich sein, aber nicht demütig. Sie wollen das Geschenk, aber ohne die Gnade.«

Norah trank einen Schluck von ihrer heißen Schokolade. »Das klingt viel zu einfach.«

»In der Einfachheit ist oft die größte Freude zu finden.« Wenn einem alles andere genommen worden war. »Es ist nicht dasselbe, wie mit einem Menschen oder wegen einer Sache glücklich zu werden. Diese Art von Freude kommt tief aus deinem Inneren und man kann sie gar nicht erklären. Ein kleines Fünkchen Hoffnung mitten in der Trauer.«

Jemand rief von drinnen Norahs Namen und sie seufzte. »Ich sollte jetzt eigentlich die Küche putzen.«

Addie lächelte erneut und dachte daran, wie sehr sie den Küchendienst in ihren ersten Monaten in Sale Creek gehasst hatte. »Ich wette, du kannst auch darin Freude finden.«

»Du bist wirklich komplett verrückt!«

»Freude kann man überall finden!«

Das Klingeln von Addies Telefon ließ sie aufspringen und ihr Herz tat einen Sprung, als sie Calebs Nummer auf dem Display erblickte. Seit sie wieder zu Hause war, hatte er mehrmals angerufen und nach ihr und Charlie gefragt, nachdem sie ihm erzählt hatte, dass Marguerite in der Nacht des Feuers auf der Farm gestorben war. Er schien mit ihr um diesen Verlust zu trauern.

»Addie ...«

Ihr Herz stockte. »Was ist los?«

»Das Grab im Wald ist nicht das von Marguerite.«

Addie lehnte sich in ihrem Stuhl zurück. »*Wie meinst du das?*«

»Louis hat mir erzählt, dass er und Roland Ruby im Wald begraben haben.«

»Warum hat er dir das nicht schon früher gesagt?«

»Er war durcheinander.«

Addie blickte wieder zum Bach hinüber und hörte sich das seltsame Ende der Geschichte an, das Charlie weggelassen hatte. Die Pilze, die Charlie und sein Freund mitgebracht hatten, waren von einem Jungen klein geschnitten und angebraten worden, der giftige und essbare Pilze nicht voneinander hatte unterscheiden können.

Hatte sich Ruby selbst das Leben nehmen wollen, nachdem ihr Stern in Hollywood untergegangen war? Oder hatten Charlie und sein Freund ihr die Pilze absichtlich gegeben?

»Wenn Ruby dort im Wald begraben ist ... was ist dann aus Marguerite geworden?«, fragte sie.

»Die Tonquins sind kurz nach Rubys Tod weggezogen. Wir wissen nicht, wohin.«

»Wenn Marguerite noch am Leben ist, können wir sie vielleicht ausfindig machen.«

Nachdem Addie das Gespräch beendet hatte, eilte sie zurück ins Haupthaus, um im Büro nach Emma zu suchen. Doch Emma war nicht da. Das Panoramafenster bot einen Blick über den Bach und die Trauerweide. Gegenüber befand sich Charlies Bildergalerie mit Gemälden und professionell erstellten Fotos von widerstandsfähigen Trauerweiden, die zwar gebeugt, aber nicht gebrochen waren. Eine Kollektion von Kunstwerken, die Charlie ausfindig gemacht oder von Spendern und Heimbewohnern erhalten hatte, die von seiner Leidenschaft inspiriert worden waren.

Addie warf einen Blick auf die ihr so vertrauten Bilder und drehte sich dann wieder um, um Emma zu suchen. Doch dann hielt sie inne.

Oben in der Ecke hing ein neues Bild, ein Ölgemälde, dass Addie nie zuvor gesehen hatte. Im Vordergrund des Bildes befand sich ein Eisentor und eine silberfarbene Weide, die sich zur Seite neigte. Im Hintergrund lugte hinter den gebogenen Zweigen ein Haus aus Stein hervor, über dem sich ein violetter Wirbel befand. Ein Schloss, dass Addie an die Skizze erinnerte, die Caleb in Rubys Haus entdeckt hatte.

Sie stellte sich auf die Zehenspitzen, nahm das Bild von der Wand und betrachtete es eingehender durch das Glas. Versteckt in einem Beet aus Wildblumen fand sie an den Wurzeln der Weide ein *M*, das mit gelber und blauer Farbe dorthin gepinselt worden war.

Der Künstler hatte sein Werk auf der Vorderseite nicht signiert, sodass Addie es auf die Rückseite drehte, um dort nach der Signatur zu suchen. Doch der Bilderrahmen war mit braunem Papier beklebt worden, das das Gemälde gegen Schäden schützen sollte.

Addie eilte in die Küche, wo Emma an der Spüle stand und den jungen Frauen beim Abwasch half.

Emma warf einen Blick auf das Gemälde in Addies Händen. »Dekorierst du um?«

»Wo hast du das her?«

»Leah hat es mir geschickt, als sie von Charlies Krankheit erfahren hat.« Eine frühere Heimbewohnerin, die Sale Creek seit Jahren unterstützte. »Ich wollte ihn damit überraschen, wenn er wieder ...«

Wenn er wieder nach Hause kommt. Die Worte blieben unausgesprochen im Raum stehen und mit ihnen die Hoffnung, die jede Sekunde weiter zu schrumpfen schien.

»Wo hat sie es gefunden?«

»Ich weiß es nicht.«

Addie drehte das Gemälde wieder auf die Rückseite und Emma betrachtete das braune Papier. »Du willst es wegschneiden, hab' ich recht?«

»Ja, bitte.« Sie würde das Papier später wieder ankleben und das Gemälde so gut sie konnte wieder in seinen Originalzustand versetzen.

»In der Anrichte ist ein Bastelmesser.«

Addie rollte das Papier vorsichtig zurück, als handele es sich dabei um Pergament. Sie bog es um, ohne es zu zerstören.

Darunter befand sich ...

Ein kleiner Kolibri. Und daneben fein säuberlich geschriebene Buchstaben. *M. Dupont.*

Addie blickte zu Emma, die ihren staunenden Blick erwiderte. Wie es aussah, hatte Charlies Schwester den Brand überlebt.

Addie berührte den gelb-blauen Kolibri sanft mit ihren Fingern, als könnte er davonfliegen. Das alles hier schien wie ein Traum zu sein.

Emmas Stimme zitterte. »Was ist, wenn wir sie doch noch finden?«

Genau diese Frage zeugte von großem Mut, dachte Addie. Sie hatte aber auch das Potenzial zu einer neuen Enttäuschung, in eine neue Sackgasse zu führen.

»Nicht wegen des Knochenmarks«, sagte Emma. »Damit Charlie sie noch einmal sehen kann.«

»Ich würde es gern versuchen.« Marguerite zu finden, würde Charlies Seele unglaublich guttun.

»Dann solltest du es tun. Ich rufe gleich bei Leah an und frage sie, wo sie das Gemälde gekauft hat.« Emma legte eine Hand auf den Bilderrahmen. »Seine Schwester ...«

In diesen beiden Worten lag der Hauch eines Wunders.

KAPITEL 36

London
März 1948

Grace betrat das kleine Versammlungshaus der Quäker in Westminster unweit des Ortes, an dem sich George Fox und die ersten Quäker einst versammelt hatten. Die meisten Touristen in London besichtigten die kunstvoll gestaltete Abteikirche gleich in der Nähe, doch Grace fand inmitten von Skulpturen oder bunten Kirchenfenstern keinen Trost. Sie hoffte, in diesem schlicht gehaltenen Raum Frieden für ihre Seele zu finden. Die tröstliche und heilsame Gegenwart Gottes – *Schechina*.

Sie war allein im Raum. Grace ging auf die Knie und stützte sich mit den Ellbogen auf einem der Holzstühle ab, die für den nächsten Gottesdienst in einem Kreis aufgestellt worden waren. Dort begann sie, sich alles von der Seele zu reden. Sie sprach den ihr so vertrauten Psalm, der sie durch Frankreich und Spanien und dann wieder über den Atlantik zurück in ihre Heimat begleitet hatte. Sie bat Gott, ihr einen Ausweg aus der Dunkelheit zu zeigen. Sie wartete darauf, seine Stimme zu hören. So lange hatte sie sich danach gesehnt. Der Atem des Lebens. Hier in der Stille.

Gott war ihr in ihrer Zerbrochenheit nahe, auch wenn sie seine Stimme nicht hören konnte. Sie konnte seine Gegenwart spüren. Seinen Frieden. Gott war allgegenwärtig, aber er schien sich in von Menschenhand erbauten Denkmälern oder protzigen Kirchengebäuden nicht wohlzufühlen. Doch er konnte in Herzen hineinsprechen, die still genug waren, um auf seine Stimme zu hören.

Roland hatte ihr gesagt, sie solle sich alle Zeit nehmen, die sie brauche. Auch wenn es mehrere Stunden dauern würde. Marguerite und er waren auf Entdeckungstour durch die Straßen gegangen, die er noch aus seiner College-Zeit kannte. Vielleicht war dies wie Balsam auf die Seele für die herzzerreißend schwierigen Monate, die vor ihnen lagen. Roland und Marguerite fühlten sich sowohl im Chaos als auch in der Stille wohl.

Ruby war in derselben Nacht gestorben, in der Charlie weggelaufen war. Grace wusste nicht, woher Ruby die giftigen Pilze bekommen hatte. Eigentlich wusste ihre Mutter, wie sie essbare und giftige Pilze voneinander unterscheiden konnte. Es schien beinahe so, als habe Ruby verhindern wollen, dass das Feuer, das sich seinen Weg den Hügel hinunter gebahnt hatte, ihr die Show stahl.

Sie hatten sie in einem unscheinbaren Grab im Wald begraben und keinen Namen auf ihrem Grabstein angebracht. Damit wollten sie verhindern, dass Scharen von Fans – oder Menschen, die wegen Rubys gebrochener Versprechen auf Rache sannen – zum Grundstück pilgerten. Nicht einmal Paul, Rubys engster Begleiter, ließ sich noch einmal im Schloss blicken.

Orange – das war die Farbe, mit der Marguerite Ruby beschrieben hatte. Sie war tief im Inneren verletzt gewesen. Irgendetwas hatte ihre Mutter verletzt, vielleicht bereits in ihrer Kindheit. Marguerite hatte für sie beide diesen Verlust betrauert. Grace behielt den Gedanken an die Farbe Orange in ihrem Gedächtnis und lernte, ihrer Mutter zu vergeben. Doch vergessen konnte sie nicht, zumindest nicht vollständig, dass Ruby sich all die Jahre geweigert hatte, ihre Rolle als Mutter anzunehmen.

Nach dem Feuer hatte Grace Verletzungen davongetragen, als sie zuerst Marguerite gerettet und dann später Kirk aus dem Haus geschleppt hatte. Roland hatte sie anschließend in Rubys Haus wieder gesund gepflegt. Und dafür liebte sie ihn umso mehr. Kirk war schließlich an einer Rauchvergiftung gestorben. Und in den ersten Wochen hatten sie befürchtet, dass Marguerite dasselbe Schicksal ereilen würde. Grace dankte Gott jeden Tag dafür, dass er das Leben ihrer Tochter gerettet hatte und sie ihre Gabe weiterhin mit der Welt teilen konnte.

Dann gab es noch Charlie. Nur an seinen Namen zu denken, versetzte Grace einen Stich voll Traurigkeit und Verzweiflung mitten ins Herz. Sie wusste nicht, wo er nach dem Brand hingegangen war. Hätte sie es gewusst, wäre sie ihm nachgejagt. Roland hatte sie daran erinnert – und erinnerte Marguerite und sie immer wieder daran –, dass es für alle das Beste gewesen war, dass Charlie weggegangen war. Der Junge, der einst seine Schwester beschützt hatte, war nun ein Mann, der ihr Schaden zufügen konnte. Er konnte sie alle verletzen.

Solange Charlie es nicht schaffte, die gottlosen Stimmen in sich zum Schweigen zu bringen und auf die eine Stimme zu hören, die ihm wahres Leben schenken konnte, würde er sich selbst und jeden, der ihn liebte, nur zerstören. Sie und Roland würden alles tun, was sie konnten, um Marguerite vor solchem Schaden zu bewahren.

Hätte sie Madame Duponts Brief sofort beantwortet und Charlie von seiner Mutter erzählt, wäre er vielleicht nie davongerannt. Auch das würde Grace niemals vergessen. Es war falsch gewesen, diese Information vor beiden Kindern geheim zu halten.

Grace hatte Gott bereits um Vergebung gebeten, weil sie so lange damit gewartet hatte, den Brief zu beantworten. Nun taten sie endlich genau das Richtige, indem sie Marguerite nach London gebracht hatten. Sie würde hier mit ihrer Mutter ein sicheres Leben führen können.

Grace beruhigte ihr Inneres wieder und hörte auf die leise Stimme in ihr. Draußen vor dem Fenster hupte ein Auto. Ein Kind rief draußen auf der Straße nach seinem Vater.

Eigentlich war sie wie dieses Kind, dachte Grace. Auch sie rief nach ihrem Vater im Himmel und suchte einmal mehr seine Aufmerksamkeit. Obwohl sie selbst keinen irdischen Vater hatte, wusste sie, dass andere Väter – gute Väter, die ihre Kinder liebten – das Rufen ihrer Kinder hörten und ihnen halfen, wenn sie in Not waren.

Grace war ebenfalls in großer Not.

Was sollten Roland und sie jetzt tun?

In diesem Moment spürte sie, wie leise Worte ihr Herz geradezu umhüllten. Und dann hörte sie eine liebevolle und warme Stimme, die die Kälte in ihrem Herzen vertrieb.

Lebe so, wie ich es getan habe.

Wie soll ich das machen?, fragte sie. Wie sollte sie mit all dem Verlust in ihrem Leben weiterleben?

Liebe so, wie ich geliebt habe.

Vor ihrem inneren Auge sah sie ein Kreuz, aus dem hellgelbe Farbe herausströmte. Selbst in der Dunkelheit konnte sie das Schimmern seines Lichtes erkennen.

Jesus hatte die Menschen sein ganzes Leben lang geliebt. Bis zum Tod. Doch nicht einmal der Tod hatte seine Liebe aufhalten können. Seine Liebe breitete sich aus wie die Samen von Löwenzahn, dachte Grace. Diese Samen flogen über die Wiesen in den Tälern und über Unkraut hinweg, das niemand beachtete. Sie ließen sogar auf felsigem Untergrund Blumen wachsen, die Heilung bringen konnten. Dort, wo sonst nichts wachsen konnte. Wie die Winterrosen in den Bergen.

Die Verluste, die sie bereits erlitten hatte, und der eine, der noch vor ihr lag, bohrten sich wie Nägel in ihre Haut. Doch Grace konnte nicht aufhören, Gottes Wegen zu folgen und seine Liebe weiterzugeben. Was auch immer passieren würde, sie musste weiterhin ihr Leben für ihre Freunde geben.

Grace erhob sich von ihren Knien und setzte sich mit gefalteten Händen auf einen der Stühle. Es war klar, was ihr nächster Schritt sein würde. Der Weg dafür war längst vorbereitet. Doch Grace brauchte für diesen Schritt mehr Kraft, als sie selbst hatte.

Madame Dupont wusste, dass sie kommen würden. Es hatte sich herausgestellt, dass Ruby durch Kapitalanlagen ein kleines Vermögen erwirtschaftet hatte, obwohl ihre Filmkarriere längst vorbei gewesen war. Die Kosten für das Schloss waren abbezahlt, und da es kein Testament gegeben hatte, hatte Grace alles geerbt.

Ein Teil des Geldes war in den Kauf von drei Flugtickets nach

New York geflossen. Dann hatten sie ein Schiff bestiegen, das sie über den Ozean gebracht hatte. Sie hatten jeden einzelnen Moment genossen, der ihnen mit Marguerite noch blieb. Diese hatte sich wieder in ihrer Kunst verloren und Stunden damit verbracht, an Deck Skizzen anzufertigen und zu malen.

Sie hatten auch Louis mit nach London nehmen und ihn in ihre Familie aufnehmen wollen, wie sie es zuvor auch mit Charlie und Marguerite getan hatten. Doch Louis hatte nicht mitkommen wollen. Er war jetzt neun Jahre alt und längst kein Kleinkind mehr, das getragen werden musste. Grace fürchtete zudem, dass er es dieses Mal nicht überleben würde, wenn sie ihn wieder dem Land entrissen, in dem er Wurzeln geschlagen hatte.

Familie Lange hatte angeboten, ihm ein neues Zuhause in ihrer Hütte zu geben und ihm den Besuch der Schule zu ermöglichen. Grace hoffte, dass sie die richtige Entscheidung getroffen hatten, ihn in ihrer Obhut zu lassen. Solange Louis auf dem Grundstück lebte, konnte Familie Lange in der Hütte am See wohnen bleiben. Das Schloss würde jedoch erst einmal leer stehen. Mr Dawson, ein Anwalt aus der Gegend und ebenfalls Quäker, hatte sich bereit erklärt, sich um die Details zu kümmern. Familie Lange würde ihm einen symbolischen Betrag als Pacht für die Hütte und das umliegende Grundstück bezahlen. Einen Dollar pro Monat, bis sie und Roland zurückkehren würden.

Im Moment konnte Grace sich jedoch nicht vorstellen, jemals wieder zurückzugehen. Sie blickte nur nach vorne, egal wie schwer der Aufstieg auch sein mochte.

Die Sonne verschwand hinter einem der Gebäude. Lange würde sie hier nicht mehr bleiben können. Einer der Quäker würde hier bald die Tür zuschließen und Grace wollte sich nicht auf ihrem Rückweg zum Hotel im Irrgarten der düsteren Straßen Londons verlaufen.

Doch sie konnte diesen Ort nicht verlassen, ehe Gott ihr neuen Mut geschenkt hatte. Denselben Mut, den er Jesus im Garten Gethsemane gegeben hatte. Grace rieb sich die Handgelenke und bat Gott, ihr für das, was sich wie der bevorstehende Tod anfühlte, seine Kraft zu schenken.

Als die Nacht anbrach, wartete Roland gemeinsam mit Marguerite vor der Tür des Versammlungshauses. Als sie die beiden zusammen erblickte, sah sie in ihrem Herzen das Bild von Gott als Vater, der auf ihre wundervolle Tochter aufpasste. Dieses Bild war wie ein Funken Hoffnung. Genau das, was sie brauchte, um durch das tiefe Tal gehen zu können, das vor ihr lag.

Anstatt zum Hotel zurückzugehen, machte Roland mit ihnen einen Ausflug nach Kensington. Während sie durch die königlichen Gärten gingen, hielt er Grace' Hand und sie bewunderten gemeinsam die Herbstblumen, die der Kälte trotzten. Dann aßen sie Bratwurst mit Kartoffelpüree an einem der wenigen Orte, die vom Krieg verschont geblieben waren und an denen Roland früher oft gewesen war. In diesen letzten gemeinsamen Stunden sagten sie Marguerite, wie sehr sie sie liebten. Dass sie beide bis ans Ende ihres Lebens immer für sie da sein würden, wenn sie Freunde brauchte.

Marguerite wusste, wo sie hingehen würden, doch Grace fühlte sich dennoch wie eine Verräterin, als sie die beiden am nächsten Morgen zu einem Reihenhaus in der Fournier Street führte. Madame Dupont, die – wie sie ihnen schnell erklärte – inzwischen nicht mehr Dupont mit Nachnamen hieß, erwartete sie bereits an der Tür. Sie hatte einen Briten geheiratet, der seine Frau durch einen Bombenangriff verloren hatte. Es schien, als hatte die Dame in mittleren Jahren ebenfalls einen Teil von sich verloren. Sie starrte ihre Tochter an, war aber zu aufgeregt, um sie mit einem Kuss auf die Wange begrüßen zu können.

Mr Wilson wirkte sehr nett, als er sie einlud hereinzukommen. Sie setzten sich in einen kleinen Innenhof unter die Zweige einer Ulme, tranken Tee aus feinen Porzellantassen und versuchten krampfhaft, eine höfliche Unterhaltung zu führen, obwohl die Lebensgeschichte aller am Gespräch Beteiligten in den vergangenen sechs Jahren alles andere als normal verlaufen war.

Ein kleiner Junge trat durch die Hintertür und Grace starrte ihn an. Er wirkte wie eine kleine Version von Charlie. Er hatte braunes Haar, das ihm in drahtigen Fransen über die Stirn fiel und sein linkes Auge verdeckte.

Der Junge warf einen Gummiball in Richtung des Tisches und Roland fing ihn auf, bevor er die Teekanne treffen konnte.

»Ich heiße Oliver.« Der Junge betrachtete den Ball in Rolands Hand. »Und wer seid ihr?«

Marguerite wandte sich mit offenem Mund zu ihrer Mutter. »Ich dachte, er ...«

»Dein Bruder ist ein echtes Wunder. Ich habe ihn im letzten Kriegsjahr versteckt.«

Grace hatte geglaubt, dass das Baby der Duponts mit Sicherheit in einem Konzentrationslager gestorben war, falls es überhaupt den Transport in den Osten überlebt hatte. Doch hier stand der Junge nun vor ihnen, kräftig und munter und mit derselben Kühnheit in seinen funkelnden Augen, die auch sein älterer Bruder gehabt hatte.

»Ich bin Marguerite.« Sie lehnte sich zu Oliver hinüber und sah ihm in die Augen, wie Grace es auch bei ihr getan hatte, als sie noch jünger gewesen war. »Ich bin deine Schwester und ebenfalls ein Wunder.«

Roland warf Oliver den Ball zu und der Junge grinste, bevor er ihn zu seiner Schwester warf. Als Marguerite vom Tisch aufgestanden war, um zu spielen, stellte Mr Wilson Grace und Roland Fragen über ihre Farm und über ihre Zukunftspläne für die Zeit, wenn sie London wieder verlassen hatten. Mrs Wilson zuckte zusammen, als Roland erklärte, dass sie das noch nicht wussten. Seit dem Krieg hatte sich alles um die Versorgung der Kinder gedreht. Die Kinder der *Duponts*.

Der *Wilsons*, versuchte er sich schnell zu korrigieren, doch es war bereits zu spät. Obwohl der Tee noch warm war, mussten sie jetzt rasch aufbrechen.

»Was ist mit Élias?«, fragte Mrs Wilson noch einmal, als ob

sich etwas verändert hätte, seit Grace ihr erzählt hatte, dass er weggelaufen war. Als Grace sie um Vergebung gebeten hatte, weil sie den Brief so spät beantwortet hatte, hatte Mrs Wilson ihr keine Antwort gegeben. Grace konnte ihr nicht vorwerfen, wütend zu sein. Sie hatte versprochen, sich um Élias und Marguerite zu kümmern, als sie die beiden aus Gurs weggebracht hatte. Doch sie hatte den Sohn dieser Frau unterwegs verloren.

Sie versprach, Mrs Wilson sofort Bescheid zu geben, falls es Neuigkeiten gab.

»Du bist gelb und blau!«, flüsterte Marguerite ihr an der Türschwelle zu. Liebe und Traurigkeit, für immer miteinander verflochten.

»Hauptsächlich gelb«, erwiderte Grace. »Ich werde nie aufhören, dich zu lieben!«

Roland stand neben ihr. »*Wir* werden nie aufhören, dich zu lieben!«

Mrs Wilson schüttelte ihnen zum Abschied die Hand. »Die Nazis haben mir meine Familie genommen, nicht Sie.«

»Ich wünschte, ich hätte Élias mitbringen können ...«

»Danke, dass Sie Marguerite gerettet haben.« Mrs Wilson bückte sich, um Oliver auf ihre Arme zu nehmen. Der Junge lehnte seinen Kopf an ihre Schulter, wie es sein Bruder möglicherweise auch getan hätte. »Und dass Sie sie wieder zu mir zurückgebracht haben.«

Marguerite küsste Roland und Grace auf die Wange und Grace sah unter ihren Tränen ebenfalls einen Hauch Gelb und Blau. Wie Herbstlaub unter einem klaren Himmel.

Vielleicht würde Marguerite eines Tages zu ihnen zurückkehren. Und Charlie vielleicht auch.

Grace würde jeden Tag dafür beten, dass die beiden sich nach dem Licht ausstreckten. Und auch sie würde den Weg gehen, den Gott sie führen würde, egal wohin.

Eine Auferweckung – das war es, was sie jetzt alle brauchten. Eine Auferweckung für Körper, Seele und Geist.

KAPITEL 37

»Ich bin auf der Suche nach Informationen über die Künstlerin, die dieses Werk gemalt hat.« Addie wickelte Charlies Gemälde aus einem Tuch und zeigte es einer Galeristin in Nashville. »Ich glaube, dass ihr Vorname Marguerite ist.«

»*Marguerite.*« Die Galeristin korrigierte Addies Aussprache, während sie mit ihrem weißen Fingernagel auf den Bilderrahmen tippte. »Sie ist sehr stolz auf ihr Französisch.«

Addies Herz begann schneller zu schlagen. »Kennen Sie sie?«

»Ich habe sie vor Jahren auf einer Ausstellung getroffen. Ihr Atelier befindet sich in einem Schloss in Frankreich. Möglicherweise in diesem hier.«

»Wissen Sie, wo es steht?«

Die Frau schwang ihren Finger durch die Luft wie ein Eiskunstläufer, der gerade eine Achterfigur vorführte. »Planen sie eine Reise nach Frankreich?«

»Nein ... wobei ... vielleicht ja doch.« Die Augen der Galeristin verengten sich, als Addie ihr zu erklären versuchte, dass Marguerites Bruder eine Knochenmarkspende benötigte. Vielleicht war sie ja wirklich ein bisschen verrückt, wie Norah es so frech behauptet hatte. Aber jeder, der einem Wunder nachjagte, war eben so.

Ein weiterer Kunde betrat die Galerie und Addie verabschiedete sich. Doch sie blieb noch eine Weile in dem Laden, in dem Leah das Gemälde gekauft hatte, und betrachtete Marguerites andere Gemälde.

An der Wand in der Galerie hing das Gemälde einer Hütte aus Stein, die von einer Herde Schafe umgeben war. Daneben ein weiteres, das einen Hirtenjungen zeigte, der einen langen Umhang trug und seinen Blick in die Ferne gerichtet hatte. Die Wolken über ihm waren ein Wirbel aus Farben. Dann ein Gemälde, das ein Mädchen am Ufer eines Flusses zeigte. Das Wasser strömte über ihre nackten Füße, dann stürzte es über eine Reihe schneebedeckter Felsen in die Tiefe und verwandelte sich am Grund schließlich in Glasscherben. Das nächste Bild zeigte einen Jungen und ein Mädchen von hinten, die nebeneinander auf einer Anlegestelle saßen und ihre Füße in türkisfarbenes Wasser tauchten.

Charlie würden die Kunstwerke seiner Schwester den Atem rauben, wenn er die Sehnsucht in den Augen dieser Kinder und diese überraschende Schönheit inmitten des Schmerzes sehen könnte. Gut und Böse waren auf diese Leinwand gebannt worden.

Das letzte Gemälde von Marguerite Dupont unterschied sich deutlich von den anderen, doch Addie erkannte den Baum sofort, dessen Äste über dem ihr so vertrauten See hingen. Nur dass diese Weide in flammendem Orange gemalt war. Sie spiegelte das Feuer wider, das weit entfernt in den Kiefernwäldern brannte.

Addie hatte nun keinen Zweifel mehr in Bezug auf Marguerite. Sie musste sie nur ausfindig machen und sie dann zunächst davon überzeugen, dass Charlie ihre Vergebung nötig hatte. Dann konnte sie Marguerite fragen, ob sie vielleicht ein Kind hatte, das als Stammzellspender infrage kommen würde.

Nachdem sie sich in einen Coffeeshop gesetzt hatte, recherchierte Addie auf ihrem Laptop. Die Suche ergab sehr viele Treffer zu Werken von M. Dupont, doch Addie fand kaum Informationen über ihr privates Leben. Hatte sie sich all die Jahre in Frankreich versteckt gehalten? Das Feuer in Oregon und die Angst vor ihrem Bruder musste ihre Welt völlig durcheinandergebracht haben, als sie noch jung gewesen war. Es schien so, als wäre sie den ganzen Weg zurück nach Hause geflohen.

Waren Grace und Roland mit ihr mitgekommen?

Als Nächstes recherchierte Addie Informationen zum Internierungslager Gurs, in dem Marguerite und Charlie einst gelebt hatten. Danach suchte sie nach der Stadt Saint-Lizier und dem ein wenig südlicher gelegenen Örtchen Saint-Girons. Charlie konnte sich an viele Ortsnamen entlang ihrer Route nicht mehr erinnern, auch nicht an den Namen des Schlosses. Es war nur eines von etwa tausend, das am Fuß der Pyrenäen erbaut worden war – einer Bergkette, die sich über 480 Kilometer an der französischen Grenze entlangzog.

Manche dieser Schlösser dienten Familien als private Rückzugsorte, als Wochenendwohnsitz oder als Sommerresidenzen. Andere waren als Paläste für den Adel erbaut worden. Keines der Schlösser, die Addie online gefunden hatte, sah so aus wie das Schloss auf dem Foto, das sie neben sich auf den Stuhl gelegt hatte. Selbst wenn sie nach Frankreich reiste, war die Wahrscheinlichkeit, das Schloss auf Marguerites Gemälde zu finden, in etwa genauso hoch wie eine bestimmte Traube in Calebs Weinberg ausfindig zu machen.

Andererseits konnte Caleb wiederum vielleicht bei der Suche helfen. Er hatte bereits Louis' Dokumente durchforstet und den Namen des spanischen Örtchens herausgefunden, wo Marguerite und Charlie die Grenze überquert hatten. Sein Name war *Tor*. Eine beinahe unmögliche Kletterei von Frankreich aus, besonders für eine Gruppe hungriger und erschöpfter Kinder.

Doch Addie wusste einiges über die Widerstandsfähigkeit von Kindern. Die Überquerung dieser zerklüfteten Berge hatten Charlie zu einem Mann werden lassen, der sich nicht aufhalten ließ, wenn etwas unmöglich erschien. Vielleicht hatte diese Überquerung auch das Durchhaltevermögen von Marguerite und den anderen Kindern geprägt, die mit ihnen gemeinsam unterwegs gewesen waren.

Als Addie nach Hause fuhr, wählte sie Calebs Nummer und er ging gleich beim zweiten Klingeln ran.

»Hast du in der Galerie etwas herausgefunden?«

»Die Künstlerin ist tatsächlich Charlies Schwester«, bestätigte Addie. »Alle Gemälde tragen dasselbe *M* wie das Wandgemälde in Rubys Haus.«

»Großartig!«, erwiderte Caleb. »Hast du herausgefunden, wo sie lebt?«

»Die Galeristin meinte, dass Marguerite von einem Schloss in Frankreich aus arbeitet, und ich frage mich, ob sie vielleicht in die Gegend zurückgekehrt ist, wo die Kinder einst gewesen sind.«

Caleb überlegte einen Moment lang. »Marguerite zu finden, könnte uns beiden weiterhelfen.«

Für Charlie konnte möglicherweise ein geeigneter Spender gefunden werden und Caleb würde die juristischen Angelegenheiten für seine Familie und für Louis klären können.

»Kannst du Louis bitte fragen, ob in seinen Dokumenten irgendein Schloss erwähnt wird?«, bat Addie.

»Er ist im Moment nicht gerade in bester Stimmung.«

»Er will sich nicht erinnern ...«

»Nein«, antwortete Caleb. »Aber er kann auch nicht vor seinen Erinnerungen davonlaufen.«

»Wenn das Grundstück der Tonquins in Marguerites Besitz ist, darf Louis vielleicht weiterhin in seiner Hütte wohnen, unabhängig davon, was mit dem Rest des Geländes passiert.«

Eine Stunde später rief Caleb zurück. »Louis sagt, dass das einzige Schloss, an das er sich erinnert, das *Château Colibri* ist. Es war im Besitz von Rolands Familie.«

»Kolibri ...«

»Ja, genau. Schloss Kolibri.«

Der farbenprächtige Kolibri neben Marguerites Namen.

In Addies Gedanken fügten sich die einzelnen Teile wie Tetris-Blöcke zusammen und ergaben eine vollständige Reihe, die auf dem Spielbrett nach unten rutschte. »Also haben Grace und Roland sie nach dem Brand vielleicht dorthin gebracht.«

»Oder sie haben das Schloss besucht und sind dann woanders hingezogen.«

»Ich muss nach Frankreich!«, meinte Addie. »Und zwar sofort!«

Vielleicht war es für eine Versöhnung zwischen Charlie und Marguerite noch nicht zu spät. Wenn Marguerite noch am Leben war, wollte sie sicherlich wissen, wie es ihrem Bruder ging.

»Ich komme mit!«, sagte Caleb.

Sie schüttelte den Kopf, als ob Caleb sie sehen könnte. »Das musst du nicht tun.«

»Wie gut ist dein Französisch?«

»*Bonjour!*«

»Und weiter?«

»Einige vereinzelte Worte«, erwiderte Addie, als sie die Auffahrt verließ. »Viele sprechen dort Englisch.«

»Da, wo du hinwillst, möglicherweise nicht.«

»Und du? Kannst du Französisch?«, fragte sie.

»*Bonjour.*«

Addie seufzte. »Also genauso gut wie ich ...«

»So ungefähr. Aber sobald du mit den Tonquins über Charlie gesprochen hast, würde ich gerne mit ihnen über ihr Grundstück sprechen.« Er machte eine Pause. »Bitte, Addie. Mir bedeutet das auch viel. Solange wir nicht wissen, was sie mit ihrem Grundstück vorhaben, wissen wir auch nicht, wie lange Louis hier noch wohnen bleiben kann. Er wird es nicht aushalten, als Gast bei mir zu wohnen oder in eine Einrichtung für betreutes Wohnen zu ziehen.«

»Wir könnten uns in Paris treffen«, meinte Addie schließlich. »Wir müssen den Zug in eine Stadt namens Pamiers nehmen und dann ein Auto mieten.«

»Wenn es mit der Verständigung nicht klappt, kann ich ja als Chauffeur einspringen.«

Angesichts der Aufregung in Calebs Stimme musste Addie lächeln. »Es kann sein, dass wir gar nichts finden und einfach nur unsere Zeit verschwenden.«

»Eine Reise nach Frankreich ist nie eine Zeitverschwendung, besonders wenn ...«

»Besonders wenn *was*?«, fragte Addie.

Er hustete. Ein seltsam klingendes Räuspern. »Wallace bellt gerade!«, sagte er. »Ich sehe besser mal nach ihm.«

Ein klassisches Ausweichmanöver, aber wahrscheinlich war es besser so.

Platz für weitere Tetris-Blöcke hatte Addie in ihrem Kopf gerade sowieso nicht.

KAPITEL 38

Yamhill County
März 1967

Im Wald war es unheimlich still. Über dem See war abgesehen vom Pfeifen des Windes nicht ein einziger Laut zu hören. Nachdem Charlie jahrelang eisern gespart hatte, hatte er endlich ein Flugticket von Chattanooga nach Portland kaufen können. Nun war er am Tonquin-See angekommen. In seiner Hosentasche trug er einen zerknitterten 5-Dollar-Schein mit sich herum. Über seiner Schulter hing ein Seesack. In seinen Händen hielt er einen kleinen Blumenstrauß, den er in Newberg gekauft hatte.

Am Flughafen waren auch mehrere Soldaten in Uniform gewesen, die aus Vietnam zurückgekehrt waren. Doch anstatt sie zu Hause willkommen zu heißen, hatte eine Frau aus der Menschenmenge die Soldaten bespuckt. Sie hatten den Speichel schweigend abgewischt und die höhnischen Bemerkungen ignoriert, doch Charlie hatte sich zwischen sie und die wütende Frau gestellt. Er war doch derjenige, der bei seiner Rückkehr eigentlich verhöhnt werden sollte.

Als er an Rubys Schloss ankam, warf er seinen Seesack am Eingang ab und klopfte an die Tür. Er wusste nicht, was er sagen sollte, und hatte auch keine Unterhaltung geprobt, wie er es Hunderte Male mit Roland und Grace getan hatte. Er wollte keine Drogen und keinen Alkohol mehr und hatte beides nicht mehr angerührt, seit er aus Oregon weggegangen war. Doch er wollte wissen, was mit Marguerite passiert war, und hielt sich an der noch so kleinen Hoffnung fest, dass seine Schwester das Feuer doch überlebt hatte.

Es hatte Jahre gedauert, bis er endlich bereit gewesen war, der

Realität über das, was hier geschehen war, ins Gesicht zu blicken. Jahrelang hatte er für die Southern Railway-Gesellschaft die Gleise repariert und nebenbei Kurse an der Abendschule belegt. Nach seinem College-Abschluss hatte er Roland schreiben wollen, doch die Briefe waren sehr schnell als unzustellbar wieder zurückgekommen.

Der Mann hatte ihm deutlich zu verstehen gegeben, dass er Charlie so weit wie möglich von seiner Familie entfernt sehen wollte. Doch das war gewesen, bevor Charlie in einer kleinen Kirche außerhalb von Chattanooga Gott begegnet war. Es tat ihm unendlich leid, was hier passiert war, und das wollte er Roland und Grace nun endlich sagen. Wie sehr hatte er sich Millionen Male gewünscht, andere Entscheidungen getroffen zu haben. Ehrlich zu seinen Taten zu stehen, anstatt wegzulaufen.

Und er wollte Kirks Vater dasselbe sagen.

Er wollte sich nicht mehr in der Dunkelheit verstecken. Statt wegzulaufen, wollte er das wiedergutmachen, was er falsch gemacht hatte.

Als niemand auf sein Klopfen hin die Tür öffnete, warf Charlie einen Blick durch das Fenster, doch er starrte nur in die Leere des Hauses. Versteckte sich Ruby vor ihm? Er war nicht im Begriff, ins Haus einzubrechen, wie er es vielleicht vor fünfzehn Jahren getan hätte. Geduld war eines der Dinge, die er bei der Eisenbahngesellschaft gelernt hatte. Beobachten und abwarten, bis die richtige Zeit gekommen war, um einen Schaden zu reparieren, ohne dabei von einer Lokomotive überfahren zu werden.

Charlie hob seinen Seesack wieder auf und lief durch den Wald ins Tal hinunter. Gute und schlechte Erinnerungen zogen an ihm vorbei. Wie sehr hatte er diesen Ort hier geliebt. Die Sicherheit des Farmhauses und der Scheune, die Fürsorge von Grace und den Respekt von Roland. Und wie Marguerite durch ihre Malerei aufgeblüht war.

Alles war perfekt gewesen, bis er es kaputt gemacht hatte. Während er versucht hatte, seine Vergangenheit hinter sich zu lassen, hatte er die Zukunft der Menschen zerstört, die ihm als einzige wirklich etwas bedeutet hatten.

Charlie umklammerte die 5-Dollar-Note, die er seit beinahe zwanzig Jahren in seinem Geldbeutel mit sich herumtrug. Eines Tages, so hatte er es sich selbst geschworen, würde er Roland und Grace alles zurückzahlen, was er gestohlen hatte. Heute würde er das Geld persönlich vorbeibringen und hoffentlich seine Schwester finden.

»Hey! Du da!«

Er wandte sich vom See weg und blickte in das Gesicht eines großgewachsenen Mannes mit ungepflegtem Bart und Haar, das wie Farnkraut über seine Ohren zu wachsen schien. Der Mann hielt einen Holzknüppel in seiner Hand. »Louis?«

»Hau ab, Élias!« Der kleine Junge war inzwischen ein Mann geworden. Er war beinahe 30 Jahre alt und schwang den Knüppel in seiner Hand, wenn er sprach. Doch noch immer erinnerte er Charlie an das kränkliche Kleinkind, das er einst in Frankreich gewesen war. Und an den kleinen Jungen, der sich in der Ecke versteckt hatte, während Kirk und Charlie sein Zuhause verwüstet hatten. »Das hier gehört nicht länger dir!«

»Ich gehe schon!«, erwiderte Charlie. »Ich würde nur gerne wissen, wo Roland und Grace hingegangen sind.«

»Sie sind von hier weg, nachdem du abgehauen bist.« Louis bewegte sich nicht. »Du hast ihr Haus in Schutt und Asche gelegt.«

»Ich weiß ...«

»Und du hast dich über mich lustig gemacht.«

»Das war schäbig von mir, Louis. Es tut mir leid!«

Der Mann warf einen Blick auf Charlies Seesack. »Warst du in Vietnam?«

»Ich bin zu alt für die Armee.«

»Feigling ...«

»Damit hast du wahrscheinlich recht.« Die Franzosen hatten die Schlacht von Dien Bien Phu bereits verloren. Selbst wenn er alt genug gewesen wäre, um sich als Freiwilliger zu melden, hätte er einen weiteren Krieg wahrscheinlich sowieso nicht verkraftet. »Warst du dort?«

»Er geht nicht nach Vietnam!« Eine Frau mittleren Alters trat neben Louis und band sich die Schürze ab, die sie vor ihrem sich wölbenden Bauch trug. Es war Mrs Lange, die Frau, die Charlie immer Limonade gebracht hatte, wenn er ihr im Haushalt geholfen hatte.

»Hoffentlich nicht.« Er hatte eigentlich nach Marguerite fragen wollen, doch er zögerte, als die Frau ihn anstarrte. Er hatte so lange gefürchtet, dass Marguerite im Farmhaus gestorben war. Jetzt wollte er einfach nur die Wahrheit wissen. »Ist sie tot?«

»Sie starb in derselben Nacht, in der du abgehauen bist«, erwiderte Mrs Lange. »Ihr Grab ist oben auf dem Hügel.«

Charlie nickte kurz. Die Hoffnung auf ein Wiedersehen hatte sich mit einem Mal zerschlagen. »Danke.«

Mrs Lange warf einen Blick auf die Hütte, als hätte sie Angst, dass Charlie sie ebenfalls niederbrennen würde. »Louis hat dich gebeten zu verschwinden.«

Charlie verstaute sein Geld wieder in der Tasche und lief den Berg hinauf. Dort fand er den Grabstein zwischen den Bäumen, der abgesehen von einem Bibelvers keinen weiteren Schriftzug trug. Den Bibelvers hatte Grace oft gesprochen, wenn sie gebetet hatte. Auch in dem Jahr, in dem er weggelaufen war. Charlie legte den von seinen Tränen durchnässten Blumenstrauß neben den Grabstein und wanderte den Hügel hinunter zu Kirks Haus.

Mr Thomas war da und reparierte unter dem Carport ein Motorrad. Neben ihm parkte eine Harley-Davidson, die aussah, als hätte sie jahrzehntelang niemand mehr gefahren. Anstatt Charlie aufzufordern zu verschwinden, schloss der Mann ihn in seine Arme.

»Ich gehe gleich zur Polizei!«, erklärte Charlie. »Ich werde mich stellen.«

»Warum solltest du das tun?«

»Weil ich Ihren Sohn umgebracht habe.«

Mr Thomas schüttelte den Kopf. »Er ist nicht an dem Messerstich gestorben. Er hatte eine Rauchvergiftung.«

Charlie war in der Nacht damals betrunken gewesen und konnte sich nur bruchstückhaft an Details erinnern, doch nun war er hier, um Wiedergutmachung zu leisten. Wiedergutmachung für alles, was er falsch gemacht hatte.

Doch als er zur Polizeistation ging, schickte ihn der Polizeichef wieder weg. Es gebe keine ungelösten Fälle, die ihn beträfen, sagte er.

Und so nahm Charlie den nächsten Flug zurück nach Tennessee, wo eine wunderschöne Frau auf ihn wartete, die er in der Kirche kennengelernt hatte. Eine Frau, die jahrelang für ihn gebetet hatte.

Er wolle einen neuen Weg einschlagen, hatte er Emma am Tag ihrer Hochzeit gesagt. Über zerklüftete Berge hinweg in die Freiheit. Ein Leben der Wiedergutmachung anstatt eines voller Taten, die er bereuen musste.

Er und Emma hatten miteinander als Paar ihren eigenen Aufstieg auf den Berg begonnen, als sie das Heim für Mädchen in Sale Creek gebaut hatten. Es war ein Ort für Mädchen wie Marguerite, die in ihrer Vergangenheit Schlimmes durchgemacht hatten. Ein Ort für alle jungen Frauen, die Heilung benötigten.

Doch Charlie fragte sich noch immer, was aus Grace und Roland geworden war.

KAPITEL 39

Schloss Kolibri, Frankreich
November 1969

»Es ist eine Gabe, einfach zu sein
Es ist eine Gabe, frei zu sein
Es ist eine Gabe, da anzukommen,
wo wir sein sollten ...«

Grace sang das alte Lied vor sich hin, während sie im Garten arbeitete. Die einst brach liegenden Blumenbeete des Schlosses waren endlich wieder zu neuem Leben erblüht.

Grace stutzte die Dahlien zurecht und flocht dann die zarten Zweige eines Feigenbaums zusammen, den sie in einen Keramiktopf eingepflanzt hatte, welcher einst für Wein genutzt worden war. Wenn das Wetter später kälter werden würde, würde sie den Topf nach drinnen bringen. Nur über den Winter.

In ihrem Inneren klang das Lied über Einfachheit mit seinem Text über Biegen und Beugen weiter nach. Nichts davon war mit Scham verbunden. Einfachheit konnte man im Auf und Ab des Lebens oft entdecken, an einem Ort, der genau richtig war. Das Tal von Liebe und Freude, hieß es im Liedtext.

Das Schloss und der Weinberg waren zu neuem Leben erwacht, nachdem Grace und Roland vor knapp zwanzig Jahren wieder nach Frankreich zurückgekehrt waren. Sie hatte Rolands französischen Nachnamen angenommen und hieß jetzt Grace Mercier. Damit war der Name Tonquin für immer ausgelöscht.

Hélène hatte bis zu ihrem Tod im Jahr 1955 in der Nähe des Schlosses gelebt. Die alte Dame hatte sich regelmäßig nach Louis erkundigt und Grace hatte ihr immer die Briefe vorgelesen, die ihr Mrs Lange über Mr Dawson zukommen ließ. Nach einem schwierigen Jahr, das Louis als Soldat in Vietnam verbracht hatte, war er wieder zurückgekehrt und lebte nun in der Nähe von Rubys Anwesen. Mrs Lange hatte geschrieben, dass er sich dort sehr wohlfühlte.

Obwohl Roland und Grace noch immer die rechtmäßigen Besitzer des Grundstücks in Oregon waren, wollte Grace nichts mit dem Land an sich und der Zerstörung, die dort stattgefunden hatte, zu tun haben. Mr Dawson hatte geschrieben, dass sich Familie Lange sehr gut um das Grundstück und auch um Louis kümmerte. Grace interessierte sich nur für die Tatsache, dass Louis in Sicherheit war. Alle anderen Geschehnisse dort spielten für sie keine Rolle mehr.

Die schönen Erinnerungen an ihre Großeltern und die Zeit, die sie im Farmhaus verbracht hatten, waren durch das Feuer ausgelöscht worden. Immer wenn Grace an den See und dessen wundervolle Umgebung dachte, kam ihr sofort Charlie in den Sinn, der wie eine Lokomotive alles niederzuwalzen drohte, was sie in Frankreich aufgebaut hatte.

»*Harre des Herrn! Sei getrost und unverzagt und harre des Herrn …*«

Dies waren die Worte von König David, dessen Sohn viele Jahre später versucht hatte, ihn zu töten. Als Absalom schließlich gestorben war, hatte David um den Verlust seines Sohnes getrauert, obwohl dieser so viel zerstört hatte.

Grace hörte nicht auf, täglich für den Jungen zu beten, der ihrer Familie so sehr wehgetan hatte. Der Junge, der nun ein Mann von beinahe vierzig Jahren war, falls er bis in dieses Alter überlebt hatte. Gott wusste, wohin Charlie gegangen war, und er hatte Grace neue Kraft gegeben, während sie auf seine Rückkehr wartete. Gott hatte ihr Mut gegeben, um weiterzuleben und weiter zu lieben, auch wenn alles um sie herum zerbrochen zu sein schien.

Grace vermutete, dass Roland eine Ahnung hatte, wohin Charlie nach dem Brand geflohen war. Sie hatte ihn einmal nach

Charlie gefragt. In seinem Blick hatten sich ihre eigenen Ängste widergespiegelt. Die Sorge, dass Charlie immer noch alles kaputt machen konnte, was sie gemeinsam aufgebaut hatten.

Sie hatte Roland ihr Leben anvertraut, als sie die Grenze im Jahr 1943 zusammen überschritten und sich den Nazis entgegengestellt hatten. Und jetzt vertraute sie ihm umso mehr. Er würde alles dafür tun, um sie zu beschützen. Und sie würde sich auch weiterhin um ihn kümmern, solange Gott ihnen Zeit miteinander schenkte.

Wenn Grace sich nicht gerade um ihre Blumen kümmerte, half sie Roland im Weinberg oder arbeitete im Krankenhaus in Pamiers. Es hatte drei weitere Jahre gedauert, ihre Ausbildung zur Krankenschwester abzuschließen. *Tante Grace*, so nannten sie viele Kinder auf ihrer Station. Sie war für sie wie eine Tante, wenn nicht sogar wie eine Mutter.

Das Tor quietschte, als es geöffnet wurde. Als Grace sich umdrehte, erblickte sie den Mann, der ihr Herz noch immer höher schlagen ließ. Egal, an welchen Ort Gott sie führte – ihr Zuhause war nahe an Rolands Seite. Das hatte sie erfahren. Die Nazis hatten versucht, ihnen jeden Rest an Hoffnung zu rauben. Das war ihr Lebensinhalt gewesen. Doch die Hoffnung brach immer wieder neu hervor – in jeder Blume, die hier erblühte, in jedem Baby, das geboren wurde, und in jedem Kind, das auf ihrer Station im Krankenhaus gesund gepflegt wurde.

»Ein Brief für dich!«, sagte Roland. »Aus London.«

Er hielt den Brief über seinen Kopf und Grace sprang wie ein Kind hoch, um ihn zu erhaschen. Sie hatten zwar keine leiblichen Kinder, doch Gott hatte ihnen Marguerite wiedergeschenkt und ihr Bruder Oliver war wie ein weiterer Sohn geworden. Zusammen mit Marguerite hatte er sie jeden Sommer besucht, bis er schließlich ins College gekommen war. Mr und Mrs Wilson genossen diese Pausen, um sich auf ihre immer größer werdende Kinderschar zu konzentrieren, die die Sorgen des Krieges nicht kennengelernt hatte.

Marguerite war nun in ihren Dreißigern und noch immer mit ihrer Malerei verheiratet, auch wenn sie kellnern musste, um ihre Rechnungen zu bezahlen. Oliver hatte seinen Abschluss an der Universität Nottingham gemacht und würde bald als typisch britischer Rechtsanwalt in die Fußstapfen seines Stiefvaters treten.

Roland und Oliver waren in den Sommermonaten zu guten Freunden geworden. Oliver half Roland mit den Schafen, die dieser schneller um sich sammelte als der Bienenschwarm sich in ihrem hoch geschätzten Birnbaum hatte einnisten können. Abends hatten sich Oliver und Marguerite zusammen der Malerei gewidmet.

Grace riss den Briefumschlag auf und las gespannt jedes Wort.

Eine Kunstgalerie in London wolle Marguerites erste Ausstellung organisieren. Die Besitzerin habe von ihrer lebendigen Darstellung von Farben und Formen und der Gegenüberstellung der Schönheit des französischen Sommers mit den Ruinen des Krieges nur so geschwärmt, schrieb Marguerite. Die Dame habe ihr nun angeboten, im Dezember ihre Werke in der Galerie auszustellen. Einen ganzen Monat lang.

Ob Grace und Roland den Ärmelkanal überqueren und zur Eröffnung kommen würden, fragte sie.

Allein die Frage zauberte Grace ein Lächeln ins Gesicht. Sie hatte für Marguerite bereits einen eiskalten Fluss und den stürmischen Atlantik überquert. Sie würde alle Hindernisse überwinden, die nötig waren, um die Erfolge dieser wundervollen Frau zu fciern, die andere Menschen dazu einlud, all die Farben in ihrer Welt zu entdecken.

Roland blickte Grace über die Schulter. Seine Berührung fühlte sich auf ihrer Haut angenehm warm an. »Wie geht es Oliver?«

»Er wurde vom Gericht bestellt.« Grace sah vom Brief auf. »Aber ich habe keine Ahnung, was das bedeutet.«

Roland grinste. »Er ist jetzt offiziell Rechtsanwalt.« Grace hätte nicht stolzer sein können.

Ende November verbrachten Roland und Grace eine Nacht in

Paris und nahmen mit ihrem Peugeot eine Fähre über den Ärmelkanal, um bei einem von Rolands Studienfreunden in der Nähe von Oxford zu übernachten. Sie blieben einen ganzen Monat in England, trafen sich mit Oliver zum Mittagessen und besuchten jeden Abend Marguerites Ausstellung. Heimlich kauften sie die wenigen übrig gebliebenen Gemälde, die sie zu Silvester in ihrem Schloss aufhängten.

Am 1. Januar fragte die Galeriebesitzerin Marguerite, wie viel Zeit sie benötigen würde, um die leeren Wände der Galerie neu zu bestücken. »Zwei Monate«, antwortete Marguerite und rief dann unter Tränen Grace an. Ihre erste Ausstellung hatte zwei Jahre Arbeit in Anspruch genommen. Sie brauche mehr Platz, erklärte Marguerite am Telefon. Ein ganzes Atelier, um mehrere Gemälde gleichzeitig erschaffen zu können.

Ein kurzer Blick von Roland genügte und Grace wusste, dass ihre Herzen miteinander verflochten waren wie die Zweige ihres Feigenbaumes. Roland lud Marguerite ein, ins Schloss zu kommen und falls nötig bis zum Frühling dortzubleiben, damit sie genügend Kunstwerke für mehrere Ausstellungen fertigstellen konnte.

Sie fuhr mit den Werken für ihre zweite Ausstellung am 1. März nach London und die Galeriebesitzerin verlangte nach mehr. Die Farben auf ihrer Leinwand strahlten in ihrer Pracht wie die Blumen, die in diesem Frühling vor dem Schloss geblüht hatten. Wild, wunderschön und anmutig. Die Formen und Gedankenstrudel in Marguerites Kopf, all ihre Emotionen, die sie in sich trug, brachte sie in den Flüssen, Gärten und den Kindern auf die Leinwand, die sie an alle Menschen erinnerten, die sie im Krieg verloren hatte.

Mit jedem Farbtupfer, jedem Gesicht eines Jungen oder Mädchens, das sie auf die Leinwand malte, heilten ihre Wunden. Die Farben auf der Leinwand verursachten regelrecht Gänsehaut bei den Betrachtern. Das Publikum konnte Marguerites Gemälde oft körperlich spüren, als würde sie sie mit ihren Pinselschwüngen in Angst oder Hoffnung, Betrug oder Verlangen führen können. Grace staunte immer wieder darüber, wie Marguerite es schaffte, ihr Innerstes auf der Leinwand auszudrücken.

Sie verkürzte ihre Arbeitszeit im Krankenhaus. Statt Arznei brachte sie nun Tabletts mit frischem Obst und Brot, unendlich viele Tassen Darjeeling und Rolands Camembert in den Ballsaal, der zu einem Atelier umgebaut worden war.

Niemand von ihnen wusste, dass es ihr letzter Frühling sein würde. Zumindest wussten Roland und Marguerite nichts davon. Und auch Oliver ahnte nichts, als er eine Woche lang zu Besuch kam, um seiner Schwester beim Transport ihrer Werke für eine weitere Ausstellung im Norden zu helfen.

Doch Grace hatte eine Vorahnung, als sie in den Tagen, in denen Marguerite weg war, ihren Garten umgrub. Sie legte ihr ganzes Herz in diese Leinwand aus Erde und dankte Gott für all den Segen, den sie selbst erfahren hatte. Dann sprach sie einen Segen über all die Menschen aus, die sie in Gottes Händen auf der Erde zurücklassen würde.

Sie hielt sie alle dem Licht Gottes entgegen.

KAPITEL 40

Caleb fuhr mit Addie bis zu einem abgelegenen eisernen Eingangstor, dessen Rollwerk an das Tor erinnerte, das auf Marguerites Gemälde abgebildet war. Eine Reihe von Bäumen säumte die lange Auffahrt. Die Zweige, die aus den massiven Stämmen ragten, waren ordentlich geschnitten. Am Ende der Auffahrt erhob sich stolz wie ein Meisterstück aus dem Louvre ein aus grauem Stein erbautes Schloss.

In Addies Kopf fielen erneut Tetris-Blöcke nach unten und suchten nach einem passenden Platz. Dieses Gebäude, oder vielmehr die Person, die hier wohnte, war der entscheidende Schlüssel, hoffte Addie.

»Komm mit mir!«, sagte sie. »Ich brauche möglicherweise deine Französischkenntnisse.«

Caleb lachte. »*Bonjour?*«

»Genau.«

Freundschaft. Fallen lassen. Finden.

Caleb hatte zunächst nicht angeboten, mit ihr zum Schloss zu kommen, weil er es respektierte, dass sie möglicherweise allein sein wollte. Doch sie hatte schon viel zu viel Zeit in ihrem Leben allein verbracht. Sie wollte, nein, sie *brauchte* Caleb als Freund, der ihr dabei half, die herabfallenden Tetris-Steine aufzufangen.

Das Eingangstor war mit einer Kette verschlossen, sodass sie mit dem Auto nicht weiterfahren konnten. Doch in dem Zaun aus Ziegelelementen befand sich eine mit Efeu bewachsene Tür. Addie schob das Efeu beiseite und war erleichtert, dass die Tür unverschlossen war.

Sie drehte sich um und gab Caleb ein Zeichen. »Du musst mit ihnen über das Grundstück sprechen.«

»Heute geht es nur um Charlie!« Caleb stieg aus dem Auto.

»Um die Angelegenheiten meiner Familie können wir uns später noch kümmern.«

»Heute geht es um uns alle!«, entgegnete ihm Addie.

Caleb folgte ihr auf das Grundstück und die beiden liefen die lange Einfahrt hinauf. Am Hang auf der einen Seite des Hügels befand sich ein Weinberg. Auf der anderen Seite war eine Weide, auf der eine Herde Schafe graste, die den neu angekommenen Besuchern träge hinterherblickte. »Rasendekoration«, sagte Addie.

»Eher Rasenmäher.«

Addie betrachtete die Tiere und die zerklüfteten Berge hinter ihnen. »Oder eine Künstlerin, die etwas zu essen braucht.«

Sie klingelten am vorderen Eingangstor und eine Frau öffnete ihnen sofort, als hätte sie sie bereits beobachtet. Marguerite musste inzwischen fast siebzig Jahre alt sein, doch wenn sie ausreichend gesund und bei Kräften war, würden die Ärzte im Hinblick auf die Altersregel möglicherweise eine Ausnahme machen.

Die Dame, die vor ihnen stand, trug einen grauen Rock und einen Blazer, der farblich gut zu den grauen Steinmauern passte. Und eine blassblaue Bluse. Sie schien eher sechzig als siebzig Jahre alt zu sein.

»Miss Dupont?«, fragte Addie in der Hoffnung, dass die Dame Englisch verstand.

Die Frau schüttelte den Kopf und deutete auf den Fußweg. »Warten Sie bitte dort im Garten.«

Sie folgten dem Duft der Herbstblumen, die rechts vom Gebäude wuchsen. Dann traten sie in einen gepflegten Garten, der Addie an den Garten um Rubys Schloss erinnerte. Dieser hier war von einer Steinmauer umgeben. An einer Seite befand sich ein Gartentor. Die noch verbliebenen Blumen in diesem Garten ließen ihre Köpfe nach einer langen Blütezeit müde nach unten hängen.

Addie ließ ihre Finger über die Blätter einer violetten Dahlie gleiten, während sie mit Caleb redete. »Der Wind wird diese Blütenblätter bald davonfliegen lassen.«

»Aber die Rosen werden bald zu blühen beginnen!«

Addie wirbelte herum und erblickte eine bezaubernde ältere Dame, die mit einem Malerumhang bekleidet war. Sie saß in einem Rollstuhl, der von der Frau geschoben wurde, die sie an der Eingangstüre in Empfang genommen hatte.

»Die Rosen kommen immer wieder«, fuhr sie in perfektem Englisch fort. »Genau wie unsere Kolibris.«

»Sind Sie Marguerite?«

Die Dame betrachtete Addie und Caleb eingehend. »Ja, die bin ich.«

»Wir sind wegen Ihres Bruders hier«, sagte Addie.

Einen Augenblick lang trat Stille ein. Dann zog Marguerite ihre Augenbrauen nach oben und sprach erneut. »Warum ist er nicht selbst gekommen?«

»Er ist sehr krank.«

Sie schüttelte den Kopf. »Das verstehe ich nicht.«

»Vielleicht sollten wir uns erst einmal vorstellen«, meinte Caleb und trat einen Schritt nach vorne.

Wieder einmal war Addie nach vorne geprescht, ohne sich an die Anstandsregeln zu halten.

»Caleb Lange«, sagte er, »aus Oregon.«

»Oregon ...« Marguerites Stimme wurde leise, als hätte der Wind sie davongetragen.

Caleb küsste sie auf die ihm dargebotene Wange und trat dann zurück.

»Ich bin Adeline Hoult«, sagte sie und winkte. Ein Kuss, und wenn es nur auf die Wange war, war eine Grenzüberschreitung. »Die meisten nennen mich Addie.«

Marguerite betrachtete die beiden erneut eingehend. »Warum sind Sie von Oregon hierhergekommen?«

»Das ist eine lange Geschichte«, erwiderte sie.

Marguerite blickte wieder auf ihre Assistentin. »Ich denke, wir brauchen etwas Wein.«

Die Frau schob Marguerites Rollstuhl zu einem Tisch im Innenhof, dessen eiserne Beine den Streben des Eingangstores ähnelten.

»Möchten Sie sich setzen?«, fragte Marguerite.

»Sehr gerne.« Addie zog einen Stuhl neben sich heran.

Doch Caleb wollte sich nicht setzen. »Sie haben einen wunderbaren Weinberg!«, bemerkte er.

Marguerite blickte ihn durchdringend an. »Sie möchten ihn sich ansehen, nicht wahr?«

»Ich würde gerne mal einen Blick darauf werfen.«

Marguerite scheuchte ihn mit einer Handbewegung weg.

»Ist das Ihr Ehemann?«, fragte sie Addie, als Caleb zum Gartentor lief.

»Nein, ich bin verwitwet.«

»Er mag sie. Sehr sogar.«

Addie lächelte. »Das kann man nie wissen.«

Marguerite strich mit ihrer Hand über Addies Haarzopf, der über ihre Schulter fiel. »Ich weiß es.«

»Ich bin wegen Élias hier.«

Marguerites Lächeln verschwand aus ihrem Gesicht. »Diesen Namen habe ich sehr lange nicht mehr gehört.«

»Er heißt jetzt Charlie.«

Die Frau nickte. »Er hat seinen Namen geändert, als wir noch Kinder waren. Ich hätte nicht gedacht, dass er so lange überleben würde.«

»Er hat mir von dem Brand erzählt. Und dass er Ihre Familie zerstört hat.«

»Er hat sie nicht zerstört!«, erwiderte Marguerite und ließ ihren Blick über die Berge wandern, die über der Gartenmauer thronten. »Das waren die Nazis.«

»Charlie glaubt, Sie wären in dieser Nacht ums Leben gekommen.«

»Ein Teil von mir vielleicht. Das war damals eine schwierige Zeit für uns alle.« Marguerites Assistentin servierte eine Platte mit Käse- und Apfelstücken. Danach brachte sie noch drei Gläser und eine Flasche Rotwein. Aus der Gegend, erklärte Marguerite.

Addie legte eine Hand auf ihren Bauch. »Ich muss noch ein bisschen warten und den Wein ein anderes Mal trinken. Wegen des Babys.«

»Es tut mir leid. Ich verstehe nicht viel von Kindern«, entschuldigte sich Marguerite.

Addie zwinkerte ihr kurz zu, als könnte sie damit die Enttäuschung in Marguerites Stimme auslöschen, weil sie selbst keine Kinder hatte. Doch Charlies Herz brauchte ein Wiedersehen wie dieses noch viel dringender als das Knochenmark.

»Agnès wird ihnen eine Flasche Perrier bringen, um die anstehende Geburt zu feiern.«

»Vielen Dank!«, erwiderte Addie. »Caleb wird den Wein sicherlich genießen, wenn er wieder zurückkommt.«

»Ist er gerade wegen Charlie weggegangen?«

Addie atmete tief durch. »Es ist kompliziert.«

»Für meinen Bruder war nichts wirklich einfach.« Marguerite trank einen langen Zug aus ihrem Glas. »Sie sagten, er sei krank?«

»Er braucht eine Knochenmarktransplantation und Geschwister bieten die beste Möglichkeit, einen passenden Spender zu finden. Möglicherweise auch Nichten oder Neffen.«

Marguerite schwenkte den Wein in ihrem Glas. Ein Strudel aus Rotwein. »Und ohne die Transplantation?«

»Wird er wohl nicht mehr lange leben.«

»Ich bin nicht wütend auf ihn wegen dem, was passiert ist. Er hat mich geliebt. Daran gibt es für mich keinen Zweifel. Bis er den Verstand verloren hat.«

»Er hat ihn wiedergefunden«, antwortete Addie. »Oder er hat sich zumindest grundlegend gewandelt, nachdem er jahrelang mit Gott gekämpft hat. Irgendwann hat Gott sein Herz gewonnen und seinem Leben eine komplett neue Richtung gegeben.«

Addie erzählte Marguerite von Charlie und dem Heim, das er in Sale Creek gegründet hatte. Dann ließ sie ihren Blick über den farbenprächtigen Garten schweifen, der dem Garten um Rubys Haus so sehr ähnelte. »Sie sind wieder an den Ort zurückgekommen, von dem sie einst geflohen sind.«

»Grace und Roland waren zuerst hier. Sie brauchten einen Ort, an dem sie nach dem Brand wieder zur Ruhe kommen konnten.«

»Was ist aus den beiden geworden?«, fragte Addie.

»Grace ist im Herbst 1969 gestorben. Ihr Herz hat es einfach nicht mehr geschafft.«

»Sie war noch so jung ...«

»Sie hat in ihren fünfzig Lebensjahren so vielen Menschen ihre Liebe gezeigt. Zuerst Hunderten von Kindern während des Krieges und später Tausenden weiteren als Krankenschwester. Ich glaube, immer wenn ein Kind in ihrer Obhut starb, ist auch ein Teil von ihr gestorben. Sie wollte jeden Einzelnen von uns retten, aber manchmal hat sie es einfach nicht geschafft.«

»Charlie wird sehr froh sein, dass sie so vielen Menschen geholfen hat.«

»Es war das, wozu Gott sie geschaffen hatte. Und ihr Vermächtnis lebt immer noch weiter. Eine neue Kinderstation im Krankenhaus ist nach ihr benannt worden.«

»Haben Sie das Geld dafür gespendet?«

Marguerite lächelte. »Sehr viele Menschen haben im Andenken an Grace Geld gespendet.«

Sie hat wirklich ein wunderbares Leben geführt, dachte Addie. Grace war eine Frau gewesen, die immer nur Gutes weitergegeben hatte, obwohl sie selbst oft verletzt worden war und viele Menschen verloren hatte. Sie hatte anderen geholfen, obwohl das, was dabei herausgekommen war, nicht immer ihren Hoffnungen entsprochen hatte ... oder sie nicht auf den ersten Blick hatte erkennen können, wie Gott ihre Gebete erhörte.

»Sie weinen ja!«, sagte Marguerite sanft.

»Grace wird das nie erfahren, aber als sie Charlie gerettet hat, hat sie auch mein Leben gerettet.« Gott hatte diese Frau, die Addie niemals kennengelernt hatte und der sie gerne gedankt hätte, dazu gebraucht, ihr Leben zu retten.

Marguerite schaute Addie wieder eingehend an. »Ich glaube, sie weiß es. Oder sie wird es eines Tages erfahren.«

Emma hatte gesagt, dass diese Reise auf der Suche nach Familie Tonquin für Addie genauso wichtig sein würde wie für Charlie. Addie hatte ihr nicht geglaubt, doch jetzt verstand sie, was Emma gemeint hatte. Es ging um die Erlösung ihres Herzens und das Geschenk eines erlösten Lebens für ihr Baby. Gott war in all dem gegenwärtig. Ein Licht, ein Leuchtturm, der sie wieder zu ihm zurückführte.

Marguerite tippte mit ihren Fingern auf dem Tisch herum. »Sie sagten, dass Charlie eines seiner Geschwister als Knochenmarkspender braucht.«

Addie nickte kurz. »Zumindest einen potenziellen Spender. Die Chancen, dass es funktioniert, liegen bei lediglich 25 Prozent.«

»Ich wünschte, ich könnte ihm helfen.«

»Es gibt mehrere Faktoren, die eine Rolle spielen«, erklärte Addie. »Der Gesundheitszustand, das Alter und eine Übereinstimmung der HLA-Merkmale.«

»Wo liegt die Altersgrenze?«

»Unter sechzig Jahre. Es sei denn, der Spender verfügt über einen hervorragenden Gesundheitszustand. Aber einen passenden Spender außerhalb der Familie zu finden, ist nicht mehr möglich.«

»Hinsichtlich meines Alters und meines schlechten Gesundheitszustandes werden die Ärzte mich wohl niemals spenden lassen ...«

Addie nickte traurig. »Ich bin mir darüber im Klaren, dass eine Transplantation wohl nicht funktionieren wird. Aber in den letzten Wochen habe ich gehofft, dass Charlie noch ein wenig Zeit mit Ihnen verbringen kann.«

Agnès schenkte Mineralwasser in Addies Weinglas und stellte

die grüne Flasche neben ihr auf den Tisch. »Wünschen Sie sonst noch irgendetwas?«

Marguerites Blick schweifte wieder zu den Bergen. Agnès schien nicht davon überrascht zu sein, dass sie auf die Antwort etwas warten musste. Das Leben hier lief anders ab als anderswo. Es gab stille Momente, in denen man die Luft einatmen konnte, die von den Pyrenäen herüberwehte und in denen man die Blumen genießen konnte, die immer noch in voller Blüte standen.

»Würdest du Roland bitten, uns Gesellschaft zu leisten?«, fragte Marguerite schließlich. »Er ist in der Scheune.«

Addie lehnte sich nach vorne. »Roland ist am ...« Sie hielt inne, bevor ihr die unhöfliche Frage, die ihr durch den Kopf ging, vollständig über die Lippen gehen konnte.

»Ja, er ist am Leben. Überaus sogar, würde ich sagen.« Marguerites Lachen klang wie das Zwitschern eines Singvogels. »Er ist vor vielen Jahren mein Ersatzvater geworden und ich habe ihn danach einfach nicht mehr gehen lassen.«

Addie lächelte. »Ich verstehe.«

Marguerite blickte auf die Steinmauer, als könnte sie Caleb dahinter sehen. »Möchte ihr junger Freund sich auch zu uns gesellen?«

»Er ist nicht mein ...«

»Ihre Liebe ist sehr tief, Addie – ich kann das in Ihnen sehen. Aber Sie tragen auch viel Trauer in sich.«

»Ich habe viele Menschen verloren, die ich geliebt habe.« Schon während sie die Worte aussprach, bemerkte Addie die Ironie, die in ihnen steckte. Die Frau, die vor ihr saß, hatte bereits als Kind beinahe alle Menschen verloren, die sie geliebt hatte.

»Wie haben Sie es geschafft?«, fragte Addie.

»Was geschafft?«

»Mit dem Verlust umzugehen.«

»Ich habe einfach weitergelebt, denke ich. Damit habe ich dem Verlust die Stirn geboten. Wahre Liebe kann das ebenfalls.«

Addie legte wieder eine Hand auf ihren Bauch und presste ihren Ehering gegen ihre Kleidung. Der Ring erinnerte sie immer wieder an ihren Verlust. Doch egal was mit Peter passiert war, sie musste für sich und ihr Baby einen Weg im Leben finden.

»Es gibt einen Weg, der über diese Berge führt«, sagte Marguerite. »Ich meine nicht den gefährlichen Weg, den wir als Kinder gegangen sind, sondern einen gut ausgebauten Pfad zwischen dem Atlantik und dem Mittelmeer.«

»Den Camino de Santiago?«

»Genau. Hier heißt er Pèlerinage de Saint-Jaques-de-Compostelle. Der Jakobsweg. Vielleicht können Sie ihn eines Tages entlangpilgern. Und einfach nur in sich selbst hineinhören, während Sie wandern.«

»Vielleicht werde ich das eines Tages tun.«

Ein schlanker Herr betrat den Innenhof. Seine braune Schirmmütze saß leicht schräg auf seinem Kopf und er stützte sich auf einen Stock, um sein einseitiges Hinken auszugleichen. Er zog seine Schirmmütze vor Addie, während er sich ihr gegenüber am Tisch niederließ. Sie konnte den Geruch der Scheune in seinem Chambray-Hemd riechen. Aus seiner Brusttasche ragten ein ordentlich gefaltetes Taschentuch und ein Strohhalm hervor. Marguerite streckte die Hand aus und entfernte einen weiteren Strohhalm von seiner Mütze.

»Hätte ich gewusst, dass wir Gäste erwarten, hätte ich meinen guten Anzug angezogen.«

»Es gibt keinen Grund, sich für mich herauszuputzen!«, erwiderte Addie.

»Ich bin Roland, aber man kennt mich hier als Grace' Ehemann«, sagte er mit Stolz in seiner Stimme.

Marguerite tätschelte seinen Arm. »Und als den Mann, der mein Vater geworden ist, als ich am dringendsten einen gebraucht habe.«

Er wurde vom Hals aufwärts ein wenig rot. Addie kannte nur einen kleinen Teil seiner Lebensgeschichte, doch sie mochte den Mann schon jetzt.

»Das ist Addie Hoult. Sie ist wegen Charlie gekommen.«

Addie streckte Roland die Hand hin und er schüttelte sie. »Ich freue mich, Sie kennenzulernen.«

Roland trank einen Schluck Wein. »Woher kennen Sie Charlie?«

»Er und seine Frau leiten ein Heim für Mädchen außerhalb von Chattanooga. Die meisten von uns, die als Teenager dort lebten, kennen ihn als Papa C.«

»Das ist bemerkenswert«, antwortete Roland. Seine Hände zitterten leicht, als er das Glas wieder absetzte. »Ich habe vor Jahren versucht, ihn zu finden. Aber er hat wahrscheinlich seinen Namen geändert.«

Addie schüttelte den Kopf. »Er hat sich entschieden, den Namen Charlie Tonquin zu behalten.«

Roland nahm seine Mütze ab und fuhr sich mit einer Hand durch sein dichtes Haar. »Es ist beinahe so, als wollte er gefunden werden ...«

»Erzählen Sie uns von ihm!«, bat Marguerite.

Und dann erzählte Addie ihnen alles, was sie über Charlies frühere Jahre in Tennessee und seine Reise auf der Suche nach Hoffnung wusste, als er gedacht hatte, sein Leben sei vorbei. Sie erzählte, wie er mit beinahe dreißig Jahren seinen Schulabschluss gemacht hatte und Französischlehrer an einer Highschool geworden war. Wie er Emma geheiratet hatte und sie sich gemeinsam für junge Frauen aus schwierigen Verhältnissen engagiert hatten. Wie sie ihnen eine Möglichkeit gegeben hatten, im Leben noch einmal neu durchzustarten.

»Und was ist mit den jungen Männern?«, fragte Roland.

»Charlie und Emma haben darüber geredet, ein weiteres Heim für Jungen zu eröffnen, aber sie waren nicht in der Lage, beide Heime zu finanzieren.« Oder zu leiten, dachte Addie im Stillen.

Roland spielte mit seiner goldenen Uhr herum. »Vertrauen Sie ihm?«

»Aus vollstem Herzen.«

Roland lächelte und blickte dann nach oben in den blauen Himmel. »Grace konnte ihn nicht retten, aber vielleicht haben ihre Gebete dazu beigetragen, dass er wieder nach Hause gekommen ist.«

Caleb trat wieder durch das Gartentor und gesellte sich zu ihnen an den Tisch. »Das ist einer meiner Freunde«, erklärte Addie. »Caleb Lange.«

»Schön, Sie kennenzulernen«, sagte Caleb und streckte seine Hand aus.

Doch Roland schüttelte sie nicht. »Lange?«

Caleb nickte langsam. »Der Sohn von Jonathan Lange.«

»Sie sind nicht aus Tennessee ...«

»Ich habe die meiste Zeit meines Lebens in Oregon verbracht.« Caleb blickte zu Addie. »Addie hat mich gefunden, als sie nach Miss Dupont suchte.«

Marguerite prustete und begann zu lachen. Dann entschuldigte sie sich für ihren Fauxpas.

Roland warf einen Blick auf sie, als hätte sie ihren Verstand verloren. Dann ergriff er Calebs Hand und schüttelte sie. »Existiert der Weinberg noch?«

»Ja.«

»Wer erntet denn jetzt meine Trauben?«

Caleb lächelte. »Meine Familie kümmert sich darum.«

»Was ist mit dem See?«

»Darüber müssen wir jetzt nicht sprechen«, erwiderte Caleb und versuchte, das Gespräch wieder auf Charlie zurückzulenken.

Doch der ältere Herr wollte über das Grundstück sprechen. *Grace' Land* nannte er es. Die nächste Stunde verbrachte er damit, Caleb über alles auszufragen, angefangen beim Management der Dawsons bis hin zum Zustand des Weinbergs, dessen Trauben von seinen hochgelobten Reben stammten. Und über Louis. Roland wollte alles über den Jungen wissen, den er mit nach Amerika gebracht hatte.

Caleb erzählte ihm, dass Louis von seinen Erlebnissen in Vietnam und vermutlich auch den Erlebnissen aus seiner frühen Kindheit in Frankreich gequält wurde.

Roland wies mit dem Kopf in Richtung Fenster. »Charlie – damals hieß er noch Élias – und meine Tante haben Louis den halben Weg über die Berge getragen, bis er zu krank war, um weiterzugehen. Er hat seine Eltern während des Holocausts verloren ...«

Addie dachte an den Stapel von Dokumenten in Louis' Hütte zurück. An die Sammlung von Papieren und Namen, die seine Geburt und später seine Reise in ein fremdes Land nachwiesen.

Hatte er sich in späteren Jahren von den Menschen, die ihn einst gerettet hatten, zurückgewiesen gefühlt?

Sie blickte Caleb an und suchte nach seiner Zustimmung. Caleb nickte leicht und gab damit die Erlaubnis, die Wahrheit über seinen Onkel zu erzählen. »Der Krieg hat Louis traumatisiert«, sagte Addie. »Und die Erinnerung an Ruby ebenfalls. Die meiste Zeit seines Lebens hat er geglaubt, sie würde wieder nach Hause zurückkehren. Doch jetzt hat er realisiert, dass sie für immer weg ist. Er glaubt, dass er Schuld an ihrem Tod hat.«

Roland klopfte mit einem Ende seines Stocks gegen den Tisch. »Warum sollte er das glauben?«

Caleb erzählte ihm die Geschichte. »Louis hat in der Nacht, in der Ruby starb, Pilze für sie zubereitet. Er wusste damals nicht, dass sie giftig waren.«

»Das war nicht seine Schuld!«, erwiderte Roland. »Er muss wissen, dass es nicht seine Schuld war!«

»Wessen Schuld war es dann?«, fragte Caleb.

»Rubys eigene, denke ich. Die Polizei ist damals davon ausgegangen, dass sie Selbstmord begangen hat. Aus Respekt vor der Familie haben sie den Fall heimlich, still und leise zu den Akten gelegt. Als Todesursache wurde ›ungeklärt‹ angegeben.«

»Selbstmord ...« Addie ließ ihren Blick über den Garten schweifen, den Roland so sorgfältig pflegte, um Grace' Garten und die Erinnerung an sie am Leben zu erhalten. Der Mann, der Louis nach Oregon gebracht hatte, damit dieser dort aufblühen konnte.

»Ruby ist in Oregon aufgewachsen«, erklärte Roland. »Sie wusste, welche Pilze essbar waren und welche nicht.«

»Ich werde es Louis sagen«, erwiderte Caleb.

Eine Träne lief Rolands Wange hinab. »Ich bete dafür, dass seine Seele dadurch frei wird. So viele Menschen brauchen diese Freiheit ...«

»Das ist auch mein Gebet.«

»Ich werde das Land nicht verkaufen, wenn das Ihre Sorge ist«, fuhr Roland fort. »Grace und ich wollten, dass Louis dort leben kann, wenn er das möchte. Auch bis an sein Lebensende.«

»Er würde das wahrscheinlich nicht laut sagen, aber in seinem Herzen würde er Ihnen dafür dankbar sein.«

»Wollen Sie und Ihre Familie das Grundstück weiterhin pachten?«, fragte Roland.

»Nur noch Louis und ich leben dort«, antwortete Caleb. »Ich habe das Stück Land oberhalb des Weinbergs gekauft, doch ich würde weiterhin gerne den Weinberg und die Hütte pachten, in der Louis lebt. Vielleicht würde ich das Land auch eines Tages erwerben, wenn Sie sich dazu entschließen, es zu verkaufen.«

»Sie haben ein Auge auf Louis?«

»So gut ich kann, ja.«

»Ich werde darüber nachdenken!«, sagte Roland und Caleb bedankte sich bei ihm.

Nach einigen Momenten Stille – zur Verarbeitung des Gehörten, wie es schien – faltete Marguerite ihre Hände, als hätte sie alle Beweise gesichtet und eine Entscheidung getroffen.

Sie blickte zu Roland, während sie erneut zu sprechen begann. »Charlie braucht einen Spender.«

Roland schüttelte den Kopf. »Ich habe mein letztes Geld schon hier in das Grundstück gesteckt.«

»Es geht nicht um Geld!«, erwiderte Marguerite langsam. »Er braucht eine Knochenmarkspende. Passende Stammzellen von einem seiner Geschwister.«

Addie blickte sie an. Sie hatten doch schon festgestellt, dass

Marguerite als Spenderin nicht infrage kam. Und Kinder hatte sie keine.

»*Eines seiner Geschwister ...*«

»Können Sie morgen früh wiederkommen?«, bat Marguerite. »Wenn Roland und ich miteinander gesprochen haben.«

»Natürlich.«

»Da ist ein Kolibri!«, sagte Addie und beobachtete den Vogel, wie er um einen Busch herumflatterte.

»Kolibris kehren immer wieder nach Hause zurück«, meinte Roland. »Es sei denn, sie finden keinen Nektar mehr.«

Addie blickte zu Caleb hinüber und fragte sich, was das bedeuten sollte. Doch Caleb zuckte nur mit den Schultern.

Roland ging um den Tisch herum und küsste Addies Wange. »Charlie hat großes Glück, dass er dich hat.«

Addie zuckte angesichts der Überschreitung ihrer persönlichen Grenze zunächst zusammen, stellte dann aber fest, dass es sie weniger störte, als sie eigentlich gedacht hatte. »Er ist die einzige Familie, die ich habe.«

Als Roland zu Marguerite blickte, tauschten sie irgendetwas miteinander aus, das Addie nicht verstand.

»Ein weiterer Tag!«, sagte Roland.

Addie lächelte angesichts dieses so vertrauten Satzes.

KAPITEL 41

Die kurvenreiche Straße führte Caleb und Addie durch die Hügel Südfrankreichs. Vor ihnen türmte sich der gewaltige Pic de Néouvielle auf. Am Ende der Straße parkte Caleb unter einer alten Kiefer und lief um das Auto herum, um Addie beim Aussteigen zu helfen.

Sie brauchte seine Hilfe nicht, aber er drängte sich ihr auch nicht auf. Er bot seine Hilfe nur an, so wie er es auch bei Roland getan hatte. Schließlich nahm sie sie an und stieg aus dem Auto. Der Wind aus den Bergen zerzauste ihr Haar.

»Wie haben die Kinder das bloß geschafft?« Sie starrte auf den schneebedeckten Gipfel, der etwa 3.000 Meter in die Höhe ragte. Die Pilgerstrecke mochte vielleicht nach dem Apostel Jakobus benannt worden sein, doch Addie kam er vor wie der Weg, den jeder über die Pyrenäen nahm, der auf der Suche nach Freiheit war oder anderen dabei helfen wollte, ihre Freiheit zu finden. »Und die Erwachsenen? Wie haben sie es über die Berge geschafft – ganz ohne Essensvorräte, Zelte oder Ausrüstung?«

Caleb betrachtete die Bergkette. »Wo andere nur auf das geblickt haben, was unmöglich erschien, haben sie das gesehen, was möglich war.«

»Weil sie keine andere Wahl hatten ...« Diejenigen, die nicht verfolgt worden waren, hätten einen Zug oder ein Auto genommen, um über die Grenze zu gelangen.

»Und trotzdem laufen heutzutage Tausende Menschen diesen Weg auf ihrer Pilgerreise«, sagte Caleb. »Sie suchen etwas in der Einfachheit dieses Weges.«

Genau wie Addie in diesem Sommer in ihrem Herzen nach Antworten gesucht hatte. Das war auch eine Art Pilgerreise gewesen. Es war für sie an der Zeit herauszufinden, wer sie wirklich war. Ohne Peter, Charlie und auch ohne Emma. Gott hatte sie befreit, weil er ein Ziel für sie hatte. Einen Plan. Sie musste ihm nur folgen.

Addie schloss den Reißverschluss ihrer Fleecejacke und zog sich eine warme Mütze über die Ohren. Sogar im September war es am Fuß dieser Berge bereits sehr kalt.

Caleb und sie würden morgen in die USA zurückfliegen, nachdem sie mit Roland und Marguerite gefrühstückt hatten. Addie hoffte, dass die beiden bereit waren, bald nach Atlanta zu reisen. Wenn sie Charlie dabei halfen, sein Unrecht wiedergutzumachen, konnten sie vielleicht alle Heilung finden.

Sie warf einen Blick auf den Mann, der neben ihr lief, und fragte sich, was er wohl erlebt hatte, bevor er den Weinberg gekauft hatte. Und sie dachte über die Frage nach, die er ihr gestellt hatte, als sie an Rubys Grabstein gestanden hatten. Sie hatte sie nie wirklich beantwortet.

»Peter«, sagte sie, als sie in Richtung eines der Berggipfel kletterten. »Mein Ehemann hieß Peter.«

»Du musst mir nichts über ihn erzählen.«

Es war einfach gewesen, ihre Geschichte mit Norah zu teilen, einer jungen Frau, die ebenso wie sie von Menschen verletzt worden war, denen sie eigentlich vertraut hatte. Bei Caleb war das nicht so einfach. Er war ein Erwachsener, der sie leicht verurteilen konnte, auch wenn sie das längst schon selbst getan hatte.

Sie griff nach dem Zweig eines Baumes, um sich daran hochzuziehen. »Nachdem ich das Programm in Sale Creek absolviert hatte, habe ich ein Stipendium für eine Bibelschule bekommen. Peter war ein Pastor aus der Gegend, der an der Schule manchmal Vorträge gehalten hat. Wir begannen, uns zu verabreden, als ich in meinem ersten Ausbildungsjahr war, und ich dachte, dass wir uns ineinander verliebt hätten. Ich habe erst nach sechs Jahren Ehe gemerkt, dass seine Liebe nur vorgetäuscht war.«

Die Worte sprudelten nur so aus Addie heraus. Sie erzählte von den vielen Jahren der Unsicherheit, in denen sie sich selbst und

Peter hinterfragt hatte. Sie hatte ihm glauben wollen, wenn er gesagt hatte, er müsse sich um ein Gemeindemitglied kümmern. Doch gegen Ende ihrer Beziehung hatte sie an seinen Worten gezweifelt. Im vergangenen Jahr hatte sie sich den Verstand zermartert, als sie versucht hatte, ihre Gedanken zu ordnen und zu verstehen, was in den Nächten geschehen war, in denen Peter erst lange nach Einbruch der Dunkelheit wieder nach Hause gekommen war.

Ein Pfad führte im Schutz einiger Tannenbäume den Berg hinauf, kaum breit genug für einen der Hirten, die auf Marguerites Gemälden zu sehen waren. Dann führte der Pfad wieder hinunter in ein wunderschönes Tal, wo sich der Wind im Schutz der Berge und Hügel ringsherum legte.

»Es nahm kein gutes Ende«, fuhr Addie fort, als sie durch das Tal liefen. »Er hat mich wegen einer anderen Frau verlassen. Bei einem Autounfall haben dann beide ihr Leben verloren. Ich habe hart daran gearbeitet, meine Zweifel über das, was er getan hatte, zu verdecken. Ich habe es abgelehnt, mir Hilfe zu suchen, weil ich nicht seinen – unseren – Ruf oder Gottes Werk zerstören wollte.«

»Wer hätte dir denn helfen können?«

Addie blickte zu einer Herde Schafe, die in der Ferne graste und durch einen Fluss von ihnen getrennt war. Wäre irgendjemand in der Lage gewesen, Peter zu stoppen? Ihr fiel keine einzige Person ein. Nicht seine Eltern, nicht sein Bruder, nicht die Gemeindeältesten oder irgendein Mitarbeiter, der ihren Ehemann von seinen einmal geschmiedeten Plänen hätte abhalten können.

Ein Schatten legte sich über den Rand des Tals und eine Wolke verdeckte die Sonne. Der ihr so vertraute Schatten legte sich auch über Addies Herz. *Und ob ich schon wanderte im finstern Tal, fürchte ich kein Unglück*, stand in der Bibel. Doch an manchen Tagen fühlte es sich dennoch so an, als würde der dunkle Schatten Addie einfach verschlingen.

»Lange Zeit war ich die Einzige, auf die er hörte, doch am Ende hat er nicht einmal mehr das getan.«

»Du glaubst doch, dass die Bibel Gottes Wort ist ...«

»Ja, das tue ich«, antwortete Addie. Egal wie schwierig es manchmal war zu verstehen, was dort geschrieben stand.

»Dann weißt du auch, dass nur Jesus die Macht hat, Menschen wirklich zu retten.«

Die Worte verschwammen um sie herum wie die Farben, die auf Marguerites Gemälden die Figuren umflossen hatten. Sie verjagten die dunklen Schatten. Sie hatte Peter geliebt und sich um ihn gekümmert. Aber Gott war der Einzige, der ihn retten konnte. In diesem Leben und auch im nächsten. Sie konnte zwar Gottes Wahrheit verkündigen, aber nicht die Seele von anderen Menschen retten.

»Danke!«, sagte Addie leise. Calebs Worte waren wie ein Geschenk.

»Ich habe einmal versucht, jemanden zu retten«, erzählte Caleb, als sie sich dem Fluss näherten. »Sie hatte ein paar falsche Entscheidungen getroffen, doch ich dachte, wenn ich sie nur genügend lieben würde, würde sie sich verändern.«

»Hat sie es?«

»Ich weiß es nicht. Sie hat mich vor fünf Jahren verlassen und ich habe seitdem nichts mehr von ihr gehört.«

Addie konnte die Verzweiflung nachvollziehen, diese Dunkelheit, die sich breitmachte, wenn das Licht am Ende des Tunnels zu verlöschen schien.

»Gott hat mich an einen Ort geführt, an dem ich merkte, dass ich weder sie noch mich selbst retten konnte, egal wie sehr ich es auch versuchte«, fuhr Caleb fort. »Genauso wenig, wie du Peter retten konntest. Und auch Charlie konnte vielleicht dein Leben retten, aber nicht deine Seele.«

Er hatte recht. Als sie völlig hoffnungslos gewesen war, hatte Gott Charlie in seiner Zerbrochenheit gebraucht, um ihr väterliche Liebe zu zeigen und ihr eine zweite Chance zu geben. Er hatte Charlie dazu gebraucht, das wiedergutzumachen, was in Addies Kindheit falschgelaufen war. Doch Charlie konnte sie nicht in alle Ewigkeit retten. Sie hatte dieses Geschenk noch immer nicht wirklich angenommen.

Die beiden erreichten das Ufer eines steinigen Flusses, der etwa 6 Meter breit war. Caleb hob einen kleinen Stein auf und warf ihn zu den anderen in den Fluss. Dann nahm Addie selbst einen Stein in die Hand und tat es ihm nach.

Das Wasser spritzte nach oben, als ihr Stein hineinfiel. Sie triumphierte, als er im Fluss versank.

War sie dabei zuzulassen, dass ihr gebrochenes Herz nicht nur ihr eigenes, sondern auch das Leben ihres Babys zerstörte? Hatte es wirklich einen Wert, die Last von Peters Versagen weiterhin mit sich herumzutragen?

Sie musste jetzt eine Entscheidung treffen. Sie musste seine Täuschung, die Dunkelheit und ihre Verwundungen hinter sich lassen.

Addie warf einen zweiten Stein ins Wasser. Dieser hier war für ihren Ehemann, der sich dem Bösen überlassen hatte. Dann hievte sie einen weiteren über ihren Kopf. Er war für die Täuschung, die sie beide kaputt gemacht hatte. Für die Versuchungen dieser gefallenen Welt, die ihr Vertrauen zerstört hatten.

Ein vierter Stein klatschte ins Wasser. Dieser war für das Baby, das seinen Vater niemals kennenlernen würde. Für all die jungen Frauen in Sale Creek, die keinen Vater hatten.

Ein weiterer Stein für die Kinder hier, die ihre Familien verloren hatten. Für den Mann in Oregon, der sich nie vollständig erholt hatte. Für den Mann in Atlanta, dessen Lebensende nahte.

Addie warf einen Stein nach dem anderen. Ein Unrecht nach dem anderen versank im Wasser. Dann wischte sie sich die Hände an ihrer Jeans ab und drehte sich um.

Caleb stand hinter ihr am Ufer. »Bist du fertig?«

Addie suchte den Boden um sich herum ab und dachte gleichzeitig angestrengt nach. »Es gibt keine weiteren Steine zum Werfen.«

»Ich habe mindestens ein Dutzend gezählt.«

Addie lächelte. Jedes einzelne Unrecht lag nun am Grund des Flusses.

»Hast du Hunger?«, fragte Caleb.

Ein leichtes Flattern in ihrem Bauch brachte ein Lachen über Addies Lippen. »Das Baby scheint hungrig zu sein.«

»Dann sollten wir schleunigst irgendwo hingehen, wo es etwas zu essen gibt.«

Sie aßen in einem Restaurant in einem nahe gelegenen Weinberg. Die steil abfallenden Hügel erinnerten Addie an Oregon. Die alten Möbelstücke waren wie der Schrank, der bei Caleb zu Hause stand. Jeder Kratzer daran war deutlich sichtbar. Einen kleinen Moment lang vermisste Addie den See und die Trauerweide, den Duft nach Honig und Kiefern, den grauen Fischreiher, der jeden Abend über das Wasser flog, und sogar den Mann, der in der Nähe des Schlosses lebte und versuchte, von seinen Erinnerungen frei zu werden.

Am nächsten Morgen kehrten Addie und Caleb mit *Pains au Chocolat*, die sie in einer Bäckerei in der Gegend gekauft hatten, ins Schloss Kolibri zurück. Marguerite führte sie durch ihr Atelier und die elegante Galerie, in der ihre eigenen Gemälde und die Gemälde von etwa einem Dutzend anderer Künstler ausgestellt waren, die ebenfalls die Gabe der Synästhesie hatten. Jeder dieser Künstler sehe Formen und Farben und die Möglichkeiten, die sich daraus ergaben, während andere Menschen nur Schwarz und Weiß erkennen könnten, erklärte Marguerite.

Addie war völlig fasziniert. Ob mit oder ohne eine solche Gabe – was wäre, wenn sie Dinge anders wahrnehmen könnte, während sie ihr Leben lebte? Wenn sie die Möglichkeiten erkennen könnte, die in der Einfachheit lagen?

Addies Kopf platzte beinahe von den vielen Eindrücken, als Caleb und sie sich mit Marguerite und Roland in den Garten begaben.

»Wir haben eine Idee!«, sagte Marguerite, als sie bei Kaffee und einem kleinen Krug frischer Sahne zusammensaßen. »Eine Idee, wie wir Charlie helfen können.«

»Ich fürchte, das Einzige, was seinem Körper jetzt noch helfen kann, ist neues Knochenmark.«

Doch die Ärzte würden es nicht zulassen, dass diese wundervolle Dame ihr Knochenmark spendete, auch wenn sie möglicherweise die perfekten Voraussetzungen dafür hatte.

Marguerite blickte über den Tisch zu Roland, als wollte sie sicherstellen, dass sie und Roland dasselbe dachten. Der ältere Mann nickte ihr zu.

»Ich kann ihm nicht helfen«, fuhr Marguerite fort. »Aber unser jüngerer Bruder wäre bereit, es zu versuchen.«

Addie verschüttete ein wenig Kaffee aus ihrer Tasse, während die Worte von Marguerite in ihrem Kopf widerhallten, als hätte sie sie falsch verstanden. »Ihr jüngerer Bruder?«

Marguerite tupfte die dunkle Flüssigkeit mit ihrem Taschentuch weg. »Oliver war noch ein Baby, als wir Gurs verlassen haben. Charlie weiß nicht, dass er überlebt hat.«

»Er hat nie über einen Bruder gesprochen.« Über seine Schwester allerdings auch nicht. Hatte er geglaubt, dass seine ganze Familie tot war? Vielleicht hatte er zu viel Angst davor gehabt, es herauszufinden.

»Unsere Mutter hat den Krieg überlebt und ich bin bei ihr und meinem Stiefvater geblieben, bis ich die Universität abgeschlossen hatte. Mama ist vor fünfzehn Jahren gestorben.«

Wie anders wäre Charlies Leben wohl verlaufen, wenn er gewusst hätte, dass er eine Familie hatte? Möglicherweise hätten er und Emma nie das Heim in Sale Creek gegründet. Addie und mehr als tausend andere Mädchen, die das Programm dort durchlaufen hatten, hätten die Fürsorge der beiden niemals kennengelernt.

»Oliver würde gerne wissen, ob er als Spender infrage kommt.«

Addie hatte es die Sprache verschlagen, aber Caleb sprang ihr zur Seite.

»Vielen Dank!«, antwortete er.

Möglichkeiten. Das war alles, woran Addie gerade denken konnte.

KAPITEL 42

»Marguerite ist am Leben!«

Addies Worte hallten donnernd durch das Krankenzimmer wie die Seekisten, wenn sie auf einem von Haddocks Booten herumrutschten. Einen Moment lang war Charlie wieder der Junge, der durch Frankreich marschierte und versuchte, das ganze Schiff vor dem Untergang zu retten, während er die Hand seiner Schwester festhielt.

Vielleicht hatte er Adeline falsch verstanden. Vielleicht träumte er es auch nur, weil seine Medikamente Halluzinationen bei ihm auslösten. Marguerite hatte ihm aus vollem Herzen vertraut, aber er hatte ihr Vertrauen verschleudert, wenn nicht sogar vollkommen zerstört.

Es würde nicht mehr lange dauern, bis er den großen Graben zwischen dem Leben hier auf der Erde und dem in der kommenden Welt überwunden haben würde. Nicht mehr lange, bis er den Berg ein letztes Mal besteigen würde und an der Grenze vielleicht von einem Engel mit Schwert in der Hand begrüßt werden würde. Vielleicht auch von seinem Bruder, seiner Mutter oder Jesus selbst.

Wie würde es wohl sein, sie alle wiederzusehen?

Freiheit war alles, was er sich jemals gewünscht hatte. Freiheit, jetzt, von seinem Körper, der ihn zunehmend im Stich ließ. Freiheit, um bei Christus zu sein. Freiheit, in der Ewigkeit zu leben. Ohne jegliche Schuld und Scham.

Ein Gefühl von Wärme stieg in seinem Körper auf, während er in seinem schmalen Bett lag. Die Wärme strömte bis in seine Zehen hinein, die vor vielen Jahren im Schnee erfroren waren.

Wärme, Freiheit ... eine Ewigkeit lang. Er würde wieder mit Marguerite gemeinsam lachen. Sie würden zusammen über die himmlischen Meere segeln. Und fliegen. Auch wenn sie keine Flügel hatten. Nie wieder würden er und seine Familie sich der Tyrannei von Diktatoren oder der Abhängigkeit von Medikamenten stellen müssen. Dem Übel, dem er und sein Vater in dieser Welt erlegen waren. Es hatte Charlie viel Zeit in seinem Leben gekostet, dem Mann, der sein Vater gewesen war, zu verzeihen ... und er arbeitete immer noch daran, sich selbst zu vergeben.

»Meine Schwester ist tot!«, antwortete er und hielt seine Augen geschlossen, während er ruhig liegen blieb. Er betete, dass er sie bald sehen durfte. Bald würde er sie bitten, ihm zu verzeihen, dass er weggegangen war. Dass er sie verletzt hatte. Dass er ihr die Gabe genommen hatte, die sie mit der Welt hatte teilen sollen.

»Nein, mein Schatz.« Emma nahm die Hand ihres Ehemanns. »Deine Schwester ist damals im Feuer nicht ums Leben gekommen.«

Charlie öffnete langsam die Augen. Viel mehr Kraft konnte er mit seinem schwachen Körper nicht mehr aufbringen. »Aber ich bin doch nach Oregon zurückgekehrt. Mrs Lange hat gesagt ...«

Adelines langes Haar fiel nach vorne. Ihre goldenen Strähnen umrahmten ihr Gesicht wie ein Heiligenschein. »Es war Ruby Tonquin, die im Wald begraben wurde. Nicht Marguerite.«

Seine Frau drückte ihm sanft einen Kuss auf die Stirn. Ihre Worte waren wie heilsamer Balsam für sein Inneres.

Aber Roland – hatte er nicht gesagt, dass Marguerite gestorben war?

Charlie schloss seine Augen wieder. Nicht um die beiden Frauen auszublenden, die er so sehr liebte, sondern um sich an die Nacht nach dem Feuer zu erinnern. An die Stunden, die er am Bahnhof verbracht hatte und in denen er seinem Leben beinahe ein Ende gesetzt hätte. Dann war Roland aufgetaucht, der Mann, zu dem er in seinen jungen Jahren aufgeschaut hatte, als wäre er ein Gott. Der Mann, der ihm das nötige Selbstvertrauen eingeflößt hatte, um den Feind in die Flucht zu schlagen, der sich ihm in den Weg gestellt hatte. Der Mann, der fest an ihn geglaubt hatte.

Der Mann, den er enttäuscht hatte.

Es hatte eine Zeit gegeben, in der Roland Charlies Vater hatte sein wollen ... und dann hatte er womöglich sein letztes Geld für ein Zugticket ausgegeben, das Charlie so weit wie möglich von Oregon wegbringen sollte.

Im Rückblick betrachtet hatte Roland nicht konkret gesagt, dass Marguerite gestorben war, doch er hatte es mit Sicherheit angedeutet. Charlie konnte ihm das noch nicht einmal vorwerfen. Roland hatte das getan, was er am besten konnte – die Menschen zu beschützen, die er liebte. Doch dieses eine Mal hatte er sie vor dem Jungen beschützt, den er einst gebeten hatte, sein Sohn zu werden.

Charlie riss die Augen wieder auf. »Was ist mit Grace?« »Sie ist gestorben«, sagte Adeline sanft.

Charlie nickte. Er hatte gewusst, dass sie möglicherweise tot war. Doch die Trauer kroch nun erneut in seine müden Knochen. »Durch das Feuer?«

»Oh, nein!«, antwortete Emma und schien Charlie schützen zu wollen, wie Roland es damals bei Marguerite getan hatte. »Sie ist erst 1969 gestorben.«

»Sie hat als Krankenschwester gearbeitet«, erklärte Adeline. »Roland und sie sind nach Frankreich zurückgekehrt und sie hat sich dort wieder um die Kinder gekümmert.«

Diese Nachrichten zauberten ein Lächeln auf Charlies Gesicht. Grace hatte sich ihren starken Glauben bis zum Lebensende bewahrt. Das wusste Charlie. Sie hatte sich an den Psalmen und an den Liedern festgehalten, die Gott ihr ins Herz gelegt hatte. »Ich werde sie bald wiedersehen.«

»Aber jetzt noch nicht!«, meinte seine liebe Frau.

»Emma ...« Er liebte diese Frau, seit er sie zum ersten Mal getroffen hatte. Es war vor langer Zeit an dem Tag gewesen, an dem er sich endlich wieder getraut hatte, eine Kirche zu betreten. Sie waren jetzt mehr als dreißig Jahre miteinander verheiratet. Er wollte sie nicht allein zurücklassen, doch er war nicht länger in der Lage, gegen seine Krankheit anzukämpfen. »Ich werde nicht mehr lange da sein.«

Die beiden Frauen, die er so sehr liebte, tauschten besorgte Blicke miteinander aus. Sie mochten vielleicht denken, dass er so krank war, dass er es nicht bemerkte. Doch er nahm in diesen Tagen sehr viel wahr.

»Was ist denn los?«, fragte er.

Die Sorge in Adelines Blick verwandelte sich in ein Lächeln. »Wir haben einen Spender gefunden!«

»Aber der Arzt hat doch gesagt, es wäre schon zu spät.« Charlie hatte Wunder über Wunder in seinem Leben erlebt, doch dieses Mal glaubte er, dass Gott ihn zu sich nach Hause rufen wollte. »Eines von Marguerites Kindern?«

»Nein ...«

Emma unterbrach Addie. »Du wirst den Spender kennenlernen, wenn du dich wieder erholt hast.«

»Aber ich bin bereit ...«

»Für die Transplantation?«, fragte Adeline.

Er schüttelte den Kopf. »Bereit, unserem Erlöser gegenüberzutreten.«

Weder Adeline noch Emma sagten ein Wort. Sie versuchten nicht, ihn zu überzeugen, wie sie es vorher getan hatten. Sie sagten nicht, dass er Adelines Baby noch kennenlernen oder mehr Zeit mit den Mädchen in Sale Creek verbringen sollte. Doch die Sorge kehrte in ihre Blicke zurück.

Er wollte auch gerne Zeit mit Adelines Kind und den Mädchen verbringen, die in seiner Obhut waren. Doch sein Körper war bereit, nach Hause in die Ewigkeit zu gehen. Es erschien ihm falsch weiterzukämpfen, um sein Leben noch um ein paar Jahre zu verlängern, wo er doch in den vergangenen vierzig Jahren versucht hatte, ein vollkommenes Leben zu führen und Gott all die Jahre zu dienen, die ihm noch blieben.

Wenn Gott ihn zu sich nach Hause rief – warum sollte er dann noch weiter gegen diese Krankheit ankämpfen?

Emma gab ihm einen Kuss auf die Stirn. »Dann musst du wohl gehen!«

»Ich danke euch beiden, dass ihr Marguerite gefunden habt ...«

»Du hast den guten Kampf gekämpft ...«

Charlie schloss einen Moment die Augen und sprach leise ein Dankgebet, das die beiden Frauen nicht hören konnten. Dadurch, dass sie ihn losgelassen hatten, hatten sie ihm ein Geschenk gemacht.

Doch seine Träume ließen ihn nicht so einfach los. Das Prednison strömte durch seine Adern und er träumte von der großen Verfolgungsjagd – ein immer wiederkehrender Albtraum, in dem ihn eine Gruppe Männer durch den Wald jagte, ein riesiger Berg vor ihm lag und seine Füße sich in einem Gewirr aus hohem Gras verfingen.

Doch plötzlich veränderte sich sein Traum. Es war anders als sonst. Die Männer hinter ihm verschwanden und er stand allein auf einem Feld. Das Feld lag in einem Tal, das demjenigen ähnelte, in dem er in Oregon gelebt hatte. Ein kleiner See mit einer Weide.

An der Stelle des Farmhauses erstreckte sich am Ufer zwischen zwei Hügeln ein kunstvoll verziertes Tor. Es war nicht wirklich weiß, eher wie ein Opal, der violett und blassblau funkelte, und war mit filigranen Mustern geschmückt.

Charlie konnte nicht sehen, was sich hinter dem Tor befand, doch sein Herz sehnte sich nach dem Schönen, das dort auf ihn wartete. Nach dem Frieden, der dort herrschte. Nach einer Festung gegen all das Böse, gegen Krankheit, Angst und Scham.

Charlie rannte zum Tor. Er fühlte sich fit wie damals, als er regelmäßig meilenweit gerannt war. Er rannte, bis er an der Ziellinie angekommen war, hinter der eine Ewigkeit voller Wunder auf ihn wartete.

Er fasste mit den Händen an das Tor und versuchte, die Flügel zu öffnen, doch sie waren fest verschlossen. Er rüttelte daran, wie er es auch in Frankreich getan hatte, doch sie gaben nicht nach. Charlie sackte innerlich zusammen.

»Denn aus Gnade seid ihr gerettet durch Glauben und das nicht aus euch: Gottes Gabe ist es ...«

War seine Schuld zu groß für dieses Geschenk der Gnade? Er verdiente es, wegen der Sünden seiner Jugend abgewiesen zu werden. Wegen der Menschen, die er umgebracht hatte. Wegen der Lügen, die er erzählt hatte. Wegen der Sünde, von der er nicht abgelassen hatte.

So wie König David.

Verzweiflung machte sich in ihm breit und hinterließ ein dröhnendes Geräusch in seinen Ohren. Er wollte nicht den Schritt ins nächste Leben tun, wenn er nicht bei seinem Erlöser sein konnte. Charlie sank auf die Knie. Er wusste, dass es sich nur um einen Traum handelte. Doch die Steine am Boden schienen sich in seine Haut zu drücken, als er um Vergebung bat. Er wollte sein altes Leben hinter sich lassen.

Noch einmal rüttelte er an dem Tor aus Opal. Dieses Hindernis zwischen ihm und dem Königreich Gottes auf der anderen Seite war unerträglich. Er wollte doch nur bei seinem Erlöser sein.

Ein Mann erschien am Eingang. Ein Torwächter, dachte Charlie. Er wollte nachsehen, wer da am Tor rüttelte. Der Mann trug einen *Bure*-Umhang. Auf seiner Schulter trug er einen Hirtenstab.

Charlie fiel wieder auf seine Knie. All sein Stolz verschwand, als er diesen bescheidenen Mann anblickte. »Bitte lass mich rein!«, bettelte er.

Das Abenteuer seines Lebens war nun endgültig vorbei, dachte Charlie. Er hatte die Grenze überschritten.

Doch der Hirte war anderer Meinung. »Es ist noch nicht so weit!«

»Aber ich bin bereit!«

»Wir aber nicht!«

Charlie hob erleichtert den Kopf. Sie hatten ihn nicht daran gehindert einzutreten.

Der Mann lächelte ihn sanft und freundlich an. Doch jedes seiner Worte klang zugleich bestimmt. »Dir ist vergeben worden, aber es liegt noch eine Aufgabe vor dir.«

Als Charlie sich umdrehte, sah er seine Schwester auf der Weide. Sie spielte inmitten der Blumen, deren Farben hell leuchteten und das Licht des Himmelstores widerspiegelten. Er wollte schon zu ihr hinrennen, doch dann blieb er fasziniert stehen und betrachtete die Szene, die sich vor seinen Augen abspielte.

Ein anderes Mädchen trat aus dem hohen Gras hervor und lief auf die Weide. Es sah aus wie Adeline, bevor sie zu einer eleganten jungen Dame herangewachsen war. Dutzende Jungen folgten ihr auf die Weide. Dann Hunderte weitere. Jungen, die mit Grasbüscheln warfen und Samen von Löwenzahn über die Wiese pusteten. Zwei von ihnen standen etwas abseits und prügelten sich. Sie waren genauso widerspenstig wie er einst gewesen war.

»Sie brauchen dich!«, flüsterte der Hirte. »Nur noch ein kleines bisschen länger.«

Charlie versuchte zu erklären, dass er viel zu schwach dafür war, sich um andere zu kümmern. Doch der Hirte war bereits verschwunden.

Zögernd drehte Charlie sich wieder zur Weide um. Obwohl er bereit gewesen war, die Himmelstore einzureißen und die Grenze zu überschreiten, schien es, als gäbe es im Diesseits noch einiges für ihn zu tun. Dort waren Kinder, die eine Hoffnung für ihre Zukunft brauchten.

Die Jungen umringten ihn und er spürte, wie die Freude in ihrem Lachen die Schmerzen in seinen Knochen linderte. Gott wollte ihn vielleicht auf unerwartete Weise heilen. Doch Charlie wusste nicht, zu welchem Zweck.

Er war geliebt und hatte Vergebung erfahren. Jetzt musste er Vertrauen haben, auch wenn er das Wozu nicht verstand.

Die Kinder verteilten sich wieder im hohen Gras und Charlie öffnete die Augen. Sein Brustkorb schmerzte. Emma war im Stuhl neben ihm eingeschlafen und er fand Trost darin, diese hübsche Frau zu betrachten, die seit mehr als drei Jahrzehnten an seiner

Seite gewesen war. Sie hatte sanfte elfenbeinfarbene Wangen, die keinerlei Schminke benötigten. Ihre Augen waren grün wie Jade und zogen ihn noch immer in ihren Bann. Sie hatte ihn nicht mehr gehen lassen.

Er hatte auch nicht mehr weglaufen wollen. Nicht nachdem Gott ihn gerettet hatte. Als er Emma einen Heiratsantrag gemacht und sie ihn angenommen hatte, war er der glücklichste Mann der Welt gewesen. Er erinnerte sich wieder, was für eine Ehre es gewesen war, als sie *Ja* gesagt hatte: dieser besondere Moment oben auf der Klippe, während des Sonnenaufgangs auf Mount Lookout, als er auf die Knie gegangen war. Und dann der Moment fünf Monate später, als sie vor ihren Freunden und ihrer Familie zum Altar geschritten war, um seine Frau zu werden.

Behutsam hatte sie sich all die Jahre um sein verwundetes Herz gekümmert, bis er in der Lage gewesen war, seine Ängste Gott zu überlassen. Doch manchmal in der Nacht, wenn seine alten Ängste zu ihm zurückkehrten, suchte er unter der Bettdecke ihre Nähe und zog sie eng an sich heran. Sie betete dann mit dem Mut und der Stärke eines Kriegers für ihn und schlug die bösen Mächte mit ihren Worten in die Flucht.

Schließlich wachte Emma in ihrem Stuhl auf und strich sich die Strähnen zurück, die sich aus ihrer Haarspange gelöst hatten. Sie beugte sich nach vorne und nahm seine Hand, wie sie es so viele Male schon getan hatte. Doch dieses Mal wollte sie, dass *er* ihre Ängste vertrieb. »Wir dachten letzte Nacht, dass wir dich verlieren würden.«

Das Gesicht des Hirten tauchte vor Charlies innerem Auge wieder auf und mit ihm die Ermahnung, wieder in diese Welt zurückzukehren.

Ein Schauer durchfuhr Charlies Körper, doch dieses Mal wurde er nicht von der Kälte verursacht. Sondern von Wärme. Ehrfurcht. Vielleicht hatte er in seinem Traum Gott gesehen.

»Ich dachte auch, dass meine Reise hier zu Ende wäre.«

»Ein weiterer Tag!«, sagte Emma sanft und Charlie grinste,

bevor er ihr vom Himmelstor und den vielen Hundert Jungen erzählte, die auf der Weide gespielt hatten.

Emma küsste seine Stirn. »Es scheint so, als ob Gott hier auf der Erde noch irgendetwas mit dir vorhat.«

»Scheint so. Aber ich habe keine Ahnung, was es sein könnte.«

»Er wird dich jeden einzelnen deiner letzten Schritte führen.«

Worte von einem der treuesten Menschen, die er jemals gekannt hatte.

Emma und Grace waren beide völlig schrankenlos in ihrer Liebe zu Gott. Und Marguerite? War sie mit ihrem Leben auch treu umgegangen? Mit ihrer Gabe? Vielleicht wollte Gott ja von ihm, dass er sich mit dem Mädchen aussöhnte, das er auf der Weide hatte spielen sehen.

»Ich würde gerne meine Schwester sehen!«, sagte Charlie.

Emma neigte den Kopf und blickte ihn überrascht an. »Wir werden sie bitten herzukommen.«

Er schüttelte den Kopf. »Ich will nicht, dass sie mich so sieht.«

Emma blickte auf Charlies Bettdecke und auf all die Nadeln und Infusionen, die in seiner Hand und in seinem Arm steckten und ihn am Leben hielten. »Wie würdest du ihr denn gerne gegenübertreten?«

Charlie bemerkte die Vorsicht in ihrer Stimme. Sie versuchte, sich vor ihrer eigenen Hoffnung zu schützen.

»Ich möchte sie sehen, wenn es mir wieder besser geht.«

Emma fasste sich ans Herz, ihre Hände flatterten aufgeregt wie die Flügel eine Vogels. »Du wirst die Transplantation annehmen?«

»Ich denke nicht, dass ich wirklich eine Wahl habe.«

»Ich würde dich nie dazu zwingen ...«

»Ich weiß, Emma.« Er musste es versuchen, auch wenn die Transplantation möglicherweise fehlschlagen würde.

Er musste seinem Arzt und den Menschen vertrauen, die er liebte. Und vor allem musste er dem Guten Hirten vertrauen, der sich um all seine Schafe kümmern wollte.

KAPITEL 43

Das lebensrettende Knochenmark von Oliver Dupont Wilson – er war ein perfekt passender Spender – wurde per Direktflug von London nach Atlanta gebracht. Vor der Transplantation ließ Charlie eine Woche lang eine Chemotherapie mit anschließender Komplettisolation über sich ergehen, in der die Medikamente sein krankes Knochenmark zerstörten.

Oliver hatte darum gebeten, anonym bleiben zu dürfen, bis die Knochenmarkspende erfolgt war, und Emma war seiner Bitte nachgekommen. Sie hatte sich Sorgen gemacht, dass Charlie aus Angst, seinen Bruder in Gefahr zu bringen, die Behandlung ablehnen könnte, wenn er über ihn Bescheid wusste. Und Oliver wollte Zeit mit Charlie verbringen, wenn möglich sogar noch einige Jahre, um ihn nach seiner Genesung kennenzulernen.

Emma durfte Charlie während der Stammzelltransfusion nicht begleiten, doch sie kehrte im Oktober wieder nach Atlanta zurück, um in seiner Nähe zu sein. Bald würde sie die Leitung des Heims in Sale Creek an die neuen Geschäftsführer übergeben, doch bis es so weit war, blieb Addie in Tennessee, um Emma zu unterstützen.

Obwohl ihre Arbeit in Sale Creek vorerst beendet war, hatten Emma und Charlie nicht die Absicht, auch ihre Mission für beendet zu erklären. Addie betete, dass die Stammzellen sich tief in Charlies Knochenmark ansiedeln und sich dann vermehren würden, um ihrerseits gesunde neue Blutzellen zu produzieren.

Match. Mehrung. Mission.

Die Worte passten hervorragend zusammen. Die Mehrung der Stammzellen bedeutete für Charlie einmal mehr, dass er seinen Feind überwinden konnte, der dieses Mal in seinem eigenen Körper steckte. Er konnte der MDS in seinen letzten Jahren noch einmal entfliehen.

Die Ärzte hatten gesagt, dass sie erst nach einhundert Tagen wissen würden, ob die Zellen erfolgreich ins Knochenmark verpflanzt werden konnten. Ob die Transplantation anschlug und die Krankheit geheilt werden konnte.

Bis dahin würden sie abwarten, beten und miteinander träumen.

Addie war gerade damit fertig geworden, den Kochtopf zu spülen, in dem sie versucht hatte, Porridge zu kochen. Es war jedoch leider angebrannt. Sie hatte gemeinsam mit ihren jugendlichen Küchenhilfen Haferflocken in Milch eingeweicht und braunen Zucker und Obst dazugegeben, um daraus eine schmackhafte Mahlzeit zuzubereiten.

Norah und die anderen Mädchen besuchten gerade den Unterricht in dem kleinen Schulhaus, das Charlie mit ein paar Helfern aus dem Holz gebaut hatte, das auf dem Grundstück vorhanden gewesen war. Die Hauseltern ruhten sich indessen aus und bereiteten sich auf den vor ihnen liegenden langen Nachmittag und Abend vor. Addie hatte den Küchendienst im Haupthaus übernommen. Das Spülen des Geschirrs war eine willkommene Abwechslung für ihre Hände, die vor Aufregung zitterten. Während sie arbeitete, betete sie leise.

Caleb war im letzten Monat direkt zurück nach Oregon geflogen, um die Traubenernte im Weinberg abzuschließen. Addie war wieder einmal allein und wartete auf die Nachricht, dass die Infusion abgeschlossen war.

Als es an der Haustür klingelte, trocknete Addie sich die Hände ab und eilte ins Wohnzimmer. Sie blickte durch das Seitenfenster und erwartete einen Lieferwagen. Doch stattdessen erblickte sie Kirstens vertrautes Gesicht. Statt ihrer dem Lehrerberuf angemessenen Kleidung trug Kirsten heute ein Sweatshirt und eine Yoga-Hose. Ihr blondes Haar war zerzaust.

Addie riss die Tür auf und Kirsten umarmte sie sofort. »Ich bin so froh, dich zu sehen, Addie.«

»Ich freue mich auch, dich zu sehen, aber ...« Addie trat einen Schritt zurück. Sie war besorgt. »Warum bist du hier?«

»Ich dachte, du könntest heute möglicherweise eine Freundin gebrauchen.« Kirsten steckte ihr Handy in die Tasche. »Ich habe mir den ganzen Tag freigenommen.«

Addie atmete in der Herbstluft tief durch und beruhigte ihre Nerven.

»Danke!«

»Wollen wir irgendwo anders hingehen?«

Addie blickte zu dem ausgetrampelten Pfad, der hinunter zum Weidenbaum, weiter zur Fußgängerbrücke über den Bach und schließlich zum Wald und zum Fluss führte. Dann griff sie nach ihrem Sweatshirt, das an der Tür hing. »Sollen wir eine Runde spazieren gehen?«

Kirsten hielt ihre Autoschlüssel hoch. »Wie wär's, wenn wir Eis essen fahren?«

»Klingt gut.«

Sie fuhren nach Chattanooga und bestellten zwei riesige Waffeln Pfefferminzeis mit Schokoladenstückchen und Karamellfondant. Dann liefen sie über die Fußgängerbrücke über den Tennessee und hielten in der Mitte an, um ein Segelboot zu beobachten.

»Wie läuft's in der Gemeinde?«, fragte Addie, während sie an ihrem Eis leckte. Die Gemeindemitglieder waren sehr freundlich zu ihr gewesen, nachdem sie sich von ihrem eigenen Schock erholt hatten. Sie hatten Karten und E-Mails geschickt und ihr dabei geholfen, die Leistungen aus Peters Lebensversicherung zu erhalten.

»Ein Pastor, der eigentlich schon in Rente ist, ist übergangsweise eingesprungen und hilft uns dabei, wieder auf die Beine zu kommen.«

»Das freut mich!«

»Du kannst uns ja irgendwann mal besuchen kommen.«

»Ich weiß nicht ...«

»Die Frauen wollen eine Babyparty für dich schmeißen!«, sagte Kirsten. »Sobald das Kind auf der Welt ist.«

»Wirklich?«

»Na klar. Das wird das große Event in diesem Winter.« Kirsten deutete auf Addies Eiswaffel. »Wenn du nicht schneller isst, wird das hier in einer riesigen Katastrophe enden!«

Addie aß einen Bissen Pfefferminzeis und ein bisschen Schokolade. »Das ist wirklich nett von ihnen.«

»Sie lieben dich, Addie. Und sie sind genauso verletzt wie du. Manche von ihnen verstehen, was du gerade durchmachst. Besser, als du denkst.«

»Ich wünsche das wirklich niemandem.« Als sich das Baby bewegte, leckte Addie erneut an ihrem Eis.

Kirsten deutete auf Addies goldenen Ehering am Finger. »Warum trägst du ihn immer noch?«

»Es fühlt sich nicht richtig an, ihn abzulegen.«

»Komm, ich helfe dir!« Kirsten ergriff Addies Hand und zog den Ring vom Finger. »Was Peter getan hat, war falsch. Gegenüber dir und auch gegenüber allen anderen, die ihm vertraut haben. Du darfst dich nicht den Rest deines Lebens davon gefangen nehmen lassen.«

Addie dachte an die Hütte in Oregon zurück. An den Schrein an der Wand, der der Frau gewidmet war, die Louis Lange sowohl geholfen als auch geschadet hatte. Sie hatte ihn offenbar benutzt, um selbst gut dazustehen. Und trotzdem war er seinem Versprechen treu geblieben.

Addie hatte beinahe das ganze Unrecht längst von sich geworfen, das sie einst verfolgt hatte. Nun musste sie noch eine letzte Kette loswerden, die sie gefangen hielt. Sonst würden ihre Gedanken für den Rest ihres Lebens darum kreisen.

»Gott hat einen großen Plan für dich, Addie. Für dich und dein Baby.«

»Ich habe aber keine Ahnung, wie der aussehen soll!« Außer Charlie zu helfen, hatte Addie keinen Plan. Keine Möglichkeiten, die sich für ihre Zukunft auftaten.

»Du musst abwarten und er wird es dir dann schon zeigen!«, antwortete Kirsten und öffnete ihre Hand.

Addie nahm den Ring. »Ich hoffe, dass er das tut.«

Bräunlich weiß gefärbtes Wasser floss an ihnen vorüber. Ein Fischadler stieg nahe der Brücke in die Höhe und kehrte zu seinem Nest zurück, das er auf einer am Flussufer errichteten Plattform gebaut hatte.

Kirsten wies mit ihrem Kopf zum Fluss, der tief unter ihnen vorbeifloss. »Ich finde, du solltest den Ring ins Wasser werfen.«

»Meinst du wirklich?« Steine in den Fluss zu werfen, war eine Sache. Aber einen goldenen Ring?

»Vergib ihm, Addie! Wenn du kannst, behalte das Schöne und vergiss das Schlechte. Aber lass dich nicht länger davon gefangen nehmen.«

Addie hielt den Ring in die Sonne und drehte ihn zwischen ihren Fingern. Er war nicht viel Geld wert, aber trotzdem steckte ein ganzer Schatz voller Erinnerungen in ihm. Vielleicht war es auch eher ein Berg Schulden. Sie hatte gedacht, dass sie Peter auf irgendeine seltsame Weise etwas schuldig war, dass sie an die Erinnerung an ihn gebunden war. Doch diese Fesseln hatte sie sich selbst angelegt.

Addie warf den Ring über dem Geländer in die Luft, fing ihn wieder auf und ließ ihn dann fallen. Er stürzte etwa 30 Meter in die Tiefe, bevor er aus ihrem Blickfeld verschwand.

Kirsten klatschte in die Hände. »Jetzt kannst du endlich wieder träumen!«

Die Leere in ihrem Inneren begann, sich langsam wieder zu füllen. »Bald ...«

»Bald wirst du Kindern helfen, Addie. Indem du sie an deinem Leben teilhaben lässt und ihnen deine Geschichte erzählst. Kindern, die eine Mutter brauchen.«

Addie schüttelte den Kopf. »Sie haben doch schon neue Leiter für Sale Creek gefunden.«

»Ich meine ja auch nicht Tennessee«, erwiderte Kirsten. »Irgendwo weit weg von hier. An einem Ort, an dem du noch einmal von vorne beginnen kannst. Auch wenn ich dich schrecklich vermissen werde.«

Grace' Land.

Der Gedanke schoss Addie einfach in den Kopf und sie schob ihn sofort wieder von sich. Wie sollte sie denn bitte Teenagern in Oregon helfen? Das war einfach unmöglich.

»Dein Leben ist noch nicht vorbei!«, fuhr Kirsten fort. »Ich denke, es fängt vielleicht gerade erst an. Charlie kann an deiner Seite sein, bis er dir den Staffelstab übergibt. Und dann bist du an der Reihe.«

Addie legte beide Hände auf ihren Bauch. »Ich werde mindestens vier Monate lang nichts tun können.«

»Das passt doch perfekt.«

Kirsten fuhr sie zurück nach Sale Creek und umarmte sie zum Abschied. Dann betete sie für Charlie.

Eine Stunde später rief Emma an. »Die Transplantation ist abgeschlossen.«

»Wie geht es ihm?«

»Er ruht sich gerade aus. Er hat mich gebeten, dir zu sagen, dass bei ihm alles o. k. ist, sowohl in seinem Herzen als auch in seiner Seele.«

»Das freut mich, Emma. Sag ihm bitte, dass ich ihn liebe, wenn du das nächste Mal mit ihm sprichst.«

»Das werde ich!«, erwiderte sie. »Wir brauchen dieses Mal mehr als nur *einen* guten Tag. Eher hundert. Und zwar am Stück.«

»Also hundert weitere Tage.«

Vermehrt euch, betete Addie, als sie zu ihrer Arbeit in der Küche zurückkehrte.

In der Vermehrung würde Heilung zu finden sein.

KAPITEL 44

Januar 2004

»Er sollte nicht nach Oregon zurückkehren!« Louis entfernte mit der Hacke einen Hortensienbusch, obwohl dieser eigentlich erst im Frühling zurechtgestutzt werden sollte.

»Charlie ist ein guter Mensch!«, entgegnete Caleb, der eine Supermarkt-Plastiktüte bei sich trug. »Er ist ganz anders als der Teenager, der damals weggelaufen ist.«

»Das glaube ich nicht!« Louis setzte sich auf die Gartenbank. Die kalte Winterluft ließ ihn frösteln. Ein neues Jahr lag vor ihnen, doch er war niemand, der Vorsätze fasste. Die meiste Zeit seines Lebens war er einem Vorsatz gefolgt, den er vor langer Zeit gefasst hatte.

Doch nun wartete er nicht länger auf Rubys Rückkehr.

Seitdem Caleb all seinen Wodka aus seiner Hütte entsorgt hatte und Louis von jedem noch so kleinen Schluck Wein fernhielt, hatte sich die Wahrheit über die Ereignisse in der Nacht von Rubys Tod in seinem Verstand eingenistet. Diese und viele weitere Erinnerungen hatten nun ihren richtigen Platz gefunden.

Manche der Erinnerungen, vor allem diejenigen aus seiner Kindheit, standen ihm nun klar vor Augen. Die Erinnerungen, die ihn immer wieder verfolgt hatten und die er mit Alkohol zu betäuben versucht hatte, waren in den Hintergrund getreten. Dazu hatten vor allem die vielen langen Nächte, ja Wochen, unter Calebs Aufsicht und unzählig viele Liter von dessen Traubensaft beigetragen.

Caleb rief nach seinem Hund und Wallace rannte zu ihm. Einen Augenblick lang hatte Louis den flüchtigen Eindruck, sich selbst zu sehen, als er noch ein Kind gewesen war. Er war ebenfalls wie ein unglückseliger Hund gerannt, sobald Ruby nach ihm gerufen hatte. Er hatte immer gewartet, sie angeblickt und auf ihre Stimme gehört.

Als Caleb einen Stock warf, rannte der Hund weg. »Wie willst du über Charlie Bescheid wissen, wenn du nicht mit ihm redest?«

Dabei war doch Charlie derjenige gewesen, der Louis vor langer Zeit lächerlich gemacht hatte. Der ihn gehasst hatte. Der ihn einen Loser genannt hatte.

Charlie würde derjenige sein, der nicht reden wollte.

Louis blickte über den See. So vieles um ihn herum veränderte sich und er konnte es nicht verstehen. Tara hatte ihm keine Süßigkeiten mehr gebracht, nachdem Pinky – Addie – von hier weggegangen war. Anscheinend war es nicht länger notwendig, dass Taras Familie sich um das Grundstück kümmerte.

Doch Caleb war nun beinahe jeden Tag hier, brachte ihm Essen und leistete ihm Gesellschaft. Und Jonathan hatte ihn an Thanksgiving besucht, als er in der Stadt gewesen war. Die Kinder der Langes hatten ihn nicht vergessen.

»Roland und Marguerite werden in einer Stunde hier sein!«, sagte Caleb. »Sie wollen dich sehen.«

»Warum das denn?« Louis erinnerte sich daran, wie er Familie Tonquin als Kind beobachtet hatte. Er hatte sich immer gewünscht, mit Marguerite und Charlie spielen zu können. Ruby hatte ihn nie spielen lassen. Und er hatte nichts anderes gewollt, als sie zufriedenzustellen, weil er Angst gehabt hatte, dass sie ihn wieder wegschicken würde.

Eine weitere vage Erinnerung stieg in ihm hoch. Er sah Roland vor sich, wie er seine Hand gehalten hatte, während sie an Bord eines Schiffes gegangen waren. Roland hatte ihm an einem Ort, an dem jeder eine andere Sprache gesprochen hatte, eine Kirschlimonade gekauft. Er erinnerte sich, wie sie mit ihm zum Arzt gegangen waren, als er krank gewesen war. Und er dachte daran, wie Grace versucht hatte, ihm bei seinen Hausaufgaben zu helfen, nachdem Ruby gestorben war. Er hatte sie wüst beschimpft. Hatte seinen Stift nach ihr geworfen.

Caleb löste den Knoten an seiner Plastiktüte. »Sie sagten, dass du zur Familie gehörst.«

Louis wies diese Worte von sich.

»Essen gibt es um 18 Uhr!«, sagte Caleb, als wäre alles längst beschlossene Sache. Dann überreichte er Louis die Plastiktüte.

Abendessen bedeutete auch ein Bad. Eine Rasur. Dinge, um die er sich eigentlich nicht kümmern wollte. Und trotzdem …

In der Tüte fand er eine neue Hose und ein Hemd. Unterwäsche und ein Paar Wollsocken.

Seit Jahren hatte er keine neue Kleidung mehr bekommen.

»18 Uhr!«, wiederholte Caleb, bevor er sich auf den Weg machte. Louis ging wieder zurück in den Wald, um sich um das Grab zu kümmern, das einst völlig überwuchert gewesen war.

Er schnitt das Gras mit einer Heckenschere und brachte Blumen aus dem Garten, obwohl Ruby sich früher nie wirklich etwas aus Blumen gemacht hatte. Sie würde nie wieder nach Oregon zurückkehren, das wusste Louis nun. Doch sie hatte sich an ihren besseren Tagen gut um ihn gekümmert. Er lehnte es ab zu hinterfragen, aus welchen Gründen sie ihn damals bei sich aufgenommen hatte. Er musste nach vorne schauen, nicht zurück. Caleb hatte ihm versprochen, dass er das nicht allein tun musste.

Eine Familie – das war es, was jenseits dieses Gartens auf ihn wartete. Eine Familie, die ihn eingeladen hatte, in Rubys Haus zu Abend zu essen.

Die Plastiktüte knisterte in seiner Hand, als er sie aufhob. Ein schönes Abendessen würde nicht schaden. Ein Bad und eine frische Rasur ebenfalls nicht.

Vielleicht konnte er sich ein wenig frisch machen und einfach ein bisschen Zeit mit Roland verbringen. Charlie konnte er einfach ignorieren.

Er würde Ruby für den Rest seines Lebens bewundern, doch sie würde ihn nicht länger hier festketten.

KAPITEL 45

Zwei Berge ragten säulenartig an beiden Seiten des Flugzeugs in die Höhe, als dieses über Portland zur Landung ansetzte. Auf der linken Seite durchbrach der Mount Hood die Wolkendecke. Das Magma im Inneren brodelte tief unter seinem Schlackenkegel. Auf der rechten Seite befand sich der Mount St. Helens, ein Tafelberg, dessen Gipfelspitze im Jahr 1980 durch Lava und Rauch zerstört worden war. Die Asche hatte sich anschließend über die Flüsse und Täler des Pazifischen Nordwestens zerstreut.

Charlie hatte sich niemals vorstellen können, wieder nach Oregon zurückzukehren. Es hatte keinen Grund für ihn gegeben, an den Ort zu gehen, an dem er beinahe an seiner eigenen Scham zugrunde gegangen war. Doch heute Morgen waren sie hier gelandet und nun fuhr Adeline mit ihm und Emma über den Gebirgspass in die Schlucht von Chehalem, durch die die Eisenbahnstrecke führte, auf der er sich einst beinahe das Leben genommen hatte. Bald würden sie den Laurel Ridge hinauffahren und er würde seine Schwester und Roland wiedersehen.

Nach all den Jahren ...

Er hätte nie gedacht, dass er seine Schwester wiedersehen würde.

Addies Baby konnte jederzeit zur Welt kommen, vielleicht noch, bevor sie Oregon wieder verlassen hatten. Doch Adeline hatte darauf bestanden, ihn und Emma auf ihrer Reise zu begleiten. Charlie hatte Addie nie aufhalten können, wenn sie ihren Fuß einmal auf den Boden gesetzt und einen neuen Weg beschritten hatte. Und jetzt wollte er es auch nicht tun.

Gott schien ihm noch ein bisschen Zeit auf der Erde schenken zu wollen. Er hatte die 100-Tage-Marke erreicht und dankte

Gott mit jedem Atemzug für die zusätzliche Lebenszeit, die er mit Emma und Adeline verbringen durfte.

Es gab keine Garantie, dass er den nächsten Tag überleben würde, doch solange sich seine Blutzellen regenerierten, würde er junge Menschen dazu ermutigen, die Wut, die sich in ihnen angestaut hatte, auf eine gesunde Art und Weise loszuwerden. Sie mussten das Unrecht anerkennen, das ihnen angetan worden war und das sie selbst anderen angetan hatten. Danach konnten sie es in einem Fluss lebendigen Wassers versenken, der ihre Sorgen davontragen würde.

Emma lehnte sich im Rücksitz des Mietwagens zu ihm nach vorne und tätschelte seine Schulter. »Geht es dir gut?«

»Ich habe mich jahrelang nicht mehr so gut gefühlt.« Obwohl er körperlich noch nicht vollständig geheilt war, war der Schmerz, den er einst in seinen Knochen gespürt hatte, abgeklungen. Vor allem aber war sein Herz erfüllt.

Sie ließen Newberg hinter sich und fuhren in Richtung der Hügel, wo Charlie und Kirk früher Rennen gefahren waren und so getan hatten, als würde irgendjemand sie verfolgen. Im Rückblick wäre Charlie am liebsten auf diesen Straßen gestorben. Es wäre die gerechte Strafe dafür gewesen, dass er in Frankreich Menschen getötet hatte.

Vielleicht hatte Kirk dasselbe gewollt.

Charlie hatte das Heim für Mädchen in Sale Creek gegründet, weil er junge Mädchen wie Marguerite vor Augen gehabt hatte. Er hatte überlegt, eines Tages ein weiteres Heim für Jungen zu errichten, die einst wie er und Kirk gewesen waren. Doch schon früh hatte er festgestellt, dass zwei dieser Einrichtungen auf demselben Gelände eine neue Art von Problemen heraufbeschwören würden. Doch während sie durch die hügelige Landschaft fuhren, sah er die Gesichter der Jungen vor sich, die in seinem Traum auf der Weide gewesen waren. Sie wirkten noch immer sehr lebendig und machten sich bereit, im See tauchen zu gehen.

Vielleicht war die Möglichkeit ja immer noch da.

»Kannst du dich an irgendetwas hier erinnern?«, fragte Addie, als sie auf die Straße abbogen, die um den Tonquin-See herumführte.

»Ich werde diesen Ort niemals vergessen können.«

»Caleb freut sich schon sehr darauf, dich kennenzulernen.«

Emma tätschelte ihm erneut sanft die Schulter. Adeline verstand teilweise, warum Charlie eher nervös als enthusiastisch war, doch Emma wusste, wie schwierig dieser Tag für ihn war. Er hatte all seine Steine bereits in den Fluss geworfen, doch wenn alles gut ging, gab ihm Gott möglicherweise einige von ihnen wieder zurück – in Form von polierten Edelsteinen.

Adeline fuhr einmal um den gesamten See herum, damit Charlie ihn sehen konnte. Sie fuhren am Fundament des alten Farmhauses vorbei und passierten die Trauerweide, die ihm an den Tagen als Zufluchtsort gedient hatte, an denen er gedacht hatte, er würde bald explodieren. Dann fuhren sie den Berg zu Rubys Schloss hinauf.

Es waren nun über fünfzig Jahre vergangen, doch einen Moment lang fühlte sich Charlie wieder wie der Teenager, der auf Rubys Fußboden herumgekrochen war und verzweifelt nach Pillen gesucht hatte. Er dachte daran, wie er verzweifelt versucht hatte, die finsteren Gedanken und all den Müll loszuwerden, der sich in seinem Inneren angesammelt hatte.

Als Adeline anhielt, knöpfte Charlie seinen braunen Mantel zu, den er seit vielen Jahren besaß. Dann griff er in seine Tasche, um sicherzugehen, dass der 5-Dollar-Schein noch immer da war.

Caleb Lange begrüßte ihn an der Eingangstür. Charlie gefiel Calebs kräftiger Handschlag, die Art, wie er sie im Haus willkommen hieß, und das Lächeln, das er Adeline zuwarf, als wäre sie ein wertvoller Schatz. Genauso hatte er es sich für diese Frau gewünscht, die wie eine Tochter für ihn geworden war.

Emma hielt Charlies Hand, als sie das Wohnzimmer betraten, das mit neuen Möbeln ausgestattet war. Roland stand als Erster auf und legte seine Arme um ihn. Dieselben Arme, die früher einmal scheinbar die ganze Welt hatten zusammenhalten können. Er flüsterte eine lange Entschuldigung, bis Charlie ihn stoppte. Als Roland ihm das Zugticket nach Chattanooga gekauft hatte, hatte er Charlies Leben gerettet.

Roland umarmte ihn noch einmal und Charlie war voller Dankbarkeit, weil dieser Mann, der so verzweifelt versucht hatte, seine Lieben zu beschützen, sich so um ihn gesorgt hatte. Dann griff Charlie in seine Manteltasche und zog den zerknitterten 5-Dollar-Schein heraus, den er seit Jahren mit sich herumtrug.

»Der ist für dich!«

Roland blickte auf das Geld. Sein Gesichtsausdruck wechselte zwischen Freude und Trauer hin und her. »Behalte dein Geld, Charlie!«

»Ich muss es dir geben.«

Doch Roland rührte sich nicht.

»Bitte ...«

Schließlich ergriff der Mann den Geldschein und steckte ihn weg. Charlie fiel eine Last von den Schultern. Ein Leben voller Scham schien durch diese so unbedeutend erscheinende Geste mit einem Mal ausgelöscht zu sein.

Charlie drehte sich um und erblickte ein Mädchen, das im Körper einer Frau steckte, und jetzt im Rollstuhl zu ihm fuhr. Diese Augen voller Neugier und Kreativität hätte er überall wiedererkannt. Sie sahen Dinge, die andere nicht sehen konnten. Marguerite trug noch denselben Haarzopf, den sie bereits vor Jahrzehnten getragen hatte. Den Rest ihrer Haare hatte sie mit einem bunten Schal zusammengebunden.

Er wäre vor ihr auf die Knie gegangen, wenn er körperlich dazu in der Lage gewesen wäre, doch jemand hatte für ihn bereits einen Stuhl hingestellt.

»Struppi?«, flüsterte er leise.

»Hunderttausend heulende Höllenhunde!«, gab Marguerite lachend und unter Tränen zurück.

Er ergriff ihre Hände. »Es tut mir so leid!« Es war das Einzige, was er sagen konnte.

Marguerite küsste ihn auf die Wange. »Du elender Wicht.«

»Ich weiß ...«

»Was ist aus Kapitän Haddock geworden?«, fragte sie.

»Den habe ich vor Jahren über Bord geworfen.«

»Vielleicht könntest du das Gute in ihm wiederauferstehen lassen.«

Charlie lächelte. »Fehlgeleitete Raketen!«

»Süßwassermatrose!«, antwortete sie. »Und du bist kein elender Wicht mehr.«

Konnte sie seine Farbe erkennen – eine Quelle von golden strahlendem Licht –, all die Liebe, die er sich in seinem Herzen für sie bewahrt hatte? Dieses Mädchen, das jetzt eine Frau war, hatte seinem Leben eine Richtung gegeben, ohne es überhaupt zu wissen. Gott hatte den Verlust, den er erlitten hatte, dazu gebraucht, sein Leben neu zu machen.

Er stellte Emma seiner Schwester vor und bei beiden Frauen flossen Unmengen an Tränen. Wie sehr er sie alle beide liebte! Schon allein um dieses Moments willen war Charlie froh über die hundert Tage, die er als zusätzliche Lebenszeit bekommen hatte.

Ein weiterer Mann mittleren Alters trat vor. Er war athletisch gebaut. Seine warmen braunen Augen kamen Charlie bekannt vor.

»Hagel und Granaten!«, sagte der Mann.

»Louis?« Er konnte sich nicht daran erinnern, dass der Junge jemals Kapitän Haddock zitiert hatte. Aber vielleicht hatte er seine Liebe zu Tim und Struppi entdeckt.

Der Mann lachte und schüttelte den Kopf. »Ich bin Oliver.«

Charlies Lächeln verschwand von seinem Gesicht. Es war der britische Name seines kleinen Bruders.

»Olivier!«, flüsterte Charlie leise. Er wusste, was geschehen war, noch bevor der Mann es ihm durch ein Kopfnicken bestätigte. »Ich dachte, du wärst ...«

»Eine Familie aus der Nähe von Gurs hat mich drei Jahre lang versteckt«, erklärte Oliver. »Mama hat mich nach dem Krieg gefunden und danach begonnen, nach euch beiden zu suchen.«

Vielleicht hätte Charlie die Jahre betrauern sollen, die unwiederbringlich verloren gegangen waren, doch stattdessen fühlte er sich reich beschenkt. Seine Schwester und sein Bruder! Er hatte sie noch in diesem Leben wiedergefunden. Vielleicht war das die Vision gewesen, die er auf der Weide gehabt hatte. Die Kinder, die gemeinsam gespielt hatten. Der eigentliche Plan Gottes für Familie Dupont. Bevor der Feind alles kaputt gemacht hatte.

Charlie betrachtete seinen Bruder und erinnerte sich an das neugeborene Baby, das sich damals kaum einmal bewegt hatte. »Du hast mir dein Knochenmark gespendet!«

»Ich war in England immer ein bisschen außen vor«, erwiderte Oliver und legte die Hand auf die Lehne von Charlies Stuhl. »Es war schön, endlich einmal irgendwohin zu passen.«

»Ich danke dir ...«

»Gern geschehen, Bruderherz.«

Wie eine Welle schwappten diese Worte über Charlie hinweg und die Strömung nahm ihn mit zurück in den Kreis seiner Familie. Sie unterhielten sich mit Emma, Adeline und einer weiteren jungen Frau, Calebs Schwester, bis Caleb sie alle zum Abendessen rief.

»Sie haben eine Überraschung für uns!«, flüsterte Marguerite Charlie zu. »Sie haben uns nicht in den Speisesaal gehen lassen, bis ihr angekommen seid.«

»Dann bin ich froh, jetzt hier sein zu können.«

Ein Sturm von Erinnerungen überkam Charlie, als er Marguerite in den Saal folgte. Erinnerungen, die er nicht noch einmal durchleben wollte. Seine liebe Frau, die auch jetzt noch seine Hand hielt, würde über das, was er getan hatte, außer sich sein.

Emma drückte seine Hand und gab ihm neue Stärke.

»Schaut mal!«, flüsterte Marguerite.

Jemand hatte das Wandgemälde fertiggestellt – ihre mühsame

Reise zum Schloss, über die Berge und dann hin zu der Trauerweide auf Grace' Land.

»Es ist wunderschön!«, sagte Adeline.

Marguerite nickte. »Besser, als ich es selbst hinbekommen hätte.«

Calebs Schwester Reese lächelte. »Ich habe die Skizzen verwendet, die Sie hiergelassen hatten.«

»Du hast die Farben hervorragend eingefangen!«, sagte Marguerite. »Vielleicht machst du ja eines Tages mal eine Reise nach Frankreich. Dann können wir ein bisschen Zeit miteinander verbringen.«

Charlie musste nicht über die Gabe der Synästhesie verfügen, um Reeses Strahlen wahrnehmen zu können. Oder die Freude, die durch Adelines Lächeln hindurchbrach. Es tat ihr gut, diese kurzen Augenblicke des Glücks zu erleben. Es war gut für das Baby und für den Heilungsprozess, den sie weiter durchlaufen musste, nachdem sie ihr Kind auf die Welt gebracht haben würde.

Auf dem Tisch stand ein dampfender Topf mit Rindereintopf und frischem Brot. Sie setzten sich zu siebt hin, um zu essen.

»Wo ist Louis?«, fragte Charlie.

»Ich habe ihn zum Abendessen eingeladen.« Caleb reichte ihm ein Schälchen mit gesalzener Butter. »Aber er hatte wohl andere Pläne.«

Charlie konnte nachvollziehen, warum Louis nicht hatte kommen wollen. Keine Entschuldigung konnte all das ungeschehen machen, was zwischen ihnen passiert war. Er musste Louis zeigen, dass er ihn als Mann wertschätzte. Als einen zweiten Bruder.

Charlie wandte sich an seine Frau. »Ich muss zu Louis, bevor wir essen.«

»Jetzt noch? Es ist doch schon dunkel.«

Charlie nickte und spürte, dass es dringend notwendig war.

Caleb stand auf. »Ich komme mit!«

Emma wollte ebenfalls aufstehen, doch Charlie tätschelte ihre Hand. »Caleb und ich schaffen das schon.«

»Ich will auch mit!«, sagte Roland und stützte sich auf seinen Stock.

Doch Caleb schüttelte den Kopf. »Wenn er nicht mit uns hierher ins Haus kommt, bringe ich dich morgen früh zu ihm.«

Charlie gab seiner Frau einen Kuss auf die Wange und knöpfte seinen alten Mantel zu. Als die beiden Männer vor die Tür traten, fiel etwas wie Staub zunächst auf Charlies Hand und dann auf seinen Kopf.

Schnee.

Die Schneeflocken wirbelten um sie herum, während sie zwischen den Blumenbeeten hindurchliefen. Der Schein von Calebs Taschenlampe wies ihnen den Weg durch das Schneegestöber.

»Louis geht es oft nicht so gut«, meinte Caleb, als die beiden um den Brunnen herumgingen.

»Jeder von uns, der den Krieg durchlebt hat, trägt eine Last mit sich herum.«

»Addie hat mir von Sale Creek erzählt«, fuhr Caleb fort, als sie sich dem dichten Kiefernwald näherten. »Ich bewundere eure Arbeit dort.«

»Kann es sein, dass du auch Adeline ein wenig bewunderst?«

Caleb blieb stehen. Der Schein der Taschenlampe fiel auf die Füße der beiden. Um den kreisförmigen Lichtkegel herum fielen die Schneeflocken zur Erde. »So habe ich das nicht gemeint.«

»Ich weiß.« Charlie klopfte ihm auf die Schulter. »Aber du bist freundlich zu ihr. Und das braucht sie gerade.«

»Ihr Herz ist gebrochen ...«

»Peter hat es ihr gebrochen. Schon lange bevor er gestorben ist«, erklärte Charlie. »Es ist dabei, wieder zu heilen.«

Caleb richtete seine Taschenlampe wieder nach vorne. Der Schein fiel auf die Hecke und die Büsche. Dann blieb er an einer Blume hängen, deren blassviolette Blütenblätter wie ein weißer Opal schimmerten. Genauso wie das Himmelstor in Charlies Traum.

Eine Winterrose.

Charlie trat nach vorne und wischte den Schnee weg, damit die Schönheit und Stärke der Pflanze voll zur Geltung kommen konnte.

»Ich würde ihr gerne helfen, wieder heil zu werden!«, sagte Caleb. »Wenn sie es zulässt.«

»Gib ihr ein bisschen Zeit.«

Caleb nickte. »So viel, wie sie braucht.«

»Wer ist da?«, rief eine Stimme zwischen den Bäumen hervor.

Charlie blickte zu Caleb, bevor er zu sprechen begann. »Hallo Louis!«

Ein Mann trat zwischen den Bäumen hervor. Er trug eine schwarze Hose und ein kakifarbenes Hemd, aber keinen Mantel, der ihn vor der Kälte schützen konnte. Addie hatte Charlie von Louis' ungepflegtem Bart erzählt, doch dieser Mann hatte sich rasiert. Seine langen Haare waren vom Schnee ganz nass.

»Das Essen ist fertig!«, sagte Caleb. »Wir dachten, du hättest dich vielleicht verlaufen.«

»Ich habe meinen Rasierer nicht gefunden.«

»Sieht aber nicht so aus.«

Louis antwortete nicht.

»Komm doch mit uns nach Hause!«, bat Caleb. »Es ist genug für alle da.«

Louis warf einen Blick auf Charlie. Im schwachen Licht der Taschenlampe konnte er dessen Schmerz und die Fragen erkennen, die ihn bewegten. »Dieses Haus ist kein guter Ort für mich.«

Caleb warf einen Blick zum Wald. »Wie lange bist du schon hier draußen?«

»Eine Stunde ungefähr. Vielleicht auch zwei.«

Caleb zog seinen Wintermantel aus und legte ihn Louis um die Schultern. Zunächst wollte der ältere Mann ihn nicht annehmen, doch er wehrte sich nur kurz.

Charlie schluckte kräftig, bevor er zu sprechen begann. »Ich habe einige sehr schlimme Dinge zu dir gesagt, Louis. Vor sehr langer Zeit. Dinge, die nicht wahr waren.«

Louis zuckte mit den Schultern. »Das ist so lange her. Es macht keinen Sinn, das jetzt noch einmal hervorzuholen.«

Caleb wandte sich an Charlie. »Roland hat gesagt, dass du Louis die meiste Zeit durch Frankreich getragen hast.«

Auf seine Worte folgte Stille, bis eine Ladung Schnee von einem Kiefernzweig fiel und die Spannung zwischen ihnen aufbrach.

»Ist das wahr?«, fragte Louis schließlich.

»Nur einen Teil des Weges«, antwortete Charlie. »Die anderen haben auch geholfen.«

»Roland hat dich dann hierhergebracht«, fuhr Caleb fort. »Aber er hat dich nie vergessen, Louis. Er und Marguerite haben einen Plan für dich und das Grundstück hier.«

»Was für einen Plan denn?«, fragte Louis.

»Das würde Roland dir gerne selbst erzählen.«

»Komm mit uns mit!«, bat Charlie. »Komm ins Haus.«

Ob sie über Rolands Plan reden würden oder nicht – Louis musste unbedingt raus aus dem Schnee.

Caleb richtete seine Taschenlampe wieder auf den Waldrand. »Auf dich wartet eine ganze Schüssel voll mit heißem Eintopf.«

Louis grub den Absatz seines Schuhs in den Boden ein und stampfte dann einmal auf die Mischung aus Schnee und Matsch.

»Was für einen Plan?«, wiederholte er.

»Ein Heim für Jungen«, antwortete Caleb. »Für Jungen, die ein Zuhause brauchen. So wie du und Charlie, als ihr noch Kinder wart.«

Charlie lächelte angesichts dieser Neuigkeiten. Die Jungen auf der Weide, die eine Familie brauchten, dachte er. Er konnte sie hier vor sich sehen, wie sie im See schwammen und Hütten bauten, so wie er und Roland es einst getan hatten. Jungen wie Kirk und er, die Erlösung brauchten.

Caleb sprach weiter mit Louis. »Ein Ort, an dem die Jungen arbeiten und spielen können, und für dich ein festes Zuhause in Rubys Schloss, falls du das möchtest.«

»Ich will in meiner Hütte bleiben.«

»Dann wird das dein festes Zuhause sein.«

Louis nickte ihm kurz zu und knöpfte dann Calebs Mantel zu.

Charlie stand einfach nur ehrfürchtig da und staunte über alles. Über das Wiedersehen mit seinem Bruder und seiner Schwester, die er verloren geglaubt hatte; die guten Zukunftsaussichten, die dieser Traum in sich barg; die Freude in Adelines Herz und die Aussicht auf Frieden für Louis' Lebensabend.

Das Licht der Sterne schimmerte durch die Wolken, als die drei Männer durch den Garten zurückstapften. Die Winterrose war wieder von Schnee bedeckt worden, doch Charlie ließ sie dieses Mal allein gegen die Kälte ankämpfen.

Sie würde die Nacht schon überleben. Daran hatte er keinen Zweifel.

Und am nächsten Morgen würde sie wieder zu neuem Leben erwachen.

EPILOG

Französische Pyrenäen
Neun Jahre später

»Ich kann nicht mehr!«, japste Willow und ließ sich auf den Boden fallen wie Frühlingsregen, der in eine Pfütze prasselt.

Addie gab ihr einen Stups. »Tante Marguerite ist diesen Weg gegangen, als sie neun Jahre alt war.«

»Mit dem Rollstuhl?«

»Nein«, antwortete Addie. »Aber sie hat einen Rucksack getragen.«

»Ich schaffe das nicht allein!«

Addie nahm sie bei der Hand und Caleb ergriff ihre andere. Zusammen hoben sie ihre Tochter in die Luft, wie sie es so oft getan hatten, seit sie geheiratet hatten. Willows Lachen füllte die Lücke, die zwischen ihnen entstanden war.

Ein Duft von wildem Thymian lag in der Luft und spornte sie an, den steinigen Hirtenpfad zu erklimmen. Agnès und Marguerite hatten sie gestern zu der Stelle am Fluss gefahren, an der Rolands Tante vor so vielen Jahren kehrtgemacht hatte. Sie hatten ihre Wanderstiefel und die Wollsocken ausgezogen und waren über die von kaltem Wasser umflossenen Steine gesprungen, wie es auch die Kinder so viele Jahrzehnte vor ihnen getan hatten. Das Tal lag nun hinter ihnen und sie begannen ihren Aufstieg im Licht der Sonne. Sie genossen die Schönheit um sich herum und machten sich keine Gedanken über das, was vor oder hinter ihnen lag.

Caleb winkte Addie zu und sie schenkte dem Mann ein Lächeln, der ihr Herz erobert und ihr geholfen hatte, alle Puzzleteile zu einem vollständigen Bild zusammenzusetzen. Vor sieben

Jahren hatte Charlie Addie als Braut am Tonquin-See übergeben, während die kleine Willow mit einem Kranz aus Rosen zu dem Baum getapst war, nach dem sie benannt worden war. Am Seeufer hatte Caleb das Versprechen abgegeben, sie beide zu lieben und Addie ein Leben lang zu ehren.

Addie hatte ihm an diesem Tag ihr Herz geschenkt und er hatte sich seitdem rührend darum gekümmert.

Eine Weile später war Charlie wieder nach Oregon gezogen und die Tonquins hatten gemeinsam mit Familie Lange *Charlies Land* gegründet, das finanziell teilweise von Gemeinden aus ganz Oregon und von einer kleinen Gemeinde aus Tennessee getragen wurde. Charlie hatte sich gegen den Namen der Einrichtung gesträubt und hätte lieber Grace seine Ehre erwiesen. Doch niemand hatte ihm wirklich eine Wahl gelassen. Roland hatte die Verantwortung für das Grundstück übernommen und er, Marguerite und Emma hatten beschlossen, dass die Jungen, die am Tonquin-See leben würden, am ehesten von Charlies Geschichte angesprochen werden würden.

Ein paar Monate nachdem Roland hundert Jahre alt geworden war, war er in die Ewigkeit vorausgegangen, um mit seinem Erlöser und seiner Frau wieder vereint zu sein. Charlie war ihm im vergangenen Monat auf diesem Weg nach Hause gefolgt.

Es war ein wahres Wunder, was die beiden Familien miteinander aufgebaut hatten. Jungen, die gerade am Beginn ihrer Teenagerzeit standen und aus schwierigen Verhältnissen stammten, kamen aus dem ganzen Pazifischen Nordwesten auf das Gelände. Diejenigen, die am meisten durchgemacht hatten, verbrachten beim Holzhacken Zeit mit Louis und lernten, ihre Vergangenheit zu bewältigen. Viele von ihnen verließen die Farm wieder als Männer, die bereit waren, die Welt zu erobern.

»Bitte Papa!«, bettelte Willow, als sie einen weiteren Bergrücken erklommen hatten. Sie streckte ihre Arme aus und blinzelte Caleb mit ihren blauen Augen an, als würde sie gleich anfangen zu weinen.

Caleb bückte sich und Willow sprang auf seinen Rücken, um sich tragen zu lassen.

Willow konnte sich nicht an die Hochzeit am Tonquin-See erinnern. Für sie war Caleb von Anfang an ihr Vater gewesen.

Zu ihrer Linken befand sich eine Felsenklippe. Marguerite hatte ihnen eine präzise Beschreibung gegeben, wie sie um die Klippe herumgehen mussten, wenn sie die Höhle sehen wollten, in der Charlie und sie sich versteckt hatten.

Sie blickten feierlich in den Eingang der Höhle und Addie konnte die Kälte und die Angst all derer spüren, die einst hier haltgemacht hatten.

»Ich vermisse Papa C!«, sagte Willow, als sie ihre Wanderung auf dem Hirtenpfad fortsetzten.

»Ich vermisse ihn auch.«

Sie verbrachten die Nacht in einem Farmhaus, das nicht weit von dem Wanderweg gelegen war und das Agnès für sie angemietet hatte. Am nächsten Morgen setzten sie den Aufstieg nach einem herzhaften Frühstück fort.

Roland war neben Grace auf dem örtlichen Friedhof begraben worden, doch Charlie hatte für sich selbst keinen Grabstein gewollt. Er wollte, dass seine Asche an dem Ort im Wind verstreut werden sollte, an dem er zum ersten Mal in seinem Leben die Freiheit gefunden hatte. Emma hatte sie gebeten, Charlies Asche auf der Grenze zwischen Spanien und Frankreich zu verstreuen.

Sobald sie das getan hatten, würden sie mit Marguerite wieder nach Oregon zurückkehren. Sie und Emma hatten mit ein wenig Unterstützung von Reese bereits alles geplant. Die beiden älteren Damen wollten ihre letzten Jahre gemeinsam im Schloss auf dem Hügel verbringen. Sie wollten malen, beten und wie Großeltern für die Jungen da sein, die in den Häusern mit den A-förmigen Dächern um den See herum lebten.

Als die drei Wanderer den Gipfel erreichten, läutete eine Kirchenglocke. Ob das Läuten von der spanischen oder der französischen Seite kam, konnte Addie nicht sagen. Aber das hier war

Charlies Weg. Der Weg von Marguerite und Grace. Der Weg von all den Menschen, die hier auf der Suche nach Freiheit entlanggelaufen waren.

Willow saß auf einem flachen Felsen und blickte hinunter in ein Tal auf der spanischen Seite. Caleb legte seinen Arm um Addie, als sie die schlichte Urne öffnete, die Marguerite mit goldener Farbe bemalt hatte.

Dann hielt sie sie in den Wind.

Willow. Wind.

»Wunderbar gemacht!«, flüsterte Addie.

Charlie war nicht in der Asche, die vom Wind nach Spanien getragen wurde. Er war nun in einer Welt, in der es keine Grenzen mehr gab. Doch die Erinnerung an ihn würde bleiben – in ihren Herzen und in den Herzen aller Mädchen und Jungen, die seine Geschichte hören würden.

Addie betete, dass diese Hoffnung sich verbreiten würde wie die Samen des Weidenbaumes, die im feuchten Boden ihre Wurzeln schlugen. Und während sie heranwuchsen, bogen und beugten sich die Bäume und gewannen an Stärke.

Gebeugt, aber nicht gebrochen.

NACHWORT DER AUTORIN

Diese Geschichte hat mich bewegt, während ich versuchte, die stürmischen Wellen des Jahres 2020 zu durchschiffen. Am Ende dieses Jahres betete ich sehnsüchtig um Gottes wohltuende Erlösung für unsere zerbrochene Welt.

In dieser Zeit inspirierte mich besonders die beherzte Arbeit der amerikanischen und britischen Quäker in Frankreich, vor allem derjenigen unter ihnen, die in Deutschland interniert wurden, weil sie jüdische Kinder unterstützt hatten. Das *American Friends Service Committee* und der *British Friends Service Council* erhielten 1947 stellvertretend den Friedensnobelpreis für den weltweiten Dienst der Quäker im Kampf gegen das Leid, ihren Einsatz für den Frieden zwischen den Völkern und für ihren tätigen Dienst am Nächsten in einem Land, das vom Krieg zerrissen wurde. Durch diese Arbeit wurden Zehntausende Menschen satt gemacht. Außerdem wurde mithilfe des AFSC im Jahr 1939 ein Einwanderungsgesetz für Kinder auf den Weg gebracht, um 20.000 Flüchtlingskindern die Einreise in die Vereinigten Staaten von Amerika zu ermöglichen. Nachdem der Gesetzesentwurf im Kongress gescheitert war, brachte das AFSC heimlich etwa 800 jüdische Kinder aus Frankreich weg.

Herbert Hoover, ein gläubiger Quäker, verbrachte einen Teil seiner Kindheit bei seinem Onkel und seiner Tante in Newberg/Oregon. Sie hatten die Friends Pacific Academy, den Vorläufer der George-Fox-Universität, gegründet. Nach dem Ersten Weltkrieg war Hoover Direktor der American Relief Administration, die sich um hungernde Kinder in ganz Europa kümmerte. Er stellte dem AFSC finanzielle Mittel zur Verfügung, um Hilfsleistungen dieser Art gewährleisten zu können. Die Quäker setzten ihre Arbeit während der 1950er-Jahre in Frankreich fort und unterstützten mehr als 20.000 Flüchtlinge während und nach dem Zweiten Weltkrieg.

Wo die Winterrose blüht ist keine Reflektion über das moderne Quäkertum, sondern die historische Darstellung einer Frau, die ihr Leben Jesus Christus und der Fürsorge für seine Kinder widmete. Das Buch zollt auch den Frauen und Männern Tribut, die ihr Leben opferten, um Kinder aller Altersgruppen über die gefährlichen Passrouten in den Pyrenäen zu bringen.

Kriege zerstören Familien. Als ich meine Recherchen über die Flüchtlingskinder durchführte, die während des Zweiten Weltkriegs gerettet worden waren, entdeckte ich, wie sehr die Zeit in Frankreich und der Verlust der eigenen Familie ihr Leben nachhaltig prägte. Manche der Überlebenden erinnerten sich zu einem späteren Zeitpunkt an alle Details, oftmals nachdem sie einen lieben Menschen verloren hatten. Manche von ihnen fanden ein gewisses Maß an Frieden, als sie ihre Erfahrungen mit anderen teilten. Andere waren jedoch nicht in der Lage, über den Krieg zu sprechen, und das stille Trauma, das sich in ihren Erinnerungen festgesetzt hatte, verursachte nicht nur körperliche, sondern auch seelische Verletzungen.

Denise Siekierski-Caraco, Code-Name Kolibri, war eine jüdische Teenagerin, die französischen Flüchtlingen half, die spanische und die schweizerische Grenze zu überwinden. Vierzig Jahre lang schwieg sie über ihre Arbeit und ihre Geschichte. »Die Zeit damals war mit zu großen Schwierigkeiten und Schmerzen verbunden«, erinnerte sie sich später. »Wenn wir nach dem Krieg weiterhin darüber gesprochen hätten, wäre ich niemals in der Lage gewesen weiterzuleben oder den Willen zu entwickeln, etwas aufzubauen und aktiv zu werden ... Ich hätte immer weiter über die Ereignisse nachgedacht.«

Niemand, der einen Krieg miterlebt hat, bleibt davon unberührt. Doch wie findet man nach solch schrecklichen Erlebnissen Hoffnung und Erlösung? Das war die Frage, die mich dazu bewegte, dieses Buch zu schreiben.

Ich bedanke mich herzlich bei allen Geschwistern, die mit ihren unterschiedlichen Glaubenshintergründen zu dieser Geschichte beigetragen haben. Mit Ausnahme einiger kleinerer Details zur Verhinderung von Verwechslungen habe ich versucht, Daten und die wichtigsten historischen Ereignisse so exakt wie möglich wiederzugeben.

Ich danke dem ganzen Verlagsteam von Tyndale House, besonders meinen Lektorinnen Stephanie Broene und Kathryn Olson, sowie meiner Agentin Natasha Kern, die großartige Arbeit geleistet haben. Es ist mir eine große Ehre, mit euch zusammenzuarbeiten, und ich danke für all eure Weisheit und Hilfe bei der Überarbeitung und Veröffentlichung dieses Romans.

Für meine brillante Kritikerin Sandra Byrd, meine beste Freundin und Leserin Michele Heath und meine persönlichen Ratgeber Dawn Shipman, Nicole Miller, Ann Menke, Tracie Heskett und Julie Zanders: Ich staune immer wieder neu über eure Gaben und eure einzigartigen Ideen. Meine Geschichten werden jedes Mal ein Stückchen besser, weil ihr mir helft, die großen Linien und die kleinen Details einzufangen.

Normalerweise bereise ich die wichtigsten Handlungsorte meiner Romane und höre mir die persönlichen Geschichten an, doch COVID-19 hat mir im Hinblick auf meine Reisen und Interviews dieses Mal leider einen Strich durch die Rechnung gemacht. Die Herausforderungen in diesem Jahr lassen mich umso dankbarer für all diejenigen werden, die mir virtuell zur Seite gestanden haben. Ein besonderes Dankeschön geht an:

Don Davis in den Archiven des AFSC in Philadelphia für all die Unterstützung, die Referenzinformationen und die Erlaubnis zur Nutzung des von den Flüchtlingskindern in Gurs verfassten Gedichtes. Catriona Troth für die Recherchearbeiten und den Hinweis auf die Les Secours Quakers. Dr. Ronald Friend (Rene Freund), der mir viele Stunden über Zoom seine bemerkenswerte Geschichte erzählte, in der er als jüdisches Kleinkind von der Irin Mary Elmes aus einem französischen Lager gerettet wurde. Mary

Elmes wurde vor dem Zweiten Weltkrieg beim AFSC angestellt, später arbeitete sie für die damals frisch umbenannte Organisation Les Secours Quakers. Bemerkenswerterweise haben auch Ronald Friends Bruder und seine Mutter den Krieg überlebt. Vielen Dank, Dr. Friend, dass Sie mir Ihre Geschichte erzählt haben!

Tosha Williams, die mit mir zusammen diese Geschichte erträumt hat, während wir an einem golden schimmernden Fluss in Oregon entlangspazierten. Danke, dass du mich ermutigt hast, über Patina – die Kerben und tiefen Risse, die im Laufe des Lebens entstehen – und über *Brocante* – das französische Konzept von der Wiedergewinnung von Gegenständen, die bereits im Müll gelandet sind – zu schreiben. So kann aus etwas Altem, oft Zerbrochenem, wieder etwas Neues entstehen.

Carol Steen, der weltbekannten Künstlerin, Lektorin, Autorin und Präsidentin sowie Mitbegründerin der American Synesthesia Association. Sie hat mir die Augen für die Wunder und die Vielfältigkeit der Synästhesie sowie für die vielen Künstler geöffnet, die in diesem Bereich tätig sind und Emotionen, Worte, Zahlen oder Musik in Mustern und Farben wahrnehmen.

Adam Lewkowsky, dem Bibliothekar in meiner Heimatstadt, der einen wahren Schatz von historischen Quellen in diesem so herausfordernden Jahr zutage gefördert hat. Ein weiterer Dank geht an Julie Powers, leitende Patientenvertretung der Aplastic Anemia and MDS International Foundation (AAMDSIF), von der ich viel über die Geschichte der MDS, die Feinheiten bei Knochenmarktransplantationen und den Heilungsprozess gelernt habe. Meine Tante Janet starb im Jahr 2018 am Myelodysplastischen Syndrom, das sich zu einer akuten myeloischen Leukämie weiterentwickelte. Leider war es zu spät, für sie einen Knochenmarkspender mit passender HLA zu finden. Bis vor Kurzem war eine Knochenmarktransplantation für Patienten ab 70 noch nicht üblich, sodass ich zugunsten der Handlung des Romans ein paar Details über die Behandlungsmöglichkeiten im Jahr 2003 ändern musste. Doch die Geschichte, die ich mit meiner Tante erlebt habe, lässt mich umso dankbarer für Menschen wie Frau Powers werden, die Menschen mit der Diagnose MDS über die Krankheit informieren und sich für sie einsetzen.

All diejenigen, die ihren Dienst auf der 5Rock-Ranch und im Camp Tilikum in Yamhill County tun: Ihr seid ein Segen für mich und für all die Menschen, die bei euch auf eurem wunderbaren Gelände Trost gefunden haben.

Suchen sie nach *Château de Gudanes*, wenn sie mehr über das Schloss erfahren möchten, das als Inspiration für Rolands Schloss diente. Sie werden womöglich wie ich genauso ihr Herz an diesen wundervollen, altehrwürdigen Ort verlieren. Weitere Geschichten, Links und Fotos, die bei *Wo die Winterrose blüht* der Inspiration dienten, finden Sie auf melaniedobson.com Wie für meine gesamte Recherchearbeit gilt auch hier: Jegliche Fehler sind mein eigenes Verschulden.

Ich danke allen Menschen, die mich im Hintergrund unterstützt haben: meinen Eltern, Jim und Lyn Beroth für eure immerwährende Liebe und eure Gebete, meinem Ehemann Jon Dobson, der unsere Familie über alles liebt und mich an herausfordernden Tagen wieder auf den Boden der Tatsachen zurückholt und dennoch große Träume hat, wenn wir spüren, dass wir eine neue Richtung einschlagen sollten, meinen beiden mutigen Töchtern Karlyn und Kiki, die zu zwei wundervollen und fürsorglichen Frauen heranwachsen. Es macht mich überaus glücklich, eure Freude und Kreativität zu sehen, und ich bin dankbar für den Frieden, der alle Vernunft übersteigt.

Der letzte Dank geht an unseren Herrn, den dreieinigen Gott, den Schöpfer und Erlöser, der jedem ewiges Leben schenkt, der ihm vertraut. Alle Ehre gehört Dir allein!

FRAGEN ZUM WEITERDENKEN

1. Eine Winterrose blüht einmal in den Pyrenäen, als die Kinder sich der spanischen Grenze nähern, und dann ein weiteres Mal, als Charlie nach Hause zurückkehrt. Welche Bedeutung hat diese Blume?

2. Als Grace und die Kinder endlich in Sicherheit sind, denkt sie darüber nach, dass all das Erlebte die Kinder für den Rest ihres Lebens beeinflussen wird. An welchen Stellen wird diese Prägung bei Charlie, Louis und Marguerite im Roman sichtbar? Welche Ereignisse aus Ihrer Kindheit – gute oder schlechte – haben Ihr persönliches Leben geprägt?

3. Obwohl es Grace' sehnlichster Wunsch ist, die Kinder zu retten, schafft sie es nicht, Louis und Charlie vor den Verletzungen ihrer Vergangenheit zu bewahren. Hätte sie als Pflegemutter und Freundin noch etwas anderes tun können, um den beiden ihre Liebe zu zeigen? Was hätten Sie an Grace' Stelle getan?

4. Marguerite hat die Gabe der Synästhesie, die ihr die Möglichkeit gibt, Emotionen durch Farben wahrzunehmen. Welche Gabe hat Gott Ihnen in ihrem persönlichen Leben geschenkt und auf welche Art und Weise setzen Sie diese zu seiner Ehre ein?

5. Als Charlie noch jung ist, lobt Grace ihn für seinen Mut und den Wunsch, gegen Ungerechtigkeit anzukämpfen. Erörtern Sie Charlies Lebensweg, beginnend bei seiner schwierigen Teenagerzeit bis hin ins reife Erwachsenenalter. Warum hat Charlie Ihrer Meinung

nach diesen Umweg eingeschlagen, bevor er ein Leben voller Liebe und im Dienst an anderen führen konnte? Falls Sie die Geschichte von König David in der Bibel kennen: Wie würden Sie dessen Geschichte mit der Lebensgeschichte von Charlie vergleichen?

6. Die meiste Zeit hält sich Grace an Davids Worten aus Psalm 27 fest. Gibt es in Ihrem Leben ebenfalls einen speziellen Bibelabschnitt oder andere Texte, die Ihnen helfen, Ihren Weg im Leben zu finden?

7. Welche Bedeutung hat es für Addie, zunächst die Steine und später ihren Ehering in den Fluss zu werfen? Haben Sie jemals versuchen müssen, eine Last abzuwerfen, die sie gar nicht hätten tragen müssen?

8. Als Quäkerin sucht Grace aktiv in der Einfachheit und an ruhigen Orten nach Gottes Frieden, nach seiner Gegenwart, der »Schechina«. Haben Sie ebenfalls einen ruhigen Ort, an dem Ihr Herz zur Ruhe kommen kann und Sie dafür offen werden, auf Gott zu hören?

9. Grace erlebt in ihrem Leben keine Erhörung ihrer Gebete für Charlie. Wie gehen Sie mit seelischem Kummer und Hoffnung in ihrem Leben um?

10. Das Thema »Wiederherstellung« ist eines der Schlüsselthemen in diesem Buch. Es zeigt sich in der Restauration von Möbeln bei Caleb und in den Renovierungsarbeiten am Schloss durch Roland. Obwohl Charlie bereits in jungen Jahren Vergebung für das erfährt, was er Familie Tonquin angetan hat, erhält er erst viel später in seinem Leben die Möglichkeit, Unrecht wiedergutzumachen. Gibt es auch in Ihrem Leben eine Geschichte von Erlösung oder Wiedergutmachung? Oder eine Beziehung, von der Sie hoffen, dass sie wieder ins Reine kommt?